Dangereuse méprise

Le poison de la peur

BARB HAN

Dangereuse méprise

Traduction française de
PASCALE DOMÉJEAN

BLACK ROSE

HARLEQUIN

Collection : BLACK ROSE

Titre original :
TEXAS TARGET

HARPERCOLLINS FRANCE
83-85, boulevard Vincent-Auriol, 75646 PARIS CEDEX 13
Service Lectrices — Tél. : 01 45 82 47 47 - www.harlequin.fr
ISBN 978-2-2804-6689-9 — ISSN 1950-2753

Composé et édité par HarperCollins France.
Imprimé en janvier 2022 par CPI Black Print (Barcelone)
en utilisant 100% d'électricité renouvelable.
Dépôt légal : février 2022.

FSC
www.fsc.org
MIXTE
Papier issu de sources responsables
FSC® C159065

Pour limiter l'empreinte environnementale de ses livres, HarperCollins France s'engage à n'utiliser que du papier fabriqué à partir de bois provenant de forêts gérées durablement et de manière responsable.

1

Austin suffoquait sous les rayons d'un soleil implacable. Le Texas était célèbre pour ses étés chauds, mais cette journée semblait battre tous les records. Malgré cela, la foule se pressait sur Congress Avenue, et Summer Grayson avait du mal à se frayer un chemin. Elle sentait des gouttes de sueur couler sur son visage et elle avait la bouche sèche, mais elle n'y prêtait aucune attention : la seule chose qui lui importait en ce moment était d'échapper aux hommes qui se rapprochaient dangereusement d'ellc alors qu'elle se faufilait à travers les badauds.

Ils la suivaient sans jamais la quitter du regard, et il était clair qu'ils voulaient la rattraper. Étaient-ce eux qui avaient fait disparaître sa sœur ?

Summer n'aurait jamais dû se faire passer pour sa jumelle, Autumn. Son subterfuge l'avait mise dans une situation très dangereuse. Pourtant, même si en son for intérieur elle avait presque perdu tout espoir de retrouver Autumn vivante, il fallait qu'elle sache ce qui lui était arrivé. Mais après avoir passé deux mois à faire des recherches, elle n'en savait pas plus que lorsqu'elle avait commencé.

Alors, oui, elle avait décidé de passer à l'action et de

prendre l'identité d'Autumn… Et elle avait certainement commis des erreurs qui avaient mené ces deux types sur ses traces. Elle eut le tort de jeter un coup d'œil par-dessus son épaule, ce qui la ralentit assez pour qu'un des deux hommes la rattrape presque.

C'était le plus petit des deux. Blond, tout de noir vêtu, il avait une carrure de nageur. Il semblait souple et rapide, et donnait une impression de violence difficilement contenue. Quant à l'autre type, il faisait une vingtaine de centimètres de plus, et tout en lui était épais : son cou, ses bras, ses mains…

Summer hâta le pas, et jeta un autre coup d'œil derrière elle en tentant de maîtriser la panique qui s'emparait d'elle. Le plus petit se rapprochait dangereusement, et son compagnon n'était pas loin derrière. Il aurait fallu un miracle pour qu'elle puisse leur échapper.

Mais il ne se produisit pas. Le plus petit d'entre eux l'agrippa par le bras. Sa main se referma sur elle, lui broyant les os comme un étau, et elle songea alors avec horreur qu'elle ne saurait jamais ce qui était arrivé à sa sœur.

C'est alors qu'une petite voix s'éleva pour lui rappeler combien elle était forte. Même si elle était née prématurément et pesait beaucoup moins qu'Autumn, elle avait survécu. Elle décida que cette rage de vivre allait lui permettre de s'en sortir aujourd'hui.

Elle mit toute sa force dans son geste et se dégagea en accélérant le pas. Ses poumons la brûlaient, mais elle devait se battre et ne pas céder à la douleur si elle ne voulait pas subir le même sort qu'Autumn. Elle avait malheureusement la quasi-certitude que celle-ci était morte. Sinon, jamais elle n'aurait disparu ainsi.

Certes, sa sœur avait pris ses distances, et avait coupé les liens avec le passé, mais jamais elle n'aurait laissé un message de Summer sans réponse.

Laisser le passé derrière elle avait été pour Autumn un réflexe de survie. Elle refusait d'en parler avec quiconque, et Summer l'avait accepté, même si elle regrettait que sa sœur se soit également éloignée d'elle. Ces deux dernières années, Autumn avait été très secrète et n'avait donné que de rares signes de vie. Le lien entre jumeaux était censé être indéfectible, mais Autumn était capable de faire ses propres choix, et Summer ne pouvait que les respecter.

La voix de l'homme lui parvint dans un grognement, alors que l'étau se refermait de nouveau sur son bras.

— Apparemment, tu n'es pas morte… Il va donc falloir finir le travail.

À ces mots, Summer eut l'impression que son cœur allait s'arrêter. Mais tant qu'elle n'aurait pas la preuve qu'Autumn n'était plus en vie, tant qu'il resterait encore une lueur d'espoir, elle ne reculerait devant rien pour tenter de la retrouver.

Et si sa sœur était morte, elle irait jusqu'au bout pour que justice lui soit rendue.

Elle sentit monter en elle la détermination qui lui avait permis à maintes reprises de se sortir de situations désespérées.

— Je suis bien vivante, en effet, répliqua-t-elle en dégageant son bras d'un geste sec.

Mais l'homme l'attrapa par l'autre coude. Elle avait deux secondes pour réagir avant qu'il se mette à lui serrer le bras d'une main de fer. La seule chose qui lui vint à l'esprit fut de se laisser tomber à terre.

Alors, c'est ce qu'elle fit. Juste avant de heurter le macadam, elle songea que l'impact allait être douloureux. Mais il était trop tard. Et tout valait mieux que sentir ces mains se refermer sur elle pour la tirer en arrière, et se retrouver à la merci des deux hommes.

Avec un peu de chance, elle allait pouvoir les surprendre, et attirer l'attention sur eux.

Elle se mentit à elle-même en prétextant qu'elle pourrait contrôler sa chute. Après tout, elle était passée experte dans l'art de nier l'évidence... Comme lorsqu'elle préférait croire sa sœur quand elle lui disait : « Je vais bien » ou : « J'ai seulement besoin d'un peu de temps pour me sortir d'une situation difficile. »

Elle aurait dû forcer Autumn à parler. Elle aurait dû mettre sa sœur au pied du mur et la contraindre à la mettre au courant de ce qui se passait dans sa vie. Lorsque Autumn lui avait envoyé un mail lui disant qu'elle avait rencontré un homme merveilleux et qu'ils s'étaient mariés, Summer n'aurait pas dû en rester là. Elle aurait dû se douter qu'avec Autumn les choses ne pouvaient pas être si simples. Rien ne l'était !

Sa sœur n'avait pas tari d'éloges sur son mari, expliquant que lorsqu'elle était avec lui elle se sentait en sécurité, protégée. En y repensant, Summer se disait qu'elle aurait dû poser la question : protégée de quoi ?

Summer pouvait toujours se donner l'excuse qu'elle avait été beaucoup trop occupée pour y penser : elle devait mener de front deux emplois très prenants pour arriver à joindre les deux bouts, et elle avait du mal à gérer sa propre vie. Mais en vérité, la raison pour laquelle elle avait préféré ne pas poser la question était simple : depuis qu'elle était enfant, Autumn avait toujours eu le chic pour se mettre dans des situations compliquées…

Puis soudain, un an et demi plus tôt, elle lui avait annoncé qu'elle avait rencontré l'homme de sa vie. En apprenant que sa sœur s'était mariée sur un coup de tête, Summer n'avait pas été particulièrement surprise. Elle avait été plus étonnée d'entendre qu'il s'agissait d'un des plus gros propriétaires terriens du Texas. Mais il était vrai qu'Autumn avait toujours réussi à se dépêtrer des situations les plus critiques.

Summer, qui avait grandi en se demandant constamment d'où le danger allait venir, était de nature méfiante. Et pourtant, sa sœur avait semblé véritablement heureuse dans ses mails. C'était une chose rare chez les Grayson. Alors, pour une fois, Summer s'était accordé le luxe de penser un peu à elle-même, au lieu de se faire du souci pour Autumn.

Lorsque son épaule rencontra violemment le sol, elle se mit à hurler aussi fort qu'elle le pouvait. La foule s'écarta comme une mer qui se fendait. À en juger par les réactions des gens autour d'eux, sa chute avait dû être spectaculaire.

Mais elle avait réussi son coup et attiré suffisamment l'attention sur elle pour faire hésiter son poursuivant. Il lâcha son coude et se fondit dans la foule.

Sa tête heurta le macadam plus fort qu'elle ne l'avait prévu. Pendant une seconde, elle eut l'impression d'entendre le bruit de l'impact résonner dans son crâne. Elle pouvait se relever, mais qu'allait-il se passer ensuite ? Ces hommes allaient se remettre à la poursuivre, et la prochaine fois, elle n'aurait peut-être pas autant de chance.

Une voix de femme s'éleva. Elle parlait avec autorité, et la foule s'écarta pour laisser passer une policière.

— Madame, vous allez bien ? lui demanda-t-elle en s'agenouillant à ses côtés.

— Je m'appelle Autumn Grayson, et j'ai commis un crime.

La femme la considéra d'un air stupéfait.

— Quel crime ?

Elle sauta sur la première réponse qui lui vint à l'esprit : le feu venait de ravager un grand camping dans la banlieue d'Austin, et tous les journaux en avaient fait leurs gros titres.

— J'ai provoqué un incendie.

— Tu ne devineras jamais qui vient de s'accuser d'avoir incendié le camping d'Austin !

Le shérif Colton O'Connor ne se trompait pas : jamais son frère ne croirait qu'Autumn Grayson se soit attribué la responsabilité d'un crime qu'elle ne pouvait avoir commis. Dawson O'Connor savait que son ex-femme était trop respectueuse de la loi pour cela… Sans compter qu'elle était terrifiée par les flammes et n'aurait jamais mis les pieds dans un camping.

Autumn était une citadine jusqu'au bout des ongles. Mais parfois, elle pouvait être pleine de surprises… Comme lorsqu'elle avait demandé le divorce sans qu'il ait rien vu venir.

Il était certain que leur mariage aurait pu être sauvé : il n'était pas de ceux qui baissent les bras à la moindre difficulté. Alors, sa déception avait été cruelle lorsqu'il avait découvert qu'Autumn n'avait pas pris leur engagement avec le même sérieux que lui. Elle était partie, laissant une lettre où elle expliquait qu'elle avait fait une erreur, qu'il ne devait pas essayer de la chercher, et qu'il fallait l'oublier.

Comment cela aurait-il été possible ? Il avait été assez fou d'elle pour rechercher sa compagnie, l'épouser, et ensuite, il aurait dû… quoi ? Laisser tout cela derrière lui ? Certes, il n'était pas homme à se complaire dans son chagrin. Il avait trop vu dans sa propre famille les ravages que cela pouvait engendrer. Il avait une mère merveilleuse, qui ne s'était jamais vraiment remise de la disparition de sa fille, le premier de ses enfants, kidnappée alors qu'elle dormait dans son berceau.

Sa mère avait entretenu chez ses fils le souvenir de la sœur aînée qu'ils n'avaient pas pu connaître tout en tentant d'aller de l'avant, mais jamais elle n'avait réussi à surmonter véritablement ce drame.

Il est vrai que divorcer n'avait rien à voir avec la perte d'un enfant ni, pirc cncorc, avcc le fait de ne jamais savoir ce qui s'était vraiment passé et si l'enfant était encore en vie. D'ailleurs, Dawson n'avait qu'à s'en prendre à lui-même pour être tombé amoureux de la mauvaise personne. Il fallait remettre les choses en perspective : c'était une mauvaise décision, pas une tragédie.

Quoi qu'il en soit, il n'arrivait toujours pas à comprendre pourquoi il était en ce moment sur le parking de la prison du comté de Travis, assis dans son pick-up, avec sur les genoux une boîte contenant les bijoux appartenant à sa femme – ou plutôt à son ex-femme.

Rien ne l'obligeait à venir les lui rendre, mais par

principe, il ne voulait pas les garder. L'année dernière, elle était partie en les abandonnant derrière elle, sans laisser d'adresse. C'était peut-être idiot, mais il mettait un point d'honneur à lui restituer tout ce qui lui appartenait.

Il était assis dans son pick-up, le contact allumé, la main sur le levier de vitesse, le pied sur l'embrayage, prêt à redémarrer… Il était temps de prendre une décision : allait-il repartir ou sortir de sa voiture ?

Il marmonna un juron et coupa le contact. Puis il entra dans la prison et se dirigea droit vers l'homme qui était à l'accueil.

— Je suis venu pour voir ma f…

Il s'interrompit.

— Pour voir une de vos prisonnières. Elle s'appelle Autumn Grayson.

Les personnes en garde à vue n'ayant pas l'autorisation de recevoir des visites, Dawson sortit son badge. Ce sésame lui permettait d'entrer là où d'autres auraient trouvé porte close.

— Je suis le marshal Dawson O'Connor.

Le gardien de prison se leva, l'air surpris, et lui tendit la main pour le saluer.

— Pourrais-je voir Mme Grayson ? poursuivit Dawson.

Le gardien examina le badge pendant que Dawson prenait dans sa poche une des médailles marquées du sceau des US Marshals : la tradition voulait que les membres des organisations américaines chargées de maintenir l'ordre en distribuent lorsqu'ils rendaient visite à des confrères appartenant à une autre agence.

— Pas de problème. Vous venez la chercher ? Le coupable du crime dont elle s'accuse a déjà été retrouvé.

— Nous verrons…

Il doutait fort qu'elle accepte de le suivre.

Le gardien prit la médaille que Dawson lui tendait avec un large sourire.

— Je vous remercie.

Il la lança en l'air, la rattrapa et dit :

— Vous voulez bien me suivre ?

Manifestement, il n'attendait pas de réponse, et Dawson lui emboîta le pas. Il fut conduit dans une petite pièce où se trouvait une table avec deux chaises de part et d'autre, et comportant deux portes : celle par laquelle il était entré, et une autre en face de lui.

— Asseyez-vous, je vous en prie, déclara le gardien. Je vais chercher Mme Grayson.

Et il quitta la pièce avec un signe de tête.

Alors qu'il était assis dans le parloir, Dawson songea soudain qu'Autumn devait avoir des ennuis : après tout, elle venait de s'accuser d'un crime qu'elle n'avait pas commis. La raison de son geste restait à déterminer. Il allait lui poser les questions de routine et essayer de comprendre ce qui l'avait poussée à agir ainsi.

Il devait y avoir une explication à cela, et il avait l'intention de la découvrir. Immédiatement, il avait songé qu'elle avait voulu se protéger. C'était une femme très séduisante, qui s'était peut-être retrouvée dans une situation dangereuse. Cela arrivait.

Rien n'aurait pu le préparer au choc qu'il ressentit en la voyant. Autumn avait beaucoup changé au cours de cette dernière année. Ses cheveux blonds soyeux tombaient toujours en cascade sur ses épaules, et même si elle tenait le regard obstinément fixé vers le sol en carrelage blanc, il devinait les reflets violets de ses yeux. Mais ses lèvres semblaient plus pleines, plus roses… Et surtout, elle n'avait pas de maquillage, ce qui était pour le moins inhabituel chez elle.

Peut-être le temps avait-il passé, et ses souvenirs commençaient-ils à s'estomper. Ils s'étaient mariés très peu de temps après leur rencontre, et leur union n'avait duré que quelques mois.

Elle avait gagné quelques courbes qui la rendaient encore plus sexy. Bon sang, ce n'était pas le moment de penser à tout cela ! Il remarqua d'autres différences : elle n'avait plus de frange et n'était plus vêtue d'habits de marque.

Bien entendu, ces changements n'étaient que superficiels. Lui qui était dans la police était bien placé pour savoir combien de petits accessoires – un chapeau, un foulard ou une paire de lunettes de soleil – pouvaient faire la différence : il avait dû protéger assez de témoins pour pouvoir s'en rendre compte.

Il trouva néanmoins étrange qu'elle se refuse obstinément à croiser son regard. Cela lui donnait l'air coupable… Mais de quoi ?

Il s'éclaircit la gorge lorsqu'elle finit par lui jeter un coup d'œil. L'angoisse qu'il lut dans son regard lui causa un second choc. De quoi avait-elle peur ? De lui ? Craignait-elle qu'il lui reproche d'être partie sans la moindre explication ? Il en avait été beaucoup plus affecté qu'il n'avait voulu le reconnaître.

Le gardien la conduisit jusqu'à la table, l'invita à s'asseoir, et se retira dans un coin. Là, il croisa les bras et, les jambes légèrement écartées, les pieds plantés dans le sol, il attendit.

Autumn resta debout. Elle regarda Dawson pendant un long moment et demeura silencieuse… Il avait l'impression qu'ils jouaient à un jeu et que le premier qui prendrait la parole aurait perdu. Elle rougit, et il en déduisit que son corps réagissait toujours à sa présence, qu'elle veuille le reconnaître ou non. Entre eux, l'attirance physique n'avait jamais été un problème. Mais il y avait quelque chose dans la façon dont elle se tenait qui le troublait…

Quoi qu'il en soit, la revoir lui fit l'effet d'avoir été frappé par la foudre.

— Pars. Tu ne devrais pas être ici.

Il n'aurait pas dû ressentir cette chaleur au creux du ventre en entendant sa voix.

— Ah bon ? C'est étrange, parce que j'allais dire la même chose pour toi.

Il croisa les mains sur la table et se pencha en avant.

— Que se passe-t-il, Autumn ?

— Je ne vois pas de quoi tu veux parler, et ça ne te regarde pas.

Elle semblait sur la défensive, et cela était très révélateur des sentiments qu'elle devait avoir à son égard. Il n'aurait pas dû s'attendre à autre chose : elle lui avait très clairement exprimé ses intentions lorsqu'elle était partie et lui avait envoyé les papiers du divorce.

Ses yeux violets se posèrent sur lui.

— Pourquoi es-tu venu ?

— Je voulais te rendre quelques objets que tu avais laissés, et voir si je pouvais t'aider à sortir d'ici.

— Je ne suis plus rien pour toi.

— C'est là où tu te trompes, Autumn.

Il aurait voulu ajouter qu'il aurait bien aimé que ça ne soit pas le cas. Il avait su que la revoir allait être dur pour lui. Il ignorait seulement à quel point…

2

— Je signerai tous les documents nécessaires pour que Mme Grayson puisse sortir, déclara Dawson au gardien qui se tenait toujours discrètement dans un coin du parloir.

— Tu ne peux pas faire cela, répliqua Summer en se mettant à faire les cent pas.

Rien ne l'avait préparée à se trouver dans la même pièce que Dawson O'Connor, l'époux de sa sœur, qu'elle avait reconnu grâce aux photos du mariage que lui avait envoyées Autumn. Il y en avait deux. Sur l'une d'elles, ils étaient debout côte à côte, et Dawson tenait la mariée – vêtue d'une robe blanche – par la taille. Sans qu'elle sache pourquoi, cette image s'était imprimée dans sa mémoire : c'était certainement la seule fois où sa sœur avait l'air presque heureuse. Il y en avait une autre de Dawson, seul, qui avait été prise le même jour. Appuyé sur une clôture en bois, il regardait dans le lointain. Il avait beaucoup de prestance… Mais surtout, c'était son sourire qui l'avait frappée.

Sur cette photo, il avait un physique particulièrement avantageux : la cravate desserrée, le col de sa chemise ouvert, il semblait détendu, heureux. En le voyant en chair et en os, elle se rendit compte que le cliché ne lui avait pas rendu justice. Il avait une telle aura qu'elle ne parvenait pas à détacher son regard de lui.

— Et pourquoi ne le pourrais-je pas ? Ce n'est pas parce que nous sommes divorcés que je ne dois pas t'aider.

Summer ne tenta même pas de dissimuler sa surprise.

— Attends ! Qu'as-tu dit ?

— J'ai dit que je voulais t'aider.

Elle fit un signe, l'interrompant au beau milieu de sa phrase.

— Pas cela. Nous sommes divorcés ?

Il haussa un sourcil, et elle comprit son erreur. Sa sœur ne lui avait jamais parlé de ce divorce.

Dawson O'Connor était le type même du beau brun ténébreux, et il lui était très facile de comprendre pourquoi Autumn avait été attirée par un homme comme lui. Sa voix grave, à la fois rude et caressante, éveillait en elle des idées totalement déplacées.

Summer secoua la tête, croisa les bras et se tourna vers la porte.

— Je veux retourner dans ma cellule. Maintenant.

— D'accord.

Sa voix avait un accent menaçant qui l'arrêta net.

— Tu peux demander au gardien de me faire partir d'ici, déclara-t-il. Mais après ? Que vas-tu faire ?

Elle ne répondit pas immédiatement, et il dut prendre cela comme le signe qu'elle réfléchissait à sa question.

Il poursuivit :

— J'espère que tu sais ce que tu vas faire ensuite, car pour le moment, tu sembles agir comme quelqu'un de désespéré !

Elle ne pouvait pas le contredire. D'une part, elle

n'avait pas l'énergie pour cela. Mais surtout, il disait vrai : elle *était* désespérée. C'était cela qui l'avait poussée à se faire passer pour sa sœur, puis à confesser un crime qu'elle n'avait pas commis afin d'échapper aux deux types qui la poursuivaient. Et surtout, il avait raison : elle ne savait absolument pas ce qu'elle allait faire.

Pour couronner le tout, elle mourait de faim. Son estomac gronda, lui rappelant soudain qu'elle ne savait pas où et quand elle allait prendre son prochain repas.

D'une voix plus douce, Dawson dit :

— Laisse-moi te faire sortir d'ici. Nous savons tous les deux que tu n'es pas à l'origine de cet incendie, et la police en est également convaincue. Je ne sais pas ce que tu mijotes, ni pourquoi tu as jugé judicieux de faire tout cela.

Il fit un geste englobant la pièce autour d'eux.

— Quittons cet endroit et allons parler pour voir si je peux t'aider.

Sa gentillesse inattendue la toucha au plus profond d'elle-même.

— J'apprécie ton soutien après ce qui s'est passé entre nous.

Summer n'avait pas la moindre idée de ce dont il s'agissait exactement mais, connaissant sa sœur, il avait dû souffrir. Et, si elle en croyait l'expression de son regard, certainement plus qu'il ne le méritait…

— Mais je ne peux pas accepter ton aide, poursuivit-elle. Nous sommes divorcés. Ce qui m'arrive ne te concerne plus.

— Ah bon ? Tu penses que je suis le genre d'homme à me détourner d'une femme que j'ai aimée autrefois ?

Parce que si c'est vrai, tu as eu raison de me quitter l'année dernière !

Il leva la main avant qu'elle puisse répondre.

— Ne t'en fais pas : c'est du passé. Nous avons tous les deux poursuivi notre chemin. Et maintenant, tu refuses que je t'aide. Je ne peux pas faire grand-chose contre ça. Mais j'ai une question : penses-tu qu'il faudra longtemps à celui que tu cherches à fuir – qui que ce soit – pour te trouver ici ?

À ces mots, elle eut l'impression qu'on lui versait un seau d'eau glacée sur la tête. Il avait raison. Il venait soudain de lui rappeler qu'elle était en danger partout. Les policiers étaient furieux qu'elle leur ait menti et ils allaient la libérer rapidement.

Autumn ne tarissait pas d'éloges à propos de sa vie au ranch… Et aller dans un endroit reculé, loin d'Austin, était une perspective très attrayante en ce moment.

Summer prit une profonde inspiration pour affermir sa résolution.

— C'est d'accord. J'accepte que tu te portes garant pour moi. Mais je veux que tu m'emmènes chez toi.

Alors qu'elle pénétrait dans la magnifique demeure située dans le ranch, Summer n'en revenait toujours pas que Dawson ait accepté ses conditions. Des images de lui et sa sœur vivant ici lui venaient à l'esprit… Des images que, pour une raison qu'elle se refusait à déterminer, elle préférait ignorer.

Elle regarda autour d'elle et fut tout d'abord surprise de ne pas voir de photos où ils étaient ensemble. Puis elle songea que, depuis le divorce, Dawson avait dû enlever toutes celles où Autumn figurait.

L'atmosphère de la maison était étonnamment masculine… Mais peut-être n'était-ce finalement pas si surprenant : Dawson devait avoir redécoré l'endroit. Elle fut soudain émue en songeant qu'il n'y avait pas si longtemps sa sœur vivait ici.

Elle battit des paupières, tentant de retenir les larmes qui perlaient. Si elle voulait que ses recherches aboutissent, elle devait continuer à mentir, même si cela lui devenait de plus en plus difficile depuis qu'elle avait rencontré Dawson.

Elle devait maintenir ses distances avec lui pour se préserver… Sans compter que, malgré sa rudesse apparente, elle voyait bien dans son regard qu'il avait aimé Autumn. Il fallait le protéger lui aussi.

Un bruit dans la pièce à côté la fit sursauter violemment. Il lui fallut une seconde pour remarquer que Dawson la regardait attentivement.

Bien sûr, elle aurait dû se rendre compte que l'intensité de sa réaction allait attirer son attention.

— Ce n'est que Laurel, la gouvernante. Elle doit être en train de faire le ménage.

— Tu as une gouvernante ?

Le sourcil qui se souleva une fois encore lui apprit qu'elle avait commis une autre erreur. Elle devait éviter de poser des questions… Et, jusqu'à ce qu'elle ait décidé ce qu'elle allait faire, elle devait limiter ses échanges avec lui au minimum.

Elle ne pouvait pas rester ici et mettre Dawson en danger. Il fallait qu'elle parte au plus vite.

D'ailleurs, pourquoi sa sœur avait-elle demandé le

divorce ? Avait-elle décidé de protéger son mari, de couper tout lien avec lui pour ne pas le mêler à ses ennuis ?

— Nous avions une gouvernante, et c'est toujours le cas. Même si j'ai dit cent fois à Laurel qu'il n'était pas nécessaire qu'elle fasse constamment le ménage… Mais elle est têtue, tu t'en souviens !

D'après ce que Summer avait vu de cet homme jusqu'à présent, les éloges de sa sœur étaient justifiés. À vrai dire, sa description – pourtant très flatteuse – ne lui avait pas rendu justice : il avait la mâchoire carrée, des cheveux noirs et épais, des yeux noisette au regard sérieux, un peu triste, et c'était un homme bon. C'était la seule explication qu'elle trouvait au fait qu'il soit venu à son aide alors que sa sœur l'avait quitté. D'autant plus qu'il ne semblait pas être le genre d'homme à prendre un divorce à la légère…

Une femme d'âge moyen avec un visage doux entra dans la pièce. Elle tenait l'anse d'un seau d'une main et de l'autre, un chiffon blanc.

Lorsqu'elle vit Summer, la femme – Laurel – retint son souffle. Bouche bée, elle lâcha le seau qui tomba sur le sol avec fracas.

— Je suis désolée…

Summer regarda autour d'elle, cherchant ce qu'elle pouvait prendre pour éponger l'eau. Elle courut vers la cuisine qui était ouverte sur le salon, et atteignit en même temps que Dawson le comptoir où se trouvait le papier absorbant.

Il lui jeta un coup d'œil étrange, comme s'il était touché qu'elle veuille spontanément aider, et ce regard lui fendit le cœur. Partir loin du ranch et loin de Katy

Gulch, la petite ville où il était situé, devint soudain sa priorité. Il était hors de question qu'elle soulève en lui quelque espoir que ce soit.

Elle songea que Dawson avait certainement aimé sa sœur et avait souffert de ce divorce. Connaissant Autumn, elle était persuadée que celle-ci avait mis fin à leur mariage brusquement, et sans explication.

Lorsqu'elle le regardait de plus près, elle remarquait des cernes sous ses yeux noisette. Elle pouvait presque sentir à quel point se soucier d'Autumn avait été épuisant pour lui : cette sensation ne lui était que trop familière. Tous ceux qui s'intéressaient à Autumn souffraient.

Comment sa sœur, qui semblait enfin avoir trouvé la stabilité et le bonheur avec cet homme, avait-elle pu partir ? Summer n'arrivait pas à le comprendre. Elle se saisit du rouleau de papier absorbant et alla éponger l'eau répandue par terre, sans trop prêter attention au petit chien blanc et noir qui était accouru derrière Dawson.

Tout en se penchant pour l'aider, Laurel lui jeta un coup d'œil. Il y avait de la bonté dans son regard, et Summer éprouva une sympathie instinctive à son égard.

Dawson les rejoignit, avec sur ses talons le petit chien qui, elle le voyait maintenant, était très jeune. Puisqu'elle ne risquait pas de faire trop de bévues en parlant de lui, elle décida de lancer la conversation sur ce terrain.

— Comment s'appelle-t-il ?

— Shadow, répondit Dawson. Il me suit partout.

— Vous auriez dû le voir lorsque Dawson l'a recueilli ! s'exclama Laurel. Je n'arrive toujours pas à comprendre que quelqu'un ait pu abandonner dans la nature un chiot incapable de se nourrir !

— Que s'est-il passé ?

— Rien de particulier.

Dawson semblait embarrassé d'attirer ainsi l'attention sur lui.

— Dawson n'aime pas se mettre en avant, mais il a été très courageux ! Shadow a été attaqué par un coyote. Dawson a entendu ce qui se passait et il a sauté sur Mabel…

Summer dut avoir l'air intrigué car elle ajouta :

— Vous savez, son cheval.

— Oh ! oui. Mabel.

Summer se sentait très mal d'avoir à mentir à cette femme charmante. Elle n'allait pas pouvoir continuer cette supercherie pendant très longtemps. Mais révéler à Laurel qui elle était véritablement risquait d'impliquer la gouvernante dans ses problèmes et de la mettre en danger. C'était inenvisageable.

— Dawson a pratiquement ouvert la gueule du coyote pour lui faire lâcher ce petit animal ! poursuivit Laurel.

Elle était visiblement fière de lui, et Summer ne pouvait que la comprendre.

— Le coyote a alors attaqué Dawson et l'a mordu au coude. Il a eu le temps de bien l'amocher avant qu'il réussisse à se dégager !

Summer n'avait pas encore remarqué la cicatrice qui zébrait le coude gauche de Dawson sur une bonne dizaine de centimètres.

— S'attaquer à un animal sauvage est dangereux. Tu as eu beaucoup de courage, remarqua-t-elle.

Elle tenta sans trop de succès d'étouffer la note d'admiration dans sa voix.

— Laurel exagère ! Tout ce que je sais, c'est que depuis que ce chiot est ici, il ne me quitte pas d'une semelle ! répliqua-t-il, feignant l'agacement.

Il jeta un coup d'œil à l'animal tout pataud et le gratta derrière les oreilles.

Si Shadow avait été un chat, il se serait mis à ronronner. Il adorait visiblement son maître, et Summer se dit qu'il n'y avait pas que les chiots qui devaient regarder Dawson O'Connor avec ces yeux remplis d'admiration : il était si sexy que la moitié des femmes de la ville devaient réagir ainsi… et les autres devaient être mariées ou aveugles.

Elle ne manqua pas non plus de remarquer que Laurel la considérait d'un air perplexe, presque incrédule. À en juger par sa réaction, Autumn était certainement la dernière personne qu'elle s'attendait à voir… Preuve supplémentaire que sa sœur avait laissé une situation compliquée derrière elle. C'était typique… Autumn faisait du mal à tous ceux qui avaient le malheur de s'approcher un peu trop d'elle.

— Tout est épongé maintenant. Vous voulez que j'emmène Shadow jusqu'à l'écurie ? proposa Laurel.

— Pourquoi pas ? Tu veux aller à l'écurie, petit ? demanda Dawson en soulevant le chiot et en approchant son nez de son museau. Il sera heureux de pouvoir jouer avec d'autres chiens, surtout avec Apollo !

Summer aurait pu jurer que le chiot avait souri.

— Cela fait du bien à Apollo. Depuis que Daisy est morte, il reste prostré la plupart du temps. Il n'y a que lorsque Shadow arrive qu'il semble s'égayer un peu.

Laurel se dirigea vers Dawson qui lui tendit le chiot.

— Et sois gentil avec Apollo. Ne lui mords pas les oreilles ! recommanda-t-il d'une voix caressante tout en grattant Shadow derrière les oreilles. Laurel, vous me direz quand je pourrai aller le chercher ?

— Bien entendu !

Laurel rassembla ses affaires, leur dit au revoir, et s'éclipsa.

Summer se sentait physiquement malade d'avoir eu à lui mentir. Elle n'avait jamais prétendu être parfaite, et avait commis pas mal d'erreurs pendant son adolescence : il n'était pas facile d'être livrée à soi-même, sans parent pour vous guider. Mais l'honnêteté avait toujours été une valeur essentielle pour elle.

Autumn, quant à elle, avait toujours prétendu que de petits arrangements avec la vérité ne faisaient de mal à personne. C'était faux. Summer était bien placée pour savoir que les petits mensonges de sa sœur laissaient leurs marques, quand bien même elles n'étaient pas visibles.

Elle se releva et garda les yeux fixés au sol. Le fait d'être si près de Dawson, d'avoir une conscience aiguë de sa présence, ne l'aidait pas à se sentir moins coupable.

— Tu m'as vraiment aidée, dit-elle, et je te remercie… surtout après ce que tu as subi.

— Tu veux plutôt dire : après ce que *tu* m'as fait subir ?

Il sembla regretter ces mots dès qu'il les eut prononcés.

— Oublie ça, reprit-il. C'est du passé. La raison pour laquelle je suis venu aujourd'hui n'était pas aussi altruiste que tu pourrais l'imaginer.

Il se dirigea vers l'endroit où il avait posé ses clés et prit une petite boîte. Elle avait remarqué qu'il la tenait un peu plus tôt mais n'y avait pas prêté attention.

— Ça t'appartient, dit-il. Tu disais que ces objets étaient importants pour toi.

Il déposa la boîte à côté d'elle, sur le comptoir, et s'éloigna.

— Je vais faire du café. Tu en voudras ?

— Non, je te remercie.

Elle n'avait pas l'intention de rester ici assez longtemps pour en boire une tasse.

Elle regarda le coffret. Elle n'était pas certaine d'avoir envie de savoir ce qu'il contenait. Même si sa sœur était foncièrement égoïste et faisait toujours les mauvais choix, le lien qui les unissait était très fort : ensemble, elles avaient traversé une enfance difficile qui pouvait expliquer bien des travers d'Autumn.

Il y avait pourtant eu des moments où Summer s'était demandé si sa sœur était capable de penser à une autre personne qu'à elle-même, et si elle, Summer, ne gaspillait pas son temps et son énergie avec quelqu'un qui prendrait toujours sans jamais donner.

— Puisque tu es ici, tu peux bien manger et prendre une tasse de café avant de repartir, proposa Dawson.

Elle aurait voulu ne pas entendre la douleur dans sa voix… D'autant plus qu'il avait veillé à la masquer par une petite toux.

Essayer de savoir ce qui était arrivé à sa sœur l'avait emmenée trop loin. Jusqu'à maintenant, elle avait seulement réussi à attirer l'attention de personnes visiblement dangereuses. Il était peut-être temps de mettre un terme à ses recherches. Mais pouvait-elle partir sans avoir de réponses à ses questions ?

Elle tapota le couvercle de la petite boîte puis elle la prit entre ses mains, n'ayant toujours pas réussi à déterminer si elle voulait en voir le contenu.

Presque malgré elle, elle saisit le couvercle du coffret. Lorsqu'elle le souleva, les souvenirs lui revinrent en rafale. Ces quelques bijoux étaient donc les objets auxquels sa sœur tenait le plus ? Il ne s'agissait que de babioles, rien de précieux si l'on s'en tenait à leur valeur marchande.

Ses doigts se refermèrent sur une chaîne en métal terni. Le collier sur lequel un seul mot était écrit fit surgir une foule d'images, et rappela à sa mémoire le souvenir des moments passés à la fête foraine du comté.

Ainsi donc, ceci était un des bijoux auxquels sa sœur tenait le plus ? Ce collier à deux sous sur lequel était écrit *Summer* ?

3

Dawson regardait son ex-femme tracer du bout de son index les lettres gravées sur le collier. Autumn avait changé. Il songea soudain qu'elle avait peut-être eu un accident, et souffert d'une commotion cérébrale. Elle faisait semblant de reconnaître les lieux alors qu'elle n'avait jamais vécu dans cette maison. Il y avait emménagé trois mois plut tôt, après avoir apporté des modifications au projet de départ – projet qu'elle l'avait laissé élaborer.

Il avait passé de longues heures à dessiner les plans de la demeure dans laquelle ils allaient vivre. Mais tout s'était arrêté net.

Il avait ensuite travaillé avec l'entrepreneur pour faire des changements afin que cette maison ne soit plus la *leur*, mais seulement la *sienne*. Il avait suffi de quelques appels téléphoniques et de quelques clics pour annuler toutes les commandes de mobilier et d'objets de décoration qu'Autumn avait faites. Quant à ce qui avait déjà été livré, il en avait fait don à la Maison de l'Espoir, un foyer pour les femmes souffrant de violences conjugales et leurs enfants.

Il avait ensuite acheté deux énormes canapés en cuir et une immense étoile de métal qu'il avait accrochée au-dessus de la cheminée, transformant ainsi l'endroit en l'antre d'un célibataire endurci.

Voir Autumn évoluer dans ces lieux où il pensait ne jamais la voir l'avait déstabilisé. Il devait essayer de se ressaisir.

Il se versa une tasse de café et en but une gorgée. C'était le moment d'obtenir quelques explications.

— Pourquoi t'es-tu accusée d'avoir allumé cet incendie ? demanda-t-il, commençant par une des questions qui le taraudaient.

Elle baissa la tête. Sa façon de se comporter n'était plus tout à fait la même que l'année dernière. En observant cette femme qu'il avait connue si intimement, il avait le sentiment bizarre de se trouver face à une parfaite étrangère. Était-ce parce qu'il posait sur elle un regard différent, maintenant qu'ils étaient divorcés ?

— J'étais désespérée. Je n'ai pas vu d'autre solution.

C'était un point de départ… Jusque-là, elle était restée obstinément fermée, semblant refuser toute discussion.

— Pourquoi ?

— Crois-moi si je te dis qu'il vaut mieux que tu ne le saches pas.

Elle parlait sans conviction, avec une tristesse et des accents de nostalgie qui lui tordirent le cœur.

— Pourquoi ne me laisses-tu pas en juger par moi-même ? Je pense que personne n'est mieux placé que moi pour le faire !

Il avait parlé d'un ton plus dur qu'il ne l'aurait voulu, et il tenta d'adoucir son propos.

— Crois-moi si tu veux, mais j'ai seulement envie de t'aider.

— Tu ne le peux pas. C'est une chose que je dois faire seule.

— Pourrais-tu au moins me dire pourquoi tu ne veux pas de mon soutien ?

Elle secoua la tête et évita son regard.

— Cela a-t-il un rapport avec la façon dont tu m'as quitté ?

Il n'avait toujours pas réussi à surmonter totalement la douleur et l'amertume causées par ce départ.

— Je ne t'ai pas donné de raison ?

Cette fois, elle croisa son regard. Ses yeux avaient une expression incrédule qui ne manqua pas de l'étonner.

— Non, mais il n'est pas trop tard pour le faire : ton message n'en disait rien. Les choses entre nous n'étaient certes pas parfaites, mais nous avions une base sur laquelle construire une relation de qualité.

— Je suis désolée. Je ne peux pas le faire pour le moment.

Il était impossible de ne pas remarquer les accents de peur qui étranglaient sa voix.

— Faire quoi ? Répondre à une question ? M'expliquer enfin pourquoi tu as décidé de divorcer ?

Il insistait alors qu'il savait qu'il aurait dû arrêter. Avec son expérience de marshal, il se rendait bien compte qu'il était en train de la pousser dans ses derniers retranchements. Comme le coyote, elle allait mordre.

— Je ne te méritais pas, déclara-t-elle.

Elle détourna le regard, et il eut soudain des remords. Mais pourquoi ? Pourquoi se sentait-il si coupable d'insister et de la mettre mal à l'aise ? C'était elle qui l'avait quitté, pas le contraire ! Peut-être sa fausse couche avait-elle joué un rôle dans son départ : perdre leur bébé avait été plus dur pour elle que pour lui, mais en ce qui le concernait, cela n'avait pas remis leur union en cause… Même si au départ, c'était la raison pour laquelle ils s'étaient mariés.

— Je suis désolé, ce n'est pas bien de ma part d'exiger des explications. Après tout, tu ne m'as pas demandé de venir aujourd'hui jusqu'à la prison et…

— Cela ne veut pas dire que je ne te suis pas reconnaissante de l'avoir fait.

Elle considérait le collier posé sur la paume de sa main, et il se dit que, si au moins il lui avait rendu un objet auquel elle tenait visiblement autant, la journée n'avait pas été complètement perdue.

— J'ai l'impression que tu t'es mise dans une situation dont tu as du mal à te dépêtrer, remarqua-t-il. Cela arrive à tout le monde.

Elle secoua la tête.

— J'en doute. J'ai du mal à croire qu'un homme comme toi puisse avoir ce genre de problèmes.

Dawson demeura un long moment silencieux à l'observer. Elle avait les épaules contractées, et tout son corps semblait tendu vers la porte, comme si elle voulait partir au plus vite. Il était illusoire d'espérer des explications de la part d'une femme qui, très clairement, ne s'était pas impliquée dans leur mariage autant que lui.

— D'accord… Mais laisse-moi au moins faire une chose pour toi.

Il désigna les trousseaux de clés suspendus près du couloir menant au garage.

— Si tu as besoin de fuir, prends le véhicule que tu veux et pars. Je ne te poserai aucune question.

— Tu viens de te porter garant pour moi. Tu ne crains pas d'avoir des problèmes si je disparais ?

— Mon avocat peut entamer une procédure qui durera si longtemps qu'ils finiront par l'oublier ! Et en théorie, je me suis seulement contenté de signer des papiers pour que tu sois libérée. Nous savons tous les deux que tu es innocente, Autumn.

Son regard eut une expression étrange lorsqu'il prononça son nom. Il préféra passer sous silence le fait qu'il avait mis sa réputation en jeu pour l'aider.

— Si tu as besoin d'argent, dis-le-moi vite, déclara-t-il en jetant un coup d'œil à la pendule de la cuisine. La banque va bientôt fermer.

Bien entendu, il pourrait toujours appeler son banquier et lui demander de s'occuper personnellement de lui, quelle que soit l'heure. Mais une partie égoïste de lui aurait voulu retenir Autumn ici, passer du temps avec elle avant qu'elle disparaisse à nouveau.

Elle était debout devant lui, et le considérait d'un air stupéfait.

— Vraiment ?

Elle se mit à aller et venir dans la pièce.

— Jamais personne n'a fait autant de choses pour moi.

Elle lui jeta un coup d'œil nerveux.

— Je veux dire, à part toi…

Autumn ne semblait pas se souvenir de grand-chose de leur vie à deux. Que s'était-il passé ? Était-elle devenue amnésique ? Il fallait qu'il essaie de le déterminer.

— Ah bon… Et pourrais-tu nommer une de ces choses que j'ai faites pour toi ?

— Je…

Summer resta coite. Aucune réponse évidente ne lui venait à l'esprit.

— Tu m'as demandée en mariage.

Il leva les sourcils.

— Et il y a tant d'autres choses dont il m'est difficile de me souvenir en ce moment…, ajouta-t-elle d'une voix hésitante.

Elle porta la main à son front, essayant d'éloigner le gros mal de tête qu'elle sentait venir. Cela lui arrivait souvent : cette sensation que la migraine prenait racine dans son cerveau et grandissait.

— Que t'est-il arrivé, Autumn ? Tu as eu un accident ?

À sa question, elle comprit qu'il pensait qu'elle avait perdu la mémoire… Ce qui signifiait entre autres choses qu'Autumn n'avait jamais jugé utile de lui apprendre qu'elle avait une sœur jumelle. Il lui aurait été facile de lui répondre qu'elle avait eu un traumatisme crânien : cela aurait été une belle échappatoire à une situation difficile. Mais elle ne se sentait pas le droit de le faire.

— Non, Dawson.

— Tu as beaucoup changé au cours de ces derniers mois… Plus que je ne le pensais. Physiquement, tu es toujours la même, mais j'ai l'impression de parler à une étrangère. Et tes gestes, ta façon d'être, ne sont plus les mêmes. Alors, je me disais que ça pouvait être une explication.

Elle aurait voulu lui en donner une… L'aider à comprendre pourquoi son mariage avait tourné court : il semblait avoir besoin de cela pour pouvoir aller de l'avant. Et, d'après ce qu'elle voyait de lui, il le méritait amplement.

Mais si elle lui avouait qui elle était réellement, cela conduirait à d'autres questions. Pire encore, il allait certainement vouloir l'aider dans ses recherches, et se mettre en danger lui-même. S'il était blessé, voire tué, elle s'en voudrait toute sa vie.

— Un peu d'argent m'aiderait, mais seulement sous la forme d'un prêt. Tu dois me promettre d'accepter que je te rembourse.

Cela lui permettrait de disparaître quelques semaines pour se protéger, le temps que les choses se calment. Elle pourrait par exemple louer une maison dans un endroit reculé… Mais en tout état de cause, elle devait mettre un terme à son enquête.

— D'accord. Tu as besoin de combien ?

— Environ deux mille dollars, si c'est possible.

Elle avait presque honte en disant ce chiffre.

— Je peux te donner bien plus. Que dirais-tu de vingt-cinq mille…

— Jamais je ne pourrai te rembourser une telle somme !

Elle le regardait, un peu interloquée. Sa sœur lui avait dit que l'homme qu'elle avait épousé venait d'une famille riche. Summer n'imaginait même pas qu'il puisse exister des personnes capables de se procurer autant d'argent en si peu de temps.

— C'est inutile. Elle est déjà à toi. Tu te souviens ? Je l'ai virée sur ton compte lorsque nous nous sommes mariés, et tu ne l'as jamais utilisée. Tu peux en faire ce que tu veux.

Il y avait dans sa voix une tristesse qu'elle aurait voulu ignorer, mais qui la touchait d'autant plus qu'il faisait son possible pour qu'elle ne remarque rien.

Elle ne devait pas commencer à s'intéresser à ses sentiments… pas lorsque tant de choses étaient en jeu.

Il avait dit que la banque allait bientôt fermer. Il fallait qu'ils se dépêchent si elle voulait partir d'ici ce soir.

— Tu penses que nous pourrons arriver à temps à la banque ?

— Il est trop tard pour suivre la procédure normale.

Il évitait son regard. Que lui cachait-il ?

Summer tenta de passer mentalement en revue les possibilités qui s'offraient à elle. Elle pouvait prendre les vingt-cinq mille dollars et se cacher pour un temps. Et ensuite ?

Allait-elle fuir pour le restant de sa vie ? Non. Si elle abandonnait ses recherches et ne cherchait pas à savoir ce qui était arrivé à sa sœur, jamais elle ne se le pardonnerait.

Elle croisa le regard de Dawson. Il était franc et bienveillant. Et soudain, elle se sentit incapable de le soutenir et de continuer à mentir. Elle avait beau tenter de se persuader que c'était préférable, elle savait que c'était faux.

Dire la vérité à Dawson était risqué : cela pouvait le mettre en danger. Mais ne pas la lui révéler aussi… surtout s'il commençait à essayer de comprendre ce qui se passait.

L'ignorance n'était pas toujours un bienfait. Parfois, elle était dangereuse.

Elle décida alors de tout lui dire. Après tout, Dawson travaillait avec la police, et il semblait se soucier de sa sœur. Il saurait se protéger s'il pensait être en danger : c'était son métier.

— Dawson, je vais te dire une chose que tu n'es

peut-être pas prêt à entendre. Mais tu as le droit de savoir la vérité.

Le seul fait de prononcer ces mots fit cogner son cœur contre sa poitrine.

Il posa sa tasse de café sur le comptoir et croisa les bras, comme s'il se préparait au pire.

— Je ne sais presque rien sur ton mariage, si ce n'est qu'il a eu lieu le 31 janvier.

Elle leva la main pour l'empêcher de parler, parce qu'elle voyait déjà dans ses yeux qu'il avait des questions à lui poser.

— Je t'ai dit la vérité lorsque je t'ai répondu que je n'avais pas eu d'accident ni de traumatisme crânien.

— Alors, qu'y a-t-il ?

Dire les choses à voix haute était beaucoup plus difficile qu'elle ne l'imaginait. Elle cherchait un moyen de lui révéler la vérité en le ménageant, au lieu de le faire de but en blanc.

— Il y a une bonne raison pour laquelle je ne reconnais pas cette maison, et ne me souviens pas d'une vie ensemble…

— Alors, j'attends des explications, car je ne comprends toujours pas comment tu as pu oublier que tu n'as jamais vécu dans cette maison. Tu regardais Laurel comme si tu ne l'avais jamais vue, alors que vous passiez beaucoup de temps ensemble, et que vous parliez pendant des heures !

— Je suis désolée… Je vois bien que tout cela est très difficile pour toi.

— Épargne-moi ta compassion, Autumn. J'ai seulement besoin de savoir la vérité.

— Alors, commençons par cela. Je ne m'appelle pas Autumn.

Elle leva le collier et fit un pas vers lui, remarquant les plis qui se creusaient sur son front.

— Mon nom est Summer.

— Tu m'as menti ?

Il agrippa le bord du comptoir comme s'il avait besoin de se stabiliser.

— Non. Je ne t'ai jamais rencontré avant aujourd'hui. Tu as épousé ma sœur jumelle.

4

Dawson étudiait la femme qui se tenait devant lui, alors qu'il tentait d'assimiler le choc de cette nouvelle. Il dut probablement la dévisager comme si elle n'avait pas toute sa raison, car elle leva les mains en signe d'impuissance.

— Je sais que cela peut sembler fou, mais c'est la vérité. En toute logique, je devrais être surprise que tu n'aies jamais entendu parler de moi. Dans une famille normale, tu serais au courant de mon existence. Mais ma sœur aimait les secrets… J'ai la conviction qu'il est arrivé quelque chose de grave à Autumn. J'ai suivi sa trace jusqu'à Austin, où deux hommes se sont mis à me suivre et à me menacer. Ils semblaient surpris que je sois encore en vie, et m'ont dit qu'ils allaient finir le travail.

Ses yeux violets le dévisageaient avec sincérité et il sentit son ventre se tordre.

— Si ma sœur était encore en vie, elle m'aurait déjà contactée, ajouta Summer.

Les questions tourbillonnaient dans la tête de Dawson.

— Un instant… Si je comprends bien, tu es Summer et j'étais marié à ta sœur jumelle. Tu cherches à savoir ce qui lui est arrivé, et comme tu n'as plus de nouvelles d'elle, tu crains qu'il lui soit arrivé malheur…

Elle hocha la tête.

— Je suis désolée d'avoir à te dire cela, parce que je sais que tu aimes…

Il l'interrompit. Inutile de revenir là-dessus.

— C'est du passé.

— Elle est morte. J'en suis sûre !

Son menton se mit à trembler, et elle baissa le regard.

— Pourquoi dis-tu cela ? demanda-t-il.

Il la dévisagea avec incrédulité : très certainement, elle lui mentait. Il avait toujours du mal à comprendre ce qu'elle venait de lui dire, et les questions se pressaient dans son esprit alors qu'il revoyait tous les épisodes de sa vie avec Autumn.

— Écoute-moi : je vis dans l'État de Washington. Je suis serveuse. Quoi qu'il arrive, ma sœur et moi sommes toujours restées en contact.

— Pourtant, je n'étais même pas au courant de ton existence.

— J'en suis désolée. Cela m'étonne, dans la mesure où Autumn, elle, m'a parlé de toi. Certes, c'était après votre mariage… Parfois, nous ne nous téléphonions pas pendant un certain temps, mais nous nous envoyions au moins des messages. Les dernières fois, elle me disait des choses étranges à propos de ces dernières années.

— Années dont tu sais fort peu, j'imagine.

Il songea à Autumn : elle vivait sa vie sans se soucier de ce qu'elle laissait derrière elle.

Son commentaire sembla troubler Summer, à en juger par l'expression de son visage. Il n'avait pourtant pas voulu ajouter à son angoisse : il était évident qu'elle aimait sa sœur et se souciait d'elle, sinon elle n'aurait pas entrepris toutes ces démarches.

— Ma sœur était loin d'être parfaite. Personne ne le sait mieux que moi.

Elle croisa les bras et se redressa.

Il revoyait toute l'histoire de leur relation à la lumière de ces révélations. Comment aurait-il pu en être autrement ? Il avait rencontré quelqu'un, avait appris qu'il allait être père seulement quelques mois après avoir commencé une relation.

Mais Autumn avait eu une réaction très mesurée lorsqu'il l'avait demandée en mariage. Elle lui avait répondu qu'elle devait y réfléchir, et au cours des jours qui avaient suivi, elle avait semblé réellement angoissée, hésitant à brûler les étapes. Cela n'avait fait qu'accroître son désir de la protéger.

Avait-il été stupide ?

Normalement, lorsque quelqu'un mentait, il le savait. C'était une compétence qu'il avait développée dans l'exercice de son métier, et il y avait des signes qui ne trompaient pas. Mais avec Autumn, il n'avait rien vu.

— Pour le moment, j'ai encore du mal à comprendre ce que tu viens de me dire… ce qui ne signifie pas que je ne veux pas t'aider… Je t'en prie, continue.

Summer le regarda d'un air méfiant, et il sentit son cœur se serrer. Il lisait clairement son angoisse et sa douleur sur son visage. Manifestement, il n'était pas le seul qu'Autumn ait blessé.

Elle prit une inspiration avant de reprendre la parole.

— La dernière fois que nous nous sommes parlé, elle m'a dit qu'elle avait un problème avec un ex, mais que je ne devais pas m'inquiéter. Tout allait bien, et elle était heureuse avec toi.

Il ne parvenait pas à croire qu'il ait jamais vraiment compté pour Autumn : après tout, elle était partie sans même un regard en arrière, alors que personne n'aurait été mieux placé que lui pour l'aider si elle avait des ennuis. Il était marshal, et la protection des témoins était une de ses spécialités.

— Ce que je vais dire ne va peut-être pas te réconforter, mais je suis convaincue qu'elle t'aimait, déclara Summer.

Il la regarda fixement.

— Comment ? Tu ne le crois pas ? demanda-t-elle.

— Non. Comment peut-on aimer quelqu'un et lui mentir ? La femme que j'ai épousée m'a dit qu'elle était fille unique, et que ses parents avaient été tués dans un accident de voiture, quelques années après son entrée à l'université.

Il s'interrompit, parce que c'était au tour de Summer d'être stupéfaite.

— Tu peux m'expliquer ? poursuivit-il.

— Elle n'aime pas parler du passé : ça a été très dur pour nous deux. Lorsque nous étions adolescentes, nous habitions en Californie, et une année, nous avons vécu dans quatre familles différentes. C'est à ce moment-là que j'ai vu ma sœur changer. Je pense qu'elle s'est blindée pour ne pas souffrir, et qu'elle a fait taire certaines émotions à jamais. Ce n'est pas quelqu'un de méchant. Elle est seulement…

Elle détourna le regard, comme si elle cherchait le mot juste.

— Un peu perdue ? proposa-t-il.

À la façon dont Summer – si c'était vraiment son prénom – parlait d'Autumn, il se rendait compte qu'elle la connaissait très bien… ce qui n'était pas étonnant pour des jumelles.

— Mais pourquoi est-elle venue dans le Texas si elle a grandi en Californie ? poursuivit-il.

— Tu veux savoir ce que j'en pense ?

Il hocha la tête.

— Pour retrouver ses racines. Notre famille vient d'ici. Lorsque nous étions petites, nous vivions à Austin avec nos deux parents. Mon père est parti alors que nous étions encore très jeunes. Ma mère avait un cousin en Californie. Elle pensait que nous serions mieux là-bas. Elle était très belle et elle se disait que si nous allions vivre à Los Angeles il lui serait facile de gagner de l'argent en tant que mannequin.

— Mais elle se trompait ?

— La vie en Californie était plus dure qu'elle ne le pensait, et elle a déprimé. Nous vivions à quatre dans un appartement avec une seule chambre, et son cousin a vite commencé à penser que ma mère ne faisait pas assez d'efforts pour trouver du travail. Il y avait parfois des soirées dans notre appartement, et je me souviens très bien d'avoir un jour retrouvé ma mère évanouie sur le canapé. Elle s'était mise à boire beaucoup trop, et elle a perdu pied.

Encore une fois, c'était une chose que Dawson pouvait observer bien plus souvent qu'il ne l'aurait voulu dans son métier, et il avait beaucoup de compassion pour les enfants comme Summer et Autumn. Personne ne méritait d'être abandonné par son père et élevé par une mère qui était incapable de faire face. Dans ce genre de situations, c'étaient toujours les enfants qui souffraient, même s'ils n'y étaient pour rien.

Tout en l'écoutant, il songeait que les deux sœurs se ressemblaient trait pour trait, mais semblaient avoir des personnalités extrêmement différentes.

— Quelqu'un a appelé les services de protection de l'enfance le jour où ma sœur et moi nous sommes retrouvées à la porte de l'appartement. Ma mère s'était violemment disputée avec son compagnon. Il nous avait poussées dehors, avait fermé la porte, et lui avait cassé le nez et la mâchoire. Je pense que nos voisins ont eu peur de ce qui pouvait nous arriver ensuite, alors ils ont appelé la police.

Il les plaignait de tout son cœur, mais il n'arrivait pas à comprendre pourquoi Autumn lui avait menti. En fait, toute leur vie commune était bâtie sur des mensonges. À cette pensée, il sentait la colère et la frustration l'envahir.

— Tu dis que dans ses messages Autumn faisait référence à des problèmes. Pourquoi penses-tu qu'elle est morte ?

— Elle a cessé toute communication. Jamais elle n'aurait fait cela.

Summer en semblait convaincue. Dawson n'avait pas d'opinion là-dessus. Il se rendait compte qu'il ne connaissait pas vraiment sa femme : Autumn était entrée dans sa vie, dans son cœur, comme une tornade, et en était repartie tout aussi rapidement.

— Tu prétends que vous êtes toujours restées en contact. Pourtant, elle a épousé un homme dont tu ignorais totalement l'existence, lui fit-il remarquer.

— Je vois ce que tu veux dire…

Elle secoua la tête.

— Mais, poursuivit-elle, je connais ma sœur depuis vingt-neuf ans. Même quand plus rien ne va, elle répond à mes messages. Surtout si j'utilise notre signal d'urgence.

Elle connaissait visiblement Autumn beaucoup mieux que lui. Soudain, il se demanda si son ex-femme avait eu des problèmes, et si c'était la raison pour laquelle elle l'avait quitté…

Les pensées tourbillonnaient dans sa tête, et il ne pouvait s'empêcher de se dire qu'il avait été pris pour un idiot, ce qui ne faisait qu'accroître sa frustration.

Il n'aimait plus Autumn. C'était du passé. Il avait peu à peu réussi à surmonter son chagrin. Mais la blessure n'était pas entièrement refermée.

Alors que les semaines s'étaient transformées en mois après leur divorce, il avait compris que son erreur avait été d'épouser une femme qu'il connaissait à peine.

Maintenant, il se mettait à douter de tout ce qu'elle lui avait dit.

— Puis-je te poser une question ?

Dawson n'était pas certain de vouloir connaître la réponse.

Elle haussa les épaules.

— Vas-y…

— Elle t'a parlé de moi avant le mariage ?

Il la dévisageait, tentant de déterminer s'il pouvait croire ce qu'elle allait répondre.

— Non. Je ne savais même pas qu'elle avait rencontré quelqu'un lorsqu'elle m'a annoncé qu'elle était mariée. Elle m'a envoyé une photo. Deux, en fait.

— Mais vous communiquiez ? Vous vous parliez au téléphone ?

La question qui le minait n'aurait pas dû lui importer. Il se demandait si Autumn l'avait jamais aimé. Avait-il épousé une femme qui n'avait pas le moindre sentiment pour lui ? Ou y avait-il vraiment eu quelque chose entre eux ? Certes, il ne s'agissait pas de l'amour immense qu'il avait imaginé entre lui et la femme de sa vie… Mais lorsque Autumn lui avait appris qu'elle était enceinte, il s'était dit qu'il pourrait bâtir un futur avec elle et leur enfant.

— Non, elle ne m'a rien dit. Elle m'a seulement envoyé des photos. Je lui ai demandé si je pouvais te rencontrer, mais elle ne m'a jamais répondu. Auparavant, elle n'était jamais restée longtemps sans me donner de nouvelles… même si, pour être franche, ma sœur pouvait parfois être imprévisible.

— Elle a parlé du bébé ?

Ce fut au tour de Summer d'être abasourdie. Elle écarquilla les yeux et resta un instant bouche bée.

— Tu veux dire que ma sœur était enceinte ? J'ai bien compris ?

— Oui. Du moins, c'est ce qu'elle m'a dit.

Il doutait de tout maintenant. Toute leur relation était empoisonnée par ce qu'il venait d'apprendre.

— Je suis désolée…

Elle le regardait avec tant de compassion.

— Tu as eu des preuves de sa grossesse ? demanda-t-elle. Comme des examens médicaux ?

— Elle m'a monté un test de grossesse positif. Je lui ai fait confiance.

— Je suis vraiment désolée, mais…

Elle avait le regard perdu, comme si elle cherchait ses mots. Il sentit son estomac se nouer, et sut que les choses allaient devenir pires encore.

— C'était impossible. Nous avons eu un accident de voiture lorsque nous étions petites, et ma sœur a été blessée. Elle ne pouvait pas avoir d'enfants. J'étais dans la voiture, moi aussi, et j'en ai encore des traces.

Elle roula sa manche et lui montra une cicatrice d'une dizaine de centimètres sur son bras.

— Ma sœur a été blessée à l'abdomen. Elle a été opérée d'urgence et les médecins ont dû lui ôter les ovaires. Il est impossible qu'elle ait été enceinte.

Cette nouvelle avait été la raison pour laquelle Dawson avait fait sa demande en mariage. En y repensant, Autumn l'avait berné d'une manière particulièrement cruelle, et il avait été incroyablement naïf. Malgré lui, il ne put retenir un juron.

Dans son métier, il passait le plus clair de son temps à mettre en prison des gens qui mentaient, trichaient, et manipulaient. Comment aurait-il pu savoir qu'il vivait avec l'une d'entre eux ?

La réponse lui vint immédiatement à l'esprit : c'était parce que Autumn avait menti avec un art consommé. Elle avait réussi à le berner parce qu'elle était intelligente, mais aussi parce qu'elle avait attisé son instinct de protection en lui donnant l'impression qu'elle était seule au monde. Il s'était laissé guider par l'envie de lui apporter son soutien, perdant tout son bon sens par la même occasion.

Lorsqu'il y songeait, il méritait ce qui lui arrivait.

Dans l'exercice de sa profession, il devait toujours être sur la défensive. Mais une des choses qu'il aimait lorsqu'il était dans son ranch, à Katy Gulch, était de pouvoir se détendre et être lui-même.

— Depuis combien de temps connaissais-tu ma sœur lorsque tu l'as épousée ?

— Visiblement pas assez longtemps.

5

— Je suis vraiment désolée…, balbutia Summer.

Dawson l'interrompit, le regard sombre.

— Tu l'as déjà dit.

— Oui, mais je…

— Tu te sens coupable ?

Elle hocha la tête.

— Pourquoi ? Tu étais au courant que ta sœur m'avait piégé dans un mariage en me faisant croire qu'elle était enceinte ?

Il lui avait posé cette question avec un air de défi dans le regard.

— Non.

Summer avait mal pour lui, même si elle savait qu'elle n'aurait pas dû se sentir responsable des actes de sa sœur.

— Non. Mais cela ne m'empêche pas d'être meurtrie qu'elle t'ait fait subir tout cela.

Il lui était difficile de le regarder dans les yeux après ce qu'elle venait de lui apprendre, mais elle le fit tout de même. Il fallait qu'il sache qu'elle comprenait sa douleur.

— Ce n'est peut-être pas agréable à entendre pour toi, déclara-t-il, mais ta sœur est vraiment la reine des manipulatrices ! Un des aspects de mon métier consiste à savoir faire la part du vrai et du faux, et sans vouloir me vanter, je suis passé expert en la matière. Le fait qu'elle ait réussi à me duper montre à quel point elle était douée. Mais tu n'y es absolument pour rien !

Summer poussa un soupir.

— Mais elle avait vraisemblablement de gros ennuis, et je n'ai rien vu !

— Je *vivais* avec elle, et je n'ai rien vu non plus.

L'air pensif, il poursuivit :

— Elle m'a fait croire que nous allions avoir un enfant, et elle a fait en sorte que je l'épouse. C'est même moi qui lui ai proposé ce mariage, sans qu'elle ait à le faire !

Si pénibles qu'aient été ces révélations pour Dawson, Summer remarqua que jamais il n'avait élevé la voix. Elle était encore traumatisée par les querelles auxquelles elle avait assisté lorsqu'elle était enfant, et entendre des cris lui était difficilement supportable. Elle avait réussi à surmonter ses terreurs, mais elle avait dû travailler dur pour cela.

— Depuis que je suis toute petite, je me suis toujours sentie responsable des actions de ma sœur. J'ai beau essayer de ne pas réagir ainsi, je n'y arrive pas.

— L'essentiel, c'est que tu essaies…

Soudain, elle entendit son ventre protester, lui rappelant qu'elle n'avait rien avalé depuis longtemps. Dawson sembla le remarquer, puisqu'il proposa :

— Et si nous mangions quelque chose, avant d'essayer de voir ce qui a pu arriver à Autumn ?

— Tu veux vraiment m'aider ? demanda-t-elle sans pouvoir masquer son étonnement.

— J'ai encore des congés à prendre, et je ne travaille pas sur de grosses enquêtes en ce moment. Je vais demander quelques jours.

Elle aurait hésité à accepter le soutien de tout autre que lui, mais avec son aide, elle arriverait à avoir des réponses plus vite… Et en tant que marshal, il savait se mettre à l'abri du danger. D'après ce qu'elle avait vu, le ranch était très protégé.

Elle hocha la tête, et il lui sourit en disant :

— Je dois avoir quelques restes au réfrigérateur, si cela te convient.

— Tout m'ira !

— Je crois qu'il y a un pain de viande…

— Je n'en ai pas mangé depuis des lustres !

L'idée qu'elle ne serait plus seule et que quelqu'un allait l'aider dans ses recherches lui donnait une bouffée d'espoir.

— Alors, c'est décidé !

Il sortit le pain de viande, en coupa quelques tranches et les déposa sur deux assiettes qu'il plaça au micro-ondes. Un fumet appétissant emplit la cuisine.

— Je peux t'aider ? demanda-t-elle.

Elle n'avait pas l'habitude d'être servie.

— J'ai presque terminé.

Il ouvrit un placard et en sortit deux verres. Elle remarqua avec une certaine gêne que le tissu de sa chemise se tendait sur ses épaules musclées, et elle détourna le regard.

Baissant les yeux sur ses mains, elle se rendit compte qu'elle serrait le collier si fort qu'il s'enfonçait dans sa peau. Elle relâcha la pression de ses doigts, et déposa le bijou dans le coffret.

— De l'eau, ça ira ? demanda-t-il.

— Parfait.

— Lorsque nous aurons mangé, je préparerai du café, et tu pourras me mettre au courant de l'avancée de tes recherches. Ce sera un point de départ.

Elle sentit un espoir trompeur monter en elle. Il ne fallait pas qu'elle commence à se dire que sa sœur était peut-être encore en vie, même si elle avait envie d'y croire. Les deux types qui l'avaient suivie s'étaient chargés de lui faire comprendre que ce n'était pas le cas. Mais elle avait besoin de savoir ce qui s'était passé, et que justice soit rendue. Et maintenant que Dawson avait décidé de soutenir ses efforts, elle se prenait à croire que c'était enfin possible.

Mais la vie lui avait appris à être méfiante : rien n'était jamais gagné.

Dawson déposa une assiette devant elle, ainsi que des couverts et un verre d'eau. C'était étrange pour elle de rester assise alors qu'on s'activait autour d'elle.

Elle essaya de se convaincre qu'elle était trop fatiguée pour protester. Mais il y avait aussi quelque chose dans l'attitude simple et bienveillante de Dawson qui l'incitait à se détendre.

Le repas fut délicieux. Avant même qu'elle s'en rende compte, elle avait mangé tout ce qu'il y avait dans son assiette.

— C'est toi qui as fait ça ?

Ses lèvres esquissèrent un léger sourire dont elle eut du mal à détacher le regard.

— Non. Je ne suis pas très bon cuisinier. Laurel me prépare quelques plats que je réchauffe en rentrant du travail. Sinon, je vais manger dans la maison principale du ranch avec mes frères.

Summer avait envie d'en savoir plus sur Dawson. Elle tenta de se convaincre que c'était pour comprendre l'homme qui avait rendu sa sœur heureuse, même si c'était pendant très peu de temps.

Mais si elle était honnête avec elle-même, elle devait bien reconnaître qu'elle était curieuse pour des raisons plus personnelles. Des raisons qu'elle ne voulait pas tenter de comprendre, ni maintenant, ni plus tard.

— Le ranch appartient entièrement à ta famille ? demanda-t-elle.

— Nous sommes la quatrième génération.

Elle aurait pu jurer qu'elle avait vu sa poitrine se gonfler de fierté. Il avait prononcé ces mots sur le ton de l'évidence, et cela l'était peut-être pour les habitants de Katy Gulch. Après tout, elle n'était qu'une étrangère ici, même si Dawson faisait tout son possible pour qu'elle se sente à l'aise.

Comme il était facile de voir pourquoi Autumn était tombée amoureuse de lui !

— C'est une dynastie ?

Elle avait posé la question sur le ton de la plaisanterie.

Mais il suffit qu'elle remarque l'expression de son visage pour qu'elle retienne son rire.

— Un peu, répondit-il avec sérieux.

— Que veux-tu dire ?

— Que nous sommes à l'aise.

Donc riches.

— Je peux te poser une question ?

Elle devait essayer de la formuler sans paraître agressive…

— Oui.

Elle eut l'impression que ce seul mot, prononcé d'une voix grave, résonnait à travers tout son corps.

— Si ta famille possède cette propriété et a tant d'argent… Pourquoi es-tu devenu marshal ?

Il éclata de rire.

— Tu as donné la réponse !

Elle ne comprenait pas.

— Je viens d'une famille riche. Cela rend ma vie plus facile, mais rien de plus. Et même si je vais peut-être hériter de beaucoup d'argent, je veux gagner ma vie. Aujourd'hui, s'il le fallait, je serais capable de me débrouiller seul financièrement… À vrai dire, je ferais plus que me débrouiller.

— Ton attitude est impressionnante. La plupart des gens se contenteraient de profiter de ce qu'ils possèdent.

Summer avait beaucoup de respect pour les valeurs de Dawson. Elle venait à peine de le rencontrer mais elle avait l'impression qu'elle le connaissait bien. C'était l'une des personnes les plus simples qu'elle ait jamais rencontrées, même s'il avait grandi dans l'opulence et allait hériter de ce qui devait être l'une des plus grosses fortunes du Texas.

Jamais elle n'avait vu un homme aussi honnête. Le fait qu'il prenne la peine de se déplacer pour faire sortir de prison une femme qui l'avait quitté sans un mot d'explication et qu'il tienne à lui rendre ce qu'elle considérait comme ses biens les plus précieux la touchait. Il était incroyablement gentil envers elle, malgré tout ce qu'il avait subi. Il se souciait d'elle, et lui avait servi ce délicieux repas alors qu'il aurait pu continuer à la presser de questions… Questions auxquelles il méritait d'avoir des réponses.

— Ah bon ? J'aurais l'impression de gâcher ma vie, lui dit-il, comme si son opinion avait peu d'importance.

— Combien de frères et sœurs as-tu ?

Ce n'était pas en essayant de le connaître un peu mieux qu'elle parviendrait à combattre son attirance.

— Nous sommes sept, mais ma sœur, la seule fille de la fratrie, a été kidnappée lorsqu'elle avait six mois. Elle était l'aînée, et je pense que ma mère n'aurait pas survécu si elle n'avait pas découvert qu'elle était enceinte de mon frère quelques semaines plus tard.

Summer fut stupéfaite d'entendre cela.

— J'ose à peine imaginer la douleur que cela a dû être pour ta mère.

Elle le dévisagea. Il n'était pas né lorsque l'enlèvement avait eu lieu, et pourtant, elle entendait quelque chose dans sa voix… une tristesse presque palpable, lorsqu'il parlait de sa sœur.

— Que s'est-il passé ? On l'a retrouvée ?

— Non.

Il secoua la tête, puis ramassa les assiettes.

— Mon père est mort récemment sans jamais savoir ce que sa fille était devenue.

— C'est terrible !

Malgré elle, elle posa une main sur son bras. Les picotements qu'elle sentit naître au bout de ses doigts la surprirent, et elle retira vivement la main.

Elle s'éclaircit la voix avant de déclarer :

— Je vais faire la vaisselle.

— Ne te soucie pas de cela.

Il essayait de parler d'un ton détaché, mais la tension

qu'elle décela dans sa voix lui apprit qu'il avait eu la même réaction qu'elle à ce contact physique.

— Laisse-moi au moins t'aider.

Il resta immobile une seconde et elle vit un coin de ses lèvres se relever. Elle se demanda s'il en avait eu conscience lui-même.

— Bon, tu peux mettre cela au lave-vaisselle pendant que je fais du café.

— Parfait.

Au moins, elle aurait quelque chose à faire pour oublier qu'elle se sentait coupable envers sa sœur : elle n'avait pas le droit d'être attirée ainsi par Dawson.

Lorsque la vaisselle fut faite et le café servi, Dawson lui fit signe de s'installer sur le canapé. En s'asseyant, elle réprima un bâillement, mais ne parvint pas à le cacher. Il lui demanda :

— Quand as-tu dormi pour la dernière fois ?

— Ça fait presque deux jours que je n'ai pas vraiment fermé l'œil, répondit-elle en étouffant un autre bâillement.

Maintenant qu'elle avait le ventre plein, son corps avait besoin de repos. Ou peut-être était-ce le fait d'être en compagnie de Dawson qui lui permettait de se sentir assez en sécurité pour se laisser aller au sommeil. Mais depuis qu'elle était arrivée à Austin, sept jours plus tôt, elle n'avait pas pu faire une nuit complète.

Et ces sept jours pendant lesquels elle avait visité les endroits fréquentés par sa sœur avaient suffi à attirer l'attention de ceux qui, elle le pensait, avaient tué Autumn.

— Tu penses que tu pourrais dormir maintenant ?

Il la regardait attentivement alors qu'elle tentait encore de retenir un bâillement.

Elle prit une gorgée de café.

— Cela devrait m'aider ! Je voudrais surtout essayer de savoir ce qui est arrivé à Autumn.

— Tout d'abord, il faut que j'annonce à mon patron que je prends un jour de congé. Mais même d'ici, je pourrai avoir accès à tous les fichiers de la police, et je pense que nous aurons besoin de toutes les ressources mises à notre disposition.

Pour la première fois depuis que ce calvaire avait commencé – peut-être même pour la première fois de sa vie – Summer ne se sentait plus seule. Jamais elle n'avait éprouvé un tel sentiment de sécurité auparavant… Mais il était inutile de s'appesantir là-dessus.

— Que puis-je faire pour t'aider ? demanda-t-elle.

Un ordinateur portable se trouvait sur la table basse. Il l'attrapa, et le posa sur ses genoux.

— Bon, tu crois que ta sœur a été assassinée…

— Oui.

— Mais tu n'as aucune preuve.

— Non.

Elle se demanda où il voulait en venir.

— Je vais d'abord voir si on a retrouvé des corps non identifiés à Austin.

À ces mots, Summer sentit son cœur se serrer. Il lui fallut un moment pour pouvoir répondre :

— D'accord…

— Cela dit, Autumn est peut-être en train de recevoir des soins dans un hôpital.

Il sembla lire dans ses pensées – mais il était vrai

qu'il était un marshal expérimenté – et enchaîna immédiatement pour expliquer sa démarche :

— Il se peut qu'elle ait refusé de donner son identité.

Mais Summer n'avait plus d'espoir… plus après les paroles prononcées par son poursuivant.

— Il faudra également vérifier les morgues, ajouta-t-il.

Il avait les yeux fixés sur l'écran de l'ordinateur lorsqu'il sembla se rendre compte qu'entendre ce mot pouvait être difficile pour Summer. Il leva la tête et croisa son regard.

— Je suis désolé. J'ai appris à mettre à distance mes émotions lorsque j'enquête. C'est ce qui permet de travailler efficacement sur les cas difficiles. Cela ne signifie en rien que je ne suis pas profondément touché par ce qui est arrivé à Autumn.

— Je comprends.

C'était ce que Summer avait fait toute sa vie : enfouir ses émotions si profondément en elle qu'elle pouvait alors les ignorer. Dawson et elle n'étaient pas si différents.

— Tu me trouves peut-être insensible, mais c'est indispensable de réagir ainsi si l'on veut utiliser toutes ses ressources mentales et physiques pour parvenir à découvrir la vérité.

— Et ensuite ?

— Les affaires véritablement difficiles t'obligent à faire beaucoup de sport ou à courir longtemps pour évacuer la frustration, répondit-il avec honnêteté.

Cela pouvait expliquer pourquoi il semblait en excellente forme physique !

— Tu as beaucoup de journées difficiles dans ton travail ?

— Oui, répondit-il avec un demi-sourire. Mais c'est une énorme satisfaction lorsque tu réussis à mettre un criminel sous les verrous, et à rendre justice à une famille dans la douleur. Tout le monde mérite cela.

Elle pensa à la sœur aînée de Dawson, kidnappée peu après sa naissance, et au fait que l'affaire n'ait jamais été résolue. Il offrait à d'autres ce que l'on n'avait pu lui donner.

— Je suis désolée de ce qui est arrivé à ta sœur, Dawson.

— Merci.

Il tourna la tête vers elle, croisa son regard et le soutint.

— Et maintenant, essayons de savoir ce qui est arrivé à la tienne.

6

Dawson appela le dernier hôpital de sa liste : Autumn ne se trouvait dans aucun d'eux. Summer et lui s'étaient partagé la tâche, et travaillant côte à côte, ils avaient téléphoné à chaque établissement. En tout, quatre femmes dont l'identité était inconnue avaient été récemment admises dans un des grands hôpitaux d'Austin.

Pour des raisons de confidentialité, il n'était pas facile d'obtenir des informations, mais Dawson avait l'habitude de mener ce genre de recherches, et il réussit à soutirer des renseignements qui lui permirent d'écarter ces quatre possibilités… ce qui ne signifiait pas pour autant qu'Autumn n'avait pas été hospitalisée sous une fausse identité.

Donc, cette piste était une impasse.

Ce fut plus simple avec la morgue : neuf cadavres de femmes non identifiées avaient été découverts récemment, mais aucune ne correspondait à la description d'Autumn. Dawson laissa son nom et son numéro de téléphone pour être prévenu au cas où il y aurait du nouveau.

Lorsque 20 heures sonnèrent, Dawson avait déjà rempli un dossier signalant la disparition d'Autumn, et avait fait en sorte qu'il soit enregistré dans la base de recherche.

Il voyait bien que Summer était épuisée, mais elle refusait obstinément d'aller se coucher. Alors, lorsqu'il la vit fermer les paupières et s'assoupir sur le canapé, il la recouvrit d'une couverture et, ne laissant qu'une lampe répandre une douce lumière dans la pièce, il sortit.

Laisser ses réflexes professionnels reprendre le dessus l'aidait : il menait cette enquête comme toutes les autres, en accomplissant une à une les tâches nécessaires. La routine lui apportait un détachement salutaire.

Lorsqu'il eut passé tous les coups de fils possibles pour tenter de retrouver Autumn, il décida de s'intéresser un peu plus à sa vie personnelle… À commencer par les souvenirs de leur mariage.

La cérémonie avait été célébrée dans l'intimité. Autumn avait insisté pour qu'elle ait lieu à Austin, et il voyait bien que cette ville tenait une place particulière dans son cœur.

Mais, maintenant qu'il y songeait, certaines de ses actions semblaient suspectes. Par exemple, elle avait insisté pour tout organiser seule. Elle avait également déclaré qu'elle voulait que le mariage ait lieu avant que Dawson apprenne à ses proches qu'elle était enceinte, arguant qu'il serait plus simple de le leur annoncer ensuite.

En fait, cela lui était égal. Il était très pris par son travail et par la gestion du ranch. Alors, il l'avait laissée tout préparer, puisque c'était son souhait. Elle avait voulu qu'il n'y ait qu'eux deux et Laurel à la cérémonie. Encore une fois, cela lui avait paru un peu étrange, mais le plus important pour lui était qu'ils deviennent mari et femme et puissent accueillir leur enfant dans de bonnes conditions.

Il se souvenait encore de la douleur qu'il avait ressentie lorsqu'elle lui avait annoncé qu'elle avait perdu le bébé. Il ne s'attendait pas à ce qu'elle s'empare de lui avec une telle intensité. Cela l'avait d'autant plus surpris qu'il n'était pas prêt à devenir père, ni à se marier. Il était bien trop accaparé par son métier et par le ranch. Mais à l'annonce de cette fausse couche, il s'était senti comme vidé.

La grossesse d'Autumn n'était pas avancée, et il n'était jamais allé à un rendez-vous médical avec elle. Elle avait prétendu connaître un médecin en qui elle avait confiance à Austin, et s'était rendue chez lui à plusieurs reprises.

Katy Gulch avait un excellent généraliste que la mère de Dawson lui avait recommandé, mais Autumn avait fondu en larmes à la simple suggestion d'être suivie par quelqu'un d'autre. À l'époque, la mère de Dawson n'avait pas été trop surprise par sa réaction : d'après elle, les femmes enceintes avaient souvent les nerfs à fleur de peau. Il ne fallait pas accorder trop d'importance à leurs sautes d'humeur.

Maintenant, il doutait fort de l'existence de ce médecin d'Austin. Tout ce qu'Autumn lui avait dit était suspect…

En y repensant, elle avait vraiment bien joué son rôle. Elle avait semblé si ébranlée par sa fausse couche qu'il avait ressenti le besoin de la protéger plus encore.

Le fait qu'elle se soit jouée de lui à deux reprises lui faisait mal.

Il sortit les papiers du divorce : il fallait qu'il interroge toutes les personnes qui étaient liées de près ou de loin à Autumn…

Il repensa soudain à celui qui les avait mariés. C'était un pasteur ami d'Autumn, et elle avait insisté pour que ce soit lui qui célèbre leur union. Lorsque Dawson avait voulu qu'Autumn lui demande le certificat de mariage que réclamait son employeur, elle avait trouvé toutes les excuses possibles pour ne pas le faire.

Était-ce parce qu'elle aurait été incapable de le produire ?

Mais pourquoi Autumn aurait-elle pu vouloir le piéger dans un mariage ? La première raison qui venait à l'esprit, étant donné la fortune de sa famille, était l'argent. Pourtant, elle n'avait jamais réclamé un sou. Et lorsqu'elle avait divorcé, elle n'avait rien voulu d'autre que sa liberté. C'est ce qui l'avait poussé à signer les papiers du divorce si facilement, d'autant plus qu'il était beaucoup trop blessé et en colère pour demander des explications et tenter de la retenir. Son amour-propre avait été meurtri. C'est pourquoi il avait apposé sa signature au bas du document et l'avait renvoyé par mail après en avoir gardé une copie.

Plus jamais il ne ferait l'erreur de faire aussi aveuglément confiance à quelqu'un.

Dans sa vie personnelle, il n'avait jamais été trahi. Cela l'avait-il rendu naïf ?

Il chercha le nom de l'avocat d'Autumn. Matt Charley Shank. Il n'y avait pas d'adresse sur le papier à en-tête, ce qui était étrange. Il la trouva sur la seconde page.

Il tapa le nom sur un annuaire en ligne pour obtenir un numéro de téléphone. Le résultat n'aurait pas dû le surprendre : aucun avocat exerçant à Austin et répondant au nom de Matt Charley Shank ne figurait dans l'annuaire.

Il serra et desserra les doigts plusieurs fois pour tenter d'évacuer la tension qui le gagnait. Il aurait bien eu besoin d'aller transpirer un peu à la salle de sport, mais ce n'était pas le moment. En revanche, il avait le temps de soulever quelques poids. Il avait un banc de musculation dans le garage pour les fois où il ressentait le besoin de faire une séance rapide… Comme en ce moment par exemple.

Mais tout d'abord, il tapa sur un moteur de recherche le nom du pasteur qui avait célébré leur mariage. Il voulait savoir à quelle paroisse cet ami d'Autumn – Grover Hart – appartenait… Et il ne fut malheureusement pas surpris lorsqu'il découvrit que les prestations de ce Grover Hart se monnayaient sur Internet… Sa spécialité ? La célébration de mariages sans la licence délivrée par les services d'état civil, théoriquement obligatoire.

Si l'avocat et le pasteur n'étaient que des imposteurs, qu'en était-il de ce mariage ?

Summer se tenait dans l'embrasure de la porte menant au garage. Une musique entraînante s'élevait en fond sonore. Il était tard dans la nuit, et Dawson, torse nu, soulevait des haltères. Malgré elle, son regard s'attarda un peu trop longuement sur son torse musclé, sur lequel perlaient de fines gouttes de sueur.

Elle s'efforça de détourner les yeux et s'éclaircit la voix.

— Je suis désolée d'interrompre ta séance, mais j'aurais besoin de prendre une douche. C'est possible ?

Il ne sembla pas particulièrement surpris de la voir ici, et elle sentit son visage s'empourprer. Elle n'avait pas envie qu'il devine qu'elle était restée un peu trop longtemps à le regarder.

Elle s'était réveillée quelques instants plus tôt dans une pièce à l'éclairage tamisé, avec une couverture posée sur elle. Le sommeil avait eu raison d'elle.

— Fais comme chez toi, lui dit-il en se redressant, et en attrapant une serviette.

Summer s'obligea à détourner le regard lorsqu'il s'épongea le visage et se leva. Il portait toujours son jean, qui se tendait sur ses hanches étroites, et il était impossible de ne pas remarquer qu'il avait un corps parfait : des abdos ciselés, des bras musclés, une taille mince… Non, elle ne devait surtout pas commencer à faire la liste de ce qu'elle trouvait admirable chez lui.

Dawson O'Connor était vraiment l'homme idéal : il était intelligent, honnête, incroyablement sexy… et déterminé. Il avait cette étincelle dans les yeux qui disait qu'il n'hésiterait pas à tout mettre en œuvre pour protéger ceux qui comptaient pour lui.

Elle ne pouvait pas être attirée par l'ex-mari de sa sœur. Il ne fallait pas qu'elle se méprenne : l'électricité qu'elle sentait irradier de lui n'était certainement qu'une persistance du désir qu'il avait éprouvé pour Autumn. Il avait assez aimé sa sœur pour l'épouser. Certes, Autumn lui avait joué un sale tour pour qu'il en arrive là, mais il devait malgré tout avoir des sentiments profonds pour elle.

— Je vais te montrer la chambre où tu vas t'installer, dit-il en reposant la serviette.

Elle fit immédiatement quelques pas en arrière pour lui permettre de passer. Elle devait mettre le plus de distance possible entre eux.

Dawson s'arrêta assez longtemps pour croiser son regard. Il y avait dans ses yeux une expression qu'elle ne parvint pas à déchiffrer. Avait-il l'impression de voir un fantôme, dans cette maison qu'Autumn et lui avaient imaginée ensemble ?

— Je suis désolée : je dois te faire penser tout le temps à elle, dit-elle doucement.

— On aurait pu le croire, mais maintenant que je te connais un peu, ce sont surtout les différences que je remarque. C'est étrange de constater à quel point le tempérament d'une personne influence le regard que l'on porte sur elle, une fois que la première impression est passée. Tu vois ce que je veux dire ?

— Oui.

Elle comprenait. Elle n'arrivait plus à compter le nombre de fois où elle avait rencontré un homme au physique avantageux qui, une fois qu'elle le connaissait mieux, perdait tout attrait à ses yeux. Mais ce n'était pas le cas avec Dawson, au contraire. Ses qualités humaines le rendaient encore plus sexy, si c'était possible.

Summer suivit Dawson qui traversa le salon et emprunta un couloir. Plusieurs portes étaient ouvertes, et elle aperçut un bureau, une chambre, et une salle de bains.

— C'est la chambre réservée aux invités, dit-il en ouvrant une porte. Mets-toi à l'aise.

Elle n'avait rien d'autre que les vêtements qu'elle

portait et son sac à main. Il la regarda des pieds à la tête, et se dirigea vers le placard.

— La nièce de Laurel fait à peu près la même taille que toi. Elle étudie à Houston, et il lui est déjà arrivé de passer la nuit ici. Elle a laissé un jogging. Tu peux l'emprunter si tu en as envie.

— Merci. J'accepte avec plaisir.

— Je vais lancer une machine avec tes vêtements pendant que tu te douches.

À l'idée que Dawson puisse toucher sa lingerie, elle secoua la tête : c'était hors de question. Il était inutile d'ajouter des images mentales beaucoup trop évocatrices à l'attirance déplacée qu'elle ressentait pour lui.

— Je m'en occuperai après la douche si tu me dis où se trouve la machine, répliqua-t-elle un peu trop vite.

Il demeura un long moment silencieux avant de parler.

— Aucune femme non identifiée répondant au signalement d'Autumn ne se trouve dans un hôpital ou à la morgue, déclara-t-il enfin.

— L'avis de recherche a donné quelque chose, ou c'est trop tôt ?

— Il n'est jamais trop tôt pour espérer, mais non : rien pour le moment.

— Je peux essayer d'attirer l'attention de ces hommes à nouveau si tu…

— Surtout pas ! Je ne veux pas que tu te mettes en danger.

— C'est peut-être la manière la plus rapide de savoir à qui nous avons affaire, répliqua-t-elle.

— Je préfère ne pas en discuter. Je vois bien que ta sœur compte beaucoup pour toi, mais laisse-moi mener cette enquête dans les règles, sans te faire courir de risques. C'est d'accord ?

En voyant son regard sérieux posé sur elle, elle décida de l'écouter. Se faire passer pour Autumn avait failli la mener à la mort. Elle se souvint qu'elle n'était plus seule maintenant, et que Dawson avait à sa disposition des ressources certainement très utiles. D'ailleurs, elle devait rester en vie si elle voulait pouvoir traîner les meurtriers d'Autumn devant la justice.

Elle prit une profonde inspiration.

— C'est d'accord.

— Si quelque chose arrive pendant que tu prends ta douche, je te préviendrai.

Elle ressentait tant de gratitude à son égard que ses remerciements ne pouvaient l'exprimer.

Il hocha la tête avant de ressortir dans le couloir.

— À tout à l'heure, lui dit-il. Tu veux que je laisse la porte ouverte ou tu préfères que je la ferme ?

— Je la fermerai.

Et c'est ce qu'elle fit, avant d'explorer cette suite qu'elle trouva gigantesque. Une porte menait à un dressing et une autre à une grande salle de bains. Les porte-serviettes étaient garnis de linge propre et moelleux, et un peignoir était accroché au dos de la porte.

Il y avait du shampoing à disposition, tout comme des brosses à dents et du dentifrice. L'endroit avait été préparé avec soin pour accueillir des invités… Très certainement par Laurel. Summer doutait fort qu'un homme menant de front une carrière de policier et la gestion du ranch familial puisse avoir le temps de penser à préparer la chambre d'amis.

Elle était reconnaissante à Laurel. Maintenant qu'elle

y pensait, elle avait envie de la revoir et de lui parler. Si Autumn et elle passaient de longs moments ensemble, peut-être pourrait-elle lui donner des informations sur ce qu'avait été la vie de sa sœur.

De nouveau, Summer se sentit coupable de ne pas avoir été toujours proche d'Autumn. Pour être honnête, sa sœur était compliquée. Elle n'en faisait qu'à sa tête, et agissait sans jamais se soucier des conséquences… Surtout pour les autres. Mais elle pouvait être charmante, et savait très bien se mettre en valeur.

Summer avait toujours trouvé que, même si elles avaient le même patrimoine génétique, Autumn était de loin la plus belle des deux.

Elle se doucha en un temps record, se réjouissant à l'avance en songeant à la tasse de café qu'elle allait boire ensuite. Elle avait seulement eu le temps de prendre quelques gorgées de sa tasse précédente avant de s'assoupir sur le canapé. Et comme tout dans ce ranch, elle avait estimé qu'il était meilleur que nulle part ailleurs.

Autumn avait trouvé ici un paradis sur Terre. Pourquoi l'avait-elle quitté ? S'était-elle vite lassée de la routine du ranch ?

D'après ses calculs, Autumn et Dawson ne sortaient ensemble que depuis quelques mois lorsqu'elle avait prétendu être enceinte. À chaque fois que Summer repensait à ce mensonge, elle en était mortifiée.

Et ensuite, que s'était-il passé ? Depuis combien de temps étaient-ils mariés lorsque Autumn avait annoncé à Dawson qu'il n'y avait pas de bébé ? Il allait falloir du temps pour y voir clair dans ce tissu de mensonges. Un homme aussi bienveillant que Dawson avait déjà du mal à supporter les agissements de sa sœur. Un autre que lui aurait pu réagir beaucoup plus violemment. Ce qui amenait logiquement à se poser la question : y avait-il quelqu'un d'autre ?

Elle avait besoin de s'asseoir et de réfléchir à la chronologie des événements. Il lui fallait prendre un crayon et tout coucher sur le papier pour mieux réfléchir.

Maintenant qu'elle avait rencontré Dawson, les questions affluaient à son esprit. Mais la principale était : Autumn était-elle venue à Katy Gulch pour s'y cacher, et avait-elle trouvé en Dawson O'Connor la personne idéale pour la protéger ?

7

— Le café sent délicieusement bon !

Même la voix de Summer était différente de celle d'Autumn. Il n'arrivait pas à croire qu'il ait pu la confondre, ne serait-ce qu'un instant, avec sa sœur. Et, après quelques heures de sommeil, il l'avait trouvée plus belle encore.

— J'ai attendu que tu sois sortie de la salle de bains pour t'en servir une tasse.

Dawson se retourna vers elle et sentit son cœur se serrer lorsqu'il la vit debout dans l'embrasure de la porte. Elle était vêtue du jogging de Rachel, et tenait ses vêtements en boule à la main.

Il n'y avait absolument rien de sexy dans le simple pantalon et le haut en coton qu'elle portait, et pourtant, il sentit tout son corps réagir instantanément. Elle était très belle, et plus il la connaissait, plus cela lui apparaissait comme une évidence. Le courant qui passait entre eux deux était indéniable.

Mais il ne s'agissait pas d'une simple attirance physique. Sans qu'il puisse s'expliquer comment ni pourquoi, elle touchait également son cœur… Il était en bonne voie pour avoir des problèmes ! Mais il n'avait pas à s'inquiéter : lorsque l'affaire serait résolue et qu'ils sauraient ce qui était arrivé à Autumn, elle retournerait à sa vie, et lui à la sienne.

— La machine à laver et le sèche-linge sont au bout de l'autre couloir.

Il n'avait pas la moindre obligation envers la sœur de son ex-femme. Il n'était même pas au courant de son existence jusqu'à ce qu'elle surgisse dans sa vie et lui apprenne sans crier gare qu'elle était la jumelle d'Autumn. Il avait demandé à un de ses collègues de confirmer ce dont il était déjà intimement convaincu : qu'elle lui avait dit la vérité sur son identité.

Il lui était très pénible de ressentir le besoin de vérifier qu'on ne lui mentait pas. S'il était obligé de douter de tout dans son métier, dans sa vie personnelle, il s'était toujours entouré de personnes de confiance. Autumn avait été sa seule erreur de jugement.

Il repensa à ce qu'il avait découvert concernant Grover Hart, le pasteur qui les avait soi-disant mariés. Après tout, il valait mieux songer à cela que se laisser envahir l'esprit par des images de Summer prenant sa douche.

La journée commençait à 4 heures du matin au ranch, et il n'était pas inhabituel de se réveiller à cette heure-là. Mais pour la plupart des gens, la nuit était loin d'être terminée, et Grover Hart appartenait vraisemblablement à cette catégorie. Il allait falloir attendre avant de le contacter.

Encore une fois, Dawson se maudit intérieurement d'avoir accordé aussi facilement sa confiance à quelqu'un qui ne le méritait pas. Il avait le sentiment cuisant d'avoir fait une grave erreur.

Lorsque Summer revint, il parvint à maîtriser sa

frustration, et lui tendit la tasse qu'il avait remplie. Elle avait le teint frais et éclatant. Des cils épais et noirs ombraient d'incroyables yeux violets dans lesquels il aurait pu se perdre pendant des journées entières.

Elle prit une gorgée de café, et il détourna le regard.

— Tu veux manger quelque chose ? lui demanda-t-il en tentant de maîtriser la réaction instinctive qu'il avait à son égard.

Ses longs cheveux étaient encore un peu humides après la douche… Une douche à laquelle il pensait beaucoup trop.

— Après le pain de viande, je n'ai vraiment plus faim !

Sa voix était encore rauque, un peu trop sexy.

— Il était délicieux ! poursuivit-elle. J'ai l'impression que Laurel est une cuisinière hors pair.

Dawson dut se retenir pour ne pas se pencher et l'embrasser. Il imagina l'expression d'horreur qui se peindrait sur son visage s'il suivait son impulsion, et cette seule pensée le ramena immédiatement à la raison. Il fallait qu'il garde les idées claires.

— Ta sœur t'a parlé des personnes qu'elle fréquentait au cours de ces dernières années ? demanda-t-il.

— À part toi ? Non. Et elle ne m'avait donné que ton prénom.

Elle prit une gorgée de café et appuya sa hanche contre le comptoir.

— Tu as déjà entendu parler d'un certain Matt Charley Shank ? lui demanda-t-il en songeant à l'avocat dont le nom apparaissait sur les papiers du divorce.

Summer ferma les yeux comme si elle fouillait dans sa mémoire.

— Charley… Pas vraiment…

Dawson alla prendre un bloc-notes et un stylo dans un tiroir de la cuisine. Il prit appui sur l'îlot central et écrivit ce nom.

— Tu aimes prendre des notes pour mieux réfléchir ? lui demanda-t-elle.

— Ça fait peut-être un peu ringard à l'heure du numérique, mais j'ai l'habitude de le faire, reconnut-il avec un petit sourire.

— Moi aussi. Je ne sais pas pourquoi, mais écrire m'aide à mieux comprendre les choses.

Elle secoua la tête et conclut :

— C'est peut-être bizarre, mais c'est comme ça !

Il ne voulait pas trop s'attarder sur les similarités qui existaient entre Summer et lui. Il ne voulait pas non plus remarquer combien elle était belle sans user d'artifices, ni songer à cette petite ride qui se creusait délicatement sur son front lorsqu'elle se concentrait, et qu'il trouvait si sexy. Il ne voulait pas penser à ses lèvres pleines et roses, ni se demander le goût qu'elles auraient s'il les embrassait.

Il se concentra à nouveau sur le bloc-notes placé devant lui.

— Qu'y a-t-il ? J'ai quelque chose sur le visage ? demanda-t-elle.

— Non. Ton visage est parfait.

Il se rendit compte qu'il aurait dû s'exprimer autrement. Mais c'était trop tard.

— Oh…

Elle ne dit rien d'autre. Il aurait aimé que sa réaction trahisse un peu plus de réprobation, ou peut-être de contrariété. Mais elle semblait surprise, et même un peu satisfaite.

Le téléphone de Dawson sonna, et cette diversion leur permit d'échapper à l'embarras de la situation. Il se dirigea vers le canapé où il avait posé son portable, et regarda l'écran.

— Hé, tu as trouvé quelque chose ?

Il y avait toujours des policiers de garde, et Dawson avait pu demander à son collègue Anderson Willis de faire des recherches malgré l'heure indue.

— Je suis désolé d'avoir à t'annoncer cela, Dawson, lui répondit la voix familière, mais il n'y a aucune trace officielle de ton mariage.

Dawson se ressaisit, et répondit :

— Je te remercie d'avoir fait ces recherches.

— Tu sais que tu peux me demander ce que tu veux. N'hésite pas si tu as besoin d'aide.

— Je le sais. Merci.

Dawson raccrocha, puis se retourna vers Summer.

— Il s'avère que le mariage était une mascarade. Je n'ai jamais épousé ta sœur. Je n'ai donc jamais divorcé non plus, ce qui signifie que l'avocat, Matt Charley Shank, n'existe pas.

— Mais pourquoi a-t-elle manigancé tout cela ?

— Je n'en ai aucune idée. Autumn voulait une cérémonie très simple, avec nous deux et seulement Laurel comme témoin. Elle avait insisté pour s'occuper de tous les détails. J'ai appris un peu plus tôt que l'homme qui nous avait « mariés » n'était pas un ami de la famille, comme elle le prétendait, mais quelqu'un qui proposait ses services sur Internet.

— Mais pourquoi a-t-elle fait en sorte que tu l'épouses si ce mariage n'a jamais réellement eu lieu ?

Il avait l'impression que la réponse à cette question était un élément crucial de leur enquête, et qu'il donnerait du sens à tous les autres.

Mais pour le moment, il n'en savait rien.

— Nous pouvons commencer par le nom qu'elle a choisi pour cet avocat fictif. C'est un indice très mince, mais c'est toujours un point de départ, déclara-t-il.

Souvent, les menteurs pathologiques utilisaient les patronymes de leurs connaissances, pour donner un semblant de vérité à leurs impostures. Si Autumn avait inventé ce nom, elle l'avait certainement fait à partir d'éléments existants.

— Il y a peut-être autre chose à creuser, dit Summer d'un air songeur. Ma sœur fréquentait régulièrement un bar sur Capital Avenue. Je m'y suis rendue, et un des employés s'est retourné vers moi lorsqu'il m'a vue. C'était peut-être parce qu'elle venait là souvent, mais la façon dont il m'a regardée, avec… surprise, je dirais, était étonnante.

— Tu parles du Capital Coffee ?

Elle hocha la tête.

— Je connais cet endroit. On y croise de nombreuses célébrités locales, surtout des hommes politiques. Autumn était peut-être en possession d'informations compromettantes…

Les idées commençaient à affluer.

— Comment as-tu entendu parler de ce bar ? demanda-t-il.

— Elle m'a envoyé des selfies pris là-bas à plusieurs reprises.

— Nous pourrions nous y rendre… Mais je n'aime pas du tout l'idée de te ramener à Austin. Pas tant que la situation est si critique.

En théorie, ce n'était pas Summer que ces hommes cherchaient à atteindre, puisqu'ils semblaient totalement ignorer qu'Autumn avait une sœur jumelle.

Cela signifiait que personne ne chercherait à s'en prendre à Summer si elle quittait Austin : elle serait en sécurité chez elle, dans l'État de Washington. Alors, même s'il doutait fort qu'elle accepte ce qu'il s'apprêtait à lui proposer, il devait tout de même essayer.

— Que dirais-tu de me laisser continuer l'enquête seul ?

Il avait à peine terminé sa phrase qu'elle secouait la tête.

— Hors de question.

Il voyait bien à son ton définitif qu'il était inutile de discuter.

— Pourrais-tu au moins envisager de ne pas prendre de risques ?

Le regard cinglant qu'elle lui lança se passait de tout commentaire.

— La seule raison pour laquelle je te demande cela, poursuivit-il, c'est que je suis en mesure de te protéger beaucoup plus efficacement si tu retournes à ta vie normale, et que tu me laisses enquêter seul.

Il avait l'obligation morale de la mettre au courant.

Elle ne répondit pas immédiatement. Au lieu de réagir spontanément, elle sembla prendre le temps d'examiner ses arguments, et la petite ride qu'il avait remarquée se creusa sur son front.

— Je comprends ce que tu veux dire, et je suis

consciente des risques auxquels je m'expose, crois-moi. J'ai le sentiment d'avoir échappé de justesse à la mort, et je sais que j'ai eu beaucoup de chance. J'en ai d'autant plus que, malgré ce que ma sœur t'a fait, tu as tout de même envie de m'aider. Je me rends bien compte que ce n'est pas un dû, et je t'en remercie. Mais la réponse est non.

Il fut impressionné par tant de pondération.

— Tu as une grande famille, d'après ce que tu m'as dit, poursuivit-elle.

— Oui.

— Et vous êtes très proches les uns des autres, n'est-ce pas ?

— C'est vrai.

— Ma sœur est tout ce que j'ai au monde. Elle est loin d'être parfaite, je le sais bien. Mais nous nous sommes promis d'être toujours là l'une pour l'autre. Et je n'ai pas tenu parole. J'aimerais tant pouvoir revenir en arrière, mais je ne peux pas changer le passé, je ne peux pas la faire revenir. La seule chose qui soit en mon pouvoir maintenant, c'est de coincer les ordures qui lui ont fait du mal.

Les choses étaient claires.

— Je comprends.

La sonnerie de la machine à laver retentit. Summer se força à adopter un ton détaché.

— Je vais aller mettre mes habits dans le sèche-linge.

La buanderie donnait sur le couloir menant au garage. Elle sortit ses vêtements du lave-linge, tentant de chasser les images de Dawson de son esprit. Heureusement, dans quelques jours, elle retournerait dans l'État de Washington, à la vie qu'elle menait là-bas.

Non qu'elle soit palpitante… Elle travaillait en tant que serveuse pour payer son loyer.

Autumn et elle avaient longtemps rêvé de posséder leur propre commerce. Tout d'abord, lorsqu'elles étaient petites, il s'agissait d'un magasin de jouets. Puis, quelques années plus tard, elles s'étaient dit que ce serait plutôt une librairie… Du moins, c'est ce que Summer avait proposé. Autumn n'y voyait pas d'objection, à la condition qu'il y ait également un salon de thé, qui lui serait réservé.

Puis Autumn avait commencé à s'éloigner d'elle, et pas seulement géographiquement. Ses appels téléphoniques étaient devenus de plus en plus espacés et, si Summer n'avait pas maintenu le contact, ils auraient cessé.

Summer avait occupé toutes sortes de postes, de serveuse à responsable de magasin, tâchant d'apprendre tout ce qui était possible sur la manière de gérer un commerce et de faire des économies.

Son rêve s'était brutalement écroulé le jour où Autumn lui avait appris qu'elle s'était mariée. Elle allait maintenant vivre avec son époux, et avait décrété qu'il n'était plus nécessaire qu'elle travaille, puisqu'elle avait épousé quelqu'un de riche.

Tout d'abord, Summer s'était demandé si Autumn s'était seulement mariée pour s'assurer une sécurité financière. L'expression de son visage sur la photo avec Dawson lui avait donné l'espoir que ce ne soit pas le cas. Mais maintenant, voilà qu'elle découvrait que cette union n'avait jamais eu lieu, et qu'Autumn ne lui avait jamais annoncé son prétendu divorce : elle avait tout fait pour que sa sœur la croie encore mariée.

Elle lança pensivement le sèche-linge et retourna dans la cuisine. Elle prit le stylo, et écrivit sur le bloc-notes le mot : mariage.

— Ma sœur ne m'a pas parlé du divorce… Même si le mariage était un simulacre.

— Il n'a jamais eu lieu, confirma Dawson.

— Mais elle voulait que je croie le contraire. Et ça a marché : j'ai vraiment cru qu'elle était heureuse, et j'ai cessé de me faire du souci pour elle.

En y réfléchissant, Summer s'était rendu compte qu'Autumn répondait beaucoup plus brièvement à ses messages au cours de l'année dernière, mais qu'elle ne s'en était tout d'abord pas aperçue.

— J'étais trop occupée à essayer de savoir ce que j'allais faire de ma vie, maintenant que la sienne semblait réglée.

— Alors, tu penses qu'il était important pour elle de te faire croire qu'elle était mariée ?

— Apparemment… Je trouve également étrange qu'elle ait laissé cette boîte ici.

Elle désigna le coffret en bois censé contenir ce que sa sœur possédait de plus précieux.

— Elle savait qu'elle allait partir, n'est-ce pas ?

— Je le pense.

— Alors, pourquoi laisser ce coffret derrière elle ? D'après ce que tu m'as dit, j'ai l'impression qu'elle a quitté le ranch avec l'intention de ne jamais revenir.

Il secoua la tête.

— C'est ce que j'ai toujours pensé. Pourtant, on ne

laisse ce genre de choses derrière soi que lorsqu'on part si vite qu'on les oublie.

— Tu vas dire que je m'obstine à vouloir interpréter les actes de ma sœur de manière favorable, mais je me demande si elle n'a pas laissé ce collier ici pour me protéger…

Elle souleva le bijou et le déposa dans la paume de sa main.

— C'est fort possible, admit-il.

Il prit le stylo qu'elle avait reposé à côté du bloc-notes, et écrivit :

Protéger quelqu'un qu'on aime.

— Tu t'es déjà dit qu'elle était peut-être partie pour ne pas te mettre en danger ? lui demanda-t-elle.

— Non. Mais j'ai parfois pensé qu'elle m'avait choisi parce que je pouvais lui apporter une certaine sécurité.

Il avait répondu avec sincérité, et elle lui en sut gré. Maintenant qu'il n'adoptait plus le détachement du professionnel, elle décelait un soupçon d'amertume dans sa voix lorsqu'il parlait d'Autumn.

— C'est peut-être vrai. J'ai l'impression qu'elle se cachait et prenait des décisions inconsidérées. Tout paraît si illogique !

— Il nous manque beaucoup d'éléments pour comprendre la situation, acquiesça-t-il avant de jeter un coup d'œil à la pendule sur le mur. Dans quelques heures, nous allons partir à Austin.

Son téléphone portable sonna. Il se dirigea vers

l'îlot central de la cuisine, là où il était posé. En voyant l'expression de son visage lorsqu'il regarda le numéro de son correspondant, elle eut l'impression que son cœur allait s'arrêter.

8

— Merci de m'avoir prévenu.

Ces mots allaient changer à jamais la vie de Summer. Ses jambes se dérobèrent, et elle se retint au comptoir pour ne pas tomber. Au fond d'elle-même, elle avait toujours eu la conviction que sa sœur était morte. Pourtant, la confirmation de ce décès la frappa comme un coup de tonnerre.

Dawson se précipita vers elle et la retint de ses mains solides.

— Je suis désolé.

Elle ne voulait pas entendre ces mots…

Il la conduisit jusqu'au canapé en la soutenant, et lui apporta une autre tasse de café. Pendant un long moment, elle fut incapable de parler, tant les sanglots l'étouffaient. Elle sentait des larmes chaudes ruisseler sur ses joues. Dawson s'installa un peu à l'écart, sur un tabouret près du comptoir, lui permettant ainsi de laisser libre cours à son chagrin, mais sans jamais cesser de poser sur elle son regard grave et compatissant.

Summer ne voulait pas savoir les détails de ce que Dawson venait d'apprendre… Du moins, pas pour le moment. Le temps était comme suspendu, et elle se sentait incapable de penser ou de parler. Chaque inspiration lui demandait un effort considérable, tant elle se sentait oppressée par le poids qui pesait sur sa poitrine.

Elle prit un coussin qu'elle serra contre elle, et tenta de boire quelques gorgées de café chaud pour se libérer de son carcan de douleur.

Elle eut vaguement conscience que le ronronnement du sèche-linge s'arrêtait, mais elle n'y prêta pas attention. Elle entendit Dawson bouger sans trop savoir ce qu'il faisait. Le café dans sa tasse était devenu froid depuis longtemps.

Ses larmes finirent par se tarir. Le soleil se leva, et cela lui fit mal : comment la vie pouvait-elle continuer pareille à elle-même, alors qu'elle avait l'impression qu'on venait de lui arracher le cœur ?

Allons... Elle devait tenter de se ressaisir. Elle avait toujours su que ce moment allait venir. Elle avait eu le temps de s'y préparer. Mais il y avait quelque chose d'impitoyablement cruel lorsque l'on apprenait que tout espoir était perdu. Elle se mit sur le côté et s'enveloppa dans la couverture que Dawson avait posée sur elle hier soir, quand elle s'était endormie. Elle avait soudain très froid.

Les détails pourraient attendre. Bientôt, la police lui donnerait toutes les informations sur ce qu'ils appelleraient « le corps ».

La seule chose qui lui importait maintenant était que l'on retrouve le coupable. Mais que ferait-elle ensuite ? Elle ne voulait pas retourner à son semblant de vie dans l'État de Washington. Il n'y avait plus rien pour la pousser à aller de l'avant.

Summer se pencha et déposa la tasse sur la table

basse. Quelques secondes plus tard, Dawson plaça devant elle une assiette avec un petit sandwich. Elle le regarda en se disant que jamais elle ne pourrait l'avaler. Mais elle prit une gorgée du verre d'eau qui l'accompagnait.

— Je peux m'asseoir à côté de toi ? lui demanda Dawson.

— Avec plaisir.

Elle était sincère. Le seul soulagement qu'elle ait éprouvé dans cette situation avait été de l'avoir à ses côtés lorsqu'elle avait appris la nouvelle. C'était une chose à laquelle elle n'était pas habituée. Depuis toujours, elle avait dû se battre sans l'aide de personne, et l'une de ses plus grosses angoisses était de passer seule le reste de sa vie. Maintenant que sa sœur jumelle était morte, elle n'avait plus aucune famille.

Elle fit de la place à Dawson pour qu'il puisse s'asseoir auprès d'elle, et n'hésita pas une seconde lorsqu'il la prit dans ses bras pour la réconforter.

Enfouissant le visage dans son cou, elle lâcha enfin prise.

Dawson savait très bien qu'il ne devait pas prolonger ce moment trop longtemps. C'était dangereux pour lui, car il lui serait bien trop facile de se perdre dans ces yeux violets. Alors, au lieu de s'autoriser à savourer cette sensation, il mit toute sa volonté à s'en détacher.

Lorsqu'il songeait à tout ce qu'il avait appris au cours de ces dernières heures, il en avait encore le tournis. Autumn avait accumulé les mensonges : elle n'était pas enceinte, n'avait jamais étudié à l'université et n'était pas fille unique. Même si une année entière s'était écoulée depuis qu'elle l'avait quitté, il lui était difficile de savoir qu'elle s'était jouée de lui. Il pensait qu'il aurait beaucoup de mal à accorder à nouveau sa confiance.

Sauf lorsqu'il s'agissait de Summer. Il y avait en elle une force calme et une vulnérabilité qui le touchaient profondément.

Le portable de Dawson se mit à sonner. Il vit Summer se raidir, puis se laisser aller contre le dossier du canapé. Pour elle, le pire était déjà arrivé. Il n'imaginait même pas la douleur qu'il ressentirait s'il perdait un de ses frères.

Il se leva et décrocha à temps, après un coup d'œil sur l'écran.

— Colton ?

— J'aurais aimé avoir de meilleures nouvelles à t'annoncer, commença son frère aîné.

Le fait qu'il aille droit au but n'augurait rien de bon.

— Qu'y a-t-il ?

— C'est papa. Un détective privé m'a contacté et m'a dit qu'il l'avait rencontré quelques semaines avant qu'il soit tué, pour lui donner des informations sur la disparition de notre sœur. Cela pourrait être le mobile de son assassinat : il est possible qu'on ait voulu l'empêcher d'en savoir plus… Et il y a autre chose.

— Quoi ?

— Quelqu'un a utilisé sa carte de crédit il y a deux jours. Alors, nous sommes en train d'essayer de savoir de qui il s'agit, et comment il se l'est procurée.

En tant que shérif, Colton avait pas mal de moyens à sa disposition.

— Si papa était sur une piste et qu'on l'a tué pour l'empêcher d'avancer, il faudrait vraiment que son meurtrier soit fou pour oser se servir de sa carte !

— Tu as raison. Mais il peut y avoir une multitude de motifs pour que cette carte ait été utilisée. Par exemple, papa peut avoir perdu son portefeuille, et quelqu'un peut l'avoir trouvé.

— C'est exact…

Il n'était pas nécessaire qu'ils passent ensemble en revue tous les cas de figure possibles : ils travaillaient tous les deux dans la police, et en avaient une idée assez précise.

— Où cette carte a-t-elle été utilisée ? demanda Dawson.

— Dans un petit supermarché de Beckridge.

— Ce n'est pas très loin. Il doit y avoir des caméras de surveillance, non ?

— Ils ne conservent pas les enregistrements : ils sont effacés chaque soir. Cela ne nous donnera aucune information, expliqua Colton. De toute façon, il serait quasiment impossible d'identifier la personne qui a payé ses achats avec cette carte à partir des enregistrements.

— Nous pourrions au moins déterminer s'il s'agit d'un homme ou d'une femme… Et le caissier pourrait peut-être nous en donner une description.

Dawson ne voulait négliger aucune piste.

— Il a été interrogé, et il ne se souvenait pas de la personne qui lui avait présenté la carte… Par ailleurs, poursuivit Colton, j'ai parlé à maman, et elle a l'intention de proposer une plus grosse récompense pour toute information concernant le meurtre de papa. Qu'en penses-tu ?

— Dix mille dollars me semblent déjà amplement suffisants !

— Entièrement d'accord avec toi.

Au moins, son frère et lui étaient sur la même longueur d'onde.

— Tu lui as dit que cela risquait de susciter une multitude de faux témoignages ? demanda Dawson.

— Bien entendu !

Dawson prêchait un convaincu. Son frère était un shérif chevronné, et était déjà au courant de toutes les dérives que de telles récompenses pouvaient occasionner.

— Personnellement, je suis opposé à cette idée, déclara Dawson.

— Nous sommes donc tous du même avis, conclut Colton.

Il devait déjà avoir contacté leurs autres frères.

— Pour changer de sujet, comment vas-tu ? poursuivit-il.

Dawson comprit soudain que son frère, en tant que shérif, devait avoir lui aussi appris la mort d'Autumn. Il s'était dit qu'il mettrait sa famille au courant lorsqu'il se serait remis du choc de tout ce qu'il venait d'entendre. Pour le moment, Summer était sa priorité.

— Il faudra que je vous parle. Mais d'abord, je dois me rendre à Austin pour interroger quelques personnes. Si c'est possible, j'aimerais que vous n'ébruitiez pas la nouvelle du décès d'Autumn.

Cette annonce avait été pour lui un coup sévère… Non qu'il ait encore des sentiments pour elle. Il l'avait épousée non par amour, mais parce qu'il pensait qu'elle attendait leur enfant, et leur mariage avait été très bref. Il avait réussi à surmonter la douleur de cette rupture brutale. Et maintenant, il ressentait simplement une profonde tristesse pour elle et pour sa famille, non en tant qu'ex-mari, mais en tant qu'être humain.

— J'ai vu Laurel hier, déclara Colton. J'étais dans l'écurie lorsqu'elle y a amené Shadow.

— Alors, tu as peut-être compris que la femme qui se faisait passer pour Autumn est sa sœur jumelle, Summer. Elle est déterminée à savoir ce qui est arrivé à Autumn, et je vais l'aider.

Dawson se préparait à faire face aux objections que son frère – qui avait son bien-être à cœur – n'allait pas manquer de faire.

— Tu sais que nous sommes tous là pour toi, si tu as besoin de quoi que ce soit.

La façon dont il prononça ces derniers mots suggérait que sa proposition incluait beaucoup plus que l'aide que l'on était en droit d'attendre d'un frère. Il y avait même un soupçon de confusion dans la voix de Colton, ce qui était fort compréhensible, étant donné les circonstances.

Dawson était bien en peine de parler d'une chose qu'il ne comprenait pas lui-même. Pourquoi ressentait-il ce besoin irrépressible d'apporter son aide à Summer ?

— Tu m'as bien dit que tu allais te rendre à Austin ? demanda Colton, ramenant la conversation sur l'enquête elle-même.

— C'est exact.

— Tu veux que l'un de nous t'accompagne ?

— C'est inutile. Mais je te remercie pour ta proposition.

Dawson connaissait assez de monde à Austin pour trouver du soutien si les choses tournaient mal. Pour le moment, il avait seulement l'intention de se rendre dans le bar qu'Autumn avait l'habitude de fréquenter, et aussi d'aller s'entretenir avec le soi-disant pasteur qui avait célébré leur mariage.

— Tu sais que tu n'as qu'à m'appeler si tu as besoin de quoi que ce soit. Je suis également prêt à faire des recherches dans des bases de données si besoin est, proposa Colton.

— Merci. Vraiment.

— C'est normal, n'est-ce pas ?

Colton avait raison : ils étaient tous prêts à accourir pour aider l'un de leurs frères, s'il en avait besoin.

Dawson remercia encore Colton avant de mettre fin à l'appel. Il se dirigea vers l'évier et remplit un verre d'eau, qu'il but d'un trait. Il songea au trajet jusqu'à Austin. Il allait devoir s'arrêter pour acheter quelques provisions sur le chemin. Shadow pourrait rester à l'écurie quelques jours, et tenir compagnie à Apollo. Il fallait seulement qu'il signale ce petit changement à son contremaître.

Derrière lui, il entendit le bruit des pieds nus de Summer sur le parquet. Il savait qu'elle s'approchait de lui. Son parfum floral l'enveloppa et lui monta à la tête lorsqu'il prit une inspiration pour tenter de se calmer.

— Tu viens d'apprendre de mauvaises nouvelles ? demanda-t-elle.

Sa voix résonna dans son corps tout entier.

— Je t'ai dit que mon père était mort. Mais je n'ai pas précisé qu'il avait été assassiné… Et quelqu'un vient d'utiliser sa carte de crédit.

Il percevait lui-même des accents de douleur dans sa réponse. D'habitude, il parvenait à la masquer.

Il posa le verre sur le comptoir et desserra ses doigts crispés autour.

Alors, il fit ensuite exactement ce que sa raison lui criait de ne *pas* faire : il n'aurait pas dû se retourner. Il n'aurait pas dû faire un pas en direction de Summer. Et il n'aurait pas dû l'embrasser.

Dawson baissa la tête et captura les lèvres roses et pulpeuses de Summer. Il poussa un soupir lorsqu'il les sentit s'entrouvrir.

Puis ce fut au tour de Summer de gémir alors qu'il pressait les lèvres contre les siennes et que leurs langues se mêlaient. Elle se mit sur la pointe des pieds et, lui prenant la tête entre les mains, elle enfonça les doigts dans sa chevelure, tout en approfondissant leur baiser.

Il sentait des ondes de bien-être lui traverser le corps, le ramenant à la vie. Il lui enlaça la taille alors qu'elle se serrait contre lui. À travers le tissu, il sentait la rondeur de ses seins pressés contre lui. Elle était parfaite, et leurs corps s'accordaient à merveille.

Elle ouvrit plus largement les lèvres, et il approfondit leur baiser. Elle avait un goût de café et de dentifrice.

Son cœur s'emballait et le sang battait à ses tempes. Summer semblait se fondre en lui. Lorsqu'elle ouvrit ses yeux magnifiques et qu'il put plonger le regard dans leur profondeur, il ne put plus penser à rien d'autre.

Elle sembla soudain se raviser, et il sut ce qui allait arriver.

— Est-ce une bonne idée, Dawson ?

Lorsqu'il la tenait ainsi contre lui et était suspendu à son regard, il lui semblait que rien de ce qu'il pouvait faire avec elle ne pouvait être une mauvaise idée.

Peut-être le moment était-il mal choisi, mais c'était autre chose.

S'il l'avait rencontrée deux ans plus tôt, il lui aurait été si facile de se laisser emporter sans la moindre arrière-pensée ! Mais aujourd'hui, tout était plus compliqué.

Égoïstement, il avait envie de Summer, de ses yeux éclatants et de ses lèvres pulpeuses. Il voulait se perdre en elle et tout oublier.

Dawson marmonna un juron.

— Non, ce n'est probablement pas une bonne idée, répondit-il.

Il avait du mal à prononcer ces mots, d'autant plus que ce baiser avait réveillé des endroits de son corps endormis depuis trop longtemps. Aucune femme ne l'avait jamais enflammé ainsi avec un simple baiser.

— Alors, nous devrions certainement arrêter.

L'hésitation qu'il perçut dans sa voix lui donna envie de tenter de la convaincre du contraire. Il n'avait pas l'impression qu'il aurait à user de beaucoup de persuasion, et c'était également vrai pour lui.

Le fait de sentir son corps chaud tout contre lui ne l'aidait pas à avoir les idées claires. Elle était parfaite, élancée, avec des courbes là où il en fallait et…

Dawson s'arrêta net. Le bras toujours enroulé autour de sa taille, il baissa la tête et déposa un léger baiser sur ses lèvres.

— J'ai très envie de t'embrasser. Mais la dernière chose que je voudrais, c'est rendre la situation encore plus confuse qu'elle ne l'est. Ce n'est pas le moment.

Il avait mal choisi ses mots, et il sentit immédiatement qu'il l'avait involontairement blessée. À vrai dire, il se voyait très bien continuer à l'embrasser, et même à nouer une relation avec elle. Mais était-ce seulement envisageable ?

Pourrait-elle rester ici assez longtemps pour qu'ils apprennent à se connaître et qu'ils voient si quelque chose de plus profond pouvait naître entre eux ? Pour que l'attirance évidente qu'ils avaient l'un pour l'autre se transforme en une véritable relation ?

Dawson ne voulait surtout pas commencer une histoire sérieuse. Après ce qu'il avait vécu avec Autumn, il douterait de tout.

Une petite voix agaçante dans sa tête lui disait qu'il se cherchait des excuses. Était-ce vraiment le cas ?

Mais la vérité était que rien – ni son corps, ni son esprit, ni son cœur – ne voulait s'éloigner de Summer. Il était debout contre elle, et ne pouvait se résoudre à être le premier à faire un pas en arrière. Et c'était très dangereux…

Il s'avérait que Summer Grayson était sa faiblesse. Il fallait absolument qu'il se reprenne avant que la situation échappe à son contrôle.

Comment avait-il pu confondre Summer et Autumn ne serait-ce qu'un instant ? Summer avait une beauté naturelle. Elle donnait l'impression de sortir de la salle de bains et d'être belle sans le moindre effort.

Autumn, quant à elle, passait beaucoup de temps à se maquiller. Lorsqu'il était avec elle, il sentait son instinct de protection se développer, mais ce n'était pas de l'amour. Elle était seule et sans défense, et il était venu à son secours. Pour être honnête, il avait toujours pensé qu'il épouserait une femme forte et indépendante, qui n'hésiterait pas à le contredire et à exprimer ses propres opinions. Il espérait également qu'elle aurait le sens de l'autodérision, car la vie réservait parfois des moments difficiles.

Summer était forte. Mais aussi vulnérable. Cela se sentait immédiatement… mais elle n'était pas pour autant passive. C'était une battante, et il était évident qu'elle ne se laisserait jamais faire sans lutter.

Elle n'aurait pas pu avoir une personnalité plus différente de celle de sa sœur. Elle avait l'esprit vif, et était pleine de ressource. Son intelligence était manifeste, et on sentait en elle une force et une dignité qu'il avait rarement eu le loisir d'observer.

Il devait lutter de toutes ses forces contre le désir de la tenir dans ses bras, tout contre lui. Summer suscitait ce genre de réaction. Elle était comme le soleil : on avait envie de tourner le visage vers elle et se laisser aller à la douceur de sa chaleur.

Dawson se rappela une fois de plus que Summer vivait dans l'État de Washington alors qu'il demeurait dans le Texas. Des milliers de kilomètres les sépareraient bientôt. Et ce n'était pas le seul obstacle qu'ils auraient à surmonter s'ils commençaient une relation.

— Où allons-nous aller en premier ?

Malgré lui, il frémit en entendant sa voix. Elle glissait sur lui comme une caresse et l'émouvait profondément.

— J'aimerais d'abord aller interroger Grover Hart, pour voir s'il connaissait ta sœur, ou si elle a découvert ses services sur Internet. Peut-être pourra-t-il nous fournir quelques indications sur les endroits qu'elle fréquentait à Austin, et nous donner des précisions sur ce qu'elle y faisait.

— C'est un bon point de départ.

Elle s'arrêta quelques secondes, et il eut l'impression de voir les rouages tourner dans son cerveau.

— Tu penses que nous pourrions changer quelque chose dans mon apparence, pour me rendre difficilement reconnaissable ? demanda-t-elle. Je pourrais par exemple porter une casquette, ou mettre une écharpe.

— J'ai déjà pensé à cela. Il m'arrive régulièrement d'avoir à emmener des témoins en lieu sûr, et je garde un sac avec des accessoires dans mon placard. Nous voyagerons de jour et il fait très beau, alors tu pourrais prendre une paire de lunettes de soleil… Et j'ai d'autres choses qui devraient t'intéresser.

Dawson se tourna vers la porte d'entrée et désigna le placard. Il dut se forcer à détourner le regard lorsqu'elle lui tourna le dos pour se diriger dans cette direction.

Regarder ses hanches se balancer n'allait pas faire avancer les choses ! Il s'en voulait encore de ne pas avoir su mieux réagir lorsqu'ils avaient été tout près l'un de l'autre. Et il s'en voudrait également pendant longtemps s'il la laissait partir.

9

Alors qu'elle tapotait machinalement la vitre de sa portière, Summer sentit sur elle le regard de Dawson. Il n'y avait pas le moindre agacement dans ses yeux, juste de la sollicitude. Pourtant c'est à ce moment seulement qu'elle se rendit compte à quel point elle était nerveuse.

Elle aurait voulu pouvoir dire que toutes ses pensées étaient tournées vers l'entrevue qu'ils allaient avoir avcc Grover Hart, le prétendu pasteur censé avoir marié Dawson et Autumn, mais elle aurait menti. En esprit, elle ne cessait de revivre le baiser que lui avait donné Dawson… Un baiser donné avec toute la passion dont elle avait toujours rêvé, et qu'elle n'avait jamais trouvée auparavant.

Mais rejouer cette scène en boucle ne servait absolument à rien ! Alors, elle s'efforça de ne plus y penser.

Grover Hart vivait au nord d'Austin, dans une petite ville appelée Buff. Son bungalow s'élevait sur un vaste terrain où était entreposé tout un bric-à-brac : des pièces détachées de tracteurs et de camions jonchaient le sol, et un vieux canapé défoncé se trouvait à côté de l'entrée de la maison.

Dawson se gara, mais laissa le moteur tourner. Il

jeta un autre coup d'œil à Summer, et cette fois-ci, son regard s'attarda sur elle.

— L'entrevue promet d'être intéressante ! remarqua-t-il.

— Entièrement d'accord !

Sur un côté du terrain se trouvait un barnum blanc. Des guirlandes de fleurs en plastique s'enroulaient autour des montants. L'endroit devait servir de cadre à la célébration d'unions. Mais qui pouvait avoir envie de se marier ici, à côté de ce qui était quasiment une décharge ? Fort heureusement, pour la cérémonie de sa sœur et Dawson, Grover Hart avait officié au ranch familial.

— Allons-y ! déclara Dawson en coupant le moteur.

Il sortit et contourna la voiture. Lorsqu'il arriva près de sa portière, elle était déjà descendue. Elle crut déceler un soupçon de déception dans son regard : apparemment, les Texans avaient encore des âmes de chevaliers servants.

Ils n'avaient fait que quelques pas lorsque la porte d'entrée du petit bungalow s'ouvrit. Un homme d'une cinquantaine d'années en sortit. Il était vêtu d'habits aux motifs colorés et avait un bandeau assorti noué dans les cheveux. Il leur tendit la main avec un large sourire sur son visage buriné. Il avait tout du hippie sympathique et décontracté, prêt à leur proposer un peu plus que le traditionnel verre de bienvenue.

— Que puis-je pour vous ?

Il regarda Dawson, puis tourna les yeux vers elle. Il ne sembla pas les reconnaître.

Summer songea soudain qu'elle portait un foulard, une casquette et des lunettes de soleil. Elle les enleva tout en observant l'homme, pour voir s'il se souvenait de sa sœur. S'il était véritablement un ami d'Autumn – ainsi qu'elle l'avait affirmé lorsqu'elle l'avait choisi pour célébrer le mariage – il ne manquerait pas de la reconnaître.

— Bonjour, déclara Dawson en serrant la main de Grover.

Il ne dit rien de plus, attendant de voir sa réaction.

L'homme les regarda, avant de désigner le barnum blanc d'un geste de la main.

— Vous voulez aller voir l'endroit où ont lieu les cérémonies ?

Il parut surpris lorsque aucun d'eux ne lui répondit.

— Vous nous avez déjà mariés il y a quelque temps, commença Dawson.

Grover eut l'air pris au dépourvu.

— Ah…, dit-il d'un ton hésitant, semblant chercher dans sa mémoire.

— J'espérais seulement que vous vous souviendriez de ma femme, poursuivit Dawson. C'est avec elle que vous avez organisé la cérémonie.

— Je suis désolé… Je peux vérifier dans mes documents si vous le voulez. Vous avez besoin d'informations en particulier ?

— Non, ce n'est pas nécessaire, déclara Summer, persuadée que cette conversation n'allait rien donner de plus.

Dawson sembla en arriver à la même conclusion, puisqu'il tendit la main avec un sourire.

— Nous passions simplement tout près d'ici et nous nous sommes dit que nous allions nous arrêter pour vous saluer.

— Merci pour votre accueil, déclara Summer avant de rebrousser chemin vers leur véhicule.

Lorsqu'ils furent installés à l'intérieur, elle déclara :

— Visiblement, ce n'était pas un ami d'Autumn, contrairement à ce qu'elle t'a affirmé.

— Je me suis dit exactement la même chose ! répondit Dawson en s'engageant sur la petite route. J'espère que nous aurons plus de chance au bar.

Le reste du trajet se passa dans un silence seulement interrompu par les coups de klaxon de conducteurs excédés d'être pris dans les embouteillages, inévitables à Austin l'après-midi en heure de pointe.

Avec le GPS, il leur fut facile de localiser le Capital Coffee, mais parcourir les rues du centre-ville avec un véhicule qui occupait la moitié de la chaussée se révéla nettement plus ardu.

Presque par miracle, Dawson trouva une place pour se garer à une centaine de mètres du bar. Lorsqu'ils se mirent à marcher dans sa direction, Dawson prit la main de Summer, et ce contact la rassura. Elle songeait avec tristesse qu'Autumn avait souvent dû emprunter ce chemin, le cœur léger, pour se rendre dans ce café qu'elle avait l'habitude de fréquenter.

Autumn était retournée vivre à Austin après avoir quitté Dawson. Pourquoi ? Summer ne pouvait voir qu'une seule raison à cela… un homme. Autumn n'était pas le genre de femme à rester seule : elle allait de liaison en liaison. Summer avait espéré qu'elle se stabiliserait en se mariant, mais elle comprenait maintenant qu'elle avait été bien naïve en croyant que sa sœur allait s'assagir.

Une fois encore, elle se dit qu'au cours de ces

dernières années sa sœur s'était mise à agir de façon de plus en plus étrange. Elle avait été folle de quitter Dawson : c'était l'homme parfait.

Vraisemblablement, Autumn s'était retrouvée prise au piège de ses mensonges, et avait compris qu'un jour ou l'autre elle devrait rendre des comptes.

— Ma sœur devait savoir que tous ses mensonges finiraient par la rattraper, déclara-t-elle, exprimant ses pensées à voix haute.

Mais elle ne voyait absolument pas ce qui avait pu pousser Autumn à de telles affabulations.

— Je me suis demandé pourquoi elle avait voulu t'épouser, et ce qu'un mariage pouvait changer, poursuivit-elle.

— Mis à part le fait que l'on passe le restant de sa vie ensemble ?

— Je me suis posé la question de façon plus pratique... Et j'ai pensé à une chose : lorsqu'elles se marient, les femmes doivent décider si elles veulent garder leur nom de jeune fille ou non.

— Autumn insistait pour qu'on l'appelle Mme O'Connor...

Dawson poursuivit d'un air songeur :

— Elle n'avait plus besoin d'utiliser son nom de jeune fille si je croyais que nous étions mariés.

— Et nous savons tous les deux que ton ranch est un endroit sûr. Il est plus protégé que la plupart des banques !

— Elle ne voulait jamais en sortir... Je comprends beaucoup de choses, maintenant, poursuivit Dawson. Par exemple, elle ne voulait pas s'impliquer dans nos projets de construction. Elle disait que c'était à moi de le faire, et qu'elle s'occuperait plus tard de la décoration.

— Peut-être ne voulait-elle pas intervenir dans tes décisions parce qu'elle savait qu'elle n'allait pas habiter dans cette maison…

— C'est ce que je pense.

Il n'y avait pas de regret dans la voix de Dawson. Il parlait sans émotion apparente de sa relation passée avec Autumn.

Cette observation lui fit beaucoup plus plaisir qu'elle n'aurait dû.

— Petit à petit, beaucoup de choses s'éclaircissent, déclara Dawson.

Il se souvenait de la réticence que manifestait systématiquement Autumn lorsqu'il s'agissait de s'engager dans leurs projets communs, qu'il s'agisse de la maison ou de leur couple. À l'époque, il avait attribué ce manque d'intérêt à sa fausse couche, pensant qu'elle était un peu déprimée. Maintenant, il supposait qu'elle avait essayé de ne pas intervenir parce qu'elle savait que sa présence dans sa vie ne serait que temporaire.

Le plus paradoxal, c'est qu'il n'aurait pas été nécessaire qu'elle feigne une grossesse et organise un simulacre de mariage pour qu'il vienne à son secours. Il aurait fait tout ce qui était en son pouvoir pour l'aider si elle le lui avait seulement demandé.

Mais, vraisemblablement, Autumn devait être convaincue de ne pas avoir d'autre échappatoire lorsqu'elle avait monté tout ce stratagème. Elle avait multiplié les mensonges, et il était certain qu'il n'était pas la seule personne qu'elle avait dupée. Tentait-elle d'échapper à la police ?

Dawson avait croisé beaucoup d'affabulateurs dans sa carrière. La plupart du temps, ils agissaient ainsi pour sauver leur peau. Parfois, c'était pour protéger quelqu'un d'autre. À laquelle de ces catégories appartenait Autumn ?

— À qui allons-nous parler ici ? demanda Dawson en désignant l'enseigne du café, situé à quelques mètres devant eux.

— À un des serveurs. Il est grand et maigre, avec des cheveux longs souvent rassemblés en catogan. Lorsque je l'ai vu la dernière fois, il avait un bandana rouge coincé dans la poche arrière de son jean.

Tout en lui parlant, Summer resserrait les doigts autour de sa main.

Dawson espérait de tout cœur que cette visite allait donner quelque chose. Sinon, ils auraient fait ce voyage pour rien. Il parcourut du regard le trottoir bondé pour voir si quelqu'un semblait reconnaître Summer.

Il se rappela une fois de plus qu'ils devaient faire très attention : peut-être étaient-ils en train de croiser sans le savoir l'assassin d'Autumn… ou quelqu'un qui allait prendre Summer pour sa sœur, comme la dernière fois…

Summer s'arrêta devant le bar, et Dawson continua à lui tenir fermement la main. Il se dit qu'ainsi il saurait immédiatement à la crispation de ses doigts si elle reconnaissait un des hommes qui l'avaient suivie.

Il lui ouvrit la porte et la suivit à l'intérieur. Le bar était situé au bout d'une rue, et possédait une vaste terrasse.

Plusieurs serveurs et serveuses à l'allure branchée s'affairaient dans la salle, qui était relativement petite. Derrière le comptoir, certains préparaient des boissons ou tapaient sur des caisses enregistreuses.

Il y avait environ une douzaine de tables, entourées chacune de deux ou trois chaises. Un long canapé vert s'étirait contre un mur, et de petites tables basses placées devant permettaient de poser des ordinateurs portables que l'on pouvait brancher sur des prises électriques disponibles un peu partout.

La terrasse était impressionnante. Il y avait plus de tables que Dawson ne pouvait en compter, et de nombreux arbres en pot qui cachaient la plupart des clients à sa vue. Il était difficile de voir clairement tout le monde en restant sur le seuil de la porte.

Il remarqua quelques espaces plus isolés et plus tranquilles. Plusieurs hommes en costume discutaient assis autour de petites tables. La plupart d'entre eux étaient des élus ou des personnes travaillant au Parlement, tout proche. Un homme plus âgé avait une édition de *Guerre et Paix* entre les mains et lisait, les jambes étirées devant lui, avec sur sa table une tasse de café. Tout dans son attitude indiquait qu'il enseignait à l'université, qui se trouvait dans les environs.

À part cela, on voyait de nombreuses personnes arborant des tatouages, des cheveux aux teintes vives, des piercings dans le nez ou la lèvre, ainsi que de nombreux étudiants, reconnaissables à leur sac à dos sur l'épaule.

Dawson regarda attentivement chacun d'entre eux. Il avait l'habitude d'observer et d'analyser les menaces potentielles, et avait déjà repéré toutes les issues possibles au cas où ils doivent sortir rapidement d'ici.

Summer lui serra la main. Il se tourna vers elle, et elle lui désigna du menton un serveur avec un catogan qui travaillait derrière le comptoir. L'homme s'affairait autour d'une machine à café et ne leva même pas les yeux. Il portait une oreillette et préparait les commandes qui lui parvenaient.

Il était temps de voir s'il reconnaissait Summer.

10

Dawson voulait pouvoir observer la réaction de l'homme au catogan lorsqu'il poserait son regard sur Summer. Elle lui en dirait beaucoup sur son degré d'implication dans le meurtre d'Autumn.

— Je ne suis pas certaine qu'on puisse me prendre pour Autumn en ce moment : elle ne sortait jamais de chez elle sans être coiffée et maquillée, déclara Summer en ôtant ses lunettes et sa casquette.

Elle passa les doigts dans ses cheveux pour leur redonner du volume.

— À mon avis, vous êtes très différentes l'une de l'autre, mais la ressemblance physique est suffisante pour ce que nous avons à faire.

Il pensait vraiment ce qu'il disait. Autumn et Summer avaient des caractères très distincts. Malgré sa réserve, Summer était énergique et chaleureuse, alors qu'Autumn était plus extravertie et plus fragile. Maintenant que Summer lui avait raconté dans quel environnement elles avaient grandi, il comprenait que cette instabilité et cette tendance au mensonge étaient certainement une conséquence de leur enfance difficile, et qu'au fond d'elle-même, Autumn était restée cette petite fille malmenée par des adultes incapables de jouer leur rôle de parents.

Le fait de comprendre l'aidait un peu à calmer la frustration qu'il ressentait en songeant qu'elle s'était jouée de lui. Le traumatisme qu'elle avait subi dans son enfance l'avait poussée à développer des mécanismes de protection. Il avait souvent pu observer ce type de réactions dans son travail.

Cela pouvait conduire certains vers l'alcool ou la drogue. Mais d'après ce que Summer lui avait raconté, il pensait qu'Autumn s'était réfugiée dans le mensonge et l'affabulation.

C'était un drame qu'elle ait dû en arriver là pour surmonter le traumatisme de son enfance. Il n'en avait que plus de respect pour Summer : sa force – et peut-être aussi son entêtement – l'avait sauvée.

Tous les battants possédaient cette obstination. Si on l'utilisait à bon escient, elle pouvait être très utile, car elle vous poussait à tout faire pour atteindre votre but. Et parfois, ce but pouvait tout simplement être de ne pas se laisser briser par le passé.

C'était une qualité rare que de savoir conserver toute sa détermination quand le monde entier se liguait contre vous. Summer était rare.

Elle lui serra la main avant de la lâcher, prit une inspiration, puis se rapprocha du comptoir. Lorsqu'elle arriva devant l'homme au catogan, elle s'éclaircit la voix.

Dawson était resté à l'écart, et faisait semblant d'étudier quelque chose sur l'écran de son téléphone.

— Je peux vous aider ?

L'homme au catogan leva les yeux. Pendant un quart de seconde, il sembla reconnaître Summer, puis il plaqua un sourire sur son visage. Cherchait-il à cacher sa surprise ? Ou était-ce le genre de sourire qu'on arbore lorsque l'on ne se souvient pas de la personne qu'on a en face de soi, alors qu'on est persuadé de la connaître ?

— Bonjour. Tu ne me reconnais pas ? demanda Summer en soutenant son regard indécis.

Dawson l'admirait : sa ténacité la poussait à aller de l'avant alors qu'elle n'avait certainement qu'une seule envie : tourner les talons. Elle était prête à tout faire pour que justice soit rendue et que les assassins de sa sœur soient punis.

L'homme au catogan pencha la tête sur le côté et la regarda attentivement. Il agissait comme si le visage de Summer lui semblait familier, mais qu'il ne se rappelait plus où il l'avait vue.

— Je suis Autumn Grayson.

Dawson parcourut la salle du regard pour voir si quelqu'un d'autre l'avait entendue prononcer ce nom. Il espérait vraiment que les démarches qu'ils avaient entreprises aujourd'hui déboucheraient sur de nouveaux éléments, et qu'ils n'étaient pas venus à Austin uniquement pour que Summer puisse identifier le cadavre de sa sœur. Rien qu'en pensant à ce moment à venir, il en avait des frissons.

L'homme au catogan releva la tête et sourit, chaleureusement cette fois.

Dawson fit un pas en direction du comptoir pour pouvoir entendre plus clairement ce qu'il allait dire.

— Ça y est ? Tu te souviens de moi ?

Summer faisait de son mieux pour parler d'un ton enjoué. Elle jouait bien son rôle, et, tout en affichant un sourire éclatant, elle posa les deux mains sur le comptoir.

Dawson se doutait qu'elle agissait d'instinct et n'avait pas conscience de ce que son langage corporel exprimait. Mais son attitude était parfaite : elle montrait ainsi à celui avec lequel elle cherchait à entrer en contact qu'il pouvait lui faire confiance.

— Mais oui, bien sûr ! dit le serveur.

Il se dirigea vers une partie du comptoir qui était plus basse et fit signe à Summer de le suivre. C'est ce qu'elle fit. Il se pencha vers elle comme s'il allait lui dire un secret.

Dawson s'approcha discrètement d'eux, et pour une raison qu'il ne voulut pas analyser, il ressentit un pincement de jalousie. Il n'aimait pas voir Summer et cet homme parler avec une telle proximité. Beaucoup auraient dit de lui que c'était un bel homme. Il ressemblait un peu à ces joueurs de football argentins ou brésiliens qui étaient adulés par des millions de fans.

— Où étais-tu passée ?

L'homme semblait maintenant savoir qui elle était.

— Ici et là. Tu sais bien…, répondit Summer en haussant les épaules, l'air évasif.

— J'ai failli ne pas te reconnaître. Tu t'es fait couper les cheveux ?

— Il y a combien de temps que nous ne nous sommes pas vus ? demanda-t-elle, jouant à l'idiote.

Elle leva la main et prit une mèche de ses cheveux blonds, qu'elle se mit à tortiller.

— En tout cas, pas assez longtemps pour que tu m'oublies !

Dawson s'avança pour interrompre leur conversation.

Il mit la main dans sa poche et en sortit son portefeuille. Il l'ouvrit pour montrer sa carte de policier au serveur et, tout en désignant Summer du menton, demanda :

— Vous connaissez bien cette personne ?

Le serveur se retourna vers un autre homme situé derrière le comptoir. Il portait une chemise blanche, et Dawson se dit qu'il devait être le responsable de l'établissement.

— C'est votre patron ? demanda Dawson tout en suivant son regard.

Le serveur hocha la tête.

— Si je prends du temps pour répondre à vos questions, il va me virer.

— Je peux aller lui parler. C'est une enquête officielle.

— Surtout pas ! Je ne veux pas éveiller ses soupçons. Posez-moi vite vos questions pour que je puisse retourner travailler.

— Comment avez-vous fait la connaissance de Mme Grayson ? demanda Dawson.

— C'est une habituée. Elle vient souvent ici. Elle prend toujours un café *latte* arôme vanille. Il m'a fallu quelques secondes pour la reconnaître, car elle a l'air différente aujourd'hui.

— Vous parlez avec elle lorsqu'elle vient ici ? demanda Dawson.

— Bien sûr ! répondit-il en haussant les épaules. Du moins, lorsqu'il n'y a pas trop de clients. Elle donne de bons pourboires, et nous essayons toujours d'établir de bonnes relations avec nos habitués.

Le serveur ne cessait de jeter des coups d'œil vers son patron. Visiblement, il craignait sa réaction, et Dawson ne voulait surtout pas qu'il ait des ennuis à cause de cet entretien. L'homme semblait répondre avec sincérité, mais malheureusement, il ne les aidait pas beaucoup.

— Une dernière question : Mme Grayson est-elle déjà venue ici accompagnée ? demanda Dawson.

Le serveur le regarda avec des yeux ronds. L'expression de son visage disait clairement : « Elle est là, à côté de nous. Pourquoi ne lui posez-vous pas la question ? »

— Non, jamais. Parfois, il arrive qu'elle emporte sa consommation sur la terrasse, et je ne sais pas en compagnie de qui elle est assise. Les gens entrent et sortent d'ici en permanence, vous savez.

Il regarda autour de lui, comme pour confirmer ses dires.

— Comme vous pouvez le constater, l'endroit est plutôt animé.

Il jeta un coup d'œil à son patron, l'air inquiet.

— Si c'est tout ce que vous avez à me demander, je peux retourner travailler ? J'ai des commandes en retard.

— C'est tout ce que j'ai besoin de savoir. Nous reviendrons si nous avons d'autres questions.

Dawson sortit une carte de son portefeuille.

— N'hésitez pas à m'appeler si quelque chose vous revient à l'esprit.

— Pas de problème.

Le serveur les regarda alternativement, puis demanda :

— Je peux y aller, maintenant ?

Dawson hocha la tête avant de reprendre la main de Summer. Il entrelaça leurs doigts et s'apprêta à sortir de la salle.

L'homme au catogan fit demi-tour.

— Hé, maintenant que j'y pense, l'autre jour, des

types sont venus demander si quelqu'un l'avait vue. Vous m'avez pris un peu au dépourvu, et sur le coup, je n'y ai pas pensé.

— Vous pouvez les décrire ? demanda Dawson.

Le portrait qu'il leur en fit correspondait point par point à celui des hommes qui avaient poursuivi Summer.

— Vous les aviez déjà vus ici ?

L'homme au catogan secoua la tête.

— Merci pour ces renseignements.

Summer serra la main de Dawson de toutes ses forces. Les hommes qui avaient tenté de la rattraper étaient venus ici à la recherche d'Autumn. Ils semblaient agir comme s'ils pensaient qu'elle avait échappé à la mort et voulaient finir le travail.

Elle demeura silencieuse jusqu'à ce qu'ils se soient éloignés de l'établissement et se soient assurés que personne ne pouvait les entendre. Elle avait déjà remis sa casquette et ses lunettes de soleil, et elle pouvait presque sentir la pulsation de son cœur à la palpitation de ses doigts.

— Il disait la vérité, n'est-ce pas ? demanda-t-elle.

— Je n'ai rien vu dans son attitude qui puisse indiquer le contraire…

La déception qu'il lut sur son visage lui fit mal au cœur. Il lui serra la main pour la rassurer et il sentit son cœur se tordre lorsqu'elle le regarda d'un air implorant.

— Alors, il faut que nous continuions jusqu'à ce que quelqu'un nous donne des informations sur Autumn.

Jusqu'ici, aucune de leurs pistes n'avait abouti.

Summer poussa un soupir alors que Dawson s'engageait

sur l'autoroute qui allait les ramener à Katy Gulch. Le corps qu'ils venaient d'identifier était bien celui de sa sœur. Ils avaient dû prendre des décisions concernant ses funérailles, même si Summer ne se sentait pas en état d'y penser. Dawson avait été un soutien incroyable pour elle, et elle n'imaginait même pas ce qu'elle aurait fait sans lui. Le fait qu'il ait connu sa sœur lui apportait du réconfort. Malgré tous les mensonges d'Autumn, il semblait réellement affecté par ce qui lui était arrivé. Apparemment, il avait compris que ces affabulations n'étaient pour elle qu'un moyen de se protéger du monde extérieur, et qu'au fond d'elle-même elle était toujours cette petite fille pleine de terreur.

Summer se sentait complètement vidée. Elle avait l'impression que son cerveau ne parvenait pas à comprendre ce qu'elle avait vu. Il fallait que justice soit rendue, et que ceux qui avaient tué Autumn soient jugés. Alors seulement, elle pourrait espérer retrouver la paix.

Summer se rendit compte qu'elle agrippait de toutes ses forces la ceinture de sécurité sur sa poitrine. Au moins, elle n'était pas en train de tapoter la vitre. Tous ses tics nerveux resurgissaient en ce moment.

Ils étaient à mi-chemin lorsque le téléphone de Dawson se mit à sonner. Il le sortit de sa poche et le lui tendit.

— Tu peux me dire qui appelle ?

Elle jeta un coup d'œil à l'écran.

— C'est ton frère. Colton.

— Tu peux décrocher et mettre le haut-parleur ?

Elle remarqua que ses mains étaient tellement crispées sur le volant qu'il en avait les articulations blanches.

Visiblement, voir le corps d'Autumn dans cette salle d'autopsie l'avait affecté lui aussi.

Elle appuya sur l'écran pour prendre l'appel.

— Bonjour, Colton ! s'exclama Dawson. Tu es sur haut-parleur. Je suis en voiture avec Summer Grayson.

— Je serai heureux de vous rencontrer, Summer.

Colton semblait sincère, et il n'y avait pas le moindre soupçon de jugement dans sa voix.

— Moi aussi ! répondit Summer.

Elle espérait avoir l'occasion de rencontrer tous les frères de Dawson. S'ils étaient seulement moitié aussi bienveillants et honnêtes que lui, cela serait un plaisir. C'était pour elle une sensation étrange que de se sentir protégée et aidée. Elle n'imaginait même pas ce que cela pouvait être que d'avoir le soutien d'une famille entière.

— Qu'y a-t-il ? demanda Dawson à son frère.

— Tu es en train de retourner à Katy Gulch ? demanda Colton.

— Oui.

— Alors, j'imagine que tu vas faire demi-tour.

Dawson se mit sur la voie de droite pour pouvoir prendre la prochaine sortie.

— Qu'as-tu découvert ?

— Gert a fait des recherches. Tu la connais : lorsqu'elle est sur une piste, on ne peut plus l'arrêter.

Dawson jeta un coup d'œil à Summer.

— Gert est sa secrétaire, dit-il à mi-voix.

Il poursuivit un ton plus haut :

— Si tu m'appelles, c'est qu'il y a du nouveau.

— Ce n'est peut-être rien, mais ça vaut la peine de vérifier, et je suis certain que tu vas vouloir le faire.

Colton marqua un temps d'arrêt avant de reprendre :

— Je demande à Summer de m'excuser par avance, mais ce que je vais dire va peut-être lui faire du mal.

— La seule chose qui m'importe, c'est que les meurtriers de ma sœur soient sous les verrous, répliqua Summer. Je suis prête à tout entendre.

— D'accord. Voici ce que Gert a découvert. Il y a eu une autre femme qui a été victime de strangulation à Austin. Le meurtrier a utilisé une corde de violon. On n'a découvert aucune trace d'ADN sur les lieux du crime. La victime avait vingt-huit ans, et des yeux violets.

— Même mode opératoire, marmonna Dawson tout en mettant son clignotant et en s'engageant sur la voie de sortie.

11

— Je vais t'envoyer le dossier pour que tu puisses lire les dépositions des témoins, déclara Colton.

Summer essuya une larme qui perlait à ses yeux alors qu'il poursuivait :

— L'affaire n'a pas été résolue.

Elle détourna le visage et fit semblant de regarder à l'extérieur. Mais elle essayait seulement de ne pas craquer.

— Quand le meurtre a-t-il eu lieu ? demanda Dawson.

— Il y a deux ans et demi.

Peut-être l'assassin avait-il ensuite repéré Autumn, qui s'était alors enfuie et réfugiée à Katy Gulch, où elle avait rencontré un homme capable de la protéger en la personne de Dawson… Cela aurait pu expliquer ses mensonges, et le fait qu'elle n'ait plus voulu quitter ce ranch isolé.

— Comment s'appelait-elle ? demanda Summer, le cœur serré.

La police parlait maintenant de sa sœur comme de « la victime ». Elle ne voulait pas faire la même chose avec cette jeune femme.

— Cheryl Tanning, répondit Colton.

Cheryl Tanning… Le cœur de Summer se serra un peu plus.

— Plusieurs hommes ont été suspectés, expliqua Colton.

— Il y en a un qui a attiré ton attention ?

— Elle allait souvent dans un bar, le Capital Coffee. Tu m'as bien dit que vous deviez vous rendre dans un établissement qu'Autumn avait l'habitude de fréquenter ? demanda Colton.

Summer mit la main devant sa bouche pour étouffer son cri de surprise.

— Nous en venons, dit Dawson.

Summer songea que ce bar était tout à fait le genre d'endroit où un tueur en série pouvait venir repérer sa prochaine victime : tant de monde y entrait et en sortait qu'il était facile de passer inaperçu.

— Donc, il s'agit bien du même bar, déclara Colton. D'accord…

— Y a-t-il d'autres endroits que Cheryl avait l'habitude de fréquenter ? demanda Dawson.

— À part ce café, non. Il y avait un homme dans sa vie, mais ses amis disaient qu'elle était très discrète à ce sujet. Personne ne le connaissait. Quelques noms sont remontés pendant l'enquête. Tu les verras dans le dossier.

— Bon, il va falloir passer la nuit à Austin, dit Dawson avec un soupir. Mais merci pour ces informations… et félicite Gert : elle a fait du bon travail !

— Elle sera ravie, répondit Colton avant de mettre fin à l'appel.

Ils étaient déjà à Round Rock, dans la banlieue nord d'Austin.

— Il faudrait réserver un endroit pour la nuit. Nous pourrons y étudier le dossier que Colton va m'envoyer, et voir quelle suite donner à notre enquête. Je vais aller chercher quelque chose à manger, je préférerais que tu ne sortes pas de l'hôtel : il vaut mieux qu'on te voie le moins possible. Mais j'ai bien l'impression qu'il va falloir retourner au Capital Coffee !

Summer était entièrement d'accord avec lui : autant ne pas s'exposer plus que nécessaire.

Le téléphone de Dawson bipa : Colton venait certainement d'envoyer le dossier.

— J'ai toujours un ordinateur et un sac avec quelques affaires dans le coffre… Au cas où.

Elle leva les sourcils.

— Il arrive souvent que l'on m'appelle et que je doive partir sur-le-champ. Je préfère être prêt, expliqua-t-il.

Elle hocha distraitement la tête : elle ne cessait de repenser à ce qu'ils venaient d'apprendre, et avait du mal à se concentrer sur autre chose.

Un tueur en série ? Ce n'était pas possible. Dans ce cas, pourquoi les deux hommes l'auraient-ils poursuivie ? Ils étaient visiblement à la solde de quelqu'un d'autre, ce qui ne cadrait pas du tout avec cette hypothèse.

Oh ! Autumn ! Les larmes montèrent à nouveau à ses yeux, et elle battit des paupières. Elle préférait cette douleur à l'engourdissement qui semblait l'avoir saisie lorsqu'elle avait vu le corps de sa sœur. Autumn avait-elle noué une relation amoureuse avec un meurtrier et s'était-elle aperçue trop tard de son erreur ?

Dawson sortit de l'autoroute et s'arrêta devant un hôtel. Elle ajusta sa casquette.

— Je vais réserver et je reviens, déclara Dawson.

Il disparut à l'intérieur de l'établissement, pour en ressortir quelques minutes plus tard, avec des cartes magnétiques à la main. Il remonta dans son véhicule et alla le garer.

Summer resta tête baissée lorsqu'elle sortit de la voiture. Dawson prit rapidement ses affaires dans le coffre et la rejoignit.

Il posa le bras sur ses épaules, pour la protéger des regards. Mais quelqu'un qui aurait vu la scène aurait pensé qu'il s'agissait d'un couple faisant un arrêt dans un hôtel pour passer un moment ensemble.

On leur avait donné la chambre 510, au cinquième étage. Dawson ouvrit la porte de la petite suite. Dans l'entrée, elle remarqua un four à micro-ondes, un petit réfrigérateur, ainsi qu'une bouilloire et un assortiment de cafés et de thés. La salle de bains, équipée d'une douche à l'italienne, était nettement plus grande que celle de son appartement.

Dans la pièce principale se trouvaient un bureau, une table entourée de quatre chaises et un coin salon, avec un canapé, deux fauteuils et une table basse en marbre. Un écran de télévision plat occupait la moitié d'un des murs.

L'endroit était plus grand que chez elle. *Chez elle…* Elle ne savait plus où c'était. Penser à l'avenir sans Autumn était comme marcher dans le brouillard et savoir qu'il y avait du soleil quelque part, mais trop loin pour qu'on puisse l'entrevoir.

Jusqu'à ce qu'elle regarde Dawson et qu'elle aperçoive une lueur d'espoir… Espoir qu'elle réussisse à trouver son chemin, et qu'elle voie à nouveau la lumière. Espoir de ne pas passer seule le reste de sa vie, espoir que tous les rêves qu'elle pensait impossibles se réalisent un jour.

Mais elle sentait se lever en elle la colère car elle ne voulait pas penser à un futur d'où sa sœur serait absente.

— Il n'y a qu'un lit dans la suite. Il est pour toi. Je m'installerai sur le canapé, déclara Dawson.

— J'ai confiance en toi : tu peux dormir à côté de moi. Je ne veux pas te chasser.

Il lui sourit.

— Ce n'est pas un problème.

Dawson posa son sac de voyage par terre, l'ouvrit, et en sortit son ordinateur qu'il posa sur la table basse.

Summer s'assit à côté de lui sur le canapé, et replia les jambes sous elle.

— Je veux seulement te prévenir que certaines images seront certainement choquantes. Il n'est pas nécessaire que tu les regardes si tu…

Elle secouait déjà la tête.

— Il faut que je les voie. Il peut y avoir un détail, quelque chose que tu ne remarquerais pas, mais moi si.

Summer ne voulait surtout pas que les images de Cheryl Tanning s'impriment dans son esprit. Mais elle devait les regarder, et essayer de déterminer s'il y avait des similarités avec le meurtre d'Autumn. Elle ferait tout ce qui était en son pouvoir pour que le meurtrier de sa sœur soit puni !

Il la regarda dans les yeux comme s'il y cherchait la confirmation qu'il pouvait continuer. Elle lui fit un petit signe de tête. Alors, il reporta son attention sur l'écran de l'ordinateur et ouvrit un site sécurisé.

Dans le dossier appelé « Meurtre Tanning », il en

trouva deux autres. Le premier contenait des photos. Il cliqua dessus, et l'écran fut envahi de petites icônes. Il ouvrit la première qui représentait Cheryl peu de temps avant sa mort.

Un sourire aux lèvres, elle les fixait de ses yeux violets. Leur couleur était frappante. Summer avait toujours entendu dire que sa sœur et elle avaient des yeux d'une teinte très rare, et il y avait quelque chose d'envoûtant dans ceux qu'elle était en train de regarder.

Cheryl Tanning était par ailleurs une très jolie jeune femme. Elle avait le teint clair et les lèvres roses. Ses cheveux étaient un peu plus foncés que ceux de Summer et Autumn, et elle portait une frange.

Dawson cliqua sur une autre photo, où l'on voyait son corps allongé sur le sol. Elle semblait avoir une taille et une silhouette comparables à celles d'Autumn.

— Cette ordure aime visiblement un certain type de femmes, marmonna Dawson, qui siffla quelques jurons entre ses dents.

Summer avait elle aussi remarqué les similarités entre Cheryl et sa sœur.

Son cœur tambourina dans sa poitrine, et elle eut la sensation qu'un poids s'abattait sur elle : une sorte de câble était enroulé autour du cou de Cheryl. Ils savaient maintenant qu'il s'agissait d'une corde de violon.

Quelle était la probabilité pour que, deux ans et demi plus tard, Autumn ait été tuée de la même manière par une autre personne ? Elle était faible.

Summer continua à observer les photos de la scène de crime une à une, la gorge serrée, le cœur battant. Dawson ouvrit ensuite le second dossier qui contenait des documents Word. Le rapport de police mentionnait que le corps de Cheryl Tanning avait été retrouvé dans un puits asséché dans la campagne par un groupe d'adolescents qui faisaient du VTT sur le domaine et avaient remarqué une odeur suspecte.

Lorsque les pompiers étaient venus, s'attendant à trouver dans le puits la carcasse d'un animal, ils avaient eu la surprise de leur vie en découvrant le corps d'une femme. Les jeunes gens avaient été traumatisés par leur découverte, et l'enquête les avait rapidement lavés de tout soupçon.

Les enquêteurs avaient établi que Cheryl sortait avec un homme, mais son identité était restée inconnue, car elle parlait très peu de sa relation.

— Tu penses qu'il était marié ? demanda Summer en désignant l'écran.

— C'est possible. Certains hommes mariés pourraient avoir beaucoup à perdre si l'on découvrait qu'ils ont une liaison.

— Nous sommes à Austin, donc je pense immédiatement à un homme politique…

— L'hypothèse ne peut pas être écartée. Mais les hommes politiques ne sont pas les seuls à avoir du pouvoir, ou à craindre la révélation d'une liaison extraconjugale. Il y a toujours trois choses à déterminer lors d'une enquête criminelle : l'occasion, l'arme du crime, et le mobile.

— L'occasion semble facile à trouver lorsque l'on a une liaison : on se rencontre souvent seul à seul, dans des endroits isolés.

— Exact. Cheryl cachait l'identité de son amant et le protégeait, ce qui me donne l'impression qu'il était celui qui avait du pouvoir dans le couple.

— Il était peut-être plus vieux qu'elle ? Ou manipulateur ? Ou alors, il avait l'habitude de se faire obéir ?

— Je pense en gros la même chose, déclara-t-il. J'ajouterai que cela doit être quelqu'un qui avait beaucoup à perdre, que ce soit de l'argent, du prestige, ou sa position sociale, si sa liaison était découverte.

Elle se surprit à tapoter la table en marbre de l'index, alors que son esprit commençait à s'emballer.

— Cela pourrait être un avocat, un banquier, ou quelqu'un qui a une fonction officielle, énuméra Dawson.

— Regarde, lui dit Summer en pointant le doigt sur l'écran. Le rapport de police indique qu'au moins un de ses amis pensait qu'elle était déprimée… et que c'était à cause de la liaison qu'elle entretenait avec cet homme mystérieux.

— Il la manipulait peut-être, ou lui demandait de faire des choses qu'elle ne voulait pas… Elle a peut-être accepté par peur de le perdre…

Sa sœur avait des failles qui la rendaient fragile, et il était très possible que quelqu'un ait pu exercer des pressions sur elle. L'histoire de Cheryl s'était-elle répétée avec Autumn ?

Il n'y avait pas de signe de lutte sur le corps de Cheryl Tanning. On n'avait retrouvé aucune trace d'ADN appartenant à une autre personne sur son corps ni sur la scène. Rien sous ses ongles.

Elle voyait quelqu'un en secret, mais il n'y avait aucun indice de cette relation dans son téléphone. Sa carte de crédit ne révélait aucune activité inhabituelle. Le rapport de police mentionnait qu'une de ses amies avait été interrogée. Elle s'était étonnée de constater que Cheryl disposait soudain de moyens financiers plus importants et lui avait demandé en plaisantant si elle était devenue call-girl. Cheryl avait mal réagi, et avait cessé toute relation avec elle pendant un temps. Était-ce un indice à ne pas négliger ?

Celui qui l'avait tuée était arrivé par l'arrière. Sa méthode était très particulière : il devait être déjà tout contre Cheryl lorsqu'il avait commencé à l'étrangler. Elle ne s'était pas débattue : pensait-elle que son amant lui jouait un tour ou tentait de l'exciter ?

Il y avait plusieurs bleus sur le corps de Cheryl, qui étaient à différents stades de guérison. Elle avait un emploi de serveuse. Son métier pouvait expliquer les ecchymoses sur les cuisses et les bras… À moins que son amant ne se soit montré violent.

Rien n'indiquait qu'il soit l'auteur du meurtre, mais il était clair que la victime n'avait pas été choisie au hasard. Après avoir lu le rapport de police, Dawson était convaincu que l'assassin faisait partie du cercle de ses proches, même si le corps avait été jeté dans un puits.

Le tueur avait peut-être paniqué… Le rapport de police indiquait que l'on avait jeté des feuilles mortes dans le puits pour recouvrir le corps. C'était étrange…

Dawson avait vu son lot de personnes dérangées ou sadiques. Ces feuilles pouvaient être le signe que le meurtrier tenait à Cheryl et voulait protéger son corps, du froid par exemple. Ou alors, il pouvait s'agir d'un rite funéraire. Même les meurtriers prenaient parfois soin du salut spirituel de leurs victimes. C'était même parfois la raison pour laquelle certains tuaient.

Dans le cas présent, le meurtre de Cheryl Tanning pouvait apparaître comme le premier d'une série. Et si le tueur pensait qu'Autumn avait survécu à sa tentative de meurtre, il ferait tout pour la réduire définitivement au silence... D'où l'attaque contre Summer. Les questions tourbillonnaient dans la tête de Dawson.

— Cheryl n'avait pas de famille, elle non plus, remarqua Summer.

— Mais Autumn avait une famille : elle t'avait.

— Son meurtrier ne le savait pas : même toi, tu l'ignorais !

— C'est exact, reconnut-il en hochant la tête. Alors, cet homme recherche certainement des femmes très isolées.

— Peut-être pense-t-il que personne ne va remarquer qu'elles ont disparu, et que cela lui laissera plus de temps pour couvrir sa trace.

— Je pensais la même chose, dit Dawson en sortant le calepin et le stylo qu'il avait pensé à mettre dans son sac de voyage.

Il y nota que l'assassin recherchait des femmes seules, sans famille.

— Pourquoi a-t-il décidé de la tuer ? demanda-t-elle. Je veux dire : était-ce son projet avant même de commencer leur relation ?

— C'est possible. Mais on peut aussi penser que si Cheryl était sa première victime – et pour le moment, Gert n'a pas trouvé d'autre crime répondant au même mode opératoire – il ait pu commencer la relation sans savoir comment elle se terminerait, et qu'à un moment donné, il ait pris la décision de la tuer.

— Quand il a voulu rompre ?

— C'est probable.

Il craignait que ces mots soient durs à entendre pour Summer, puisque c'était peut-être ce qui était également arrivé à sa sœur.

— Autumn a dû avoir peur de lui. Elle a dû se sentir prise au piège.

Cela aurait pu expliquer son comportement et ses mensonges lorsqu'ils s'étaient rencontrés. Les pièces du puzzle s'assemblaient peu à peu.

— Tu penses qu'elle a compris ce qui était arrivé à la femme avec laquelle il sortait avant elle ? demanda Summer.

— C'est tout à fait possible.

— Mais dans ce cas, je ne comprends pas pourquoi elle n'est pas allée voir la police pour les mettre au courant, ni pourquoi elle ne m'a rien dit.

— Les pervers sont experts en manipulation. Il a peut-être réussi à lui faire croire qu'il réussirait à la retrouver où qu'elle aille.

— Elle aurait pu faire appel à moi. Je l'aurais aidée ! J'aurais trouvé un moyen de la tirer de cette situation !

— Elle a peut-être préféré rester loin de toi pour ne pas te mettre en danger.

— Le collier… Celui avec mon nom… Tu as dit que c'était un des objets auxquels elle tenait le plus.

Elle repensa aux mots que Dawson avait écrits sur le bloc-notes un peu plus tôt :

Protéger quelqu'un qu'on aime.

12

Petit à petit, les éléments se mettaient en place, et un tableau commençait à se dessiner. Autumn s'était retrouvée piégée dans une relation toxique qui s'était révélée ingérable pour elle. Mais elle avait réussi à protéger Summer, à ne jamais révéler à son amant l'existence de sa sœur jumelle.

Un jour, Autumn avait senti qu'elle devait s'enfuir, peut-être parce qu'elle avait commencé à craindre pour sa vie. Plutôt que de se réfugier auprès de Summer et de risquer de la mettre en danger, elle avait décidé de se cacher dans une petite ville.

Alors, elle avait rencontré Dawson, quelqu'un d'honnête et de bienveillant. Pour ne rien gâcher, il était également sexy en diable. Elle était même peut-être tombée amoureuse de lui.

Il y avait des avantages à vivre avec Dawson : il habitait dans un ranch isolé et travaillait dans la police, comme plusieurs de ses frères. Autumn n'aurait pu rêver être mieux protégée. Un sursaut de conscience l'avait empêchée de piéger Dawson dans un véritable mariage, alors elle avait insisté pour que la cérémonie soit très sobre, et avait trouvé sur Internet une personne ne se souciant pas de vérifier si les futurs époux avaient une licence officielle pour accepter de célébrer leur union. C'était un stratagème osé, mais Autumn était capable de ce genre de choses.

Summer exposa sa théorie à Dawson. Il l'écouta en hochant la tête : visiblement, il était d'accord avec elle.

— Mais je ne comprends toujours pas pourquoi elle a voulu divorcer, reconnut-elle.

— Peut-être que le type l'avait retrouvée, ou qu'elle pensait qu'il était sur le point de le faire. Elle semblait étrange les dernières semaines. À l'époque, je me suis dit que c'était à cause de sa fausse couche, et qu'il fallait lui laisser le temps de se remettre… qu'elle parlerait lorsqu'elle en aurait envie. Mais elle se renfermait de plus en plus et ne quittait pas le ranch.

— Je comprends que tu aies pensé cela, mais maintenant, nous savons qu'il n'y avait pas de bébé. Donc, il a dû la retrouver.

Comment ? C'était la question. Mais il y en avait une autre encore plus pressante : qui ?

— Il y a eu trois suspects dans le meurtre de Cheryl, déclara Dawson en pointant le doigt en direction de l'écran. Sean Menendez, un gardien d'immeuble, Jasper Holden, un barman, et Drake Yarnell, son ancien compagnon.

Quelque chose tracassait Summer. Elle regarda le bloc-notes et son regard tomba sur un nom : *Charley*. Pourquoi tournait-il en boucle dans son esprit ?

— Comment ma sœur orthographiait-elle Charley ? Comme c'est écrit là ?

— Oui. Pourquoi ?

Elle prit le stylo et écrivit *Cheryl* juste à côté.

— Il n'y a pas quelque chose qui te frappe ?

— Si, répondit-il. Si l'on réarrange les lettres du nom Cheryl et si on ajoute un A, on obtient Charley.

— Exact. Et nous savons maintenant que les documents qu'Autumn t'a demandé de signer pour le divorce sont des faux, puisque vous n'avez jamais été mariés. Matt Charley Shank est donc un nom qu'elle a inventé de toutes pièces. Et je ne peux pas m'empêcher de penser qu'elle fait référence à Cheryl. À mon avis, ma sœur était au courant de ce qui lui était arrivé, et elle avait peur.

— C'est possible. Mais alors, je ne comprends pas pourquoi elle est retournée à Austin.

— Moi non plus. Mais si cet homme est passé maître en l'art de manipuler ses victimes, il a peut-être réussi à convaincre ma sœur qu'il l'aimait, et à retrouver son emprise sur elle…

— Alors, tout porte à croire qu'il l'aurait attirée à nouveau à Austin, conclut Summer.

Elle détestait l'idée que sa sœur ait pu être manipulée. Mais elle imaginait très bien que ce type ait réussi à reconquérir sa sœur.

Autumn avait le chic pour s'enticher de garçons instables, du moins jusqu'à ce qu'elle rencontre Dawson. Il était certainement l'homme le plus équilibré et le plus terre à terre qu'elle ait connu.

Summer avait beaucoup de mal à admettre que sa sœur ait eu tant de secrets pour elle et qu'elle lui ait menti. Elle aurait tant aimé la protéger !

Mais il était trop tard maintenant. Summer sentait toutes sortes d'émotions monter en elle, et craignait de bientôt ne plus pouvoir les contenir. Elle mesurait à quel point le contrôle qu'elle avait sur elle-même était fragile.

— Tu sais, Autumn n'a pas toujours été comme ça, déclara-t-elle avec un soupir.

— Parle-moi d'elle.

Dawson entrecroisa les doigts et posa les mains sur les genoux, se préparant à l'écouter.

— Enfants, nous étions inséparables. Nos parents se disputaient constamment. Je ne me souviens plus exactement pourquoi, parce que nous étions très jeunes lorsque mon père est parti. Mais je me souviens très nettement du sentiment de soulagement que j'ai éprouvé lorsqu'il a quitté ma mère.

— Les enfants ressentent intensément les émotions des adultes qui les entourent. J'ai remarqué cela avec ma nièce et mon neveu, qui n'ont qu'un an. Et on sait maintenant que les événements s'impriment dans leur subconscient pour ensuite influencer leurs choix et leurs actions à l'âge adulte… C'est comme si nous avions tous été programmés !

— Oui, c'est tout à fait cela.

Autumn avait un lourd bagage. Son passé semblait l'avoir marquée encore plus profondément que Summer.

— Je ne peux même pas dire que ma sœur avait bon goût en matière d'hommes ! s'exclama-t-elle.

Elle regarda Dawson, se rendant soudain compte que ce qu'elle venait de dire pouvait être vexant pour lui.

Il fit semblant d'avoir le cœur brisé avant d'éclater de rire.

— Tu sais parler aux hommes !

— Ce n'était pas pour toi ! dit-elle très vite.

— Bien entendu ! répliqua-t-il avec un large sourire.

— Non, je le pense vraiment. Ne le prends pas mal, mais je suis surprise que vous soyez sortis ensemble. Je veux dire que tu n'étais pas vraiment son genre. D'habitude, les garçons qui l'attiraient avaient tous un côté inquiétant, brutal même. Je me suis toujours fait du souci et je pensais qu'elle méritait mieux. C'est peut-être pour cela qu'elle a voulu rester avec toi : pour me montrer qu'elle était capable de trouver quelqu'un de parfait en tout point.

Elle fit l'erreur de le regarder dans les yeux en prononçant les derniers mots.

Dawson sentit son cœur se gonfler lorsqu'il entendit ce compliment, et ne put regarder ces si beaux yeux sans se sentir emporté.

Il s'éclaircit la voix et demanda :

— Et toi, que vas-tu faire ? Reprendre ton boulot de serveuse ?

— Je ne sais pas. Avec ma sœur, nous rêvions… enfin, *je* rêvais d'ouvrir une librairie et un petit salon de thé. Lorsque j'y repense, je me rends compte que j'étais la seule à en parler. Elle a seulement suivi.

— J'ai l'impression que tu essayais de lui donner un but.

— Oui, c'est vrai. Mais maintenant, je me demande si je ne l'ai pas fait fuir parce que j'étais trop écrasante.

— Ne fais pas cela : ne te rends pas coupable de ce qui lui est arrivé.

— J'aurais dû…

— Non, Summer, tu n'as pas joué le moindre rôle dans ce qui est arrivé à ta sœur. Tu te sens peut-être responsable d'elle, mais tu n'as absolument rien fait de mal. La femme que j'ai connue savait ce qu'elle voulait, et agissait en conséquence. C'est Autumn, et elle seule, qui a fait ses choix.

Summer resta silencieuse, et il espérait de tout cœur que ses paroles avaient porté. Ce n'était pas la première fois qu'elle se rendait responsable des actes de sa sœur, et il lui semblait essentiel d'éradiquer ce sentiment de culpabilité.

— Je t'entends, et je sais que tu as raison. Mais je n'arrive pourtant pas à m'en convaincre.

Elle baissa la tête et se détourna. Il avait remarqué qu'elle faisait cela lorsqu'elle voulait cacher son émotion.

— C'est normal que tu sois bouleversée par ce qui est arrivé. Il est facile de voir à quel point tu aimes ta sœur. Et cela ne changera jamais.

Il continua à lui prodiguer des paroles de réconfort, et lorsqu'elle se retourna vers lui, il sentit son cœur chavirer.

Elle le regardait, sans tenter de cacher sa vulnérabilité. Il n'avait que sa compassion et ses bras à lui offrir. Alors il l'enlaça, et elle écrasa son visage contre sa poitrine.

Ils restèrent ainsi un long moment. Lorsqu'elle fit mine de s'éloigner, il déposa un très léger baiser sur son front. Tenir Summer dans ses bras alors qu'elle exposait sa fragilité avait été pour lui un moment incroyablement émouvant.

— Merci.

Elle levait bravement le menton, mais sa voix tremblait.

— Je suis là pour toi. Je le dis et je le pense, Summer.

C'était vrai. Et cela le resterait pour longtemps après cette enquête… Lorsqu'ils auraient quitté cette chambre d'hôtel, Austin, et qu'ils seraient retournés à leur vie quotidienne, il voulait encore être là pour elle.

Summer et sa sœur avaient eu une vie difficile. Il regrettait de n'avoir pas su repérer les signes qui auraient pu lui révéler qu'Autumn avait besoin d'aide, et il ne voulait pas reproduire cette erreur avec Summer.

— Cela me touche beaucoup, Dawson.

À la façon dont elle prononça ces mots, il sut qu'elle n'oserait jamais le prendre au mot.

Pourquoi cela lui fit-il si mal ?

— Si l'on admet qu'Autumn était au courant de ce qui était arrivé à Cheryl, reprit-elle, revenant à leur conversation, la question est : comment a-t-elle entendu parler d'elle ?

Dawson hocha la tête.

— Nous savons qu'elles fréquentaient toutes les deux le même café, poursuivit-elle. Il serait donc logique de penser qu'elles habitaient le même quartier, et l'homme qui les a tuées aussi.

Dawson écrivit sur le bloc-notes :

Habitaient-elles à proximité l'une de l'autre
ou se connaissaient-elles ?

— Ta sœur n'a pas touché à l'argent que je lui avais donné, déclara-t-il. Je ne sais toujours pas pourquoi.

— Peut-être qu'elle n'en a pas eu besoin, parce qu'elle était retournée vivre avec l'homme qui l'a tuée.

— Mais pourquoi ?

Il avait bien l'intention de trouver la réponse à cette question. Mais il commençait à avoir faim.

— Que dirais-tu de faire une pause ? Je vais aller nous chercher quelque chose à manger, proposa-t-il.

— Je doute de pouvoir avaler quoi que ce soit.

— Tu pourrais au moins essayer.

Elle avait sans doute plus faim qu'elle ne le pensait.

— Peut-être, mais je n'ai pas envie de rester seule ici.

Elle le regardait avec une expression suppliante dans ses yeux violets.

L'emmener était risqué, mais il savait qu'il ne pourrait pas résister à sa supplique.

Il songea qu'il pourrait commander un repas et le faire livrer ici. Mais cela pourrait attirer l'attention sur eux et les mettre en danger.

— Pour sortir, tu pourrais enrouler un foulard autour de tes cheveux, suggéra-t-il.

Elle se leva d'un bond.

— D'accord !

Il remarqua qu'elle avait les larmes aux yeux. Il aurait voulu lui dire à quel point il admirait son courage. La plupart des gens se seraient effondrés après ce qu'elle venait de vivre aujourd'hui, mais elle était toujours là, debout, à vouloir venger le meurtre de sa sœur.

Lorsqu'elle eut fini de se couvrir les cheveux, il lui prit la main et ils partirent ensemble. Avant de sortir du bâtiment, il balaya la rue du regard, tous les sens en alerte.

Il continua à surveiller activement les alentours alors qu'ils se dirigeaient vers son véhicule. À nouveau, il posa son bras sur les épaules de Summer, pour la cacher autant que possible aux regards des passants. Il était tellement proche d'elle que son parfum lui montait à la tête, lui rappelant leur baiser.

S'ils s'étaient rencontrés dans d'autres circonstances, elle aurait été exactement le genre de personne avec laquelle il aurait eu envie de passer du temps pour mieux la connaître.

Mais la situation était compliquée. Ses sentiments étaient compliqués. Et malgré toute l'attirance qu'il y avait entre eux, il valait mieux ne pas y céder : cela ne ferait que rendre les choses plus difficiles.

Ce qu'il y avait de fou, c'est qu'en dépit de tous ces obstacles, il ne voulait même pas penser aux conséquences.

13

Dawson et Summer se rendirent dans un restaurant mexicain appartenant à une chaîne qui avait des établissements dans tout le Texas. Elle n'aimait pas vraiment les tacos, mais à vrai dire, la nourriture lui importait peu en ce moment.

Elle désigna une alcôve où ils pourraient s'installer à l'abri des regards. Même si elle tentait de les chasser de son esprit, les photos de Cheryl Tanning continuaient à la hanter, et elle craignait qu'il en soit longtemps ainsi.

Elle ne cessait de songer aux similitudes entre le meurtre de la jeune femme et celui de sa sœur. Elles avaient été étranglées de la même manière, et il lui était impossible de ne pas imaginer le visage d'Autumn à la place de celui de Cheryl.

Avant de quitter leur chambre d'hôtel, elle avait pris le bloc-notes et un crayon, au cas où Dawson et elle voudraient prendre quelques notes. Elle les déposa sur la table et les poussa contre le mur pour faire de la place lorsque le serveur apporterait leur commande.

Un mot sur la page retint son attention : *Suspects*. Au-dessous figuraient trois noms. Dawson lui avait expliqué que les policiers avaient soigneusement examiné toutes les pistes. Cheryl Tanning n'avait peut-être pas de famille pour réclamer que justice soit rendue, mais le lieutenant chargé de l'enquête avait fait preuve d'une grande détermination.

— Drake Yarnell, que penses-tu de lui ? demanda-t-elle à Dawson.

— C'était l'ancien compagnon de Cheryl. Il faisait partie d'un club de motards, et était connu pour sa violence. Il m'a semblé le suspect idéal, jusqu'à ce que je remarque que leur relation avait pris fin un an auparavant.

— Même si leurs voisins l'avaient entendu la menacer de la tuer si elle partait, à l'époque où ils vivaient encore ensemble ? demanda-t-elle.

— C'est un impulsif. Je ne l'imagine pas attendant un an pour mettre sa menace à exécution. Il a dit cela dans un accès de colère. J'ai envie de l'interroger, mais je pense que nous pouvons d'ores et déjà le mettre hors de cause.

— D'accord. Et Sean Menendez ?

— Il était le gardien de sa résidence. Un type assez inquiétant. Il semblait la suivre et s'intéresser beaucoup trop à elle. Elle lui a demandé d'arrêter en le menaçant d'aller porter plainte, et c'est la raison pour laquelle la police l'a classé parmi les suspects.

Dawson fit la grimace.

— Tu n'es pas convaincu, remarqua-t-elle.

— Pas vraiment. Pourquoi aurait-il recouvert le corps de feuilles ? Et utilisé une corde de violon pour l'étrangler ?

— La police a évoqué la possibilité qu'il ait trouvé

la corde dans une poubelle. Rappelle-toi, c'était dans le rapport…

— Et c'est tout à fait envisageable ! Mais dans ce cas, pourquoi se serait-il ensuite intéressé à ta sœur ? Quel est le lien entre Autumn et ce type, ou Autumn et cette résidence ? Ne te méprends pas : je suis convaincu que Menendez est un cinglé, et que la police doit l'avoir à l'œil. Mais je ne vois pas comment Autumn pourrait l'avoir rencontré, et pour le moment, notre hypothèse de départ est que les meurtres de Cheryl et d'Autumn sont liés.

Le serveur leur apporta leurs tacos, et ils se turent. Dès qu'il fut reparti, ils reprirent leur discussion.

— Et Jasper Holden ? demanda-t-elle.

— C'était un des serveurs du Capital Coffee, ce qui signifie qu'il a pu rencontrer les deux victimes, même s'il ne les connaissait peut-être pas personnellement. Il pourrait par exemple les avoir remarquées, les avoir vues entrer et sortir… C'était un étudiant en biochimie.

— Il a terminé ses études ? demanda-t-elle.

Il serait peut-être difficile de le retrouver : il pouvait avoir déménagé, et vivre maintenant dans un autre État. Les gens venaient de loin pour étudier à Austin.

— Je ne sais plus en quelle année il était au moment du meurtre de Cheryl. Mais s'il était diplômé et habitait loin d'Austin au moment où Autumn a été tuée, nous pourrions l'éliminer de la liste des suspects.

— Il y a une chose à laquelle j'ai repensé concernant ma sœur, et qui m'a tracassée : elle n'a pas touché à l'argent que tu lui avais donné. Cela signifie soit que quelqu'un payait ses dépenses, soit qu'elle travaillait.

— Il est possible qu'elle ait eu un emploi. Mais pour le moment, nous n'en savons rien. La police a retrouvé très peu d'effets personnels près d'elle, rien qui aurait pu donner des indications en ce sens : pas de sac, pas de portefeuille ni de téléphone portable. C'est une des raisons pour lesquelles ils ont eu du mal à l'identifier.

— Et c'est très rare de se déplacer sans aucun de ces objets, déclara-t-elle en désignant son sac d'un geste de la tête.

— Nous pourrions aller rencontrer la policière qui a dirigé l'enquête sur l'assassinat de Cheryl Tanning. Elle a peut-être des informations sur l'endroit où se trouve Jasper.

— Bonne idée ! acquiesça-t-elle.

— J'ai l'impression qu'elle a travaillé avec beaucoup de sérieux, et qu'elle ne voulait pas clore l'enquête avant d'avoir trouvé le coupable.

— Alors, pourquoi l'a-t-elle fait ?

Summer se rendit soudain compte qu'elle avait mangé tout ce qui se trouvait dans son assiette : elle devait avoir plus faim qu'elle ne le pensait.

— Austin est une grande métropole, avec un taux de criminalité plus élevé que dans de petites villes. La police manque parfois de ressources en hommes, et dès qu'une équipe n'avance plus sur une enquête, on lui demande de ne pas s'acharner et de passer à un cas plus pressant… Surtout si la victime n'a pas de famille pour demander que l'on poursuive les investigations.

Summer frissonna. Elle pensait à Cheryl, à sa solitude. Mais sa vie n'était finalement pas si différente : elle non plus n'avait personne qui l'attendait à la maison, le soir. Elle n'avait pour toute relation que quelques collègues dont elle ne savait presque rien.

En fait, ce n'était pas tout à fait vrai. Marta, une autre serveuse, lui avait parlé de son compagnon qui venait la chercher à moto lorsque sa journée de travail était terminée. Et elle savait que Dane, un des cuisiniers, avait les bras couverts de tatouages. Il disait en plaisantant qu'il les avait fait faire pour que personne n'ose venir le déranger lorsqu'il prenait son café du matin. Mais c'était en réalité l'homme le plus placide qu'elle ait jamais connu.

Summer, quant à elle, ne parlait jamais d'elle-même à ses collègues. Elle avait toujours considéré son emploi de serveuse comme étant temporaire et était toujours restée très discrète sur sa vie personnelle, se contentant d'écouter ses collègues lorsqu'ils parlaient de leurs projets pour le week-end ou des factures qu'ils venaient de recevoir.

Elle avait réussi à tenir tout le monde à distance, un peu comme Cheryl et Autumn. En repensant à ces deux jeunes femmes dont les vies s'étaient si prématurément et si brutalement arrêtées, elle sentit la colère monter en elle.

Il fallait qu'elle sache ce qui s'était passé, et que le coupable soit démasqué. Les quelques économies qu'elle avait faites pourraient lui permettre de faire face aux dépenses de l'enquête.

Elle eut soudain une idée.

— Je pourrais essayer d'attirer cet homme, Dawson.

— Nous en avons déjà parlé. Il n'en est pas question.

— Réfléchis-y. Je pourrais rester un moment dans le

café. À mon avis, c'est là que le coupable a rencontré Cheryl et Autumn.

— Et si c'est le cas, tu as vraiment envie de tomber entre ses mains ?

— Je pourrais m'habiller comme Autumn et…

— En jargon policier, nous appelons cela une souricière, et ce serait beaucoup trop risqué. Aucun policier digne de ce nom n'oserait t'utiliser pour appâter un tueur en série, et je ne suis pas certain de pouvoir te protéger efficacement.

Elle poussa un soupir : il fallait qu'elle agisse. Elle allait devenir folle si elle restait assise ici à ne rien faire.

— Nous devons être patients, conclut-il.

Dawson comprenait tout à fait la fébrilité de Summer. Elle devait avoir le sentiment que les recherches piétinaient, et il voyait bien qu'elle était à bout de nerfs.

À ce stade de l'enquête, ce sentiment était normal. Ils avaient pourtant fait des progrès. Des progrès lents, mais certains : ils avaient établi qu'un autre meurtre très vraisemblablement lié à celui d'Autumn avait été commis, et cela leur donnait beaucoup d'éléments nouveaux à partir desquels ils pourraient travailler.

D'expérience, Dawson savait bien que certaines affaires n'étaient jamais élucidées, si difficile que cela soit à admettre. Et pourtant, il était convaincu qu'ils trouveraient la vérité. D'ailleurs, ils avaient une arme secrète : Colton et Gert travaillaient avec eux. Et lorsque Gert s'attaquait à une enquête, elle avait tout du pitbull auquel on aurait donné un os à ronger.

Colton leur avait dit qu'il allait contacter le lieutenant Libby, la policière qui avait mené l'enquête sur l'assassinat de Cheryl Tanning, pour l'informer que le meurtrier avait vraisemblablement récidivé, et la mettre au courant de ce qu'ils savaient sur l'assassinat d'Autumn. Même si Dawson ne pensait pas que le nom du coupable se trouve dans le dossier, il préférait partir de la liste des suspects qu'elle avait établie, et avait la ferme intention d'interviewer Jasper Holden, Drake Yarnell et Sean Menendez : on ne pouvait jamais déterminer à l'avance quel était l'élément qui allait se révéler déterminant dans la résolution d'une enquête.

Lorsqu'il vit que Summer avait mangé tout le contenu de son assiette et qu'elle relisait leurs notes comme si elle révisait avant de passer un examen, il se dit qu'il était temps de partir. Elle tapotait la table en bois frénétiquement, et il savait maintenant que c'était le signe que son stress atteignait un niveau record.

Le serveur s'arrêta près de leur table pour leur demander s'ils avaient besoin de quoi que ce soit.

— L'addition, s'il vous plaît, répondit Dawson, tout en remarquant que le regard du serveur s'attardait sur Summer.

Elle était très belle, et il avait bien vu que la plupart des hommes se retournaient sur son passage lorsqu'elle entrait dans une pièce. Elle ne passait pas facilement inaperçue, et il tentait de se convaincre que c'était la raison pour laquelle cette attention masculine le dérangeait.

Le serveur disparut, et revint une minute plus tard avec l'addition. Dawson avait toujours du liquide sur lui, par mesure de précaution. Il se félicita de cette habitude, car cela lui permit de régler plus rapidement la note afin d'aller mettre Summer à l'abri des regards.

Il posa de nouveau le bras sur ses épaules alors qu'ils se dirigeaient vers la sortie de l'établissement, et une fois de plus, il ne put s'empêcher de remarquer combien la sensation de tenir Summer tout contre lui était naturelle et agréable. Mais il ne devait surtout pas s'y habituer.

La nuit était maintenant tombée, et il songea qu'il leur serait plus facile de se cacher. Autant en profiter…

— J'aimerais faire un détour avant de rentrer à l'hôtel : que dirais-tu d'aller parler à Yarnell ?

Il avait noté l'adresse de Drake Yarnell sur son bloc-notes.

— Bonne idée !

Son visage s'était illuminé, et il se demanda si elle se rendait compte qu'elle courait un grand danger, même en étant sous sa protection.

— J'aimerais faire un saut jusqu'à sa dernière adresse connue. C'est au sud-est d'Austin. Le lieutenant Libby a noté dans son rapport qu'il avait emménagé dans la demeure familiale lorsque sa mère était morte. J'imagine qu'il y vit toujours. Holden et Menendez sont plus susceptibles d'avoir changé d'adresse.

Summer hocha lentement la tête et il se demanda à quoi elle pensait. Il lui fallut une seconde pour comprendre qu'elle devait être en train de se demander si elle allait se trouver face à face avec celui qui avait tué sa sœur.

Il la conduisit jusqu'à la portière, et l'ouvrit. Ce genre d'attention était naturel pour lui, comme pour la plupart des Texans. Mais c'était également pour mieux protéger Summer. Moins on la voyait, mieux c'était.

Il préféra se dire que c'était pour la mettre à l'abri des regards, et non pour la tenir tout contre lui un peu plus longtemps.

14

Ils se rendirent dans un quartier pavillonnaire aux villas décrépies. L'université était proche, et la plupart des maisons étaient louées à des étudiants qui n'avaient manifestement ni temps ni argent à consacrer à leur entretien.

Quant aux quelques propriétaires qui étaient restés là, ils ne semblaient pas avoir des moyens suffisants pour repeindre la façade, et l'endroit avait cet air désolé des quartiers gangrenés par la criminalité.

Pourtant, malgré l'heure tardive, de nombreuses personnes allaient et venaient encore dans les rues.

Dawson se gara en face de la maison de Yarnell et la désigna à Summer.

— C'est celle-là.

L'éclairage sous le porche consistait en une simple ampoule qui pendait au bout d'un fil et se balançait en clignotant.

Il y avait de la lumière à l'intérieur de la maison. Quelqu'un était là, même si cela ne signifiait pas nécessairement qu'il s'agissait de Yarnell. Elle s'éteignit soudain.

La porte d'entrée s'ouvrit, et un homme petit mais trapu sortit sur le perron.

— Attends-moi là, dit Dawson en sautant hors de la voiture.

L'homme lui tournait le dos. Il portait une veste en cuir avec un gros logo derrière. Une moto était garée devant la maison, et ils savaient déjà grâce au rapport de police que Yarnell appartenait à un club de motards.

Dawson traversa la chaussée et se dirigea vers le grillage d'où sortaient les branches d'une haie mal taillée.

— Veuillez m'excuser…, commença-t-il.

L'homme tourna un peu la tête sans toutefois regarder Dawson.

— Je peux vous aider ?

— Je l'espère. Je cherche Drake Yarnell.

La taille et la corpulence de l'homme correspondaient à la description faite dans le rapport. Ses bras étaient couverts par les manches de la veste, et Dawson ne pouvait pas voir s'ils étaient tatoués. Mais à Austin, cela n'avait rien d'exceptionnel, et ne pouvait pas être considéré comme un élément caractéristique. D'après le dossier, Yarnell avait un serpent s'enroulant autour de son bras gauche, et dont la queue s'arrêtait à la base du majeur. Cela en revanche était un signe distinctif.

La question de Dawson éveilla enfin l'attention du type. Il se tourna lentement, visiblement prêt à se battre. Dawson remarqua que sa main droite s'était resserrée sur la clé de sa moto.

— Il est devant vous.

Yarnell s'était fait pousser la barbe et la moustache depuis les photos prises plus de deux ans auparavant. Il semblait avoir beaucoup vieilli depuis, comme cela arrivait lorsque l'on avait des conditions de vie difficiles… Et l'état de sa maison laissait supposer que c'était le cas. Le jardin était jonché de cannettes de bière vides et autres déchets.

— Je suis le marshal O'Connor, un collègue du lieutenant Libby.

Dawson sortit son portefeuille et montra son badge.

Les yeux bleus de Yarnell s'écarquillèrent. Il avait le visage bronzé et des cheveux un peu trop longs, retenus par un bandana.

— J'ai dit au lieutenant Libby que je n'avais rien à voir avec cette affaire, et ça n'a pas changé depuis, déclara-t-il en levant les mains en l'air, comme pour protester de son innocence. Et c'est dur de penser que Cheryl est morte, et que celui qui l'a tuée court toujours.

— Bien. En fait, je suis venu ici dans l'espoir que vous puissiez nous aider à le retrouver et à le mettre sous les verrous.

— J'aimerais pouvoir faire quelque chose pour vous, mais je suis en retard au travail.

Si Yarnell s'attendait à ce que Dawson lui propose de convenir d'un autre moment pour lui parler, il se trompait.

— Je n'ai besoin que de quelques minutes, répliqua Dawson.

Yarnell jeta un coup d'œil à sa montre avant de répondre avec agacement.

— Je vais le faire pour Cheryl. Mais bon sang, j'espérais que c'était terminé !

Il y avait une grande lassitude dans sa voix, comme s'il avait beaucoup souffert durant cette période. D'après le rapport de police, il avait longtemps été le suspect numéro 1, et avait certainement été poussé à bout pendant l'enquête. Il se voûta et eut soudain l'air épuisé.

— Ça le sera seulement lorsque le meurtrier sera derrière les barreaux, répliqua Dawson.

— Exact.

La main de Yarnell se desserra sur la clé.

— Que voulez-vous savoir d'autre que ce qui figure dans le rapport ? demanda-t-il.

— Il y a eu un autre meurtre.

Dawson pensait que dire la vérité était le meilleur moyen de s'assurer la coopération de Yarnell.

— Qui ?

— Autumn Grayson. Vous la connaissez ?

Yarnell secoua la tête.

— Non.

Il avait répondu sans la moindre hésitation, ce que Dawson prit comme un gage de sincérité.

— Vous pensez que je suis coupable ? ajouta-t-il.

— Non, même si, pour être honnête, je vous aurais moi aussi mis sur la liste des suspects. Je voulais tout de même avoir une conversation avec vous, parce que Cheryl mérite justice, et que je me suis dit que vous pourriez peut-être me donner des éléments qui me permettraient de faire progresser l'enquête.

Dawson savait qu'en appelant Cheryl par son prénom il rendrait cette conversation plus personnelle. Il ressentait d'ailleurs toujours un lien fort avec les victimes pour lesquelles il se battait.

Yarnell sembla mesurer Dawson du regard, comme s'il envisageait de couper court à la conversation.

— Bien, dit-il finalement. Je vous écoute.

— Comment avez-vous appris son décès ? demanda Dawson.

— Lorsque quatre policiers ont défoncé la porte de ma maison, répondit-il d'un ton détaché. Le fait que nous ayons rompu depuis un certain temps ne semblait troubler personne. Je pensais que Cheryl me trompait, et je l'avais menacée sous le coup de la colère. Nous avions comme voisins un vieux couple avec lequel j'avais souvent eu des problèmes, et j'imagine qu'ils se sont fait un plaisir d'en informer la police.

Dawson savait déjà que Yarnell ne s'en était pas pris à ces personnes par la suite. Rien n'avait été signalé, même si chacun de ses faits et gestes avait été surveillé pendant longtemps.

— Lorsque vous avez rompu, vous aviez la certitude qu'elle voyait quelqu'un d'autre ?

— Non, simplement des soupçons. Elle avait commencé à se comporter de manière étrange, à me cacher où elle était… Elle disparaissait pour la matinée et s'énervait si je lui demandais où elle était allée.

Il mit les mains dans les poches.

— Au début, j'étais juste curieux, mais après un temps, j'ai commencé à penser qu'il y avait anguille sous roche. Un jour, elle m'a annoncé qu'elle devait faire des heures supplémentaires à l'hôpital où elle était réceptionniste, et lorsque je lui ai fait la surprise d'aller la rejoindre pour l'emmener au restaurant, sa collègue m'a appris que son nom ne figurait pas sur le planning. Cela l'a vraiment énervée, et elle ne voulait plus que j'aille sur son lieu de travail.

— Et vous lui avez obéi ?

— Oui.

Il haussa les épaules.

— Bon, autant vous dire la vérité : il m'est parfois arrivé de l'attendre sur le parking de l'hôpital. Un jour, j'ai été surpris par le gardien, et il m'a menacé de faire un signalement si je recommençais.

— Alors, vous avez arrêté.

Yarnell haussa les épaules.

— Je n'en suis pas très fier, mais à l'époque, je buvais, et je suis allé plus d'une fois vérifier si sa voiture était bien sur le parking, là où elle la garait toujours.

— Et elle y était ?

— Parfois oui, parfois non. Dans ce cas, elle trouvait toujours une excuse plus ou moins valable pour avoir quitté son travail plus tôt. Je pense qu'elle a fini par être lassée par mes questions, et elle est partie.

— Elle a vécu avec vous ici ?

— Pendant quelques mois. Elle n'avait pas assez d'argent pour louer un appartement : il faut verser plusieurs mois de loyer en caution, ce qui représente une grosse somme. Alors, elle est venue vivre ici. Mes colocataires n'étaient pas ravis au début, puis ils s'y sont faits. C'est ma maison.

Dawson hocha la tête. Le rapport ne mentionnait pas qu'elle avait vécu dans cette maison avec Yarnell. Le lieutenant Libby ne devait pas penser que ce fait était important, mais Dawson voyait les choses différemment. Cela pouvait laisser penser que l'enquête avait été moins précise qu'il ne l'avait d'abord cru.

— Pendant votre relation, avez-vous jamais été violent avec Cheryl ? Lorsque vous buviez ?

Il vit passer une ombre sur le visage de Yarnell. Il semblait être le genre d'homme qui buvait parfois trop et n'était pas très fier de ce qu'il pouvait alors faire. Le rapport de police mentionnait qu'il ne pouvait garder un emploi, et Dawson se demanda si son addiction à l'alcool n'en était pas la cause principale.

— Je l'ai parfois attrapée par les bras et j'ai laissé des marques. Mais si vous voulez savoir si je la battais, la réponse est non. Pourtant, j'ai remarqué qu'elle revenait à la maison avec des bleus. Puis soudain, elle a eu assez d'argent pour la caution de son appartement, et elle est partie. À une ou deux reprises, j'ai passé la nuit chez elle, et il y avait des billets dans le tiroir de sa table de nuit.

À nouveau, Yarnell leva les mains comme pour s'excuser.

— Hé, je cherchais un préservatif ! Je n'essayais pas de fouiller dans ses affaires.

— Quand avez-vous vu Cheryl pour la dernière fois ?

— Mortc ou vivante ?

Yarnell avait prononcé ces mots sur le ton de la provocation : il devait être en colère d'avoir à se remémorer ces instants difficiles.

Dawson ne répondit pas. Il y avait des moments où cela valait mieux. Yarnell semblait à bout de nerfs, et il préféra lui laisser quelques instants pour qu'il se reprenne.

Yarnell se couvrit la bouche avec la main, un geste que l'on faisait instinctivement avant de mentir. Mais dans le cas présent, c'était peut-être parce qu'il ne voulait pas prononcer les mots qui allaient suivre.

— J'ai vu des photos de son cadavre. Le lieutenant… La blonde… Comment s'appelait-elle, déjà ?

— Le lieutenant Libby.

— C'est cela.

Il poussa un soupir et regarda le ciel.

— La Grande Ourse.

— Pardon ? Je ne vous suis plus.

— C'était la constellation favorite de Cheryl. Elle me la montrait à chaque fois que nous sortions le soir. Elle s'arrêtait dans la rue et la cherchait.

Il baissa la tête.

— Je n'ai pas compté le nombre de fois où j'ai dû la tirer sur le trottoir pour éviter qu'elle se fasse renverser par une voiture.

Dawson avait déjà été témoin de cela pendant des enquêtes : la personne que l'on interrogeait avait besoin de se remémorer des moments agréables passés avec la victime. Les souvenirs remontaient alors sans y être invités, mais c'était une bonne chose : cela rendait Cheryl plus présente, et ravivait la colère que Yarnell avait dû ressentir lorsque sa vie avait été abrégée de façon si cruelle.

— Je ne peux pas vous le dire exactement, reprit Yarnell, revenant à la conversation. Mais ce qui figure dans le rapport est vrai : cela faisait des mois que je n'avais plus vu Cheryl, ni entendu parler d'elle.

Il posait les yeux sur une cannette de bière vide avec un air d'envie, comme s'il ressentait le besoin d'en boire une, mais ne pouvait pas parce qu'il allait travailler.

— Le rapport dit que Cheryl vous a téléphoné une semaine avant le meurtre, et que l'appel a duré quarante secondes, lui rappela Dawson.

— Ma compagne a décroché lorsqu'elle a vu s'afficher le nom de mon ex. Elle l'a insultée, et Cheryl n'a pas essayé de rappeler. Le lieutenant Libby trouvait cela étrange et pensait que je lui mentais, mais c'est la vérité. Je n'ai jamais reparlé à Cheryl avant…

Sa voix se cassa sur le dernier mot, et il détourna le visage avant de se racler la gorge et de se ressaisir.

— Je n'ai jamais eu l'occasion de lui dire au revoir.

On pouvait lire la souffrance dans les yeux de Yarnell.

— Depuis, je passe mon temps à me demander si elle m'avait appelé pour me demander de l'aider, ou pour me proposer de reprendre notre relation. Si elle était revenue vers moi, j'aurais pu prendre soin d'elle et la protéger.

Il était clair que Cheryl avait beaucoup compté pour Yarnell, et qu'il était tenaillé par un sentiment de culpabilité depuis qu'elle était morte.

Dawson posa la main sur son épaule pour le réconforter.

— Vous ignoriez ce qui allait arriver. On ne peut pas revenir sur le passé. Il faut essayer de retrouver un peu de paix, si vous le pouvez.

— Merci. J'apprécie votre soutien.

Yarnell semblait sincère, et Dawson fut touché. Une des satisfactions de son métier était de pouvoir aider les familles des disparus à obtenir justice et à faire le deuil.

— Si jamais vous avez besoin de parler, dit Dawson en sortant une carte de visite, n'hésitez pas.

Yarnell dévisagea Dawson comme s'il n'en croyait pas ses oreilles.

— C'est sympa. Merci.

Yarnell avait peut-être commis des erreurs, mais Dawson croyait que chacun méritait une seconde chance.

— Je suis sérieux. N'hésitez surtout pas. Je serai là si vous avez besoin de moi.

— C'est d'accord, répondit Yarnell en glissant la carte dans une poche de sa veste en cuir.

En repartant, Dawson écrasa sans le faire exprès une cannette. Il l'écarta du pied avant de retourner auprès de Summer.

— Ce n'est pas lui. Il est innocent et n'a pu me donner aucun élément nouveau, déclara Dawson en s'asseyant sur son siège.

Il avait laissé les clés sur le contact au cas où Summer doive partir en vitesse.

— Je me demandais si le Capital Coffee était encore ouvert. Nous pourrions nous y arrêter et demander s'ils savent où nous pouvons trouver Holden.

Il jeta un coup d'œil pour vérifier l'heure, tout en conduisant dans les rues étroites de ce quartier. Des voitures étaient garées de part et d'autre de la chaussée, et il y avait à peine assez de place pour son large véhicule. Il connaissait bien les alentours pour être venu là de nombreuses fois dans le cadre de son travail, mais il voyait bien que Summer était nerveuse.

Alors qu'il mettait son clignotant et s'arrêtait à un feu, Summer retint un petit cri.

Elle désigna du doigt un homme qui marchait derrière une jeune femme. Celle-ci avait des écouteurs sur les oreilles et semblait totalement indifférente à ce qui se passait autour d'elle.

— C'est lui ! C'est un des types qui me poursuivaient l'autre jour, s'exclama-t-elle.

15

Summer sentit son cœur s'emballer. Elle serra et desserra les doigts plusieurs fois, essayant de retrouver un peu de calme. Le type qui l'avait poursuivie était en train de marcher derrière la jeune femme, le regard fixé sur elle, qui n'avait rien remarqué de son manège.

Sans la quitter des yeux, il tendit le bras pour l'attraper, et le sang de Summer ne fit qu'un tour. Malgré elle, elle poussa un cri. Les vitres de la voiture étaient remontées, et personne dans la rue ne sembla l'entendre.

Dawson stoppa son véhicule et bondit au-dehors avant même que Summer ait pu dégrafer sa ceinture de sécurité. Elle tremblait de tout son corps.

Elle réussit finalement à détacher la ceinture dont la boucle, en s'enroulant, alla cogner brutalement la portière.

Elle se précipita en direction de la jeune femme, mais elle trébucha sur le bord du trottoir et faillit s'étaler de tout son long. Elle parvint malgré tout à se rétablir et leva les yeux juste à temps pour apercevoir un sourire moqueur sur le visage du type. Un autre frisson la parcourut.

C'est alors que l'homme remarqua Dawson. Une

expression de choc puis de colère se lut sur son visage, et il s'élança dans la direction opposée. Malgré sa corpulence, il était particulièrement rapide. Dawson accéléra, et fut bientôt sur ses talons.

La jeune femme regarda autour d'elle, l'air stupéfié, et sembla comprendre ce qui avait failli se passer. Elle ouvrit la bouche, écarquilla les yeux, et pâlit. Puis elle ôta ses écouteurs et se mit à pleurer.

— Tout va bien, lui dit Summer d'un ton réconfortant en la prenant dans ses bras. Il ne vous est rien arrivé.

L'inconnue se blottit contre elle. Mais Summer n'avait pas oublié que la dernière fois qu'il l'avait agressée l'homme avait un complice. Elle regarda autour d'elle pour voir s'il était lui aussi dans les parages. Elle remarqua également avec inquiétude que la jeune femme et elle étaient seules. Dawson avait disparu dans la nuit.

— Comment vous appelez-vous ? demanda-t-elle d'une voix apaisante.

— Harper.

— Voici ce que nous allons faire, Harper : nous allons nous asseoir dans la voiture de mon ami et attendre qu'il revienne. N'ayez pas peur, il travaille dans la police, déclara-t-elle aussi calmement qu'elle le put.

— D'accord, répondit Harper, la voix pleine de sanglots.

Elle semblait âgée d'à peine vingt ans. Summer la conduisit jusqu'au véhicule de Dawson et elle s'enferma dedans avec elle.

— Vous habitez dans le quartier ? demanda-t-elle.

— Non. J'allais prendre le bus après une réunion à l'université avec mon groupe de travail.

Juste à cet instant, Summer aperçut l'agresseur qui se dirigeait vers elles. La tête baissée, les mains dans le dos, il semblait menotté et était essoufflé.

Dawson le poussa contre le capot de son véhicule et essuya le sang qui coulait de sa lèvre. Summer fut soudain saisie de panique en songeant qu'il aurait pu être blessé. Elle se rappela à la raison en se disant qu'il était là, devant elle, en train de parler au téléphone, probablement pour prévenir la police qu'ils devaient venir pour emmener ce type au poste.

Summer ne voyait pas le visage de son agresseur, mais elle savait que c'était lui. Il avait la même taille, la même corpulence… et les mêmes cheveux noirs. Il tourna la tête sur le côté et essaya de distinguer les personnes qui étaient à l'intérieur de la voiture. Elle reconnut alors son regard sombre.

— C'est lui ? demanda Harper même si la réponse était évidente.

Elle semblait sur le point de se trouver mal.

— Oui, dit Summer. Il est menotté, et la police va venir le chercher.

Summer se demanda soudain si elle avait été suivie par hasard, l'autre jour… Non, c'était impossible. Elle se souvenait clairement que l'homme et son complice avaient évoqué Autumn. Qu'avaient-ils dit, déjà ? « Tu n'es pas morte ? Il va falloir finir le travail. »

Summer n'imaginait pas un seul instant que sa sœur ait pu sortir avec un de ces deux types. Elle frissonna en songeant à ce à quoi Harper avait échappé.

— Je dois appeler ma colocataire pour lui dire que je serai en retard.

Harper parlait d'une voix tremblante.

— Bien sûr. Où est votre téléphone ? demanda Summer, voyant que Harper ne bougeait pas.

— Dans mon sac à dos.

Harper fit glisser le sac de son épaule. Elle l'ouvrit, alors que les larmes commençaient à ruisseler sur ses joues.

— Hé, il ne vous a rien fait. Tout ira bien, déclara Summer en tentant de capter son regard.

Harper semblait encore plus jeune avec ses yeux rouges et gonflés.

— Je ne sais comment vous remercier de vous être arrêtés. J'écoutais dc la musique et je ne me suis aperçue de rien. Il était peut-être derrière moi depuis longtemps… Je ne sais pas ce que j'aurais fait si vous n'étiez pas arrivés !

Summer ne voulait pas y penser. Le type semblait musclé, et Harper ne devait pas peser plus d'une cinquantaine de kilos.

— Appelez votre colocataire pour qu'elle ne s'inquiète pas. Lorsque la police n'aura plus besoin de nous, nous vous raccompagnerons chez vous, déclara Summer.

Elle était certaine que Dawson serait d'accord.

Harper passa son appel, parlant d'une voix entrecoupée par les sanglots. Sa colocataire lui dit qu'elle serait à l'appartement lorsqu'elle arriverait, et Summer se sentit soulagée de savoir que la jeune femme ne serait pas seule. Elle risquait d'être traumatisée pendant longtemps et avait besoin d'être réconfortée.

— Je peux appeler ma mère ? demanda Harper.

— Bien sûr ! D'où êtes-vous ?

Summer voulait apaiser Harper avant qu'elle téléphone à ses parents : il était inutile qu'elle les inquiète plus que de raison.

— De San Antonio, répondit Harper, agrippée à son téléphone comme si sa vie en dépendait.

— C'est votre première année à l'université ?

Harper hocha la tête. Elle avait les yeux écarquillés et était probablement encore sous le choc.

Le hurlement d'une sirène s'éleva, et l'on vit apparaître la lueur clignotante d'un gyrophare. Une voiture de police s'arrêta près d'eux. Un homme en uniforme en sortit et quelques minutes plus tard, le type était installé sur le siège arrière. Le policier prit leur déposition, puis il les remercia et repartit.

Dawson se présenta à Harper lorsque le calme régna à nouveau.

— Je lui ai promis que nous la ramènerions chez elle, lui apprit Summer.

Dawson accepta sans la moindre hésitation. Une vingtaine de minutes plus tard, ils arrivèrent à l'adresse donnée par Harper, et il l'escorta jusqu'à la porte du bâtiment. Puis il retourna à son véhicule et demanda :

— Et toi, comment vas-tu après toutes ces émotions ?

— Bien. C'est fou que nous soyons retombés sur cet homme !

— Je suis bien content que nous ayons croisé sa route ! Il n'a pas voulu parler à la police. Il a simplement déclaré qu'il allait user de son droit de garder le silence, expliqua Dawson tout en rejoignant l'autoroute qui, même à cette heure tardive, était très encombrée.

— Il a certainement déjà été arrêté et il connaît ses droits !

— Je ne serais pas étonné qu'il ait un casier judiciaire bien rempli, admit Dawson.

— Le policier a dit qu'il nous reverrait au commissariat. C'est là que nous allons ?

— Non. Tu as déjà fait ta déposition, et cet homme ne parlera pas. Nous passerons demain matin quand la policière qui a enquêté sur le meurtre de Cheryl sera présente. J'ai quelques questions à lui poser.

— Tu n'es pas d'accord avec la façon dont elle a travaillé ?

— Non. Je pense qu'elle a tout fait pour mettre ce crime sur le dos de Yarnell. Il était tout désigné comme coupable, mais il est innocent. Quelqu'un avec un minimum d'expérience s'en serait immédiatement aperçu. J'aimerais savoir à quoi m'en tenir sur le lieutenant Libby, et rien ne vaut un face-à-face pour cela.

Même si la route était très encombrée et qu'ils roulaient presque au pas, ils avançaient.

Après avoir mis quarante minutes pour parcourir une distance qui aurait dû l'être en un quart d'heure, Dawson s'engagea sur le parking de leur hôtel.

— J'espère que Harper a pu avoir sa mère.

Summer se demandait quel effet cela faisait de savoir qu'il y avait toujours quelqu'un qui était prêt à vous réconforter. Elle savait que sa mère les avait aimées, elle et Autumn, d'une certaine manière. Mais elle était trop fragile pour pouvoir le leur montrer.

Si elle avait un enfant – et elle ne s'était jamais attardée sur cette idée – elle aimerait que ce soit avec un homme comme Dawson. Il ferait un père formidable.

Elle se réprimanda mentalement, et se força à reprendre pied dans le réel.

D'où cela venait-il ? C'était le genre d'idée qui ne lui avait jamais traversé l'esprit auparavant. Mais peut-être était-ce parce qu'elle n'avait jamais rencontré un homme qui lui aurait donné envie de devenir mère ?

Dawson traversa le hall d'entrée de l'hôtel, Summer à ses côtés. À cette heure-ci, ils virent très peu de monde : seulement une famille de quatre personnes qui attendaient devant le bureau de la réception.

Ils purent gagner leur chambre sans se faire remarquer.

— Tu ne trouves pas que c'est une coïncidence étrange que nous ayons croisé ce type dans le quartier où habite Drake Yarnell ? demanda-t-elle.

— Il s'appelle Jesse Lynch.

Dawson ne semblait pas surpris.

— Ce quartier est l'un des plus dangereux d'Austin. Nous avons eu de la chance de tomber sur lui, mais je ne suis pas étonné qu'il ait traîné par ici.

— Tu penses que c'est lui qui a tué Cheryl et Autumn ?

— Peut-être, mais dans ce cas, il n'était vraisemblablement que l'exécutant, pas le décideur.

— Pour le moment, rien n'indique qu'Autumn et Cheryl se connaissaient, dit Summer en ôtant ses chaussures et en s'asseyant sur le canapé.

Dawson la rejoignit, son ordinateur portable à la main. Il l'ouvrit et tapa le mot de passe.

— Le tueur est certainement le seul lien entre

elles, poursuivit-elle. Elles ont dû toutes les deux sortir avec lui.

— Il y a aussi le Capital Coffee.

— Je pense que nous devrions y passer la journée demain, et observer les personnes qui entrent et sortent.

Summer plissa le front. Elle avait les yeux fixés sur l'écran même si elle ne le regardait pas vraiment.

— Si cet homme me voit dans le café, il va certainement réagir.

— Il va être au courant de ton existence. Ta sœur a fait beaucoup d'efforts pour la cacher, et je suis convaincu qu'il y avait une bonne raison à cela.

— Et que penses-tu du collier ? demanda-t-elle. Autumn devait savoir que tu finirais par regarder ce qu'il y avait dans cette boîte.

— Il est possible qu'elle ait voulu m'indiquer que tu existais.

C'était pure spéculation, mais pour le moment, ils devaient s'en contenter.

— Et Sean Menendez ?

— Nous pouvons nous arrêter à l'endroit où il travaillait lorsque nous nous rendrons en ville demain, proposa-t-il.

Il se dit qu'il ne faudrait pas oublier de demander au lieutenant Libby si le nom inventé par Autumn pour désigner son avocat fictif – Matt Charley Shank – lui évoquait quoi que ce soit.

— Nous pourrions nous mettre en route vers 6 heures demain matin pour éviter les bouchons, et commencer par nous rendre à la résidence où travaillait Sean Menendez. Ensuite, nous pourrions nous arrêter pour prendre un petit déjeuner, puis aller au commissariat.

Avant de se coucher, il voulait relire le rapport de police pour avoir une meilleure connaissance des dépositions des témoins et des pièces à conviction.

Summer alla prendre une douche et ressortit de la salle de bains une vingtaine de minutes plus tard, vêtue d'un peignoir de l'hôtel étroitement ceinturé. Elle s'arrêta dans l'embrasure de la porte. Elle se mordillait la lèvre et se balançait sur ses pieds. Était-elle nerveuse ?

— Tu accepterais de t'allonger à côté de moi jusqu'à ce que je m'endorme ? demanda-t-elle. À chaque fois que je ferme les yeux, je revois ces photos.

Elle désigna l'ordinateur de la main et il comprit immédiatement qu'elle parlait de Cheryl.

— Bien sûr.

Il avait répondu d'un ton détaché, comme si s'allonger sur un lit à côté de Summer n'était pas grand-chose. Rien qu'en songeant qu'il allait bientôt être tout contre elle, il sentit son cœur se mettre à battre plus vite. Mais il n'était plus un adolescent et il parviendrait à maîtriser ses pulsions.

Lorsqu'il se leva pour la rejoindre, il surprit du désir dans ses yeux : désir d'être réconfortée, de se blottir tout contre lui… D'oublier le monde pour quelques heures seulement.

Il la prit par la main, essayant d'ignorer le frisson qui se propageait en lui. Mais être si près de Summer n'était pas facile.

Il souleva la couette, et elle se coucha. Il se garda bien de l'imiter. Alors, il ôta ses chaussures et, après avoir reposé la couette sur elle, s'installa dessus, le dos soutenu par des coussins. Et son cœur fit un bond dans sa poitrine lorsqu'elle vint se blottir tout contre lui.

Il la regarda s'endormir, puis ferma les yeux, en se disant qu'un peu de sommeil ne lui ferait pas de mal.

16

— Room service !

En entendant quelqu'un frapper à la porte et une petite voix s'élever, Dawson se leva d'un bond.

Il faisait déjà jour, et il se rendit compte qu'il avait dormi. D'ordinaire, lorsqu'il avait l'intention de rester éveillé, il y parvenait sans peine. La sensation du corps chaud de Summer blotti contre lui lui manqua à la seconde où il fut debout.

D'un rapide coup d'œil, il vérifia que sa chemise et son jean étaient bien boutonnés et qu'il était présentable.

Il alla ouvrir, tout en veillant à ne pas faire de bruit pour ne pas réveiller Summer. Un coup d'œil à sa montre lui apprit qu'il était déjà 7 heures.

— Je suis désolé, dit-il à la petite femme qui se trouvait devant lui. Mon amie dort toujours. Vous pourriez revenir un peu plus tard ?

— Pas de problème, monsieur.

La femme de chambre avait les cheveux grisonnants et un regard bienveillant. Elle fit un pas en arrière.

— Je repasserai, dit-elle.

— Merci.

Dawson mit la pancarte indiquant de ne pas déranger à la poignée de la porte. Lorsqu'il revint dans la chambre, Summer était réveillée et se frottait les yeux. En voyant ses cheveux blonds sur l'oreiller sur lequel il dormait quelques instants plus tôt, il sentit son cœur se serrer, et se dirigea droit vers la machine à café.

Alors que le breuvage coulait dans sa tasse, il alla à la salle de bains pour se laver les dents et se rafraîchir le visage. Cela l'aida à se ressaisir un peu et à voir plus clairement où il en était avec Summer : elle avait des ennuis et il l'aidait. C'était tout. Elle avait besoin de savoir ce qui était arrivé à sa sœur. Il allait coincer l'ordure qui avait tué Autumn, et les choses en resteraient là.

Malheureusement, malgré tous ses efforts, il ne parvint pas à s'en convaincre.

Lorsqu'il sortit de la salle de bains, Summer était devant la porte. Elle se glissa à l'intérieur.

— Tu veux du café ? demanda-t-il.

— Oui, merci.

Elle referma la porte, et il entendit l'eau couler. Il ne voulait pas penser qu'elle était nue sous son peignoir, de même qu'il voulait oublier l'image de son corps contre lui sur le lit.

Parce qu'il s'était senti incroyablement bien contre elle. Il avait beau fouiller dans ses souvenirs, il ne parvenait pas à retrouver un sentiment de plénitude comparable.

Après quelques gorgées de café, il verrait certainement la situation de manière plus rationnelle. Il apporta les deux tasses sur la table basse et alla chercher son téléphone. Puis il composa le numéro du commissariat et se présenta au standard. Ainsi qu'il l'avait espéré, il fut immédiatement transféré vers un policier.

— Ici le lieutenant Wexler. Que puis-je pour vous ?

Wexler avait la voix polie et efficace d'un officier chevronné capable de faire face à toutes sortes de situations.

— Je suis le marshal O'Connor et je vous appelle pour avoir des nouvelles d'un homme incarcéré hier : Jesse Lynch.

— Effectivement.

La voix de Wexler avait pris une tonalité plus sombre.

— Je suis désolé d'avoir à vous apprendre cela, mais Lynch s'est pendu dans sa cellule hier.

En apprenant cela, Dawson comprit immédiatement que l'affaire avait des ramifications plus étendues qu'il ne l'avait d'abord imaginé.

— Je suis désolé de ce que vous venez de m'apprendre.

Dawson était convaincu que Jesse Lynch n'était pas du genre à se suicider, d'autant plus qu'il avait été pincé avant même d'avoir pu agresser Harper. Avec un bon avocat, il n'aurait eu aucun mal à se sortir d'affaire.

Pour Summer, c'était différent. Mais l'homme n'avait fait que la poursuivre, et il n'avait pas eu le temps d'aller plus loin. D'ailleurs, ils n'avaient ni témoin ni preuve.

— C'est un drame, remarqua Wexler. Les jeunes d'aujourd'hui ne savent plus faire face au moindre problème ! L'autre jour, j'ai croisé un étudiant. Sa voiture avait un pneu crevé et il était en train de faire les cent pas sur le trottoir en braillant. Je l'ai calmé et je lui ai dit que j'allais l'aider, même si j'étais fatigué et que j'aurais préféré rentrer chez moi. Mais j'ai quand même commencé à installer le cric et à desserrer les écrous…

Wexler marqua un temps d'arrêt.

— La prochaine fois, il saura le faire grâce à vous, remarqua Dawson, qui n'avait pas la moindre idée de ce qu'il devait dire, ni en quoi cette histoire avait un lien avec la mort de Jesse Lynch.

— C'est ce que je me disais ! Je pouvais le faire à sa place, mais il n'aurait absolument rien appris. Aujourd'hui, dès qu'il y a un problème, les jeunes sont perdus !

Wexler pensait peut-être que c'était ce qui était arrivé à Jesse Lynch, mais pas Dawson.

D'après ce qu'il savait, Lynch était un voyou, pas un fils à papa qui n'aurait pas supporté de se retrouver en prison. Sa seule excuse était peut-être d'être né du mauvais côté de la barrière.

Il savait comment survivre.

— Il était seul dans sa cellule ? demanda Dawson.

— D'après le policier de garde, oui

Dawson n'aimait pas les implications possibles : cela pouvait signifier que celui qui avait tué Jesse Lynch – car il était persuadé que l'homme ne s'était pas suicidé – était lui-même dans la police ou avait des liens étroits avec elle.

— Merci de m'avoir mis au courant. C'est terrible.

— C'est certain, confirma Wexler.

— Vous pouvez me rendre un service ? demanda Dawson.

— Bien sûr ! Que voulez-vous ?

— J'aurais aimé que vous me passiez le lieutenant Libby.

Le silence à l'autre bout de la ligne n'augurait rien de bon.

— Elle n'est pas là.

Dawson ne savait pas très bien ce que Wexler entendait par là, mais visiblement, il n'avait pas envie de s'étendre sur le sujet.

— Quand reviendra-t-elle ?

— Elle ne travaille plus ici.

— Que s'est-il passé ?

— Elle a quitté la police il y a deux ans.

— Vous avez son adresse ?

— Je peux vous passer le service du personnel, proposa Wexler.

Dawson se demandait s'il pouvait lui faire confiance ou non.

— Je rappellerai une autre fois, dit-il d'un ton volontairement désinvolte, pour donner l'impression que cela lui importait peu. Il n'y a rien d'urgent.

La réponse sembla satisfaire Wexler.

— Au revoir, dit-il.

— Au revoir.

Dawson mit fin à l'appel. Lorsqu'il leva les yeux, il vit que Summer l'observait.

— Qu'est-il arrivé à Jesse Lynch ?

— Il a été assassiné dans sa cellule hier soir, mais la police prétend qu'il s'agit d'un suicide.

Visiblement choquée, Summer fit quelques pas en arrière, et s'assit sur une chaise. Elle semblait peu à peu comprendre ce que Dawson venait de lui annoncer. Il devait lui être très difficile d'apprendre que celui qui aurait pu faire décoller l'enquête avait été à jamais réduit au silence.

— Ainsi, Lynch est mort…

Elle s'interrompit, comme si elle avait besoin de temps pour assimiler les faits… Comme si dire les choses à voix haute les rendait plus réelles et plus effrayantes.

— Et le lieutenant Libby ?

— Elle a quitté la police six mois après le meurtre de Cheryl.

L'enchaînement des événements ne pouvait qu'éveiller les soupçons.

— Et c'est la même division de police qui va enquêter sur l'assassinat de ma sœur ? demanda Summer en se prenant le visage à deux mains.

— Ils avaient confié l'enquête à un très jeune lieutenant. Je suppose qu'ils ne s'attendaient pas à ce qu'elle fasse un travail aussi fouillé, étant donné son manque d'expérience.

— Manifestement, elle s'est vraiment impliquée dans l'enquête… Mais elle a ensuite quitté la police. Qu'est-ce qui aurait pu la pousser à agir ainsi ?

— Je vais demander à Colton de voir s'il peut en savoir plus. Il a un bon contact dans la police d'Austin, et c'est certainement la meilleure solution. Je peux appeler le service du personnel mais ils refuseront certainement de me donner son adresse.

— Qu'est-ce qui a pu la pousser à partir comme ça ?

— De l'argent… Des menaces… Si nous arrivons à trouver ce qu'elle fait maintenant et où elle habite, nous en aurons peut-être une idée plus précise.

Et ils découvriraient peut-être également qui la police cherchait à protéger.

Cette nouvelle changeait complètement la donne. Elle leur montrait qu'on cherchait à étouffer l'affaire.

Si le meurtrier avait assez de pouvoir ou de relations pour qu'il puisse pousser un lieutenant de police à démissionner, ou faire assassiner un homme dans sa cellule et faire passer cela pour un suicide, comment allaient-ils réussir à le démasquer ? Qui les écouterait ?

— L'assassin devait être aux aguets et craindre qu'un de ses hommes de main se fasse attraper, murmura Summer.

— Ou Lynch a passé le coup de fil réglementaire à la mauvaise personne.

— Mais si on voulait faire disparaître un témoin gênant, pourquoi ne pas l'avoir tué plus tôt ? demanda-t-elle.

— Tout d'abord, il n'avait pas terminé le travail. Et puis, cela commençait à faire beaucoup de victimes.

— Il y avait *deux* hommes qui me poursuivaient...

Elle se demandait ce qui était arrivé au second.

— Il est possible qu'il soit toujours dans les parages. Lorsqu'il aura vent du prétendu suicide de Lynch, je pense qu'il va se faire discret pendant quelques mois, peut-être même passer la frontière... Au Mexique, il y a plein de petites bourgades où il pourrait se cacher.

Beaucoup de villes frontalières étaient connues pour leurs taux de criminalité records. Mais l'homme n'était pas vraiment un enfant de chœur.

— Je doute que Sean Menendez ait les relations nécessaires pour commanditer un meurtre dans un commissariat, reprit Dawson.

— Tout à fait d'accord avec toi.

Si inquiétant que soit Menendez, il semblait difficile de pouvoir lui attribuer la mort de Jesse Lynch.

— Tu penses que nous pouvons essayer d'aller lui parler ?

— Nous n'avons rien à perdre. Mais il faut d'abord que je mette mon frère au courant de ce qui se passe.

Dawson s'interrompit et regarda son téléphone.

— Je comprends soudain un peu mieux pourquoi personne au commissariat général d'Austin ne savait que ta sœur avait été tuée…

— Pourtant, il y a bien un rapport d'autopsie, remarqua-t-elle.

— Je connais le médecin légiste depuis longtemps. C'est quelqu'un de bien.

— Alors, tu pourras facilement prouver que le médecin a fait un rapport, mais que la nouvelle du décès d'Autumn a été étouffée par la police.

Elle prit sa tasse et but une gorgée de café. La sensation du café chaud glissant dans sa gorge lui fit du bien.

— Tu disais que Yarnell souffrait beaucoup depuis la mort de Cheryl. Je n'arrive même pas à imaginer ce qu'il a pu subir si l'on a essayé de lui mettre ce meurtre sur le dos.

Le téléphone de Dawson se mit soudain à vibrer, indiquant qu'il recevait des messages. Lorsqu'elle vit l'expression de son visage, elle comprit qu'il s'agissait vraisemblablement de mauvaises nouvelles de sa famille.

— Je suis désolé, je dois…

— Ne t'excuse pas, Dawson. Ta famille compte autant que la mienne.

Il s'arrêta et la regarda, l'air un peu interdit. Puis il hocha la tête, sourit, et commença à composer un numéro.

Summer ne comprenait pas pourquoi il avait semblé surpris. Sa famille était importante pour lui, et lui-même devenait important pour elle. Après avoir vécu ces derniers jours dans la peur, il lui apparaissait comme une évidence que la famille soit la première des priorités.

Et peut-être cette conviction venait-elle du fait qu'elle avait perdu la sienne. Summer avait toujours pensé que les liens familiaux étaient essentiels… Même si elle n'avait que sa sœur à aimer.

Dawson était allé passer son appel téléphonique dans la salle de bains pour ne pas la déranger, mais la porte était mince et elle ne put s'empêcher de surprendre des bribes de conversation. Colton avait de nouveaux éléments concernant le meurtre de leur père. L'adresse d'un suspect possible.

Dawson mit fin à l'appel avant de revenir dans la pièce, avec une expression presque désespérée dans les yeux.

— J'ai entendu malgré moi ce que tu disais. Je suis désolée…

Il secoua la tête avant de se passer la main dans les cheveux. Après avoir marché de long en large, il sembla assez calme pour pouvoir parler.

— Tu as besoin de partir enquêter ? demanda-t-elle.

Elle ne s'attendait pas à ce que Dawson reste avec elle dans ces circonstances.

— Mes frères s'en occupent et je ne peux rien faire de plus. D'ailleurs, j'ai des choses à faire ici en ce moment.

L'expression de son visage la laissa penser qu'il aurait voulu être avec ses frères.

— Tu ne dois pas faire cela, Dawson. Ta famille a besoin de toi et je ne veux pas que tu regrettes…

Il se tourna vers elle si brusquement qu'elle s'arrêta au beau milieu de sa phrase.

— Je croyais que tu étais ma famille, toi aussi.

Il parlait d'une voix sèche, et ses yeux lançaient des éclairs.

— Mais si tu ne veux pas que je reste avec toi, tu n'as qu'un mot à dire.

Elle se raidit, se préparant à lui répondre. Mais avant même qu'elle puisse le faire, Dawson lui jeta un regard d'excuse. Il leva la main et se remit à faire les cent pas.

Elle aurait seulement voulu se blottir contre lui et poser les mains sur son torse pour qu'il arrête de marcher et tente de se calmer. Alors, c'est exactement ce qu'elle fit. Elle alla se placer devant lui, le forçant à s'immobiliser. Les mains sur son torse, elle leva les yeux vers lui.

Il ouvrit la bouche pour parler, puis serra obstinément les lèvres.

Elle sentit que l'atmosphère changeait soudain, et que sa colère se transformait en une conscience aiguë de leurs cœurs qui battaient, de l'attirance qui avait existé entre eux dès le moment où ils s'étaient vus, de leurs respirations saccadées.

Elle se trompait peut-être mais rien qu'en le regardant, elle pensait qu'il ressentait lui aussi l'envie de la toucher, d'être contre elle. Du bout des doigts, elle caressa les muscles qui se dessinaient sous sa chemise. Seule la fine étoffe de coton la séparait de sa peau.

Dawson prit son visage entre les mains, et la regarda avec tant de désir qu'elle en eut le souffle coupé.

Le besoin de sentir ses lèvres contre les siennes

était presque douloureux. Elle leva la tête vers lui, et il se pencha pour l'embrasser.

Elle se retint à ses épaules, enfonçant les ongles dans sa chair lorsqu'il approfondit leur baiser. Il lui lâcha le visage et l'enlaça, la serrant tout contre lui. Elle aurait pu l'embrasser toute la journée. Elle *voulait* l'embrasser toute la journée.

Elle ne le pouvait pas.

Mais pour l'instant, elle ne se souciait de rien d'autre que du moment qu'ils partageaient, et du désir qu'ils avaient l'un pour l'autre, si fort qu'ils pouvaient à peine respirer.

Elle ressentit ce baiser dans tout son corps lorsqu'il l'approfondit, et la chaleur monta en elle. Jamais personne ne l'avait embrassée de cette manière, et elle était certaine qu'il ferait l'amour aussi bien.

Mais la réalité s'imposa soudain à elle.

Avec un soupir, elle réussit à s'éloigner de ses lèvres pleines et étonnamment douces.

Il lui suffit de croiser son regard pour comprendre qu'ils jouaient avec le feu.

17

Dawson pressa son front contre celui de Summer, tout en prenant un moment pour reprendre son souffle. Être avec elle lui faisait ressentir des choses qu'il n'aurait jamais cru possibles. Plutôt que s'interroger sur ce que cela pouvait signifier, il préféra tout simplement respirer au même rythme qu'elle.

Une chose était certaine : jamais une autre femme n'avait éveillé en lui des sensations comparables à celles que Summer pouvait lui faire éprouver… et à tous points de vue. Elle avait cette beauté singulière et précieuse qui était d'abord intérieure.

Son sourire, plutôt rare, était si sincère qu'il illuminait tout son visage. C'était son âme qui souriait, si cela pouvait avoir un sens. Il n'avait jamais eu l'étoffe d'un poète, mais il aurait aimé pouvoir mettre en mots tout ce qu'il ressentait pour elle.

Les occasions de rire avaient été très rares, mais lorsqu'elle le faisait, ce bruit était si clair et joyeux qu'aucun instrument de musique n'était capable de l'imiter. L'entendre lui réchauffait le cœur, et lui donnait envie de songer à l'avenir… Alors qu'il pensait cela inenvisageable après la façon dont s'était terminé son mariage.

Autumn avait compté pour lui, et lorsqu'il avait décidé de se marier avec elle, il était déterminé à ce que leur relation marche, pour l'enfant qu'il pensait qu'elle portait. Mais avec Summer, il était inutile de forcer ses sentiments.

Regarder son visage était comme voir le ciel bleu et le soleil après l'orage. Sa conversation le stimulait. Et l'énergie qu'elle mettait dans tout ce qu'elle faisait le laissait penser que la vie avec elle ne serait jamais ennuyeuse.

Mais cela était hors de propos : il n'était pas certain de pouvoir s'engager à nouveau. Pourtant s'il le faisait… il voulait que ce soit avec Summer.

Après avoir déposé un léger baiser sur ses lèvres, il s'éclaircit la voix et fit un pas en arrière, espérant recouvrer ses esprits. Mais lorsqu'il la regarda dans les yeux, il fut encore plus perdu.

Bon sang…

Il avait besoin d'un peu plus de café, car il n'avait plus les idées claires. Il s'était promis qu'il ne laisserait pas les choses échapper à son contrôle avec Summer, et il était bien déterminé à ce qu'il en soit ainsi.

D'ailleurs, avec sa vie personnelle en plein bouleversement, c'était le pire moment pour commencer une relation. Summer ne méritait pas cela. Elle avait besoin de quelqu'un qui puisse la réconforter pendant qu'elle retrouverait ses repères. Il savait qu'elle était parfaitement capable de se débrouiller seule, mais il voulait pouvoir être son rocher dans la tempête.

Il valait mieux ne pas confondre sentiments et émotions. Il allait se contrôler mieux qu'il ne l'avait fait jusque-là… pour le bien de Summer.

La résidence, située dans un quartier lugubre du centre-ville, n'était pas exactement le genre d'endroit où Summer imaginait sa sœur vivre. C'était pourtant là qu'elle avait passé les derniers mois de sa vie, ainsi que Colton venait de le leur apprendre. Après des recherches actives, il avait réussi à obtenir cette adresse, et Dawson et elle avaient changé leurs plans : une visite à cet endroit s'imposait, ne serait-ce que pour tenter de récupérer les affaires qu'Autumn y avait laissées.

Summer avait le cœur serré lorsqu'elle songeait que c'était certainement tout ce que sa sœur avait pu s'offrir. Pourquoi Autumn ne lui avait-elle rien dit ?

Elle glissa la main dans la poche de son sac où elle gardait le collier portant son nom. Elle le saisit et l'enroula autour d'un de ses doigts. Étrangement, toucher ce bijou de pacotille lui donnait le sentiment qu'elle était plus proche de sa sœur dont, visiblement, elle ne connaissait pas toutes les facettes.

Cette résidence était bien le dernier endroit où elle aurait cherché Autumn. Peut-être d'ailleurs était-ce la raison pour laquelle sa sœur louait un appartement ici.

Dawson gara sa voiture, et ils en sortirent tous les deux. Le bureau d'accueil était situé dans un petit bâtiment en brique, et un écriteau placé sur la porte vitrée indiquait qu'il était ouvert. Alors, elle prit une inspiration, et se mit en marche.

Elle ne parvenait pas à comprendre pourquoi sa sœur avait laissé dormir vingt-cinq mille dollars sur un compte en banque. Cet argent était un cadeau de Dawson. Il n'espérait rien en retour.

Autumn regrettait-elle de l'avoir impliqué dans ses

problèmes ? Avait-elle tenté de se racheter après son départ ?

Si elle ne prenait rien à Dawson, pensait-elle pouvoir ainsi se convaincre qu'elle lui avait menti pour le protéger ? Il était possible qu'elle n'ait pas eu conscience que sa disparition l'atteindrait autant.

Avait-elle quitté Dawson pour rejoindre un autre homme, qui aurait été son compagnon auparavant, ainsi qu'ils le supposaient ? Tout portait à le croire. Summer regrettait de ne pas avoir été au courant des difficultés de sa sœur. Elle aurait été là pour elle. Autumn n'était pas seule.

Summer sentit une larme rouler sur sa joue.

Elle l'essuya, puis poussa la porte vitrée. Un tintement s'éleva et elle entra dans un hall de réception carrelé, immédiatement suivie de Dawson.

Une femme vêtue d'un tailleur-pantalon se trouvait dans la pièce. Elle avait des boucles à la Shirley Temple et était beaucoup trop maquillée pour avoir l'air ingénu.

— Bonjour. Je suis Marcy, dit-elle en tendant la main à Dawson.

Elle le regarda un peu trop longuement, et Summer fut saisie de l'envie furieuse de claquer des doigts pour attirer son attention sur elle.

— Et moi Dawson. Et voici ma femme…

— Sandy, oui, je sais.

Elle hocha la tête comme si elle se félicitait d'avoir répondu juste à une question, et Summer comprit que cette femme pensait avoir reconnu sa sœur, qui devait s'être présentée sous ce nom.

— Je ne savais pas que vous étiez mariée.

Marcy avait une voix stridente. En comparaison, le

grattement d'ongles sur un tableau noir était presque un soulagement.

— Oh… J'ai dû oublier de le mentionner car nous nous sommes séparés pour un temps… Vous savez, pour faire le point.

Summer serrait et desserrait compulsivement la main de Dawson. Il pressa doucement la sienne, et ce geste la tranquillisa. Ils avaient un but et, si agaçante que soit Marcy, elle n'allait pas les en détourner. D'ailleurs, elle ne semblait pas particulièrement maligne, ce qui signifiait qu'ils pourraient en tirer quelques informations s'ils étaient habiles.

— Vos affaires ont été mises dans des cartons. Nous sommes obligés de les garder pendant quatre-vingt-dix jours après l'expulsion, déclara Marcy en haussant les épaules.

— J'ai tout simplement oublié de payer mon loyer lorsque je suis retournée vivre avec mon mari, expliqua Summer.

Elle ne put manquer de remarquer le naturel avec lequel le mot « mari » lui était venu… même si elle détestait mentir. Mais il le fallait si elle voulait récupérer les affaires d'Autumn.

— J'ai failli ne pas vous reconnaître au début. Vous semblez si… différente.

Marcy regardait ostensiblement Summer des pieds à la tête.

— Eh bien, c'est pourtant moi, répliqua celle-ci.

Elle dut se retenir pour ne pas lui faire une remarque désobligeante. Ce n'était pas le moment d'être susceptible.

— Pourrais-je voir mes affaires ?

Marcy poussa un profond soupir et lança un regard noir à Summer.

— C'est contre le règlement lorsqu'on a des loyers impayés, lâcha-t-elle, montrant ostensiblement sa désapprobation.

— Vous acceptez les paiements par carte ? demanda Dawson en s'interposant entre elles. Je n'ai pas mon carnet de chèques sur moi.

Le visage de la femme s'éclaira en entendant parler d'argent.

— Nous ajoutons 3 % de frais au solde dû, les avertit-elle, comme si cela était susceptible de les faire changer d'avis.

— Donnez-moi le total, répondit Dawson avec un sourire.

Marcy semblait conquise et, involontairement, Summer serra la main de Dawson un peu plus fort. Oui, elle était possessive.

Le sourire de Dawson visait seulement à désarmer Marcy. Summer en était bien consciente, mais cela ne l'empêchait pas de ressentir un pincement de jalousie. Elle avait pourtant dû apprendre à se protéger de ses émotions pour survivre.

Malgré l'attirance magnétique qui existait entre elle et Dawson, malgré tout le feu qu'il y avait dans chacun de leurs baisers, faire tomber ses défenses prendrait du temps et de la patience. Elle ne savait pas si cela serait possible. Dans toutes ses relations passées, elle avait eu peur de sauter le pas et de s'engager.

Avant Dawson, elle ne l'envisageait même pas. Et maintenant ? Elle commençait à croire que cela pourrait peut-être arriver. Le problème n'était pas la relation elle-même : elle était convaincue qu'avoir Dawson comme compagnon serait une chance inestimable. Ce qu'elle craignait, c'était de ne plus pouvoir se relever s'il se lassait d'elle et la quittait.

Elle sentait qu'elle serait incapable de tenir Dawson à distance. Il était comme le soleil, attirant dans son orbite tout ce qui s'approchait de lui, et elle serait entraînée malgré elle.

— Laissez-moi vérifier avec mon responsable, dit Marcy de sa voix aiguë.

Dawson la remercia avant d'attirer Summer vers lui et de lui donner un léger baiser sur les lèvres.

Marcy sortit rapidement et Summer sourit. Le geste de Dawson visait certainement à accréditer cette histoire de mariage, mais c'était si bon de sentir ses lèvres sur les siennes. Elle était déjà dans son orbite. S'éloigner de lui lorsque leur enquête serait terminée serait certainement plus difficile qu'elle ne l'avait anticipé.

Pourtant, il faudrait bien qu'elle parte, se raisonna-t-elle. Lorsqu'elle y songeait, il n'y avait pas d'autre possibilité. Il faudrait qu'elle s'habitue à une vie nouvelle, une vie sans Autumn.

À vrai dire, sa sœur l'y avait préparée de plusieurs manières au cours des dernières années : elle était devenue de plus en plus difficile à joindre, et disparaissait pour des périodes toujours plus longues. Soudain, en pensant qu'elle allait bientôt voir les objets personnels d'Autumn, ceux qu'elle avait utilisés pendant les derniers jours de sa vie, elle eut un coup au cœur. Comment sa sœur avait-elle vécu au cours de ces derniers mois ? Quelles choses étaient importantes pour elle ?

L'irritante Marcy réapparut.

— Vous nous devez trois mois de loyer d'un montant de mille cinq cent cinquante dollars par mois, plus quatre cent cinquante dollars de pénalités de retard, ainsi que mille dollars pour que nous puissions vous retourner vos affaires personnelles. Le total est de six mille cent dollars, annonça-t-elle en produisant une facture.

Dawson sortit son portefeuille de sa poche.

— Vous avez une carte de crédit préférée ?

— Nous prendrons celle que vous avez, du moment que le débit est approuvé.

Marcy lançait des sourires éclatants à Dawson, mais son visage se rembrunissait dès qu'elle se tournait vers Summer.

Il lui tendit une carte.

— Je reviendrai dès que j'aurai débité la somme, déclara Marcy avant de ressortir de la pièce.

— Je te rembourserai, murmura Summer.

— Ne t'inquiète pas pour ça. C'est le moins que je puisse faire, dit-il d'un ton plein de regret.

— Que veux-tu dire ?

— J'ai laissé tomber ta sœur. Elle était venue chez moi pour être protégée, et j'ai manqué à mon devoir.

Il était évident qu'il pensait ce qu'il disait. Summer s'était tellement laissé ronger par son sentiment de culpabilité qu'elle n'avait même pas envisagé qu'il puisse en être de même pour Dawson.

— C'est elle qui est partie. Tu l'as crue, tu lui as donné ta confiance, et elle a trahi cela. Ne te méprends pas, j'aime Autumn de tout mon cœur. Mais il est clair qu'elle a pris beaucoup de mauvaises décisions au cours de sa vie. Alors, crois-moi si je te dis que tu es bien la dernière personne sur Terre qui devrait se sentir coupable.

— Le paiement a été accepté, annonça Marcy en revenant dans la pièce.

Ce que Summer venait de dire à Dawson était valable pour elle aussi, et en son for intérieur, elle savait qu'elle n'était pas coupable. Il fallait maintenant pouvoir s'en convaincre...

Dawson prit la carte que Marcy lui tendait. Il la remit dans son portefeuille et Marcy sembla alors remarquer son badge de police. Elle leva les yeux vers Dawson et étudia son visage.

Summer n'aurait pu dire ce qu'elle pensait, mais elle sembla soudain un peu crispée.

— Où gardez-vous les affaires personnelles de ceux qui ont été expulsés ? demanda Dawson.

C'était la question que Summer se posait.

— Vous allez devoir attendre trente jours avant de pouvoir les récupérer.

Marcy paraissait soudain un peu moins sûre d'elle et beaucoup plus évasive qu'elle ne l'était quelques minutes auparavant.

— Nous avons payé le loyer avec les pénalités de retard, plus mille dollars pour pouvoir reprendre mes affaires. Vous n'avez aucune raison de les garder ! répliqua Summer, prête à se battre.

Dawson lui serra doucement la main.

— Combien faut-il encore pour récupérer toutes les affaires ? demanda-t-il.

Marcy regarda autour d'elle.

— Je ne suis pas censée...

— J'aimerais tout d'abord les voir pour être sûre

que tout est là. Je ne suis pas du tout certaine que vous en ayez pris soin ! intervint Summer.

Elle tentait le tout pour le tout, espérant qu'il y aurait dans les objets de sa sœur quelque chose qui leur donnerait un indice sur l'homme qu'elle fréquentait. Elle n'envisageait même pas de repartir sans les avoir vus.

— Nous avons le droit de jeter tout ce que vous avez laissé dans l'appartement. Nous vous avons envoyé une note le spécifiant.

— Note que je n'ai jamais reçue.

— Votre…

Le regard de Marcy alla de Summer à Dawson, puis revint sur elle.

— Votre petit ami est venu il y a environ deux mois et a vidé votre espace de stockage. Il ne reste rien à part du maquillage et quelques objets de toilette. Il y a quelques serviettes et quelques vêtements. Je ne pense pas que mon responsable m'en voudrait si je vous montrais ce qu'il reste.

Summer était déjà en train de se demander comment elle allait pouvoir habilement tenter de savoir de quoi son « petit ami » avait l'air.

— Restez ici. Je vais aller chercher mes clés.

Marcy disparut assez longtemps pour que Summer puisse lancer des coups d'œil expressifs à Dawson.

Il sembla lire son appréhension, même si lui non plus ne prononça aucun mot. Comment avait-il pu devenir si important pour elle en si peu de temps ? Elle aurait pu dire que la situation désespérée dans laquelle elle se trouvait avait exacerbé ses émotions, mais cela n'aurait pas rendu justice à ses sentiments pour Dawson.

Marcy revint et leur fit signe de la suivre. Elle les conduisit vers une voiturette de golf garée devant le bâtiment. Summer s'assit à l'intérieur et regarda autour d'elle. Celui qui avait tué sa sœur était venu ici. Elle en était certaine.

Summer n'avait pu trouver aucune manière astucieuse d'obtenir des informations sur son « petit ami ». Alors, elle décida de prendre le taureau par les cornes, et se pencha vers Marcy lorsqu'elle mit le contact.

— Je ne veux pas que mon mari entende cela, mais pouvez-vous me dire lequel de mes petits amis est venu ? Je suis sortie avec pas mal d'hommes lorsque mon mari et moi étions séparés. Nous nous étions mariés très jeunes, et j'avais besoin de me chercher.

Elle se dit que quelques détails ne feraient qu'ajouter à la véracité de son histoire.

Marcy en resta bouche bée.

Elle lui fit un clin d'œil et sourit, l'air un peu trop contente que « Sandy » ait des mœurs aussi légères.

18

— Il m'a dit qu'il s'appelait Matt, Matt euh… C'est étrange, je ne me rappelle plus son nom de famille. Je ne suis même pas certaine qu'il l'ait mentionné. S'il l'a fait, je l'ai oublié. Mais je me souviens qu'il était particulièrement beau.

Elle jeta un coup d'œil à Dawson, qui faisait semblant de regarder quelque chose sur son portable. Fort heureusement, le siège arrière de la voiturette était placé dos à dos avec celui de devant, et elles ne pouvaient pas voir son visage. Cela entretenait l'illusion qu'il ne pouvait rien entendre.

Marcy se mit en route. Le bip continu de l'engin étouffait la conversation.

— Si vous voulez mon avis, votre mari est beaucoup mieux… Sans conteste.

Marcy rougit en désignant Dawson d'un mouvement de la tête.

— Mais j'ai toujours aimé les hommes grands et musclés. Matt ressemblait aux mannequins des publicités Abercrombie and Fitch… Juste en plus âgé. Vous voyez ce que je veux dire ?

— Tout à fait !

Summer n'en avait pas la moindre idée. Mais elle avait

un prénom : Matt. C'était également celui qu'Autumn avait choisi pour désigner l'avocat fictif censé avoir procédé au divorce : Matt Charley Shank. Il fallait qu'elle continue à faire parler Marcy.

— Je n'ai jamais vraiment aimé ses cheveux, remarqua-t-elle d'un ton désinvolte.

— Vous les trouviez trop bouclés ? demanda Marcy.

— Exactement. Et leur couleur…

— Je n'ai rien contre les bruns… même si ses cheveux étaient un peu longs pour un homme en costume. Mais il avait de très beaux yeux, poursuivit Marcy en prenant un tournant et en se dirigeant vers l'arrière du bâtiment.

Ils passèrent devant une rangée de boîtes aux lettres avant que Marcy bifurque encore sur la gauche.

— Normalement, je n'aime pas trop les yeux bleus. Mais les siens étaient très clairs, et cela lui allait bien. Et ses tempes étaient juste assez argentées pour que ce soit sexy.

Summer tenta d'imprimer ces détails dans sa mémoire : l'homme s'appelait Matt, nom de famille inconnu. Il semblait sortir tout droit d'une publicité Abercrombie and Fitch mais il était plus âgé, et avait des cheveux bruns un peu longs et bouclés. Ses yeux étaient bleu clair et il portait un costume… et il avait les tempes argentées.

Une image se dessinait peu à peu dans son esprit.

— Finalement, ce n'était pas quelqu'un de bien, déclara-t-elle d'un ton convaincu.

Summer tentait de savoir si Marcy avait remarqué des signes indiquant que les choses se passaient mal entre sa sœur et Matt. Elle imaginait tout à fait que Marcy puisse être à l'affût de ce genre de détails.

— Ah bon ?

Marcy semblait très étonnée. Elle prit quelques instants pour y songer, puis déclara :

— En fait, cela peut expliquer toutes ces fleurs.

— C'était sa manière de s'excuser, répondit Summer.

— Ma mère me disait qu'il ne fallait jamais faire confiance à un homme qui envoie des fleurs sans raison. Cela signifie qu'il a quelque chose à se reprocher.

Marcy lança à Summer un regard empreint de solidarité féminine.

Summer remarqua que Marcy ne portait pas d'alliance, et lança :

— C'est difficile de rencontrer quelqu'un de bien.

— Vous pouvez le dire !

— Il y a tellement d'hommes auxquels on ne peut pas faire confiance ! renchérit Summer.

— Et il faut parfois du temps pour s'en apercevoir.

Marcy prenait volontiers part à la conversation, maintenant. C'était encourageant, car elle leur avait déjà fourni pas mal d'informations importantes. Et Summer commençait à la trouver plus sympathique et à s'habituer à sa voix aiguë.

En pensée, Summer se répétait en boucle la description de Matt pour ne pas l'oublier.

Matt, nom de famille inconnu, semblant sortir tout droit d'une publicité Abercrombie and Fitch mais plus âgé, cheveux bruns un peu longs et bouclés, yeux bleu clair, costume, tempes argentées...

Marcy se gara sur une place de parking. Dawson, qui était resté silencieux, fut le premier à descendre de la voiturette. Il prit la main de Summer à la seconde où elle en sortit.

— C'est par ici, déclara Marcy.

Elle les emmena vers un entrepôt avec cinq grandes portes. Les clés cliquetaient alors qu'elle cherchait fébrilement la bonne.

— Un instant… Où est-elle ?

Elle se parlait à elle-même en vérifiant chaque clé du trousseau une à une, tout en lançant parfois un sourire embarrassé à Summer.

Au moins, c'était elle qu'elle regardait maintenant, et non Dawson. Il se plaça derrière Summer et l'enlaça. La sensation de son torse musclé contre son dos lui envoya des frissons de plaisir dans tout le corps.

Subrepticement, il lui glissa son téléphone portable dans la main et balaya l'écran pour l'allumer.

— Vous êtes texane, Marcy ? demanda-t-il.

Summer sentait la vibration de son torse lorsqu'il parlait. Une fois encore, elle ressentit des ondes de plaisir totalement déplacées.

— Je viens de San Angelo, répondit Marcy avec un large sourire avant de se concentrer à nouveau sur les clés.

L'une d'entre elles finit par s'enfoncer dans la serrure.

— Enfin !

Lorsqu'elle eut le dos tourné, Summer regarda l'écran du téléphone de Dawson. Il avait noté la description de Matt, qu'elle ne cessait de se répéter mentalement pour ne pas l'oublier.

Il lui caressa la main du pouce, et elle frissonna.

— Ah ! c'est bon ! s'exclama Marcy lorsqu'elle eut réussi à ouvrir la porte. Faites attention : nous n'emmenons jamais personne ici, alors c'est le bazar ! Normalement, l'équipe de maintenance est censée ranger tout ça, mais Jared est en congé maladie, et la priorité est de s'occuper des résidents.

Tout en se préparant à devoir être forte, Summer suivit Marcy à l'intérieur de l'espace de stockage. Marcy alluma les néons qui éclairèrent des murs en béton brut.

L'endroit était grand, et il y avait une épaisse couche de poussière sur le sol. Des meubles et objets de toutes sortes étaient empilés, et certains enveloppés de bâches.

Marcy avança entre les piles jusqu'à ce qu'elle repère les affaires d'Autumn.

— Voici vos objets, dit-elle à Summer.

La pile consistait en des vêtements placés au-dessus de plusieurs paires de chaussures. Summer remarqua également quelques sacs, des couvertures, et une trousse de toilette.

— Je vais aller chercher la voiture, déclara Dawson.

Summer songea avec un frisson de désespoir que le coffre pourrait aisément contenir toutes les possessions terrestres de sa sœur.

Elle-même ne possédait pas grand-chose, mais elle avait travaillé dur pour avoir un endroit à elle, et l'avait rempli d'objets qu'elle aimait : quelques plantes que sa voisine arrosait en son absence, une bibliothèque qu'elle avait garnie de ses livres préférés… Sur les étagères, elle avait également disposé quelques coquillages, ainsi que de petits objets d'art qu'elle avait achetés ou même fabriqués, comme quelques poteries. Elle avait un lit confortable, et sa couette était la plus douillette et la plus moelleuse qu'elle ait pu trouver.

Son appartement n'avait rien d'extravagant, mais elle l'aimait. Elle ne s'intéressait pas beaucoup à la mode, et possédait peu de vêtements, sacs ou chaussures. Elle avait pris un sac à main lorsqu'elle avait entrepris ce voyage, mais lorsqu'elle était à Seattle, elle se contentait la plupart du temps de glisser son portefeuille dans son sac à dos : c'était plus simple.

Elle ne remarqua rien de particulier dans les affaires de sa sœur, mais elle voulait tout de même les emporter. C'était tout ce qui lui restait d'Autumn.

Elle leva les yeux à temps pour constater que Marcy l'observait.

— Je me mêle peut-être de ce qui ne me regarde pas, mais je trouve que vous êtes beaucoup mieux naturelle que maquillée.

— Je vous remercie.

Summer songeait avec dépit que le fameux Matt devait déjà avoir pris tout ce qui aurait pu les mener à lui.

— J'espère que vous ne le prenez pas mal ! Je vous trouvais déjà très belle, mais vous étiez très réservée.

— J'étais dans une période difficile. Je me demandais si oui ou non j'allais laisser une chance à notre mariage.

Summer ressentait le besoin de défendre sa sœur, ce qui était idiot. Marcy ne sous-entendait rien de désobligeant.

— Dans la trousse de toilette, il y a des boucles d'oreilles que j'avais très envie d'acheter, dit-elle.

Puis elle sembla se reprendre.

— C'était au cas où vous ne seriez pas venue récupérer vos affaires, bien entendu ! La plupart des gens ne le font jamais. Une fois qu'ils commencent à ne plus payer le loyer, nous ne les revoyons plus. Tout ce qu'ils ont laissé dans leur appartement est stocké dans cet entrepôt, et une fois le délai légal expiré, nous le vendons.

Summer comprit que Marcy cherchait à s'excuser.

— Quelles boucles d'oreilles aimez-vous ? demanda-t-elle en s'accroupissant près de la trousse de toilette et en l'ouvrant, soulevant ainsi un nuage de poussière.

— Je suis désolée : cela fait des lustres que plus personne n'a passé le balai ici, déclara Marcy avec une grimace.

La trousse de maquillage avait des compartiments. Dans l'un d'eux, Summer découvrit quelques bijoux bon marché.

— Ce sont celles-ci, dit Marcy en désignant une paire d'inspiration Arts déco.

Les boucles bon marché étincelaient de mille feux.

Summer les prit, et se dit qu'elle pourrait peut-être entrer un peu plus encore dans les bonnes grâces de Marcy.

— Elles sont à vous, si vous les voulez.

— Vous plaisantez ?

Marcy était en extase. Si un bijou de pacotille pouvait lui procurer autant de joie, qu'il en soit ainsi.

— Pas du tout, je suis sérieuse, répondit Summer en les lui tendant.

— Je ne sais pas si je devrais… Je veux dire, j'aimerais bien mais… Je ne sais pas quel est le règlement en la matière.

— Écoutez : elles sont à moi. Je ne les veux plus parce que je les portais avec mon ancien compagnon, et je ne pense pas que mon mari apprécierait que je les mette. Alors, vous me rendriez service en les prenant.

Summer vit que Marcy était en train de se laisser convaincre.

— Eh bien, si je vous rends service…

— C'est certain.

Summer disait vrai. Ce n'était pas le genre de bijou qu'elle aurait porté, et elle préférait qu'elles fassent plaisir à quelqu'un.

— Elles vous iront mieux qu'à Autumn.

Summer remarqua immédiatement son lapsus, mais Marcy était bien trop occupée à admirer son nouveau trésor pour s'en étonner.

La porte s'ouvrit et Summer se redressa d'un bond, faisant sursauter Marcy.

— C'est toi, Dawson ? demanda-t-elle en entendant un bruit de pas.

— Oui. La voiture est dehors. Nous allons y mettre tes affaires et rentrer à la maison.

Il avait dû remarquer la panique dans sa voix, car il parlait avec un calme remarquable, comme s'il cherchait à la rassurer.

Elle le regarda, et il se dirigea droit vers elle pour l'embrasser. C'était encore une façon de prouver à Marcy qu'ils formaient un véritable couple, mais lorsqu'elle était avec lui et lorsqu'il la touchait, de quelque manière que ce soit, elle avait l'impression qu'elle avait enfin trouvé l'endroit où elle devait vivre.

— J'ai approché le pick-up au maximum.

Dès qu'il croisa le regard paniqué de Summer,

Dawson comprit l'erreur qu'il avait commise en la laissant seule. Il ne recommencerait pas. Il avait vérifié qu'il n'y avait aucune menace, mais le sentiment de malaise qu'il ressentait ne parvenait pas à se dissiper.

Il avait entièrement conscience que Summer et lui se trouvaient dans une résidence où Autumn avait vécu. Son meurtrier était puissant et avait des relations. Il devait avoir des informateurs partout, et particulièrement dans les lieux qu'elle avait fréquentés.

Il se dit qu'il fallait partir, et vite.

À eux trois, il ne leur fallut que trois allers-retours pour charger le pick-up. Marcy était devenue très souriante. Il remarqua qu'elle avait glissé dans la poche de sa jupe une chose à laquelle elle tenait, car elle posait la main dessus à chaque voyage pour s'assurer que l'objet n'était pas tombé.

Lorsqu'ils eurent effectué le dernier chargement, il la remercia de les avoir aidés.

— Je vous en prie.

Elle tapota sa poche une fois de plus et ajouta en regardant Summer :

— Merci encore pour les boucles d'oreilles.

Summer lui adressa un de ses sourires à faire fondre la glace au moment même où une détonation déchirait l'air.

19

Avant même que Summer ait pu identifier le bruit qu'elle venait d'entendre, Dawson passa un bras autour de ses épaules et la poussa à terre, tout comme Marcy. Puis, faisant écran de son corps, il les guida vers le pick-up, à quatre pattes.

La vue du sang lui tournait habituellement le cœur, mais cette fois-ci, Summer sentit la panique monter en elle. Ils étaient tous les trois les uns contre les autres, et elle ne savait pas qui était blessé.

Tout se passa très vite ensuite.

— Restez cachées.

Dawson avait sorti son arme, et se redressa avec la rapidité de l'éclair.

— Attendez-moi ici.

C'est alors qu'il sembla remarquer le sang, lui aussi. Il serra les dents et prit une inspiration, puis il se dirigea vers le côté du conducteur.

À l'abri derrière le véhicule, il jeta un coup d'œil par-dessus le capot, visa, puis tira.

Summer passa son corps en revue pour voir si elle était blessée, mais lorsqu'elle regarda Marcy, elle sentit son cœur se serrer.

Il y avait beaucoup de sang. Trop de sang.

Summer se mit immédiatement en action. Elle souleva le chemisier de Marcy et lorsqu'elle vit la blessure, elle comprit qu'elle devait stopper le flot de sang.

Elle baissa l'épaule, faisant tomber son sac à terre.

— J'ai besoin que vous m'aidiez, Marcy, murmura-t-elle.

Lorsqu'elle vit que ses paroles demeuraient sans effet, elle souleva le menton de Marcy, et la força à rencontrer son regard.

— Prenez mon téléphone dans mon sac. Il faut que je comprime la blessure pour arrêter le sang.

Mais Marcy demeura sans réaction.

Summer n'avait pas de temps à perdre. Elle regarda autour d'elle et chercha ce qu'elle pourrait utiliser. Oui, l'écharpe. Elle l'ôta rapidement, et la bouchonna en un tampon.

— Je vais peut-être vous faire mal, mais il faut que vous restiez avec moi, Marcy.

Marcy était en état de choc, et Summer ne savait pas si elle comprenait le moindre mot de ce qu'elle lui disait, mais il fallait qu'elle essaie de lui expliquer ce qui allait se passer.

Dès que Summer commença à comprimer la blessure, Marcy poussa un cri et tenta de lui écarter la main.

— Je suis désolée, murmura Summer.

Il lui fallut résister pour pouvoir continuer à exercer une pression sur la blessure. Elle reçut une gifle sur le visage et en fut tout étourdie, mais elle tint bon. Elle savait que Marcy n'était pas en état de raisonner normalement.

Tout en continuant à comprimer la plaie d'une main, elle se servait de l'autre pour tenter d'empêcher

Marcy de lui enfoncer les ongles dans le bras. Puis, subitement, Marcy sembla revenir à la raison.

— Ça va aller, dit-elle dans un souffle.

— Oui, ça va aller, confirma Summer d'un ton rassurant.

— Je suis désolée, s'excusa Marcy.

Ce n'était pas le moment de perdre du temps en politesses. D'ailleurs, Summer n'en voulait pas à Marcy pour son accès de panique.

— Vous pouvez attraper mon téléphone et appeler les secours ?

Très certainement, un des habitants de la résidence l'avait déjà fait, mais Summer ne voulait pas courir de risques. Elle désirait également obtenir du renfort pour Dawson.

— Oui. Où est-il ? demanda Marcy en regardant autour d'elle.

Elle aperçut le sac.

— Ah oui, là, dit-elle en se penchant pour l'attraper.

Elle trouva le téléphone dedans. Elle était livide, mais tout à fait consciente. Elle tendit le portable à Summer, qui appliqua son pouce sur le bouton, parce que c'était plus simple que de passer du temps à lui expliquer que cette étape n'était pas nécessaire pour passer un appel d'urgence. L'écran s'alluma, et Marcy composa le numéro des secours.

Puisque Marcy coopérait maintenant, Summer put jeter un coup d'œil en direction de Dawson. Il s'abritait derrière son pick-up, mais elle était paniquée à l'idée qu'il puisse être touché. En réalité, cela était fort peu probable, à moins que leur agresseur ne soit un excellent tireur.

Le standard prit leur appel.

— Dites que nous avons besoin d'une ambulance ! demanda Summer d'un ton pressant.

Marcy lui obéit. Maintenant qu'elle avait réussi à surmonter sa panique, elle semblait avoir retrouvé toute sa raison.

— La standardiste veut savoir si la blessure est grave, annonça Marcy en baissant les yeux vers la compresse.

— Tout ira bien. J'ai stoppé l'hémorragie, mais dites-leur qu'ils doivent venir immédiatement.

C'est ce qu'elle fit.

— Ils vous ont dit dans combien de temps ils allaient arriver ?

Marcy hocha la tête.

— La police va arriver dans cinq minutes.

— Et l'ambulance ? insista Summer.

— Ah oui…

Marcy posa la question à la standardiste.

— Elle les a prévenus eux aussi. Ils vont même peut-être arriver avant.

— D'accord. Il faudrait que nous allions dans un endroit plus sûr.

Summer regarda autour d'elle. Dans l'entrepôt ?

Il y avait assez de meubles à l'intérieur pour qu'elles s'y cachent, mais c'était trop dangereux d'aller jusque-là : le tireur pourrait les atteindre pendant leur déplacement.

D'ailleurs, l'entrepôt pouvait aussi être un piège qui se refermerait sur Marcy et elle. Pourquoi ne pas se réfugier à l'intérieur de la voiture ?

— Les mains en l'air ! ordonna soudain Dawson.

Il y eut une détonation pour seule réponse.

C'est alors que le hurlement des sirènes s'éleva dans le lointain. Du renfort arrivait.

Summer ne voyait pas le tireur, mais le crissement de pneus sur le sol du parking lui apprit qu'il tentait de s'enfuir avant l'arrivée de la police.

Dawson n'hésita pas. En une seconde, il fut auprès d'elle, et lui glissa un petit pistolet dans la main.

— C'est la sécurité. Tu l'enlèves comme ça. Utilise-le si c'est nécessaire. Allez dans l'entrepôt et cachez-vous dedans jusqu'à ce que la police soit là.

Il parlait d'une voix très calme, mais ses paroles la glacèrent.

Puis il déposa un rapide baiser sur ses lèvres et, grimpant sur le siège du conducteur, il se lança à la poursuite de leur agresseur.

Summer aida Marcy à se mettre debout et regarda autour d'elle alors que Dawson s'éloignait. Elle fut soulagée de constater que personne ne se trouvait sur le parking, ainsi qu'elle l'avait craint. Mais ce répit fut de courte durée : une autre détonation retentit.

Elle tressaillit.

— Il faut informer les secours qu'ils nous trouveront dans l'entrepôt, dit-elle à Marcy, qui agrippait le portable de toutes ses forces.

En quelques secondes, Marcy et elle furent à l'intérieur du bâtiment. Marcy marmonna quelques paroles au téléphone et, d'après ce que Summer put entendre, donna à la standardiste les informations nécessaires.

Au moins, Marcy connaissait les lieux. Summer éteignit la lumière et elles avancèrent à tâtons, soulevant assez de poussière pour faire éternuer tout un régiment.

Summer avait le nez et la gorge qui brûlaient, mais

elle se dit qu'elles avaient des problèmes bien plus pressants.

Dawson démarra. Il était en communication avec le standard de la police. Il leur avait fait un résumé de la situation. Une patrouille et une ambulance devaient aller rejoindre Summer et Marcy.

Il s'était lancé à la poursuite d'un SUV noir aux vitres teintées. Il se dirigeait vers l'autoroute, où il aurait vraisemblablement du mal à le suivre. Les plaques du véhicule, lorsque par moments il réussissait à s'en approcher, semblaient avoir été trafiquées.

Ils allaient bientôt rejoindre l'autoroute. Dawson poussa un juron parce que le SUV avait accéléré.

— Je suis en train de le perdre ! annonça-t-il au policier avec lequel il était en communication.

C'est alors qu'il fut témoin d'un spectacle surprenant : le véhicule fit demi-tour, passant sur le terre-plein central malgré le trafic et les coups de klaxon. La plupart des automobilistes avaient eu le temps de se mettre sur le côté, mais le SUV fonçait maintenant en sens inverse.

Dawson se pencha alors que le conducteur tirait une balle sur lui. Elle rebondit sur le toit de son pick-up, manquant de peu le pare-brise.

— Ce sont des coups de feu que j'entends ? demanda le policier.

— Oui.

Dawson lui indiqua la nouvelle direction du SUV.

— Il va vers le sud à présent.

— Entendu.

Le SUV se faufila entre les voitures avant de prendre un tournant, manquant faucher au passage les piétons qui étaient sur le trottoir.

Ils s'écartèrent, alors que le véhicule s'arrêtait brusquement. D'où il était, Dawson ne pouvait pas voir le côté du conducteur, mais il aurait parié cher que le type n'était déjà plus là.

— Je continue à pied, annonça-t-il.

Il regarda autour de lui et donna au policier le nom de la rue avant de se garer. Il bondit hors de son pick-up, aperçut un type qui courait, et se lança à sa poursuite.

L'homme allait vite et était en bonne forme physique. Il avait également une arme et n'hésita pas à l'utiliser, tirant un coup de feu en direction de Dawson.

La balle fit sauter un éclat de brique sur un mur de la rue. Le coup était tiré au hasard et avait atterri loin de sa cible.

Dawson avait son arme à la main, mais il ne voulait pas courir le risque de blesser un passant. Pour autant, il n'allait certainement pas laisser le type s'en tirer alors qu'il était si près de lui !

Il était essentiel qu'il reste à assez bonne distance de l'homme pour être hors d'atteinte, mais il savait qu'il avait assez de résistance pour courir longtemps à cette allure. Il espérait que le type se fatiguerait avant lui.

Ce dernier pivota et fit feu. Dawson s'aplatit contre le mur. Il s'était un peu trop rapproché, et cette fois, la balle atterrit près de lui. Il marmonna un juron et s'immobilisa lorsqu'il se rendit compte que le type s'était arrêté.

Cette fois, l'homme prit son temps pour viser et

tirer… mais rien ne se produisit. On entendit seulement un déclic.

Dawson décida d'agir. Il courut vers son agresseur et fondit sur lui, l'attrapant par les genoux lorsqu'il tenta de se retourner et de fuir. Le choc fut rude. Dawson heurta le sol avec son coude et sentit un éclair de douleur lui remonter dans tout le bras. L'impact allait laisser des traces, songea-t-il.

L'arme que le fugitif tenait à la main s'envola. De toute façon, elle lui était inutile, à moins qu'il ne veuille en frapper le crâne de Dawson. L'idée lui vint certainement à l'esprit car il sembla chercher ce qu'il pouvait utiliser pour se défendre.

Mais, alors que Dawson pensait avoir le dessus, son arme lui échappa.

L'homme se débattait et il avait beau ne plus être tout jeune, il était en bonne condition physique. Dawson crut presque entendre le craquement de ses os lorsque sa propre tête heurta le béton et qu'une douleur fulgurante lui traversa le crâne. Il tenta de reprendre ses esprits alors que le fugitif commençait à lui serrer la gorge.

Bon sang, non !

Dawson se recroquevilla, malgré les efforts de l'homme pour l'en empêcher, puis il lui décocha un coup de pied dans l'estomac du plus fort qu'il le put. Sous le choc, l'homme recula.

Il relâcha la pression sur la gorge de Dawson, qui put alors reprendre sa respiration, juste au moment où le manque d'air commençait à lui faire tourner la tête. Sa gorge le brûlait. Mais ce n'était pas le moment d'y songer : l'homme était en train de se remettre debout, et tentait d'attraper l'arme qui venait de lui échapper.

20

Marcy les guida vers le centre du hangar, là où étaient entreposés des meubles plus massifs, sans que Summer cesse de comprimer sa blessure.

La porte s'ouvrit et elles eurent à peine le temps de se dissimuler derrière une commode. Le bruit des sirènes était encore lointain, et Summer craignait que celui qui avait tiré le coup de feu soit un complice de l'autre, venu terminer la besogne.

La lumière s'alluma soudain et Marcy poussa un petit cri, révélant ainsi leur cachette. Elles devaient quitter cet endroit au plus vite.

La blessure de Marcy se mit à saigner à nouveau et Summer savait qu'elles allaient laisser des traces. Pouvait-elle cacher Marcy quelque part, peut-être dans une armoire vide ? Alors, elle pourrait attirer l'attention sur elle et courir vers l'extérieur du bâtiment.

C'était risqué… Mais elle savait que, si elles restaient ici ensemble, elles allaient très certainement mourir. Elles ne pourraient sortir toutes les deux de l'entrepôt sans devenir la cible du tireur, et Marcy était trop faible et trop lente pour lui échapper. Elle semblait d'ailleurs sur le point de succomber à une autre attaque de panique.

Summer avait le sentiment d'être prise au piège. Elle parcourut l'endroit du regard, cherchant où Marcy pourrait se dissimuler. Elle allait lui donner le petit pistolet que Dawson lui avait laissé en partant. D'ailleurs, ses mains tremblaient trop. Marcy saurait certainement s'en servir mieux qu'elle-même.

Une vague de panique submergea Summer lorsque la lumière s'éteignit. Celui qui était à l'intérieur de l'entrepôt semblait avoir décidé qu'avancer dans le noir était sa meilleure option.

Summer frissonna en songeant que cela présentait au moins un avantage pour lui : cela rendrait son identification plus difficile au cas où Marcy et elle survivraient à cette attaque.

Une autre pensée s'interposa, faisant monter la colère en elle : c'était peut-être l'ordure qui avait assassiné sa sœur. Et quoi qu'il en soit, il était impliqué dans son meurtre.

Cette colère noire l'animait lorsqu'elle plaça le pistolet dans la main tremblante de Marcy. Puis elle chercha à tâtons un espace creux où la jeune femme pourrait se cacher.

Rester ici à attendre des secours qui allaient peut-être tarder à arriver n'était pas une option. Pas avec ce type à l'intérieur de l'entrepôt. De plus, il allait peut-être tirer sur les policiers et les secouristes.

Summer n'avait pas la moindre idée de ce qui allait se passer lorsqu'ils arriveraient. Mais elle ne voulait pas risquer la vie de Marcy ou la sienne pour le savoir. Elle prit une inspiration, et aida Marcy à se dissimuler avant de s'éloigner le plus discrètement qu'elle put.

Ce type allait peut-être les tuer, mais elle se battrait jusqu'au bout.

Elle avança entre les hautes piles de meubles, tâtonnant autour d'elle pour trouver son chemin, mais se rendit vite compte qu'elle tournait en rond. Elle s'immobilisa, et tendit l'oreille.

Elle était plongée dans le noir complet, et l'espoir de trouver la sortie commençait à la quitter.

Soudain, Marcy poussa un cri strident et fit feu.

Summer rebroussa chemin en direction du hurlement. Elle pouvait seulement espérer que Marcy avait réussi à atteindre sa cible.

À moins qu'elle ait paniqué et tiré en l'air…

— Sandy ! hurla Marcy.

Le sang de Summer ne fit qu'un tour : maintenant, l'homme savait qu'il y avait quelqu'un d'autre dans l'entrepôt.

Cela n'était pas important, car elle entendait des bruits de lutte. Elle n'avait pas d'autre choix que de retourner vers Marcy aussi vite qu'elle le pouvait.

Le hurlement des sirènes retentit soudain juste à l'extérieur de l'entrepôt. Les secours étaient tout proches, mais Marcy n'en avait peut-être plus pour longtemps. Summer devait aller lui prêter main-forte.

Alors, elle continua à avancer en direction des bruits de lutte.

La porte s'ouvrit et la lumière du jour éclaira le hangar. C'est alors que Summer vit Marcy, maintenue à terre par un des deux hommes qui l'avaient suivie. Il balayait le sol de la main autour de lui, sans doute pour trouver le pistolet.

Summer fonça sur lui, appelant à l'aide du plus fort qu'elle put, et lui enfonça les ongles dans le visage.

La lumière s'alluma alors que Summer continuait à crier pour alerter les secours.

— Les mains en l'air ! Tout le monde ! ordonna sèchement une voix de femme.

— Il a une arme ! Il… Il a tué ma sœur…

Ce n'était pas comme dans les films. Aucun policier n'allait risquer sa vie en entrant dans le hangar sans savoir à quoi il s'exposait.

Le temps jouait contre elles.

L'homme reporta son attention sur Summer. Il se retourna, et sa force et son poids lui donnèrent l'avantage. Avec un grognement, il lui plaqua le dos contre le sol, mais Summer continuait à le griffer au visage, enfonçant les ongles dans ses joues.

Même s'il la tuait et s'enfuyait, la police trouverait assez d'ADN sous ses ongles pour l'identifier et l'envoyer en prison.

Il serra le poing et tenta de lui en assener un coup, mais elle réussit à l'esquiver.

Au même moment, Marcy se mit à lui décocher des coups de pied. Cela donna à Summer l'avantage dont elle avait besoin pour le déséquilibrer et se dégager. Quelque chose de dur s'enfonça dans son bras gauche. Elle regarda et vit qu'il s'agissait de l'arme. Il lui suffit de repenser que cet homme avait certainement tué sa sœur pour qu'elle se sente capable de s'en servir.

L'homme l'agrippa par les épaules et lorsqu'il la retourna, il se retrouva cette fois face au canon du pistolet.

— Vous feriez mieux de me lâcher immédiatement

si vous ne voulez pas qu'ils vous retrouvent la cervelle éclatée, siffla Summer entre les dents.

Son agresseur écarquilla les yeux, mais il demeura immobile.

— Levez les mains, ordonna-t-elle.

L'homme jeta un coup d'œil de part et d'autre, cherchant certainement par où il pouvait s'échapper.

— N'y pensez même pas. Je tirerai.

Il sembla hésiter pendant un court instant.

Une femme en uniforme de police qui s'était mise à l'abri derrière une commode se releva.

— Lâchez votre arme ! ordonna-t-elle.

Summer n'avait pas l'intention de discuter. Lentement, elle baissa la main qui tenait l'arme.

— Je peux la pousser loin de lui ?

— Faites-la glisser vers moi, répondit la policière sans cesser de fixer l'homme du regard.

Summer lui obéit.

— Elle a été blessée et a perdu beaucoup de sang, lui dit-elle en désignant Marcy. Il y a une ambulance ? Elle doit être prise en charge très rapidement.

Un autre policier surgit de l'autre côté de la pile de meubles. Il ne dit rien, mais son arme était braquée sur l'homme.

— Mon ami est parti à la poursuite d'un autre tireur. Il est policier. Vous avez de ses nouvelles ?

Summer avait désespérément besoin d'être rassurée et de savoir que Dawson allait bien.

La policière secoua la tête.

— Mettez vos mains sur la tête, ordonna-t-elle à l'homme.

Il s'exécuta en jetant un regard meurtrier à Summer.

Le second policier s'avança et plaqua l'individu sur le sol.

— J'ai la certitude que cet homme est impliqué dans le meurtre de ma sœur, expliqua Summer, tout en se rendant compte que son nez saignait. Et il a blessé mon amie.

Au moment où les secouristes pénétraient dans l'entrepôt, elle ajouta :

— Elle a besoin d'être prise en charge très rapidement.

La policière donna une petite tape de réconfort à Summer et Marcy, puis fit signe aux secouristes d'avancer.

En quelques minutes, l'hémorragie fut stoppée, et Marcy conduite hors de l'entrepôt sur un brancard. Summer l'accompagna jusqu'à l'ambulance.

— Je viendrai vous voir à l'hôpital dès que possible, lui dit Summer, espérant qu'elle n'aurait pas à rendre visite à deux personnes.

Marcy lui prit la main.

— Tout ira bien, déclara Summer d'un ton rassurant.

Marcy lui sourit à travers le masque à oxygène, tout en lui serrant doucement les doigts.

— Désolé, madame, il faut que nous partions, dit un des secouristes.

— À très bientôt, dit-elle à Marcy qui hocha la tête.

Summer fit un pas en arrière et regarda les secouristes installer Marcy dans l'ambulance. Puis les portes se refermèrent et l'un des hommes en uniforme se précipita vers le siège du conducteur. Toutes sirènes hurlantes, le véhicule partit.

Elle se rassura en songeant que Marcy était entre de bonnes mains, puis se retourna vers la policière.

— Pourriez-vous obtenir des informations sur mon ami policier ? lui demanda-t-elle d'un ton suppliant.

La femme semblait avoir compris que Summer ne représentait pas une menace. Elle hocha la tête, prononça quelques mots dans sa radio, puis écouta la réponse.

— D'accord.

— Que se passe-t-il ?

Cela ne semblait pas être une bonne nouvelle.

— Le suspect a abandonné son véhicule et le marshal O'Connor s'est lancé à sa poursuite. Des témoins ont rapporté qu'il y avait eu un échange de coups de feu. Pour le moment, nous n'en savons pas plus.

Summer sentit ses jambes se dérober et elle dut se retenir à la voiturette de golf. Elle s'appuya contre le véhicule avec le sentiment que c'était la seule chose qui la reliait à Dawson.

— Je suis désolée, madame, déclara la policière d'un ton plein de compassion. J'ai besoin que vous me donniez votre déposition si vous voulez aider le marshal.

La femme semblait comprendre son angoisse.

— Je suis le lieutenant Williams, dit-elle en lui tendant la main.

— Summer Grayson.

Le lieutenant regarda Summer des pieds à la tête, et remarqua la tache de sang sur son chemisier bleu clair.

— Vous avez besoin de soins médicaux ?

— C'est le sang de Marcy, pas le mien. J'ai saigné du nez, mais c'est tout, répondit Summer en s'inspectant pour s'assurer qu'elle disait vrai.

Elle aurait quelques ecchymoses, mais après un bain chaud et un peu de pommade, elle irait bien.

— D'accord. Commencez par le début, et dites-moi ce qui est arrivé, déclara le lieutenant Williams en sortant un calepin et un stylo de sa poche.

Summer lui fit le récit des événements qui les avaient amenés jusqu'ici, et rapporta leur conversation avec Marcy.

— Dawson... Le marshal O'Connor a noté la description que Marcy avait donnée. Ce Matt a emporté les affaires de ma sœur, et a vraisemblablement fait disparaître tous les indices qui auraient pu mener à lui.

Le lieutenant Williams hocha la tête tout en continuant de prendre des notes.

Les minutes s'écoulaient, et ils n'avaient toujours aucune nouvelle de Dawson ni de l'homme qu'il poursuivait. Summer était rongée par l'angoisse.

Dawson roula sur le dos et se remit debout d'un bond. Il n'eut pas le temps de se féliciter mentalement de s'entraîner régulièrement pour garder une bonne forme physique : la main de l'homme n'était qu'à quelques centimètres de son Glock.

Il se rua sur l'individu, lui enserra la taille dans ses bras comme dans un étau, et roula vers l'avant, l'entraînant avec lui. Il lui enfonça les doigts entre les côtes, et l'homme faillit hurler de douleur.

Déterminé à ne pas le lâcher, Dawson le fit rouler à terre et enroula les jambes autour de lui pour l'immobiliser. L'homme se tortillait, tentant d'échapper à son étreinte.

Tu n'y arriveras pas.

Le type continuait à se tordre, et Dawson tenait bon, attendant qu'il s'épuise. Ils étaient déjà tous les deux à bout de souffle, et Dawson s'efforça de ralentir sa respiration pour contrôler son pouls.

L'homme commençait à s'affaiblir, et Dawson en profita pour le serrer plus fort encore. Il y avait un pistolet chargé à côté d'eux et il ne fallait pas courir le risque qu'il l'attrape.

Dawson dégagea un de ses bras et chercha l'arme à tâtons. Il savait qu'elle était derrière lui, tout près.

En s'arc-boutant, il tendit le bras un peu plus loin. Malheureusement, ce mouvement permit à l'homme d'envoyer son coude dans la poitrine de Dawson, lui chassant l'air des poumons.

Cela ne fit que décupler sa détermination.

Dawson resserra son étreinte alors que sa main rencontrait le métal froid de son arme. Il roula sur le dos sans lâcher l'homme et, dans le même mouvement, vint poser le canon du Glock sur sa tempe.

— Si tu bouges, tout est terminé. Je te mettrai une balle dans la tête.

En réalité, c'était la dernière chose qu'il voulait.

— Arrêtez, marmonna l'individu en se raidissant. Je vais vous expliquer ce malentendu.

— Malentendu ? grommela Dawson.

L'homme devait être jugé et mis derrière les barreaux. C'était la seule manière de rendre justice à Cheryl, Autumn et leurs familles.

Mais prouver le lien entre cette ordure et les deux meurtres allait être difficile. L'homme allait certainement se défendre…

— Mets-toi sur le ventre, et place tes mains à un endroit où je peux toujours les voir, ordonna Dawson.

L'homme lui obéit.

— Les mains derrière le dos.

Tenant toujours le canon de son arme pointé sur la tempe de l'homme, Dawson se redressa et se mit à genoux.

Il était essoufflé, mais cela ne l'empêcha pas de sortir des liens de la poche arrière de son jean, et d'attacher les mains de l'individu. Il palpa ensuite ses vêtements pour voir s'il avait un portefeuille ou des papiers d'identité. Mais il trouva seulement une liasse de billets pour une somme de près de mille dollars, en coupures de cent dollars essentiellement.

Il était presque certain qu'il ne trouverait pas de papiers. Ni rien d'ailleurs qui puisse établir un lien entre le SUV et cet homme. Ce type était malin…

— Votre nom ?

Dawson veillait à suivre la procédure. Il était hors de question qu'il commette une erreur qui pourrait lui être reprochée, et compromettre l'enquête.

Lorsque l'homme ne répondit pas, Dawson se présenta comme policier, puis entama la litanie l'informant de ses droits.

21

Du renfort arriva.

Dawson n'avait jamais été aussi heureux de voir apparaître d'autres policiers. Deux hommes en uniforme accouraient vers lui.

— Marshal O'Connor, laissez-moi vous aider, déclara le premier.

Il était plutôt petit, très musclé, et semblait avoir une vingtaine d'années. Sur son uniforme était accroché un badge avec son nom : Smith.

— Avec plaisir.

Dawson alla s'appuyer contre le mur du bâtiment le plus proche pour reprendre son souffle. La douleur commençait à surgir dans tous les endroits de son corps où il avait encaissé un coup de pied, un coup de poing ou un choc, mais il ne voulait pas y prêter attention.

— J'ai dû laisser ma…

Il ne sut quel mot employer pour définir sa relation avec Summer. Il reprit :

— … Ma compagne et une employée de bureau pour poursuivre cet homme. L'une d'entre elles a été blessée et je ne sais pas si c'est grave. Vous avez des nouvelles ?

Le second policier, Jenkins, était grand, la peau mate, et portait la moustache. Il hocha la tête.

— Nous avons suivi ce qui se passait sur la radio. Une des victimes a été emmenée à l'hôpital dans une ambulance. L'autre, Summer Grayson, est en train de donner sa déposition au lieutenant Williams.

Ainsi, Summer était saine et sauve ! Dawson sentit sa tête tourner de soulagement. Mais il se reprit : Marcy était sérieusement blessée.

— Vous pouvez me mettre en contact avec elle ?

Dawson avait besoin d'entendre la voix de Summer. Pour des raisons qu'il ne pouvait expliquer, il avait besoin de savoir qu'elle allait bien. *Bon sang, O'Connor !* C'était pourtant évident : il l'aimait. Il voulait avoir de ses nouvelles parce que la crainte de la perdre lui serrait tant la poitrine qu'il ne pouvait plus respirer.

— Je peux essayer d'appeler ma collègue, si vous voulez, proposa Jenkins.

Dawson hocha la tête.

— Comment vous appelez-vous ? demanda Smith à l'homme menotté.

Apparemment, le type avait compris qu'il avait le droit de demeurer silencieux.

— Il n'a pas voulu me le dire non plus, déclara Dawson en regardant Jenkins passer l'appel.

Lorsqu'il lui tendit le téléphone, Dawson entendit la voix de Summer.

— Dawson, tu es là ?

Il en eut presque un étourdissement.

— Oui, c'est moi.

Il prit une seconde pour respirer alors qu'un délicieux sentiment de soulagement l'envahissait. Entendre sa voix guérissait en lui des blessures dont il n'avait même pas conscience.

— J'ai appris que Marcy avait été emmenée à l'hôpital.

— Elle a perdu beaucoup de sang, Dawson. Et ce type…

— Un instant : quel type ?

Tous ses sens étaient maintenant en alerte. La pensée qu'il l'avait laissée seule et vulnérable lui serrait le ventre.

— Celui qui m'avait suivie il y a deux jours. Il était là…

— Tu es blessée ?

La rage montait en lui à cette pensée.

— Non, je vais bien. J'ai quelques bleus et bosses, mais ça va. Je suis surtout inquiète pour Marcy.

— Je viendrai te chercher dès que je le pourrai. Ils t'ont dit dans quel hôpital ils l'ont emmenée ?

— Non. J'ai oublié de demander. Ils sont partis très vite. Elle était si pâle !

Il entendait son angoisse dans sa voix.

— Je vais me renseigner.

Il se redressa.

— Je vais voir si un policier peut rester avec toi jusqu'à ce que j'arrive.

— D'accord…

Il avait envie de lui dire tout ce qu'il ressentait pour elle. Mais ce n'était pas le moment… Pas quand Marcy était à l'hôpital, en train de lutter pour sa vie.

— Dawson ?

— Oui ?

— Je… Non, rien. À tout de suite.

Il ne comprenait pas bien ce qui se passait, mais cela attendrait jusqu'à ce qu'ils aient eu des nouvelles de Marcy.

Il avait besoin d'elle, de la prendre dans ses bras, de la réconforter.

Et il espérait qu'elle avait besoin de cela elle aussi.

— J'arrive dès que possible.

Dawson avait repris son souffle, et il pourrait courir jusqu'à son pick-up. Si tout allait bien, dans un quart d'heure, il serait auprès d'elle.

— À tout de suite, lui dit Summer.

Dawson se retourna vers Jenkins et Smith.

— Vous n'avez plus besoin de moi ? Il faut que j'aille retrouver ma…

Il s'interrompit.

— Retrouver *quelqu'un*, reprit-il, et que j'aille à l'hôpital voir comment va la personne qui a été blessée. J'y resterai un moment et, si vous voulez, vous pourrez passer prendre ma déposition… Je peux également aller la faire un peu plus tard au commissariat, si vous préférez.

Jenkins secouait déjà la tête.

— Non, allez prendre soin de votre *compagne*. À partir de maintenant, nous nous occuperons de ce type.

— Merci.

Jamais il n'avait prononcé ce mot avec plus de conviction. Il rebroussa chemin vers son pick-up, alors qu'il ressentait de plus en plus les effets de sa lutte avec le type.

L'homme ne portait aucun papier d'identité et avait refusé de leur donner son nom. Mais il suffisait de le regarder pour savoir qu'il avait assez d'argent pour aplanir pas mal de difficultés.

Le fait qu'il n'y ait que des preuves circonstancielles contre lui était difficilement supportable pour Dawson. Un jury bienveillant l'acquitterait en un instant. Et si cet individu était assez puissant pour forcer un policier à démissionner et faire tuer quelqu'un dans une cellule, il réussirait à s'en tirer.

Dawson retourna à son véhicule, qui était fort heureusement toujours là où il l'avait laissé. Il sortit les clés de sa poche, se glissa sur le siège du conducteur, et se mit en route.

Son cœur tambourina dans sa poitrine pendant tout le trajet du retour. Lorsqu'il arriva à la résidence, une policière était debout devant sa voiture de patrouille, bras croisés, et parlait avec Summer.

Dès que Summer croisa son regard, elle s'avança vers lui. Il ne prit pas le temps de se garer, et s'arrêta en plein milieu du parking, sans même couper le contact.

Tout ce qu'il voulait, c'était la tenir dans ses bras. C'était là où elle devait être. Jamais il n'avait ressenti cela pour quelqu'un d'autre auparavant.

Et pendant l'instant où elle se blottit contre lui, tout fut parfait.

C'était donc ça l'amour : un élan irrépressible, ce sentiment qu'on ne voulait plus passer un seul jour sans pouvoir tenir l'être aimé dans ses bras.

Mais même si elle avait accouru vers lui et s'accrochait à lui comme s'il était sa bouée de sauvetage, il ne savait pas si elle avait besoin d'un ami, ou besoin de *lui*. Et c'était très différent.

Dawson prendrait ce qu'elle voulait bien lui donner.

Mais d'abord, ils devaient aller à l'hôpital prendre des nouvelles de Marcy.

Le lieutenant Williams s'avança et se présenta. Dawson la remercia d'être restée auprès de Summer.

— Je vous en prie. Je suis très heureuse de vous rencontrer.

Le lieutenant Williams avait des étoiles dans les yeux lorsqu'elle le regardait. La qualité du travail de Dawson et sa capacité à coopérer avec les autres forces de police lui avaient valu le respect et la bienveillance de ses collègues, ce qui l'avait aidé dans la résolution de plusieurs affaires.

— Merci, dit-il en regagnant son pick-up avec Summer.

Elle entra du côté du conducteur et se glissa vers le siège étroit du milieu. Elle semblait avoir autant besoin que lui de contact physique. Il espérait que c'était bon signe.

Il avait aussi une mauvaise nouvelle à lui annoncer, mais cela pourrait attendre qu'ils sachent où en était Marcy.

L'hôpital était normalement à dix minutes de trajet, mais il leur en fallut le double à cause de la circulation. Summer était assise près de Dawson, sa cuisse tout contre la sienne. Lorsqu'il était apparu, elle avait senti son cœur faire un bond dans sa poitrine, alors que le soulagement et la gratitude l'envahissaient : Dieu soit loué, ils étaient tous les deux en vie !

— Je viens de me rendre compte d'une chose :

nous ne connaissons même pas le nom de famille de Marcy, dit-elle à Dawson.

Les mains sur le volant, le regard fixé sur la route, il dirigeait son pick-up à travers le trafic dense.

— Je peux utiliser mon badge de police pour passer le barrage de la réception. Et je suppose qu'il n'y a pas beaucoup de blessés par balle qui ont été admis en plein milieu de la journée.

L'expression terrifiée du visage de Marcy hanterait longtemps Summer. Elle se laissa aller contre Dawson, tirant autant de force de lui qu'elle le pouvait. Elle se mit à trembler, et elle songea que c'était certainement le contrecoup.

Dawson entra sur le parking des urgences et se gara. Il ouvrit sa portière en la poussant de l'épaule et gémit. Summer comprit qu'il avait certainement quelques contusions, même si son visage était indemne, contrairement au sien. Pendant qu'elles attendaient Dawson, le lieutenant Williams lui avait donné quelques lingettes, et Summer avait essuyé le sang sur ses mains, mais il en coulait toujours un peu de son nez.

Il ouvrit sa portière et l'aida à sortir du pick-up. Dès qu'elle fut debout auprès de lui, il poussa un soupir et l'embrassa. Le baiser était doux, mais elle sentit Dawson frémir sous son calme apparent.

Il soutint son regard pendant quelques secondes, avant de lui prendre la main et de se diriger vers le bâtiment des urgences.

De sa main libre, il sortit son portefeuille et montra son badge.

— Une femme blessée par balle a été admise ici il y a environ une heure. Elle a été amenée en ambulance.

La femme à la réception hocha la tête.

— Allez dans la salle d'attente. Elle se trouve au bout de ce couloir à gauche. Je vais prévenir le médecin que vous attendez.

Dawson la remercia, et ils suivirent le chemin indiqué.

La pièce était petite, et tout était bleu : les chaises, le tapis, les rideaux… même le papier peint. Mais Summer remarqua cela avec une complète indifférence : tout ce qui importait pour le moment, c'était que Marcy aille mieux.

Il y avait du café. Dawson et elle semblèrent le remarquer au même instant car ils se dirigèrent tous les deux dans cette direction.

Il en versa deux tasses et lui en tendit une. Elle en but quelques gorgées, savourant la chaleur du breuvage.

— Tu veux t'asseoir ? demanda-t-il.

— Je ne suis pas certaine de pouvoir rester debout beaucoup plus longtemps.

Elle était sérieuse. La fatigue de ces derniers jours se faisait soudain sentir, et elle pouvait à peine tenir debout. Elle jeta un coup d'œil sur ses vêtements, et se rendit compte qu'elle devait offrir un piètre spectacle.

Une infirmière entra dans la pièce et se présenta. Elle se prénommait Ramona et avait un visage rond à l'expression bienveillante.

— Je vous ai apporté des habits pour vous changer si vous le voulez, dit-elle à Summer en lui présentant une chemise qui ressemblait à une blouse d'hôpital.

— Merci, lui dit Summer en acceptant son offre.

Elle alla dans la salle de bains et se lava le visage pour en ôter les traces de sang qui restaient.

— Marcy est au bloc opératoire, mais le pronostic est favorable, déclara Dawson dès que Summer revint.

L'infirmière était déjà partie.

— C'est une excellente nouvelle ! dit Summer en se rasseyant et en prenant une autre gorgée de café.

Tout était bon pour la tenir éveillée.

Il hocha la tête. Après un instant de silence, il reprit :

— Mais il y a de moins bonnes nouvelles concernant notre enquête.

L'expression grave du visage de Dawson éveilla son angoisse.

— Lesquelles ?

Il expliqua à Summer la façon dont s'était conclue sa course-poursuite, et elle sentit le découragement l'envahir.

— Nous n'avons aucune preuve formelle, reprit-il, rien qui lie ce type aux deux meurtres. Il a tenté de me tuer, et cela devrait suffire à le faire atterrir en prison. Mais avec un bon avocat, ce n'est qu'une question d'heures avant qu'il en sorte, ajouta-t-il avec découragement.

— Même s'il a tiré sur un policier ?

— Crois-moi, un bon avocat peut faire naître le doute, répliqua Dawson avec un soupir. C'est ainsi que fonctionne la justice.

— Eh bien, elle est complètement faussée !

— Parfois, oui. Heureusement, la plupart du temps, elle marche correctement. C'est la raison pour laquelle je fais ce métier.

— Nous devons trouver la preuve que cet homme connaissait ma sœur ou Cheryl.

Elle se redressa sur sa chaise et but une autre

gorgée de café. Son arôme puissant lui redonnait un peu d'énergie.

— J'espérais que nous trouverions quelque chose dans les affaires de ta sœur, expliqua Dawson.

— Oui, mais il est passé là avant nous…

22

Summer chercha le collier à tâtons dans son sac. Elle avait besoin de le toucher, de le faire rouler entre ses doigts pour se sentir en lien avec Autumn. Soudain, une pensée lui vint :

— Ma sœur devait connaître assez bien ce type pour savoir qu'il allait venir fouiller dans ses affaires.

Elle sortit le collier de son sac et le regarda pendant un long moment.

Le portable de Dawson se mit à vibrer. Il le sortit de sa poche, se leva et prit l'appel.

— Dawson O'Connor.

Il resta silencieux un long moment avant de faire quelques « hum » au téléphone. Puis il remercia son interlocuteur et mit fin à l'appel.

— Le nom de l'homme que j'ai poursuivi est Mateus Hank.

— Cela fait beaucoup penser à Matt Shank. Ce n'est certainement pas un hasard !

Summer avait l'impression que plusieurs éléments se mettaient en place.

— Elle nous a laissé des indices, Dawson. Elle voulait que nous puissions comprendre.

Le métal froid du collier se réchauffait dans sa main.

Du bout de l'index, elle suivait les lettres. Le fait de tenir ce bijou lui donna une idée.

— Et si Autumn n'avait pas mis ce collier dans la boîte pour me protéger, mais pour nous mettre sur une piste ?

Elle n'avait plus besoin de café maintenant pour la tenir éveillée. Tout son cerveau était en ébullition.

— C'est possible, acquiesça-t-il. Mais cela signifie quoi ?

— Je ne le sais pas encore. Quand je vois ce collier, je pense surtout à l'endroit où nous l'avons acheté : c'était lors d'une fête foraine, et je revois très bien le lieu où elle se tenait chaque année.

Elle ouvrit la main, et considéra le petit collier.

— Je ne peux pas laisser son meurtrier s'en sortir comme ça.

— Entièrement d'accord.

La porte de la salle d'attente s'ouvrit et un homme portant une blouse blanche pénétra dans la pièce. Il était mince, de taille moyenne, et avait d'épais cheveux gris.

— Bonjour. Je suis le Dr Warner.

Dawson se mit debout et Summer l'imita. Ils serrèrent tous deux la main du médecin.

— Votre amie va bien. Elle est sortie du bloc, et tout s'est bien passé.

Il leur expliqua ce qu'ils avaient fait en termes techniques auxquels Summer ne comprit pas grand-chose. Mais l'essentiel était clair : Marcy allait s'en tirer.

— Nous lui avons fait une transfusion parce qu'elle a perdu beaucoup de sang. Mais nous pensons qu'elle n'aura pas de séquelles. Pour le moment, nous continuons à la surveiller de près. Elle a surtout besoin de repos. Elle va rester quelques heures en soins intensifs, et n'aura droit à aucune visite tant qu'elle n'en sera pas sortie.

Il leva la main pour les rassurer.

— C'est seulement par mesure de précaution.

Dawson remercia le médecin, qui leur répéta une fois de plus que Marcy n'aurait certainement aucune séquelle.

— J'aurais aimé qu'elle ait sa famille auprès d'elle, déclara Summer lorsqu'il fut reparti.

— Ses parents ont été prévenus. Je suis sûr qu'ils seront bientôt là.

Il retourna vers l'endroit où ils étaient assis et vida sa tasse de café.

— Nous avons quelques heures. Tu veux que nous allions voir l'endroit où se tenait la fête foraine ?

— Je suis prête à faire tout ce qui sera nécessaire pour coincer cette ordure.

— Voilà la Summer que j'aime !

Dawson sembla trébucher sur le dernier mot, et elle sentit son cœur faire un bond.

Elle alla vers lui et se mit sur la pointe des pieds. Il baissa la tête, et leurs lèvres se rencontrèrent avec tant de douceur qu'elle en eut le souffle coupé.

Cette fois, ce fut elle qui lui prit la main.

Se retrouver sur le terrain où était installée la fête foraine fit revenir plein de souvenirs à la mémoire de Summer : l'odeur des beignets, l'éclat des néons et des guirlandes de lumière, les animaux, et toutes ces attractions…

Autumn adorait ce lieu. Elle aimait ces manèges qui les secouaient tellement qu'elles manquaient à chaque fois de lâcher leurs pommes d'amour.

Quant aux confiseries, Autumn en mangeait à s'en rendre malade. Et elle essayait tous les jeux qu'elle pensait pouvoir gagner.

Chaque année, elles s'y rendaient avec la même impatience. L'espace d'une journée, elles n'étaient plus que deux petites filles insouciantes qui riaient, jouaient, et donnaient de la nourriture aux lamas.

Summer sentit les larmes lui venir aux yeux.

Tenant Dawson par la main, elle le conduisit à l'endroit où se tenait autrefois le stand dans lequel elles avaient acheté le collier. Elle observa les lieux, se demandant s'il y avait une cachette possible.

Elle remarqua seulement un réverbère, avec une plaque vissée au pied du pylône.

— Peut-être là-dedans, Dawson.

Il avait apporté une paire de gants et quelques sacs en papier utilisés pour protéger les pièces à conviction. Il avait également une trousse contenant des outils qui pourraient être utiles, lui avait-il dit.

Dawson se dirigea vers le pylône et, posant un genou à terre, examina la plaque située sur sa base.

— Il manque une vis !

Summer sentit l'excitation monter en elle à l'idée que son intuition puisse être juste.

— Et la plaque n'est pas bien fixée, dit-il en la faisant bouger.

Elle en eut la chair de poule. D'expérience, elle savait qu'il ne fallait jamais se réjouir à l'avance, mais c'était prometteur.

Sans savoir pourquoi, elle était intimement convaincue que si sa sœur jumelle avait caché quelque chose c'était ici. Elle priait seulement pour que personne d'autre n'ait mis la main dessus avant eux.

Dawson prit quelques photos de la plaque selon des angles différents. Puis il sortit un tournevis de sa trousse et dévissa la plaque. Il l'ôta précautionneusement, et éclaira l'intérieur du pylône par l'ouverture ainsi pratiquée.

Ses lèvres esquissèrent un sourire et Summer comprit : il y avait quelque chose à l'intérieur.

En utilisant une pince qui se trouvait dans sa trousse, il réussit à extraire un sac de congélation du pylône. Il le posa par terre et regarda à nouveau à l'intérieur. Il en sortit un deuxième, puis un troisième sac.

L'un d'entre eux contenait ce qui ressemblait à un journal. Une étiquette portant les mots « Mon histoire » était collée dessus.

Le deuxième sac portait le nom « Cheryl ». Il contenait des vêtements ensanglantés et des photos d'elle qui avaient été prises après sa mort par strangulation.

Dans le troisième sac se trouvaient des clichés avec des légendes écrites au dos.

Dawson retourna celui qui contenait le journal. À l'arrière, il y avait une feuille de papier pliée en quatre, sur laquelle était écrit « Summer ». Il ouvrit le sac avec soin, toujours en utilisant la pince, et en sortit la lettre.

Il la posa sur l'herbe et la déplia pour que Summer puisse la lire.

Sœurette,

Je suis dans une situation très difficile. J'ai une relation avec un homme très dangereux, et

je ne sais pas comment m'en sortir sans faire du mal aux gens que j'aime. Il est puissant et riche. Je viens tout juste d'obtenir des preuves qu'il a tué sa dernière petite amie, Cheryl. Je les ai placées dans le sac avec son nom dessus. Je pense qu'il sait que je suis au courant. Il a des relations, et il est pratiquement intouchable. Il s'appelle Mateus Hank, et il dirige une banque d'affaires. À ma connaissance, il a de nombreux hommes politiques et policiers dans sa poche.

Je ne peux pas courir le risque qu'il apprenne ton existence. Alors, je dois me débrouiller seule. J'aimerais tellement pouvoir te parler de tout cela ! Mais, te connaissant, je sais que tu accourrais et que tu te retrouverais également menacée.

J'ai essayé de me sortir de tout cela avec Dawson O'Connor. Je pensais qu'il pourrait me protéger, et il me plaisait. Mais personne ne peut longtemps échapper à Mateus. Il connaît trop de monde, et lorsque j'ai vu un de ses amis dans le ranch des O'Connor, j'ai su que je devais partir. Sinon, j'allais mettre Dawson en danger.

J'ai beaucoup de regrets, sœurette. Je pensais que je pourrais revenir à Austin et gérer ma relation avec Mateus. Il me dit qu'il m'aime, mais je sais que c'est quelqu'un de malfaisant. Bon, je dois te laisser. Je t'aime plus que je ne sais te le dire.

Les larmes coulaient sur les joues de Summer alors qu'elle lisait la lettre de sa sœur.

— Maintenant, nous savons… Elle nous a tout dit. Elle a réuni des preuves contre lui et l'a probablement menacé, résuma-t-elle.

— Il a tué Autumn, et soudain, tu es apparue. Cela n'annonçait rien de bon pour lui, alors il a engagé des hommes pour s'occuper de toi, poursuivit Dawson.

Il jeta un coup d'œil aux trois sacs.

— Voilà nos preuves. Voilà le moyen d'établir un lien entre Mateus Hank et ces meurtres.

Summer sortit le collier de son sac et le lui tendit. Elle avait raison : sa sœur n'avait jamais cessé de la protéger.

Une heure s'était écoulée depuis que le dernier policier avait quitté les lieux. Summer leva les yeux vers Dawson alors qu'il l'attirait dans ses bras.

— Et maintenant, que va-t-il se passer ?

Elle se rendit soudain compte que c'était la fin de leur collaboration. Justice serait rendue pour Autumn et Cheryl. Maintenant, elle n'avait plus aucune raison de rester au Texas… Même si elle ne s'était jamais autant sentie chez elle quelque part.

— Tout d'abord, il va y avoir une enquête interne dans la police d'Austin, déclara-t-il. Ensuite, il va falloir veiller à ce que les preuves soient bien exploitées et le coupable puni.

— Exact.

— Je ne prends jamais de décisions hâtives, poursuivit Dawson.

Il la regarda dans les yeux, et elle sentit son cœur se mettre à palpiter.

— C'est bien. Moi non plus.

— Donc, j'ai beaucoup réfléchi. Au cours des derniers jours, nous avons dû apprendre à nous connaître très rapidement. J'ai l'impression que nous avons sauté les formalités, et que nous en sommes immédiatement venus à l'essentiel. Je sais qui tu es vraiment.

Elle hocha la tête. Et la seule chose dont elle était certaine, c'était qu'elle ne voulait pas partir loin de lui.

— Je dois t'avertir, Dawson : d'habitude, j'ai beaucoup de mal à faire confiance. Mais penser que tout peut s'arrêter ici…

— Qui a parlé d'arrêter ?

— Ce n'est pas ce que tu allais faire ?

Son cœur s'emballait vraiment maintenant.

— Non. J'allais te demander de rester. Je ne sais pas bien le dire car jamais je n'ai prononcé ces mots auparavant, mais je t'aime, Summer Grayson. Et je te promets de t'aimer pour le restant de ma vie, si tu veux de moi.

Il mit un genou à terre.

— Alors, je te demande de rester, et, si tu le désires, de m'épouser. Parce que je ne veux plus passer un seul jour sans toi.

C'étaient des larmes de bonheur qui roulaient sur ses joues à présent.

— Je t'aime, Dawson O'Connor. Tu es ma famille, ma maison… la seule que j'aie jamais connue. Bien sûr que j'accepte ! Et je passerai le restant de ma vie à t'aimer.

Summer déposa un baiser sur les lèvres de Dawson. Elle mit dans ce geste toute sa tendresse, mais aussi une promesse de passion. Il s'écarta assez d'elle pour lui sourire, et son cœur fit encore un bond. Elle pourrait passer sa vie entière à se perdre dans ses si beaux yeux.

— Ma douce Summer ! murmura-t-il. Allons prendre des nouvelles de Marcy, puis nous irons à la maison.

Summer ne pouvait rien imaginer de mieux. Elle avait enfin trouvé sa maison.

NICHOLE SEVERN

Le poison de la peur

Traduction française de
LUCIE DELPLANQUE

BLACK ROSE

HARLEQUIN

Titre original :
THE WITNESS

1

Ananas

Le marshal Finnick Reed gara son SUV devant la maison et prit quelques secondes pour observer les environs. Puis il sortit de son véhicule et, l'arme au poing, remonta rapidement l'allée. Le soleil avait disparu à l'horizon depuis plusieurs heures déjà. Des ombres fugaces se formaient au gré de la brise, quand la clarté de la lune filtrait à travers le feuillage des hauts arbres entourant la propriété située en bordure d'un lac. La concentration de Finn était telle que le clapotis des vagues sur la berge lui paraissait assourdissant dans le silence de la nuit. Il entendait le sang battre à ses tempes. Aucun autre véhicule en vue. Le chalet en bois était plongé dans l'obscurité. Tout semblait normal.

Tout… Sauf ce SMS reçu vingt minutes plus tôt.

Ananas

Un mot d'apparence incongrue mais qui faisait office de code d'urgence. Seules deux personnes le connaissaient : lui et l'unique victime ayant réussi à échapper au tueur en série le plus célèbre de Chicago. Ce SMS n'avait donc rien d'anodin.

Arrivé près de l'entrée, Finn poussa la porte du

pied. Elle s'ouvrit toute seule. Sentant ses cheveux se dresser sur sa nuque, il franchit le seuil. Il n'entendait que le bruit de son souffle rapide dans le silence. Son arme levée, il traversa le vestibule à pas feutrés, puis pivota brusquement vers le salon et la cuisine ouverte. Une vague clarté pénétrait par la baie vitrée, étirant des formes étranges devant les chaises et la table. À tâtons, il chercha l'interrupteur et l'actionna.

Rien.

Où es-tu, Camille ? se demanda-t-il.

Un an plus tôt, Camille avait été agressée. Puis elle avait été placée sous la protection des US Marshals, forces spéciales fédérales chargées du programme de protection des témoins et du transfert des prisonniers. Elle avait changé de nom de famille, abandonnant Jensen pour Goodman, et déménagé en secret à Florence, petite bourgade paisible de l'Oregon. En attendant le procès de son agresseur – accusé du meurtre de six femmes qu'il avait séquestrées, étranglées, puis marquées au couteau –, c'était Finn qui avait été désigné comme son agent de liaison : il lui rendait visite une fois par mois depuis un an et c'était son unique contact avec sa vie passée.

Camille était censée être en sécurité dans cette maison. Il était impératif de la retrouver. Finn poursuivit sa progression, se laissant guider par un effluve de lavande qu'il connaissait bien. Camille avait toujours eu sur lui un effet apaisant. Pourtant, ce soir, le SMS qu'elle lui avait envoyé l'avait mis dans un état second.

Si quelque chose venait à lui arriver, jamais il ne se pardonnerait.

Soudain, un crissement de verre brisé lui écorcha

les oreilles et il sentit quelque chose de dur sous la semelle de sa botte. Baissant les yeux, il aperçut le téléphone portable qu'il avait confié à Camille afin qu'elle puisse le joindre en cas de besoin. L'appareil gisait au milieu du salon. Était-il tombé alors qu'elle tentait de s'enfuir ?

Un bruissement attira son attention, en provenance des chambres situées à l'arrière de la maison. Il s'engagea rapidement dans le couloir et passa devant une première pièce, une chambre d'amis remplie de cartons et de cadres. Vide. La porte de la salle de bains était fermée. Il tourna le bouton et entra. Vide aussi. Il ne restait plus qu'une chambre au fond, celle de Camille. Elle devait forcément s'y trouver.

Apercevant des taches sombres sur le plancher, il sentit un frisson le parcourir. Quand il se baissa pour en tester la texture, son ventre se noua. Ce n'était pas du sang, comme il le craignait. C'était encore pire : il s'agissait de pétales de roses rouges. Exactement comme sur chacune des scènes de crime de l'Écorcheur.

— Camille !

Finn se redressa d'un bond et assena un coup de talon dans la porte de la chambre qui claqua avec force. Il se rua à l'intérieur. La silhouette d'un intrus masqué se découpait dans la pénombre. Une demi-seconde plus tard, l'inconnu se jeta sur lui. Finn eut juste le temps d'apercevoir des pieds nus – immobiles – dépasser du bout du lit, avant de heurter le mur du couloir. Il en eut le souffle coupé. L'agresseur s'approcha et lui tordit le poignet pour lui faire lâcher son arme. Le revolver tomba sur le plancher et l'homme le poussa du pied à l'autre bout du couloir. Hors de portée.

Un crochet violent atteignit Finn à la mâchoire. Étourdi, il releva les bras pour parer l'attaque suivante, puis riposta par un coup de pied. Son talon rencontra une masse solide, mais cela ne ralentit pas longtemps son adversaire, qui se jeta de nouveau sur lui. Finn esquiva comme il put, mais reçut néanmoins un coup d'épaule dans le ventre. Une douleur intense explosa dans tous ses organes, lui arrachant un gémissement. Comme l'homme masqué le ceinturait toujours, il le frappa du coude à la base de la nuque. Une fois. Deux fois. Quand il sentit l'étau à l'arrière de ses cuisses se desserrer, il remonta brusquement un genou.

Frappé en pleine figure, l'inconnu s'effondra à ses pieds.

Luttant encore pour retrouver son souffle, Finn essuya le sang qui coulait de sa bouche et de son nez, puis s'accroupit. Bon sang, que venait-il de se passer ? Quelqu'un était entré par effraction chez Camille. Pour s'en prendre à elle. Il décrocha les menottes qui pendaient à sa ceinture et attacha les mains de son agresseur derrière son dos. Ensuite, il se releva en toute hâte, manqua de trébucher contre le corps inanimé et se précipita dans la chambre.

— Camille !

Coincée entre le lit et le mur, elle ne bougeait pas.

Il se laissa tomber à genoux à ses côtés. Sa chevelure d'un roux flamboyant se déployait autour de sa tête comme une couronne solaire. Finn approcha une oreille de sa bouche. Pieds et poings liés, elle gisait sans connaissance. Elle ne respirait plus, mais son pouls battait encore faiblement à sa gorge. Il appuya ses mains jointes sur son sternum pour commencer un massage cardiaque, s'efforçant d'ignorer les taches de sang qui maculaient son T-shirt.

Le sang de Camille.

Le plus urgent était de la ranimer. Ensuite, il s'inquiéterait de ses blessures. Après dix pressions, il se pencha vers elle pour insuffler de l'air dans ses poumons. Sa poitrine se souleva, mais après deux cycles similaires, elle ne respirait toujours pas de façon autonome.

— Allez, Camille. Pas question de me lâcher comme ça.

Il recommença la manœuvre. Enfin, Camille se cambra avec force et prit une inspiration rauque. Finn sentit son pouls s'accélérer. Il la saisit par les épaules et l'attira contre lui. Puis, tirant un poignard du baudrier qu'il portait au mollet, il trancha rapidement les liens qui la retenaient prisonnière. Il s'écarta un peu et repoussa les mèches de cheveux qui lui mangeaient le visage, guettant le moindre battement des paupières, espérant apercevoir même brièvement ses incroyables yeux bleu-vert.

Camille toussa et ses longs doigts fins agrippèrent Finn. Son corps menu fut secoué de spasmes, puis retomba contre le sien. Instinctivement, il passa les bras autour d'elle. Malgré sa petite taille, Camille Goodman avait déjà affronté un tueur en série. Et alors que Jeff Burnes, alias l'Écorcheur, croupissait en prison depuis un an en attendant son procès, elle venait d'être victime d'une deuxième agression.

Finn aperçut de fines lignes sanguinolentes sur le devant de son T-shirt, ainsi que des taches près du col. Ce fumier l'avait ligotée et étranglée, avant de lacérer sa peau au-dessus de son sein gauche, comme pour marquer sa proie. Exactement le même mode opératoire que l'Écorcheur. Comment était-ce possible ?

Certains détails du dossier du FBI n'avaient jamais été divulgués, afin d'empêcher de potentiels plagiaires de reproduire la signature du tueur. De plus, les communications et les visites de Jeff Burnes étaient surveillées de très près, de jour comme de nuit. Jamais il n'aurait pu contacter quelqu'un dans le but d'atteindre Camille. La date, la victime. Il ne pouvait cependant s'agir d'une coïncidence. Comment diable ce monstre avait-il réussi à trouver un complice pour terminer ce qu'il avait commencé douze mois plus tôt ? Les US Marshals possédaient la base de données la plus sécurisée de tout le pays, sans parler du fait que toute trace de l'identité originelle de Camille avait été effacée. Comment l'agresseur avait-il pu la retrouver ?

— Ça va aller, chuchota-t-il. Prenez votre temps.

— Finn…

Finn.

Pas « marshal Reed ».

Elle parvint à peine à murmurer son prénom, tant les blessures à sa gorge la faisaient souffrir. Finn sentit la rage monter en lui. Elle avait traversé tant d'épreuves depuis le drame de Chicago. Elle avait dû renoncer à sa vie afin d'échapper à l'Écorcheur. Combien de temps, combien de traumatismes, avant qu'elle soit brisée à jamais ?

Des images envahirent l'esprit de Finn : Camille quittant l'hôpital après son agression, obligée d'affronter les médias pour raconter chaque détail pénible et la panique ressentie. Elle n'avait pas encore été confiée aux US Marshals, mais déjà, l'instinct protecteur de Finn s'était enclenché.

— N'essayez pas de parler tant qu'on n'aura pas examiné votre gorge. Je vais vous tirer d'ici.

Finn ignora la douleur qui lui sciait le ventre pour prendre Camille dans ses bras. Il devait la mettre en sécurité. Ensuite, il s'occuperait de l'intrus masqué. Cependant, lorsqu'il sortit de la chambre, le couloir était vide. Aucune trace de l'homme qui l'avait agressée. Aucun mouvement dans l'ombre.

L'individu n'avait pas pu s'enfuir bien loin avec les menottes aux poignets. Finn sentit une tension lui barrer les épaules, comme juste avant un assaut, mais il ne pouvait pas s'arrêter. Pas avant d'avoir sorti Camille de la maison et appelé des renforts. Quelqu'un avait tenté de terminer le travail de l'Écorcheur. Sa mission était de la protéger. Le reste importait peu.

Quand il s'élança dans le couloir, ses bottes résonnèrent sur le plancher. Soudain, il se figea. Bon sang, l'homme avait pris son arme ! C'était presque risible. Il avait hâte d'annoncer ça à sa chef, en plus du reste.

— Perdre son arme de service et laisser filer le méchant dans la même soirée. Franchement, j'assure comme un pro…, grommela-t-il pour lui-même.

— Mon héros, murmura Camille.

Baissant les yeux, il croisa son regard bleu-vert envoûtant et ce fut comme si chaque cellule de son corps recevait une décharge électrique. Les sourcils de Camille, de la même couleur que ses cheveux, faisaient ressortir la pâleur crémeuse de son teint, et on apercevait l'ombre de quelques taches de rousseur sur son nez. Finn catalogua avec soin chaque détail, depuis les marques rouges autour de son cou jusqu'à la nuance du vernis à ongles de ses orteils, sans oublier ses longs cils, afin de pouvoir établir le rapport le plus précis possible.

Quand Camille fut prise d'une nouvelle quinte de toux, Finn constata que la tache de sang sur son T-shirt s'était étendue. Il pressa le pas. En tant qu'ancien infirmier de guerre, il savait que ces plaies étaient superficielles, mais l'idée qu'elle puisse souffrir le rendait presque fou. Une fois sorti de la maison, il inspira à pleins poumons l'air frais de la nuit pour chasser ce parfum de lavande qui saturait son système et resterait pour toujours gravé dans sa mémoire : il avait été à deux doigts de perdre un témoin dont il était censé assurer la protection.

Un mouvement attira soudain son attention près des arbres, une trentaine de mètres plus loin. Son pouls s'accéléra. Les ombres semblaient plus épaisses qu'à son arrivée, comme si quelque chose rôdait parmi le feuillage, sans qu'il puisse distinguer quoi. Quelque chose… Ou quelqu'un. Finn ouvrit la portière passager de son SUV pour installer Camille, puis il récupéra son arme de secours dans l'accoudoir central. La voix de Camille s'éleva avec peine :

— C'était lui, Finn.

Elle ferma les yeux et appuya la tête contre le fauteuil avec un soupir.

— Il veut finir ce qu'il a commencé.

Tournant le dos à la menace invisible, Finn entreprit d'attacher la ceinture de sécurité. L'échancrure du T-shirt de Camille bâillait un peu, révélant de longues entailles droites sur sa peau blanche, juste à côté des cicatrices de la précédente attaque.

Bon sang…

— Il faudra d'abord me passer sur le corps.

Une année entière avait passé, mais elle sentait encore la pointe du poignard s'enfoncer dans sa chair et percevait le goût amer de la trahison. Ils étaient en train de dîner en tête à tête, ce soir-là, quand soudain il s'était jeté sur elle pour la saisir à la gorge et tenter de l'étrangler. Elle était tombée à la renverse. Par la suite, elle avait appris qu'il avait procédé exactement de la même façon avec les autres.

Camille Jensen n'existait plus. Elle était devenue Camille Goodman. Au prix d'efforts immenses, elle avait renoncé à tout ce qui comptait pour elle et s'était coupée de tous ses proches après l'arrestation de Jeff Burnes. Ce dernier ne devait plus être en mesure de la retrouver.

La chaise sur laquelle elle était assise lui sciait l'arrière des cuisses. Avec un soupir, elle appuya la poche de glace contre sa gorge. L'œdème s'était un peu résorbé, mais elle savait d'expérience qu'il faudrait plusieurs jours avant que la douleur s'estompe. Ensuite, il y aurait des hématomes sombres pendant au moins deux semaines.

À travers la vitre de la salle de réunion où elle attendait, elle percevait de façon étouffée la sonnerie des téléphones, les conversations et le bourdonnement des imprimantes. Les marshals de l'Oregon étaient en état d'alerte maximale. Au milieu de cette tempête se dressait l'officier qui lui avait été affecté, lorsque avait débuté le programme de protection des témoins.

Finnick Reed.

Si le marshal n'avait pas répondu à son SMS d'urgence, juste avant qu'elle réussisse à s'enfermer dans sa chambre à coucher, elle ne serait plus de ce monde.

Elle l'observait tandis qu'il discutait avec un de ses coéquipiers. Sur ses avant-bras, ses veines saillantes dessinaient un réseau bleuté, tandis que ses épaules massives et son torse puissant tendaient à l'extrême son T-shirt. Des cheveux bruns coupés avec style, une barbe courte et soignée, mais surtout ces yeux d'un bleu perçant dont elle ne parvenait pas à se détacher – sa bouée de sauvetage quand elle avait repris connaissance après l'agression. Pour la première fois, elle prêta attention au logo imprimé sur le devant de son T-shirt : une étoile blanche entourée de cercles rouges, blancs et bleus. Le bouclier d'un de ses super héros préférés. Camille trouva cela approprié, étant donné qu'il s'était comporté comme un héros en lui sauvant la vie cette nuit.

Soudain, le regard de Finn se porta par-dessus l'épaule de son collègue pour se fixer sur elle. Camille sentit aussitôt son pouls s'affoler dangereusement. Elle baissa les yeux et frotta nerveusement ses pieds nus sur la moquette synthétique, s'efforçant de se concentrer sur le dossier posé devant elle. En vain.

La porte vitrée de la salle de réunion s'ouvrit et Camille sentit sa température corporelle s'envoler. Pas besoin de vérifier qui venait d'entrer. Elle savait que c'était lui, comme si son organisme s'était subtilement accordé au sien au cours des derniers mois.

— J'ai pensé qu'un verre d'eau vous ferait du bien.

Finn posa un petit gobelet devant elle et s'installa en bout de table.

— Merci beaucoup.

Quelques mots à la suite. C'était tout ce que Camille parvenait à articuler depuis qu'il l'avait conduite au QG de Portland. Elle prit le gobelet d'une main tremblante, manquant d'écraser le plastique fragile. L'eau fraîche apaisa un bref instant la douleur cuisante à sa gorge, mais il lui faudrait bien plus qu'un verre d'eau pour se remettre.

— Merci pour l'eau, précisa-t-elle. Et pour tout à l'heure.

— Une chance que je n'aie pas interprété votre SMS comme une liste de courses.

Le bref sourire qui s'étira sur son visage déclencha un vague de chaleur en Camille. Elle s'y accrocha avec l'énergie du désespoir. Elle avait besoin d'entrapercevoir un peu de clarté au-delà du cauchemar qui menaçait de l'engloutir. Puis le sourire disparut et Camille sentit son cœur se serrer. Le marshal Reed – Finn – baissa les yeux vers le dossier qui contenait sans doute tous les détails de sa vie depuis l'agression de Chicago et croisa les mains sur la surface brillante de la table.

— Tout à l'heure, vous avez dit que c'était lui, reprit-il en désignant le dossier. Qu'il était revenu terminer ce qu'il avait commencé. Qu'est-ce qui vous a fait penser ça ?

— Je…

Elle n'avait pas eu conscience de prononcer ces mots à voix haute. Un frisson d'angoisse la parcourut quand elle se rendit compte que c'en était fini des conversations agréables qu'ils avaient pu avoir lors de ses visites. C'était comme si elle se retrouvait de nouveau dans la salle d'interrogatoire de Chicago, tentant vainement d'expliquer pourquoi elle n'avait pas remarqué que l'homme avec qui elle vivait – son fiancé – occupait son temps libre à tuer des femmes, et non pas à écrire comme il l'affirmait.

Camille savait qu'elle n'échapperait pas à une nouvelle déposition ; les marshals avaient besoin d'un compte rendu détaillé. C'était pour cela que Finn l'avait amenée là, dès sa sortie des urgences. Les médecins avaient soigné les lacérations sur le haut de sa poitrine, mais avaient dû laisser le sang qui maculait ses mains, afin que l'équipe scientifique puisse effectuer des prélèvements. Il fallait des preuves.

Camille ne pouvait ignorer les similarités entre ce qui s'était passé un an plus tôt et cette nuit. Malgré le brouillard qui encombrait encore son esprit, elle comprenait pourtant que cela n'avait aucun sens. Ce ne pouvait pas être Jeff Burnes qui s'était introduit chez elle. Jeff Burnes était en prison. Si elle s'était enfuie à Florence, si elle avait changé de nom, quitté son travail, ses amis et sa famille, c'était uniquement parce que Jeff attendait d'être jugé et qu'il existait toujours une possibilité pour qu'il soit relâché. Camille fut parcourue de frissons et elle déglutit avec peine avant de répondre :

— Je ne peux pas l'expliquer. Juste que… j'ai eu l'impression que c'était lui. Je sais que ça ne constitue pas une preuve, mais quand il…

Elle eut un haut-le-cœur en se remémorant les larges mains autour de son cou. Elle ferma les yeux et secoua la tête, comme si cela avait pu suffire à oublier que quelqu'un avait tenté de la tuer pour la seconde fois. Elle avait survécu de justesse à la première attaque et ça avait impacté toute sa vie. Allait-elle devoir revivre tout cela ?

— Quand son regard a rencontré le mien, malgré le masque, j'ai eu l'impression que c'était lui.

— Vous voulez dire l'Écorcheur.

Malgré elle, Camille se crispa en entendant le surnom dont les médias avaient affublé l'homme avec lequel elle avait prévu de passer le restant de ses jours. Le mouvement réveilla la douleur sur son torse et elle lutta contre l'envie de croiser les bras dans un geste de protection.

— Je n'avais pas la moindre idée de ce qu'il faisait.

— Je suis désolé. Je ne voulais pas… J'ose à peine imaginer ce que vous ressentez, après tout ce que vous avez déjà enduré. Mais plus vous pourrez m'en dire sur l'agression de cette nuit, plus vite on pourra arrêter ce type. Je peux vous protéger et empêcher que cela se reproduise. Pour cela, j'ai besoin de toutes les données. Même le plus petit détail peut faire la différence et nous mettre sur la piste de celui qui est entré chez vous.

Sauf que… ce n'était pas chez elle. Ce n'était pas sa vie.

Finn se passa la main dans les cheveux, puis se recula sur sa chaise. Ce simple geste de distanciation acheva de glacer Camille, comme si Finn avait été la seule source de chaleur qui lui restait.

— Camille, j'ai besoin de savoir si vous avez enfreint le protocole. Si vous avez contacté quelqu'un. N'importe qui de votre vie d'avant, un collègue de travail. Vous êtes-vous connectée à une ancienne boîte mail ou un ancien compte sur les réseaux sociaux ?

— Vous savez bien que non. Les marshals surveillent tous ces comptes.

Son ventre se serra à l'idée qu'elle ait pu commettre une erreur et provoquer cette agression. Mais non. C'était impossible. Elle avait suivi à la lettre chaque règle, chaque consigne transmise par Finn le jour où elle avait été placée sous sa protection. Pour sa survie, elle avait renoncé à une part d'elle-même et cela n'avait servi à rien : l'Écorcheur avait retrouvé sa trace et envoyé quelqu'un terminer ce qu'il avait commencé. Achever de graver sa signature sur sa peau et accomplir son rituel écœurant. Qui d'autre que lui aurait pu savoir aussi précisément comment il avait tué ses victimes ? Cette information n'avait pas été rendue publique.

Camille eut de nouveau un haut-le-cœur. Les yeux brûlants de larmes, elle ne pouvait s'empêcher de triturer son T-shirt. La peur se mêlait à la colère dans une combinaison répugnante qui ne faisait qu'aggraver sa douleur.

— Je ne sais pas pourquoi ça recommence. J'ignore qui était mon agresseur et comment il m'a retrouvée. J'ignore même comment il a pu pénétrer dans cette maison censée être sécurisée. Alors, à moins que vous ayez d'autres questions, j'aimerais rentrer chez moi, à présent.

Toutefois, l'idée de retourner seule dans cette grande bâtisse vide l'angoissait. Elle était terrifiée. Ne le comprenait-il donc pas ?

— Camille.

Son prénom, prononcé volontairement avec respect, la ramena sur terre.

— Tous les policiers du secteur sont en train de passer la maison au peigne fin pour réunir des preuves. Tôt ou tard, on attrapera ce type et on pourra établir le lien avec l'Écorcheur… avec votre ex. En attendant… Vous ne pouvez pas retourner là-bas. Vous n'y êtes plus en sécurité.

En sécurité. Cela faisait tellement longtemps qu'elle ne s'était plus sentie en sécurité. Son témoignage au procès rendrait le dossier du FBI à Chicago encore plus solide, mais tant que Jeff Burnes ne serait pas définitivement condamné, ce mot n'avait plus vraiment de sens pour elle. Elle observa ses mains maculées de sang séché – son propre sang –, puis les cacha sous la table.

— Où est-ce que je vais aller, alors ?

Le regard bleu apaisa le rythme sourd qui battait à ses tempes.

— On est en train d'étudier la question.

Trois coups frappés à la porte vitrée la firent sursauter et elle aperçut le collègue avec qui Finn discutait plus tôt. Derrière lui, le chaos semblait s'être emparé du bureau principal : d'autres marshals et policiers étaient en train de charger leur arme et d'enfiler des gilets en Kevlar. Le marshal fit signe à Finn de sortir et attendit que la porte soit refermée pour lui parler. Au bout de quelques secondes, Finn releva brusquement la tête vers son collègue et tira son arme de son baudrier.

Camille se leva. Il se passait quelque chose. Les policiers avaient-ils déjà trouvé des preuves chez elle ? Avaient-ils identifié l'intrus ? Finn revint en toute hâte dans la pièce et la prit doucement par le bras. Un parfum frais de lessive et d'agrumes parvint aux narines de Camille.

— On y va, décréta-t-il en la tirant vers la porte. Maintenant.

— Que se passe-t-il ?

Une peur glaciale s'était emparée d'elle, tandis que Finn la guidait à travers les couloirs.

— On a contacté l'équipe du FBI chargée de l'enquête sur l'Écorcheur, afin de les informer des événements de ce soir. En retour, ils nous ont annoncé que votre ex-fiancé s'était évadé de sa prison fédérale il y a trois jours.

Arrivé devant les ascenseurs, Finn lui lâcha le bras pour vérifier le chargeur de son arme, puis actionna la glissière afin d'engager une munition dans la chambre. Quand il eut appuyé sur le bouton d'appel, il se tourna vers elle.

— La seule chose que l'Écorcheur a laissée dans sa cellule, c'est une photo de vous.

2

Le FBI avait tenu secrète une information cruciale concernant sa protégée. Officiellement, il s'agissait d'éviter un mouvement de panique. Finn étouffa un juron. C'était plutôt pour ne pas avoir à expliquer comment le tueur en série le plus violent et le plus rusé de la décennie avait réussi à leur filer entre les doigts, pensa-t-il. Jeff Burnes, alias l'Écorcheur, avait ligoté, étranglé et mutilé six femmes de la région de Chicago, gravant le même mot sur le torse de chacune, comme une marque de propriété.

MIENNE

Une autre de ses victimes, la dernière, avait aussi été la seule à se défendre : Camille, la fiancée de ce monstre. Un monstre qui ne semblait pas avoir compris que leur relation avait pris fin à l'instant où il avait tenté de la tuer, le soir de la Saint-Valentin.

Finn ne quittait pas la route des yeux, malgré le trouble que provoquait en lui la femme assise à ses côtés. Il avait pris le chemin le plus rapide pour sortir de Portland et les phares des voitures roulant en sens inverse faisaient étinceler la pluie qui martelait le pare-brise du SUV. Camille n'avait pas prononcé une parole depuis leur départ du bureau des marshals, mais il ne pouvait ignorer la tension dans ses épaules ni ses tentatives répétées pour se débarrasser du sang séché qui maculait ses mains.

Comment était-il censé assurer sa sécurité s'il ne disposait pas de toutes les informations ? Jeff Burnes avait feint une urgence médicale et agressé le gardien qui l'escortait à l'infirmerie pour lui voler son uniforme. Et personne n'avait rien vu avant qu'il soit trop tard. Le compte à rebours avant le procès s'était arrêté et la chasse à l'homme était ouverte. Les US Marshals, le FBI, la police locale et toutes les forces de l'ordre du pays avaient reçu une photo récente de l'Écorcheur, avec l'instruction de l'interpeller. Toutefois, cela ne changeait rien pour Camille. L'évasion du tueur ne pouvait être une coïncidence. Trois jours. C'était suffisant pour permettre à Jeff Burnes de traverser les États-Unis et de se venger. Cependant, il était impossible qu'il soit parvenu à retrouver seul l'unique victime ayant survécu.

Il devait avoir reçu de l'aide.

— À moins que vous n'espériez lancer une nouvelle mode macabre, il y a des lingettes dans la boîte à gants, dit-il enfin pour briser le silence.

Quand Camille se pencha pour sortir le paquet, un effluve de son parfum de lavande si caractéristique envahit l'habitacle. Finn inspira aussi profondément que sa raison le lui permettait, tandis qu'elle entreprenait de se nettoyer les mains avec un soin méticuleux.

Il avait failli arriver trop tard. Il avait failli la perdre. Ce n'était certes pas la première fois qu'il était chargé de la protection d'un témoin, au cours de ses dix années chez les marshals, mais aucune comparaison n'était possible avec ses missions précédentes. Deux agressions, une vie entière détruite, un tueur en cavale. Malgré tout cela, Camille n'avait pas craqué. Finn connaissait certains marshals qui n'auraient pas supporté une telle pression ni de tels traumatismes. Il savait cependant que Camille ne pouvait pas encaisser indéfiniment.

Des fissures ne tarderaient pas à apparaître, et c'était son travail d'être là pour elle à ce moment-là.

— On est arrivés, annonça-t-il.

Il engagea le SUV dans une ruelle de la banlieue de Portland, coincée entre un pressing et un garage. Des lampes s'allumèrent automatiquement à leur approche, illuminant la chevelure flamboyante de Camille. Finn coupa le moteur et étudia un instant le bâtiment de brique, guettant la moindre présence. Des fenêtres crasseuses flanquaient l'énorme porte enroulable du garage abandonné qui occupait tout le rez-de-chaussée. À l'intérieur, aucune lumière.

Quand Finn se retourna vers la banquette arrière pour attraper le petit bagage qu'il emportait toujours avec lui, son torse effleura le bras de Camille. Aussitôt, une intense chaleur l'envahit et il agrippa la poignée de son sac avec un peu plus de force que nécessaire. Aussi agréable que la sensation puisse être, il devait rester concentré sur sa mission : garder son témoin en vie. Il sortit du SUV et fit le tour par l'avant pour rejoindre Camille qui descendait à son tour.

Les bras frileusement croisés sur son ventre, elle leva les yeux vers le bâtiment ; comme d'habitude, son visage demeura impassible. Des hématomes commençaient déjà à apparaître sur son cou. En voyant les taches de sang qui maculaient le devant de son T-shirt en piteux état, Finn serra les poings. Le médecin avait nettoyé et refermé les plaies avec une colle cutanée, mais il avait dû oublier un endroit, car Camille saignait de nouveau. Elle l'avait remercié pour lui avoir sauvé la vie, mais il n'avait rien d'un héros. Au contraire. Sinon, elle n'arborerait pas ces lacérations dont elle garderait la trace pour toujours.

— Je croyais que vous deviez me mettre en sécurité, fit-elle enfin remarquer. Mais c'est un vieux garage…

— Quand on a autant d'ennemis que moi, tout peut servir de planque, plaisanta-t-il, espérant la voir se détendre un peu.

Peine perdue. Il passa la lanière de son sac sur son épaule avec une grimace de douleur. Il avait encore mal partout, après son corps à corps avec l'agresseur de Camille.

— J'ai retapé cet endroit il y a quelques années, au cas où, expliqua-t-il en se dirigeant vers l'escalier qui menait à l'étage. C'est complètement clandestin. Aucun lien avec les marshals ou même avec moi. Cent pour cent officieux. Un collègue en qui j'ai toute confiance est déjà venu déposer un sac avec des affaires de chez vous. Vous serez en sécurité, ici.

— Celui avec qui vous discutiez tout à l'heure ?

Elle lui emboîta le pas dans l'escalier et cette proximité dans son dos lui fit presque l'effet d'une pression physique entre ses deux omoplates.

— Jonah Watson, oui. C'est un ancien du FBI. J'ai toute confiance en lui.

En haut des marches, il composa le code à six

chiffres de l'alarme, puis débloqua les deux verrous indépendants de la porte d'entrée. Du coin de l'œil, il vit Camille sursauter en entendant le claquement sec et il hésita un instant avant d'ouvrir. Elle prenait sur elle depuis longtemps, mais il savait que le moment viendrait où les barrières qu'elle avait érigées pour contenir ses émotions commenceraient à céder. Traumatisme, terreur, incertitude. Elle avait vécu tout cela de nouveau au cours des dernières heures. Il se tourna vers elle et posa le sac à ses pieds avec lenteur, afin de ne pas l'alarmer davantage.

— Regardez-moi, Camille.

Les yeux bleu-vert se levèrent vers lui et il sentit son ventre se nouer en voyant l'expression de détermination absolue sur son visage. Elle était bien décidée à tenir encore.

— On n'est pas obligés de rester ici. Mon boulot, c'est de vous protéger, mais si cet endroit ne vous convient pas, ou si moi, je ne vous conviens pas, on peut aller ailleurs. Je peux demander qu'un autre marshal soit désigné. Quelqu'un avec qui vous seriez plus à l'aise. Je peux travailler sur l'enquête de façon plus périphérique, si c'est ce que vous souhaitez.

— Non.

Elle était subitement devenue très pâle, au point que sa peau en paraissait presque translucide. Finn dut retenir un geste dans sa direction, faire taire ce besoin impérieux de se placer entre elle et les souvenirs atroces qui la hanteraient certainement pour le reste de sa vie. Toutefois, même si cela avait été possible, il n'était pas l'homme de la situation. Et il ne le serait sans doute jamais, tant que son propre passé le poursuivrait de la sorte.

— Personne d'autre, reprit-elle enfin. C'est vous que je veux.

— D'accord.

Il ramassa son sac et poussa la lourde porte de métal, s'efforçant de ne pas laisser ses paroles lui monter à la tête. Elle lui faisait confiance, et il allait tout faire pour en être digne. Les gonds émirent un affreux gémissement et ils entrèrent. Une lueur verte tombait du panneau lumineux indiquant la sortie de secours, conférant aux murs une teinte fantomatique. Finn actionna un des interrupteurs et s'écarta un peu, afin que Camille puisse découvrir les lieux.

Elle s'avança dans le couloir avec précaution, jusqu'à une sorte de studio avec une petite salle de bains. L'endroit n'était pas très grand, mais cela suffirait pour deux, le temps que les Fédéraux rattrapent leur fugitif. Dans la pièce, Finn désigna un sac de sport noir posé sur le lit.

— Watson a rapporté des vêtements de rechange, des affaires de toilette et quelques objets qu'il a jugé utiles. Si vous avez besoin d'autre chose, faites-le-moi savoir. Nous avons convenu d'un point de rencontre pour échanger des infos, pas très loin d'ici.

Il remarqua la façon dont Camille examinait la chambre, presque comme si elle vérifiait que tout était bien à la hauteur de ses attentes. Les muscles délicats de son cou se crispèrent quand elle effleura du doigt la couette du grand lit, mais elle ne posa aucune question concernant le couchage. Inutile. Il dormirait par terre dans le couloir, sur une des couvertures rangées dans le placard.

Camille ouvrit son sac et fouilla un instant parmi ses affaires, avant de retirer brusquement sa main, comme si elle avait été mordue par un serpent. Finn fut à ses côtés en un instant.

— Un problème ?

— Il y a mon appareil photo.

— J'ai pensé que vous aimeriez l'avoir avec vous, étant donné qu'on risque d'être coincés ici plusieurs jours, expliqua Finn. Je sais qu'on est loin des panoramas grandioses que vous aviez l'habitude de photographier pour *Global Geographic*, mais… qui sait ? Vous pourriez trouver quelque chose d'intéressant à mitrailler ici.

Il s'était renseigné sur son travail de photographe quand son dossier lui avait été confié. Elle était sacrément douée. Assez pour se faire embaucher par le plus célèbre magazine nature du pays et devenir une professionnelle très demandée. Son portfolio en ligne était plein de paysages d'Afrique, d'Antarctique, d'Amérique du Sud et d'autres endroits du globe qu'il n'avait même pas été fichu de situer. Elle avait nagé avec des grands requins blancs, affronté un groupe de lions en train de chasser, et escaladé des montagnes dans le seul but de photographier une espèce de félin menacé que l'homme n'avait encore jamais observé. Si tout le monde était en mesure de prendre un renard en photo lors d'une balade en forêt, Camille avait le don de conférer une personnalité propre à l'animal, simplement grâce au cadrage ou à l'angle de vue qu'elle adoptait. Elle avait saisi des instantanés incroyables de tout ce qui vivait sur cette planète, avec une sorte de magie qu'il n'avait jamais connue auparavant. Pendant des années, elle avait rapporté des bribes du monde sauvage au grand public, un aperçu d'autre chose.

À présent qu'il y repensait, il n'avait remarqué aucun travail récent. Pas même une photo prise autour de sa nouvelle maison. Un mauvais pressentiment l'envahit. Oh ! bon sang…

— Camille ?

— Je n'ai pas…

Elle s'écarta du sac et essuya ses mains sur ses cuisses d'un geste nerveux. Finn voyait nettement son pouls battre à la naissance de sa gorge, et tout se glaça en lui quand il vit l'insondable chagrin qui voilait son regard.

— L'Écorcheur n'a pas fait que me voler ma vie, marshal…

Son existence était scindée en deux : il y avait un avant et un après Jeff Burnes.

La photographie constituait autrefois une part immense de sa vie. C'était sa passion. Elle avait eu la chance de parcourir le monde pour *Global Geographic* et cela lui avait permis de découvrir des trésors inimaginables. Attendre des heures – parfois des jours – dans des conditions impossibles pour entrapercevoir les plus belles créatures ou les miracles que cette Terre avait à offrir. Cela lui avait apporté un sentiment de plénitude et d'émerveillement. Elle avait appris la patience, le courage, l'endurance et d'autres choses dont elle ne se serait jamais crue capable.

Elle était descendue dans des canyons au Pérou, là où aucun humain n'avait jamais mis le pied, avait montré au monde les premières images d'une grotte sous le phare de Heceta Head, dans l'Oregon, plongé avec les plus dangereux prédateurs de l'océan Atlantique et gravi l'Annapurna au Népal. L'aventure avait brûlé dans ses veines, et la présence de son appareil photo avait rendu ces expériences encore plus mémorables. Derrière l'objectif, elle avait trouvé un but, une identité, un sens à sa vie.

Jusqu'à ce que l'Écorcheur lui arrache tout ça.

— Camille, il n'a pas volé votre vie.

Les mains de Camille cessèrent de trembler à l'instant même où retentit ce timbre profond et riche. La voix de Finn avait pris plus d'importance qu'elle n'osait l'admettre. Depuis des mois, c'était son seul lien réel avec l'extérieur, sa seule source de quiétude. Elle savait pourtant qu'elle ne tarderait pas à s'effondrer. Ce n'était qu'une question de temps.

— Vous êtes toujours là, continua Finn. Vous avez survécu. Quand tout sera fini, vous aurez une chance de repartir de zéro.

Fini ?

— Et ce sera fini quand ? De mon point de vue, je dirais plutôt que ça ne fait que commencer.

Chacun de ses cris était une torture pour ses cordes vocales, mais il était important qu'il comprenne. Elle désigna la sacoche de son appareil photo qui dépassait un peu du bagage.

— Il doit bien y avoir dans mon dossier un rapport qui explique comment nous nous sommes rencontrés, lui et moi. On a été envoyés ensemble en reportage, lors d'une expédition organisée par le magazine pour des touristes en Patagonie.

— Vous travailliez tous les deux pour *Global Geographic.*

Finn s'efforçait de conserver un ton neutre et de ne rien laisser paraître de sa stupeur, mais l'atmosphère s'était brusquement alourdie.

— Non, reprit-il. Aucun des rapports que j'ai lus ne le mentionnait.

Elle observa le marshal chargé de la protéger et soudain, à travers la brume de colère et de honte qui obscurcissait son esprit depuis la veille, elle se rendit compte qu'il s'était rapproché d'elle. Par réflexe, elle fit un pas en arrière, prête à tout, mais Finn s'était immobilisé, lui offrant l'espace dont elle avait si désespérément besoin.

— La photo, c'était toute ma vie. Chaque fois que je prenais mon appareil, j'avais l'impression d'être parfaitement à ma place. J'avais le monde entier à portée de main et même après mes fiançailles avec Jeff, je n'ai jamais eu l'intention de renoncer.

— Alors, pourquoi avoir arrêté ?

Camille sentit sa poitrine se serrer douloureusement.

— La première fois que j'ai sorti mon appareil après l'attaque, j'ai voulu trier les photos sur ma carte mémoire, comme avant chaque nouveau contrat.

La gravité sembla renforcer son emprise sur son corps et fit s'écrouler les dernières bribes d'énergie qui lui restaient. Elle secoua la tête, comme si ce simple geste pouvait suffire à effacer les souvenirs. En vain. Les images étaient encore trop fraîches et elle craignait que cela ne change jamais.

— Jeff avait remplacé ma carte mémoire par une des siennes. Je ne sais pas pourquoi, mais j'ai découvert…

Un sanglot la fit taire, mais elle se força à poursuivre, dans l'espoir que la parole la libérerait un peu.

— J'ai découvert les clichés qu'il avait pris de toutes ces femmes. J'ai vu leur visage, leurs yeux...

Elle croisa les bras sur son ventre.

— C'était déjà assez difficile de découvrir de façon aussi brutale de quoi il était capable, mais ça a été encore pire de comprendre qu'il y avait d'autres victimes que celles identifiées par le FBI. De voir ces preuves dissimulées dans mon appareil photo...

Les larmes lui brûlaient les yeux, lui brouillant la vue.

— J'ai donné la carte aux agents chargés de l'enquête, mais chaque fois que je vois mon appareil, à présent... tout ce que cela m'évoque, ce sont les vies qu'il a détruites.

Un silence pesant se fit dans la pièce.

— Je suis désolé, murmura enfin Finn. Je ne savais pas.

Il s'approcha du sac et en sortit l'appareil photo dans sa sacoche. Puis il se dirigea vers la salle de bains en faisant un large détour pour éviter Camille, comme s'il craignait qu'elle vole en éclats au moindre contact.

— Je demanderai au marshal Watson de le reprendre lors de notre prochaine rencontre.

— Je sais ce que vous devez penser de moi, lança Camille en se tournant vers lui.

Il se figea devant la porte.

— Vous pensez que je laisse le passé me définir, que je donne à mon agresseur le contrôle sur le reste de ma vie. Le plus triste, c'est que vous avez sans doute raison, mais j'ignore comment faire autrement.

Un rire sans joie s'échappa de ses lèvres, déclenchant

une nouvelle vague de douleur. C'était l'opinion qu'elle avait d'elle-même depuis trois cent soixante-cinq jours.

— En fin de compte ça ne change pas grand-chose après ce soir, ajouta-t-elle avec lassitude.

Quand Finn se retourna et posa sur elle ses yeux d'un bleu étincelant, Camille eut soudain l'impression qu'il pouvait lire en elle. Qu'il comprenait le traumatisme, la perte d'identité, la terreur. Le néon au-dessus de leurs têtes projetait une ombre sur sa mâchoire carrée, soulignant le dessin parfait de sa bouche. Il tenait la sacoche de l'appareil photo à deux mains, comme un ballon.

— Ce n'est pas du tout ce que je pensais, répondit-il simplement.

Un silence se fit. Camille se frotta nerveusement le front. Elle devait maintenir ce lien entre eux, car s'il ne restait que ce cauchemar écœurant qui se répétait en boucle, alors sa vie n'avait plus de sens.

— Vous imaginiez que je n'allais pas repérer le stock de chocolats caché sous le lit ? demanda-t-elle soudain en désignant un emballage argenté qui dépassait.

Elle ne put retenir un sourire.

— Si vous contactez le service client de cette marque, ils vont vous expliquer que c'est moi qui les fais vivre, poursuivit-elle.

— On doit être au coude à coude, alors, répondit-il dans un éclat de rire qui se répandit en elle comme une vague bienfaisante, envahissant des recoins enfouis qu'elle pensait éteints à jamais.

Finn s'approcha, une étincelle joyeuse dans le regard, et elle refréna le réflexe de faire un pas en arrière. Il ne lui ferait aucun mal. En réalité, il était certainement la seule personne au monde avec qui elle se sentait en sécurité depuis un an. Il venait la voir pour s'assurer que tout allait bien, qu'elle n'avait besoin de rien, et pour bavarder un peu avec elle.

— Cet appareil photo ne vous définissait pas, Camille. Ce qui s'est passé il y a un an… Ce qui s'est passé cette nuit… n'a pas non plus le pouvoir de définir qui vous êtes. Il n'y a absolument aucune honte à vouloir retrouver un semblant de normalité ou à regretter que ce drame se soit produit. Telle est la nature humaine. Je ne considère pas votre détermination à vous accrocher au passé comme une barrière qui vous empêche d'aller de l'avant. Je crois au contraire que c'est ce qui vous a permis de tenir jusqu'ici. C'est aussi ce qui va vous aider à supporter ces prochains jours et à sortir de cette nouvelle épreuve encore plus forte.

Camille avait la bouche sèche. Elle ne savait que répondre. Elle ne savait même pas quoi penser. Son thérapeute avait passé des heures à lui demander de revivre chaque instant de l'agression de Chicago, dans l'espoir de libérer un détail qui expliquerait pourquoi elle ne parvenait pas à tourner la page. À vrai dire, elle connaissait déjà la réponse. Peu importaient ses efforts pour lutter contre l'angoisse, la méfiance, la peur, la douleur paralysante qui s'emparait d'elle chaque fois qu'elle tentait de reprendre le cours de sa vie, une infime partie d'elle-même persistait à se sentir coupable. Les agents du FBI l'avaient sous-entendu dès l'arrestation de son fiancé : si elle n'avait pas été si obnubilée par sa carrière et avait été plus attentive et perspicace, peut-être aurait-elle été en mesure de sauver certaines de ces femmes. Combien de victimes n'auraient jamais croisé le chemin de Jeff, si Camille avait su lire les signaux plus tôt ? Certes, ce n'était pas elle qui avait étranglé ces femmes ni gravé cette signature répugnante sur leur poitrine, mais elle se sentait responsable.

— Si vous pensez que ce petit discours va m'empêcher de piller votre stock personnel au milieu de la nuit, vous feriez mieux de réfléchir à une stratégie plus efficace.

— On va passer un marché, proposa-t-il.

Finn se rapprocha encore, mais bifurqua rapidement en direction du lit, laissant dans son sillage un parfum rassurant et viril où se mêlaient la lessive et l'eau de toilette. Il sortit la barre chocolatée qui dépassait de sous le lit, la coupa en deux parts égales.

— Après la nuit que vous venez de vivre, je suis prêt à faire un effort et à partager avec vous. En échange, vous m'autorisez à changer votre pansement.

— Non !

En voyant qu'il tendait une main dans sa direction, elle fut saisie d'une terreur glacée. Elle fit un bond en arrière et heurta violemment le mur derrière elle. La panique fit grimper son pouls brutalement et elle tenta de contrôler sa respiration. Elle savait pourtant que Finn ne lui ferait jamais de mal.

— S'il vous plaît, non, bafouilla-t-elle.

— Désolé. Je ne voulais pas vous faire peur.

Il s'écarta un peu et posa l'appareil photo et le chocolat sur le lit. Les paumes tendues en signe d'apaisement, il recula encore et désigna du menton les taches de sang qui maculaient son T-shirt – celui qu'elle portait au moment de l'agression.

— C'est juste que… Vous saignez de nouveau et ça a traversé le tissu. J'ai de quoi changer le pansement, mais si vous préférez vous en charger, je peux vous guider. Je n'ai pas besoin de vous toucher, d'accord ? Mais il faut à tout prix éviter l'infection.

Camille serra dans son poing le bas de son T-shirt, avec un mélange de honte et de rage qui la mettait hors d'elle. La version idéale de Camille – l'image qu'elle s'était construite d'elle-même au fil du temps et à laquelle elle aspirait à ressembler – aurait accepté que Finn la touche, qu'il voie ses cicatrices et les plaies récentes qu'elle s'efforçait de cacher. Une femme sûre d'elle et forte ne laisserait jamais la peur ou le traumatisme prendre le dessus. Malheureusement… elle n'était pas cette femme. Et ne le serait sans doute jamais.

— Est-ce que… Est-ce que vous pourriez m'indiquer comment procéder, quand j'aurai pris une douche ?

— Bien sûr.

Il saisit le sac de Camille et la barre chocolatée, et emporta le tout dans la salle de bains. Après avoir écarté le rideau de la douche, il ouvrit le robinet. Quelques secondes plus tard, la pièce s'emplit de vapeur d'eau. Il ressortit, laissant les affaires de Camille sur le carrelage.

— Voilà, tout est prêt. Je vais voir ce que je peux bricoler pour le repas pendant que vous faites votre toilette.

Le corps meurtri, Camille traversa la petite chambre. Elle aurait voulu s'excuser, mais tout ce qu'elle parvint à articuler fut :

— Merci.

Elle referma la porte derrière elle et inspira profondément l'air chaud et humide. Les hématomes sur son cou avaient déjà commencé à virer au violet. On distinguait nettement l'empreinte d'un pouce dans le miroir accroché au-dessus du lavabo. Elle retira son T-shirt, puis détacha la compresse maculée de sang avec un gémissement, car les plaies protestaient à chaque mouvement. Enfin, elle contempla le mot que son agresseur avait achevé de graver sur sa peau.

MIENNE

Elle détourna les yeux, incapable de supporter ce spectacle.

3

Il avait commis une erreur.

Il n'aurait pas dû tenter de s'approcher de Camille. La formation médicale qu'il avait reçue à l'armée lui avait inculqué le réflexe de porter secours, mais il n'avait pas pris en compte le fait que son contact risquait de la mettre mal à l'aise. Les blessures qu'elle avait sur le torse avaient recommencé à saigner et Finn voulait avant tout la soigner. C'était la seule façon qu'il connaisse d'aider les gens. Toutefois il faudrait plus qu'un antiseptique et des compresses pour aider Camille à guérir.

La mère de Finn, la marshal Karen Reed, n'aurait jamais commis une erreur aussi grossière ; elle aurait su exactement comment réagir et s'adresser à une femme traumatisée. Avec elle, Camille serait sortie plus forte. Le ventre noué, Finn fixait toujours la porte fermée de la salle de bains. Tout ce qu'il avait réussi à faire, c'était creuser le fossé entre Camille et lui.

Ignorant la sacoche noire qui trônait sur le lit comme un reproche, il se dirigea vers le grand placard de la cuisine. Les gonds protestèrent quand il l'ouvrit pour passer en revue son stock de provisions : boîtes de conserve, bocaux de sauce, pâtes, céréales, bouteilles d'eau, ainsi que des paquets de préparations pour pâtisserie. Il devait également y avoir des produits frais au réfrigérateur, apportés par son collègue Jonah Watson quelques heures avant leur arrivée. Largement de quoi tenir deux ou trois jours, le temps que la police scientifique termine son travail.

Toutefois, après les émotions de la nuit, Camille avait besoin d'un peu de réconfort local. Il attrapa un filet de pommes de terre, du sel, du poivre et de l'huile, et se mit à l'ouvrage. Trente minutes plus tard, il avait cuisiné des escalopes de poulet panées, croustillantes à souhait et savamment assaisonnées, avec des pommes de terre sautées. La recette de ses grands-parents. Quand la porte de la salle de bains s'ouvrit avec un cliquetis, il sentit une vague de chaleur gagner son dos.

— J'ai emprunté un de vos T-shirts de super héros dans le placard, annonça Camille. J'espère que ça ne vous ennuie pas.

Du coin de l'œil, il la vit tirer sur le bord d'un T-shirt trop large qui dissimulait sa silhouette. Sa chevelure rousse encore humide pendait en longues mèches paresseuses sur ses épaules, intensifiant la couleur de ses yeux.

— Votre collègue a oublié de prendre un pyjama, et il n'y a rien d'assez confortable dans le sac pour dormir, ajouta-t-elle en guise d'explication.

Lorsque le parfum de lavande si caractéristique le frappa de plein fouet, Finn serra davantage la poignée de la poêle et retint un grondement sourd, luttant contre l'envie de s'en emplir les poumons. Il s'arracha avec peine à la vision de Camille dans un de ses T-shirts préférés pour revenir à sa cuisine. Inutile de laisser brûler leur dîner ou de mettre le feu au studio.

— Ça ne me dérange pas du tout, répondit-il en coupant le gaz. Il vous va mieux qu'à moi, d'ailleurs.

— Pas sûre d'avoir l'étoffe d'une super héroïne, fit remarquer Camille en se hissant sur un tabouret, de l'autre côté du comptoir qui séparait le coin cuisine du reste de la pièce. En général, ce ne sont pas eux qui ont besoin d'être sauvés.

— Tout le monde a besoin d'être sauvé, un jour ou l'autre. Même les super héros. Ceux qui pensent le contraire se voilent la face.

Il le savait d'expérience. Lui tournant le dos, il sortit les escalopes de la poêle et les disposa sur deux assiettes, à côté des pommes de terre sautées. Il poussa son repas vers elle et un frisson de satisfaction le parcourut en voyant une lueur s'allumer dans les yeux bleu-vert de Camille.

— La frontière entre héros et méchant est ténue, reprit-il. En dehors du fait évident que l'un choisit le bien, et l'autre, le mal. Je pense qu'il s'agit surtout d'admettre qu'on ne peut pas tout faire tout seul, qu'il faut savoir faire confiance à son équipe.

— C'est pour ça que tous vos T-shirts portent un logo de super héros ? demanda-t-elle.

Elle porta une fourchette de pommes de terre à ses lèvres parfaites et laissa échapper un petit gémissement de satisfaction.

— Parce que ça vous rappelle que vous faites partie de la super équipe des US marshals ? poursuivit-elle, une fois sa bouchée avalée.

— Heu… Non, pas vraiment, fit-il avec un rire peu convaincant.

Même s'il faisait confiance à ses collègues pour assurer ses arrières en mission, il n'avait jamais tissé de liens réels avec eux. Il serra un torchon dans son poing. L'arôme des épices luttait contre le parfum floral de Camille. Une bataille perdue d'avance. Il essuya une tache invisible sur le comptoir, dans l'espoir de détourner son attention de la question, mais après tout ce que Camille lui avait confié, il lui devait bien la vérité.

— C'est ma mère qui m'a offert mon premier T-shirt de super héros. Je m'en souviens encore. J'avais dix ans et elle avait passé deux semaines à pourchasser un fugitif dans le Massachusetts.

— Votre mère était marshal, elle aussi ? s'étonna Camille en coupant son escalope avec énergie. C'est de famille, alors…

Elle avait repris des couleurs, mais il ne savait pas trop si c'était grâce à la douche, au repas ou à la conversation.

— On peut dire ça…

Il serrait le torchon à s'en faire mal aux doigts, comme pour oublier qu'il était en train de se confier à quelqu'un qu'il connaissait à peine, au final. Pourtant, Camille ne lui faisait pas l'effet d'une étrangère. Au contraire, il y avait quelque chose d'agréablement familier sous toute cette vulnérabilité aperçue plus tôt, quelque chose qui luttait pour remonter à la surface et exploser en plein jour. Quelque chose dont il mourait d'envie de s'emparer, pour ne plus le lâcher.

— Elle a été tuée dans l'exercice de ses fonctions,

une semaine après mon dixième anniversaire, dit-il soudain.

La fourchette de Camille se figea à mi-chemin, puis retomba sur le bord de l'assiette.

— Je suis désolée, murmura-t-elle. Ça a dû être très dur pour vous. Comment avez-vous géré ce deuil ? Ça a été, après ?

Non. Ça n'avait pas été du tout. Au point que Finn s'était juré de ne plus jamais revivre un drame semblable. Il découpa un morceau de son escalope, qu'il contempla en silence. Il n'avait plus faim.

— Ce sont mes grands-parents qui m'ont recueilli et m'ont élevé ensuite. Des gens bien, ils m'ont beaucoup aidé. Je suis resté avec eux jusqu'à ce que je m'engage dans l'armée. Le problème, à l'armée, c'est que les officiers se chargent de prendre les décisions à votre place. Du coup, je me suis retrouvé avec beaucoup de temps pour réfléchir et comprendre à quel point ma mère me manquait.

— Et aujourd'hui, vous suivez son chemin et portez son héritage, murmura Camille, avec une pointe d'admiration dans la voix.

Finn sentit son ventre se nouer. Il ne méritait pas son admiration. Ni sa confiance. Sa négligence avait bien failli lui coûter la vie, mais elle le regardait comme s'il était un des personnages sur ses T-shirts. Comme un de ces fichus super héros.

— C'est une très belle façon d'honorer sa mémoire, ajouta-t-elle avec sincérité.

Finn ressentit une certaine forme de reconnaissance. Camille tentait d'apaiser le sentiment de vide avec lequel il vivait depuis que sa mère avait été tuée d'une balle. Cependant, il avait failli perdre le témoin dont il avait la responsabilité. Une belle façon d'honorer la mémoire de sa mère… Une chose était sûre, en revanche : que l'Écorcheur soit venu terminer le travail ou que quelqu'un d'autre ait repris le costume, Finn ne laisserait pas une seconde chance à ce fumier. Il repoussa son assiette presque intacte et se redressa.

— Vous avez eu une rude journée, dit-il. Quand vous aurez fini de manger, je vous guiderai pour refaire votre pansement. Ensuite… vous devriez vous reposer un peu.

— Ça fait un an que je ne dors plus à l'idée de me retrouver face à Jeff, lors de son procès. Et maintenant, j'apprends que c'est peut-être lui mon agresseur de cette nuit ? Je ne suis pas certaine que le sommeil changera grand-chose à ma situation.

Elle repoussa à son tour son assiette et le regarda de ses grands yeux. Elle l'appelait encore Jeff. Pas l'Écorcheur. Malgré tout, Camille ne pouvait s'empêcher d'humaniser un tueur qui avait supprimé tant de vies.

— Je devrais avoir le rapport préliminaire du légiste demain, dit Finn. J'espère qu'on aura une piste pour retrouver celui qui vous a agressée. Ensuite, on pourra vous aider à reprendre une existence normale. Parce que tôt ou tard, la société qui fabrique ces barres chocolatées va paniquer en voyant ses ventes chuter et signalera votre disparition.

— On ne peut pas laisser faire ça.

Le sourire de Camille trancha net la tension qui menaçait de suffoquer Finn. À cet instant, il comprit exactement pourquoi l'Écorcheur avait voulu la garder pour lui tout seul.

Camille ouvrit les yeux et fut aussitôt assaillie par ce sentiment étrange que l'on éprouve quand on se réveille dans un endroit inconnu. Un sentiment qu'elle éprouvait chaque matin depuis un an. Elle contempla un instant les fils électriques qui couraient le long du plafond, au-dessus du lit.

L'agression. Le refuge. Finn.

Il ne s'agissait pas d'un mauvais rêve.

Quand elle se tourna sur le côté, une douleur fulgurante la traversa, achevant de la réveiller. C'était plus efficace que le pire café du monde. Elle était surprise d'avoir réussi à s'endormir, alors qu'un tueur notoire était en cavale et traquait méticuleusement sa proie. Se dressant sur un coude, elle aperçut le bout d'un sac de couchage dans le couloir.

Il n'y avait qu'une seule issue à ce studio et Finn s'était installé dans le passage pour bloquer quiconque aurait osé franchir la porte d'entrée. Non content de faire fuir son agresseur, il l'avait ramenée à la vie, mise en sécurité, et lui avait préparé à manger. À présent, il se plaçait physiquement entre elle et la menace qui rôdait dehors, quelque part dans le monde réel. Elle huma le T-shirt qu'elle portait, un mélange de lessive et de parfum masculin.

Existait-il une limite au dévouement du marshal Finnick Reed ?

Il avait parlé de sa mère comme d'un modèle héroïque, sans comprendre qu'il possédait la même abnégation. Camille n'en doutait pas une seconde. Sans lui, elle ne serait jamais sortie de cette maison vivante. Par réflexe, elle toucha la peau sensible de sa gorge.

— Vous êtes censée dormir.

La voix de Finn, rauque de sommeil, parvint à ses oreilles comme une caresse sur chacune des cellules de son corps. Sa sollicitude la perturbait ; cela faisait si longtemps qu'elle n'avait rien ressenti d'autre que la peur. Se comportait-il de la sorte avec tous les témoins dont il avait la responsabilité ou bien considérait-il la situation de Camille comme particulière ? Était-elle spéciale à ses yeux ?

— Cauchemar ? demanda-t-il.

Il fallait bien admettre que l'idée qu'il ait pu fournir tous ses efforts juste pour elle avait quelque chose d'incroyablement réconfortant. Elle savait pourtant que la réalité était rarement à la hauteur des fantasmes. Le marshal ne faisait que son travail. Rien de plus. Car les hommes comme lui désiraient une femme à leur image. Une femme avec une vie cohérente, un but et de la détermination. Une femme qui ne tirait pas son compagnon vers le bas. Camille déglutit avec peine. Autrefois, elle aurait pu être cette femme.

— C'est moins pire qu'avant, prétendit-elle en écartant le T-shirt moite qui collait à sa peau. Je ne trempe plus mon pyjama de sueur toutes les nuits.

Elle sourit tristement.

— C'est raté pour aujourd'hui, évidemment.

— Je vais vous en chercher un autre.

Elle entendit un bruissement dans la pénombre, puis la silhouette de Finn se dressa devant elle, dans la lueur verte de l'issue de secours qui projetait des ombres sur son torse nu. Quand il se dirigea vers la salle de bains, elle vit ses muscles incroyables rouler sous sa peau à chacun de ses pas, et ses mains la démangèrent d'en vérifier la fermeté.

— Je prends de quoi faire un nouveau pansement, ajouta-t-il. Il faut que la plaie reste bien sèche.

La paralysie qui avait gagné le corps de Camille s'estompa. Elle devait bien admettre qu'elle le trouvait séduisant. Elle avait rencontré des hommes au physique avantageux au cours de ses voyages, mais pour être totalement honnête, jamais elle n'avait ressenti une telle attirance. Jamais elle n'avait éprouvé cette sensation d'être choyée. Protégée.

— Vous avez de la chance : j'ai un stock quasi illimité de T-shirts, annonça Finn en ressortant de la salle de bains. Je ne les jette jamais.

Il alluma le néon du plafond. Vêtu d'un simple pantalon de sport en coton gris, il s'avança pieds nus sur le carrelage et lança un T-shirt en direction du lit, avant d'en enfiler un lui-même. Puis il entreprit de chercher l'entame du rouleau de sparadrap. Camille ne put retenir un sourire devant la nonchalance de l'homme qui lui avait sauvé la vie. L'armée et ses années chez les marshals avaient fait de son corps un chef-d'œuvre digne d'être photographié pour la postérité. Quand il leva ses yeux bleus vers elle, elle sentit son cœur battre dans sa gorge. Il déposa son chargement sur le lit à côté d'elle.

— Vous vous êtes débrouillée toute seule tout à l'heure. J'imagine que vous n'aurez aucun problème à recommencer ?

D'accord. Le pansement. Des flashs de son reflet dans le miroir, la destruction gravée sur son torse. Camille serra dans son poing le T-shirt propre. Aux urgences, l'infirmière avait appliqué une colle médicale invisible pour refermer ses blessures, puis avait maintenu les bords de chaque plaie avec des strips stériles. Malgré tout, les lettres lui brûlaient la peau. Elle aurait beau désinfecter, nettoyer et mettre de nouveaux pansements, cela ne changerait rien à ce qu'on lui avait fait. La finalité de ce constat – l'Écorcheur était revenu réclamer sa proie – avait balayé la capacité de Camille à faire face. Le ventre noué, elle observa le matériel apporté par Finn.

— Je n'ai pas refait le pansement. Je n'ai pas pu… Je n'ai pas pu regarder ce qu'il m'a fait.

— Oh.

Quand Finn s'assit sur le bord du lit, Camille sentit son centre de gravité basculer. Pas simplement physiquement, à cause du poids supplémentaire sur le matelas. Mais émotionnellement. Mentalement.

— Ce n'est pas grave, assura-t-il. Le T-shirt est propre et l'eau du robinet suffit très bien à nettoyer. Si vous ne voulez pas de pansement, il faudra simplement surveiller les signes d'infection. Rougeurs, gonflements, douleur et fièvre.

En remarquant la distance qu'il maintenait entre eux, Camille prit conscience que les dernières heures avaient balayé le peu de progrès qu'elle avait pu faire depuis un an. La vérité qu'elle tentait de se cacher à elle-même et au monde entier lui apparut sans fard : elle avait peur de rester seule, mais demeurait incapable de faire confiance.

Elle refusait cependant que le traumatisme subi la définisse pour le restant de ses jours. Elle ne voulait pas que Finn garde ses distances. Elle avait passé une année à se terrer dans cette maison, trop effrayée pour affronter le monde après Jeff Burnes. Elle ne pouvait vivre ainsi indéfiniment, en regardant constamment par-dessus son épaule, sans jamais rien construire, sans jamais tisser de relations profondes et sans jamais s'ouvrir à qui que ce soit.

Elle tourna les yeux vers la sacoche de l'appareil photo que Finn avait posée sur le comptoir de la cuisine. Il la saisit et alla la ranger dans la salle de bains. Il était impensable qu'elle soit venue au monde pour avoir peur.

— Et si je veux le cacher, pour ne pas voir ce qu'il a gravé sur moi ?

Finn revint dans la pièce. L'ombre d'un sourire étira les coins de ses lèvres.

— Dans ce cas, je peux vous aider.

— D'accord, lâcha-t-elle dans un soupir.

Elle ne savait pas trop ce qui l'avait poussée à accepter soudain l'aide de Finn. Peut-être était-ce parce qu'il avait passé les dernières heures à s'occuper d'elle et que quelque chose en elle percevait qu'il ne lui ferait jamais de mal. Du moins, pas intentionnellement.

— Mais je veux que vous promettiez de m'arrêter si vous changez d'avis. S'il y a quoi que ce soit qui vous met mal à l'aise, on arrête. D'accord ?

La gorge nouée, elle acquiesça. Elle n'avait pas le cran de regarder en face les lacérations sur son torse et il n'y avait qu'un seul moyen pour éviter d'y être confrontée, tout en maintenant la plaie saine.

— D'accord.

— Bien.

Il se rapprocha lentement, comme si elle était un animal farouche. Camille sentit sa poitrine se serrer, mais la prudence de Finn était compréhensible. N'avait-elle pas tenté de s'incruster dans le mur, la dernière fois qu'il avait fait un geste vers elle ? Heureusement, elle s'était un peu détendue depuis. Grâce à lui.

— Je dois vous examiner, afin de m'assurer que rien ne colle aux plaies. Cela risquerait de provoquer une infection.

En d'autres termes, le T-shirt gênait. Camille sentit son corps devenir de plomb. Ce n'était pas un problème d'intimité, elle le savait. Finn avait reçu une formation médicale et il était probablement aussi intéressé par elle qu'un gynécologue qui ausculte quotidiennement ses patientes. En revanche, l'idée qu'il puisse connaître précisément l'étendue des dégâts lui donnait la nausée. Elle ferma les yeux et inspira profondément pour chasser le malaise qui la gagnait.

— Camille, regardez-moi. Vous n'êtes pas obligée. On peut arrêter tout de suite.

Le dernier homme à l'avoir touchée n'avait pas demandé la permission. Le simple fait que Finn attende son consentement suffit presque à faire voler son malaise en éclats.

— Si, il faut le faire.

Elle refusait de laisser la victoire à son agresseur. L'Écorcheur lui avait déjà trop pris. Il ne méritait pas sa peur. Elle glissa deux doigts dans l'encolure du T-shirt et écarta le tissu, exposant la peau nue et à vif, où le tueur avait imprimé sa marque. Finn contempla le carnage. Ses lèvres s'entrouvrirent, mais il parvint à maintenir une attitude neutre.

— D'après l'avancée de la cicatrisation, les premières lettres datent d'il y a un an, c'est ça ? demanda-t-il, avant de couper un morceau de sparadrap.

— Oui.

Elle ne le quittait pas des yeux, mémorisant chaque détail de son visage, chaque changement dans son expression. Elle compta quatre plis soucieux sur son front, puis descendit jusqu'à ses sourcils parfaitement dessinés, les cheveux sur ses tempes qui se fondaient dans la barbe. Tout pour se détourner de ce sentiment de vulnérabilité atroce. Elle n'avait montré ses cicatrices à personne, pas même au thérapeute qu'elle avait commencé à consulter en arrivant à Florence.

— Le reste date d'hier soir, reprit Finn.

Une simple constatation.

— Étiez-vous consciente quand… ?

— J'ai fait semblant d'être évanouie la première fois. Jusqu'à ce que la douleur devienne insupportable. Je crois que c'est ce qui l'a le plus surpris. Jeff… l'Écorcheur… pensait que j'étais morte. Que je ne représentais plus aucune menace.

Camille essuya ses paumes moites sur ses cuisses, tandis que les souvenirs tentaient de surgir de la boîte dans laquelle elle les maintenait soigneusement enfouis, au fond de son esprit.

— Il n'avait pas prévu que je me défendrais.

4

Finn effleura la peau veloutée de Camille, s'efforçant de rester concentré sur la compresse propre qu'il était en train d'appliquer sur ses plaies. Incapable de dissiper le sentiment de rage qui bouillait en lui, il était tenté d'appeler un de ses collègues en renfort pour veiller sur elle, pendant que lui rejoignait la chasse à l'homme. Il voulait retrouver le fumier qui cherchait à s'approprier Camille et lui avait infligé tant de douleur.

MIENNE

Les mots semblaient le brûler à travers la gaze, jusque dans ses os. Il avait lu les rapports une dizaine de fois, passé en revue toutes les photos, les témoignages recueillis juste après l'agression. Il avait étudié l'enquête de Chicago dans ses moindres détails afin de se préparer à n'importe quel scénario, quand Camille était passée sous la protection des marshals. Toutefois, jusqu'à cet instant, il n'avait jamais pris la pleine mesure du courage de son témoin.

— J'ose à peine imaginer la volonté qu'il vous a fallu pour rester immobile pendant qu'il vous… découpait.

Le torse de Camille se souleva sous ses doigts et elle poussa un long soupir. Puis un petit rire s'échappa de ses lèvres. Finn enregistra précieusement ce son dans sa mémoire ; c'était la première fois qu'il l'entendait rire vraiment.

— C'était plus de la paralysie que du courage, corrigea-t-elle. Mais ça m'a donné le temps de chercher une issue. Jeff était si concentré…

Finn regarda les hématomes violacés de sa gorge délicate et il se retint d'y poser une main avec douceur.

— Les couverts ont volé de la table quand il s'est jeté sur moi. Un couteau se trouvait à ma portée. J'ai compris que la seule façon de m'en sortir vivante, c'était de le mettre hors d'état de nuire pour toujours. Il n'y avait pas trente-six solutions.

D'après les rapports, elle n'y était pas allée de main morte. Jeff Burnes – l'Écorcheur – avait quitté le petit appartement de Chicago sur un brancard. Lacération au foie, perforation du poumon, et le rein droit n'avait pu être sauvé, malgré une opération. Ce monstre avait eu de la chance de s'en tirer.

Camille contemplait ses doigts croisés sur ses genoux, tandis que Finn fixait une dernière bande de sparadrap entre son épaule et son sternum.

— On fêtait la Saint-Valentin, ce soir-là, murmura-t-elle. C'est comme ça que j'ai découvert que l'homme que j'avais prévu d'épouser n'était pas du tout celui que je pensais être.

— Vous avez vécu avec Jeff Burnes. Vous l'aimiez.

Il devait savoir. La longue liste des victimes indiquait que l'Écorcheur s'en prenait toujours à peu près au même profil psychologique : des femmes célibataires, entre vingt-cinq et trente-cinq ans, qui connaissaient toutes un succès professionnel certain. Une ingénieure en informatique, une chimiste, une créatrice de mode, une chef d'entreprise. Et une photographe de renom. Les Fédéraux n'avaient réussi à établir aucun lien entre elles. Aucun mobile, en dehors d'un besoin malsain de s'approprier un peu de beauté pour le réduire à néant.

Une fois le pansement terminé, Finn se redressa, gardant la douceur de la peau de Camille en souvenir au bout des doigts.

— Les psychologues qui ont interrogé Jeff Burnes ont déclaré qu'il était incapable de nouer de véritables relations, que ses tendances sociopathes le rendaient inapte à éprouver de l'amour ou même le moindre remords. Pourquoi croyez-vous qu'il a fait cet effort pour se lier avec vous ? Qu'attendait-il de vous ?

— S'il y a une chose que j'ai apprise, c'est bien que les apparences peuvent être trompeuses.

En voyant l'intensité de son regard, Finn en oublia de respirer.

— Vos psychologues et vos profileurs se sont trompés, poursuivit-elle calmement. J'aimerais pouvoir reconnaître que Jeff présentait tous les symptômes cliniques du parfait sociopathe, que je savais exactement de quoi il était capable avant qu'il s'en prenne à moi, mais… Je ne peux pas. Il est trop malin pour ça. Trop prudent.

Finn fut troublé, comme s'il venait de découvrir des lézardes dans le rempart de certitudes qu'il avait bâti au fil du temps chez les marshals.

— Que voulez-vous dire ?

— Les agents qui m'ont interrogée après l'agression m'ont soupçonnée d'être complice. Ils pensaient que j'essayais de protéger Jeff Burnes. Ils ont tenté de se servir de la carte mémoire glissée dans mon appareil et du fait que j'étais la seule victime à avoir survécu comme preuves. Malheureusement pour eux, il n'y avait que les empreintes digitales de Jeff sur la carte.

Quand elle relâcha le col de son T-shirt, Finn se retint de lui prendre la main.

— Ils ne comprenaient pas comment j'avais pu ne jamais remarquer que quelque chose clochait chez mon fiancé. La vérité, c'est que Jeff est très doué.

Quand Finn avait lu les minutes des interrogatoires du FBI à Chicago, il avait tout de suite constaté que les Fédéraux se fourvoyaient. Camille était incapable de faire le moindre mal à quelqu'un. Pas consciemment en tout cas.

— Doué pour quoi ? s'enquit-il.

À part pour laisser une flopée de cadavres dans son sillage.

— La manipulation, expliqua Camille. Cela ne lui suffisait pas de me tuer aussi vite que possible. Au cours de cette année, j'ai compris que j'étais un objet pour lui. Une chose à utiliser et à étudier. Rien de plus qu'un jouet qu'on désassemble pour en connaître les rouages. Il a tout fait pour se rapprocher de moi, me pousser à m'appuyer sur lui. Cela lui a permis de découvrir comment et quand me faire du mal, pour avoir le plus d'impact.

Elle poursuivit d'une voix atone :

— À mon avis, je ne suis pas la seule. Tout ce que Jeff Burnes a révélé à la police, au FBI ou à vos psychologues, tout ce qu'il fait depuis qu'il est sous surveillance en prison est destiné à vous faire croire ce qu'il veut. Il joue au sociopathe, parce que cela correspond à quelque chose de familier pour vous. En vérité, il est beaucoup plus dangereux que vous ne le pensez. Il ne s'arrêtera pas tant qu'il n'aura pas obtenu ce qu'il veut. C'est-à-dire, moi.

— Je ne lui laisserai pas cette chance.

Finn était sincère. Le danger rôdait, mais il avait été formé pour protéger les témoins et il était prêt à risquer sa vie. Il était devenu marshal parce qu'il espérait empêcher d'autres gens de perdre un être cher de façon violente. Il s'était fait une promesse secrète qu'il n'avait pas l'intention de rompre avec Camille. Cette dernière avait passé une année entière loin de ses proches, seule dans cette maison, à mentir à tous ceux qu'elle croisait pour assurer sa propre survie. Elle méritait mieux que ça. Elle méritait de ne plus avoir à regarder constamment par-dessus son épaule.

— Vous ne pouvez pas me faire une promesse pareille, murmura Camille.

Elle tendit une main vers la sienne, mais sembla se raviser et, les yeux baissés, se replia sur elle-même. Elle lui faisait assez confiance pour le laisser la soigner – ce qui était presque un miracle, après sa seconde agression –, mais il lui était difficile de s'ouvrir aux autres.

— C'est à cause de moi que la police est à ses trousses, reprit-elle. C'est moi qui l'ai privé de ses victimes futures. Mon témoignage le mettra derrière les barreaux à vie. Vous ne comprenez pas jusqu'où il est prêt à aller pour me faire payer. Ni combien de gens il est prêt à sacrifier pour y parvenir. Vous ne le connaissez pas.

— Je le connais assez. Je ne suis peut-être pas aux

premières loges pour sonder l'esprit d'un tueur comme l'Écorcheur, mais je sais jusqu'où, moi, je suis prêt à aller pour votre sécurité.

Il aurait fait la même chose pour n'importe quel autre témoin, mais quelque chose chez Camille – quelque chose qu'il n'avait pas le courage d'analyser – lui faisait presque perdre la raison. Quand Jeff Burnes serait en prison pour de bon, elle reprendrait le cours de sa vie et Finn partirait pour une nouvelle mission. C'était la procédure normale pour les marshals. Toutefois, si Finn n'avait jusque-là eu aucune peine à classer le visage de ses témoins précédents dans un coin de sa mémoire, il sentait que ce ne serait pas aussi facile avec Camille.

— On m'a confié la tâche de vous protéger. Quoi qu'il arrive, vous n'aurez plus jamais à l'affronter seule.

Camille se mordit la lèvre inférieure, puis hocha la tête. Ses cheveux roux frôlèrent ses épaules. Elle porta une main à sa gorge.

— Chaque fois que je raconte ce qui s'est passé cette nuit-là, je me sens incomprise et mal à l'aise. Comme si chaque récit m'enlevait une part de moi-même, au point que je ne parviens plus à me souvenir de qui j'étais avant Jeff.

Finn eut l'impression de se noyer dans la profondeur de ses yeux.

— En revanche, avec vous, je ne me sens pas seule. Ni incomprise. Pour la première fois depuis cette attaque, je me sens… moi-même.

Il ne sut que répondre. Il ne sut que penser. Il n'avait fait que son travail, mais Camille… La vibration de son téléphone le ramena soudain à la réalité. Il sortit l'appareil de sa poche et regarda l'écran. Jonah Watson. Il fit un geste d'excuse en direction de Camille et décrocha.

— J'espère que tu as une bonne raison de m'appeler, grommela-t-il à l'adresse de son collègue.

Le T-shirt propre à la main, Camille se leva et se dirigea vers la salle de bains. Lorsqu'elle referma la porte derrière elle, Finn sentit ses épaules se nouer davantage.

— Ça dépend, répondit Jonah Watson. Est-ce qu'un cadavre constitue une bonne raison ?

Camille percevait encore le contact de la main de Finn sur elle. Avec précaution, elle retira le T-shirt qui lui collait à la peau. Dans le miroir, la compresse blanche juste sous sa clavicule gauche dessinait un carré austère. Toutefois, le pansement dissimulait efficacement les ravages qui se trouvaient dessous. Cette zone sensible était encore fiévreuse et elle ne put s'empêcher de retracer le chemin suivi par les doigts du marshal.

La seconde agression avait laissé Camille presque anéantie. Pourtant, quand Finn l'avait touchée, sans montrer le moindre signe de dégoût devant le carnage sur son torse, elle avait pour la première fois entrevu la possibilité de se relever un jour. D'atteindre cette version idéale d'elle-même, pour redevenir la femme forte, active, créative et entière qu'elle était autrefois. L'espace d'une seconde, elle avait vu son art balayer les ombres du passé. La douleur sourde qui en avait résulté avait fait naître en elle un désir qu'elle n'avait jamais ressenti auparavant. Elle qui espérait depuis si longtemps trouver la force de percer le voile opaque de peur et de solitude qui obscurcissait sa vie, elle avait soudain pris conscience de toutes les épreuves traversées, de ce à quoi elle avait déjà survécu.

Tout ça, grâce à la bienveillance que Finn lui avait témoignée. Et sa promesse de la garder en sécurité.

Cela faisait si longtemps qu'elle ne s'était pas autorisée à profiter du contact de quelqu'un. Depuis un an, il était plus simple pour elle de rester seule. Loin de tout ce qui risquait de la blesser. Pourtant, elle n'avait eu aucun mal à baisser sa garde en présence de Finn. L'espace de quelques battements de cœur, il avait chassé de ses veines le poison de la colère, de la trahison et de la douleur. Non pas dans le but de la dominer, comme le faisait Jeff, mais par sollicitude. Avec respect.

Non, pas Jeff.

L'Écorcheur.

L'homme qu'elle connaissait sous le nom de Jeff Burnes n'existait pas réellement.

Camille s'était vu attribuer bien des étiquettes : victime, témoin, cible. Par les policiers arrivés les premiers sur les lieux du drame, par les agents qui l'avaient interrogée, par les marshals de Chicago, avant son déménagement dans l'Oregon. Des étiquettes qui la définissaient depuis un an et avaient surtout réussi à la priver de son identité véritable. Il devait pourtant exister un moyen de faire cesser leur emprise. Un moyen pour elle de reprendre le contrôle de sa vie.

La voix grave et chaude de Finn lui parvenait à travers la porte de la salle de bains. Elle aperçut soudain la sacoche de son appareil photo, qu'il avait rangée dans le placard un peu plus tôt. Nichée parmi les T-shirts, la sacoche semblait bien innocente. Elle sentit alors remonter en elle une sensation disparue depuis longtemps. Une familiarité. Une envie. Le bout de son index droit se mit à fourmiller à l'idée de percevoir de nouveau le contact du déclencheur.

Elle serra les poings. Un pas. Quelques centimètres la séparaient encore de l'instrument qui donnait autrefois vie à sa passion de toujours. Sa main hésita au-dessus de la fermeture à glissière et soudain, la nausée s'empara d'elle. Les souvenirs des victimes de Jeff – de l'Écorcheur, se corrigea-t-elle en crispant douloureusement la mâchoire –, ces images dissimulées dans son appareil photo, plus nettes que jamais.

Ses doigts effleurèrent le curseur de métal, incertains. Des milliers de photographes rêvaient de voyager vers des destinations reculées, de dévoiler des cultures inconnues ou des écosystèmes jamais observés par l'homme, de couvrir des conflits dans des zones de guerre truffées de mines. La photographie, quel que soit le sujet, lui avait toujours conféré une force indéniable. Si son appareil lui avait apporté la détermination et la confiance nécessaires dans une carrière souvent solitaire et exigeante, c'étaient surtout les rencontres et les expériences qui l'avaient marquée. Ces dernières justifiaient l'inconfort, les maladies contractées en reportage, toutes les fois où elle s'était mise en danger dans l'espoir d'obtenir le cliché parfait.

Comment avait-elle pu se laisser voler sa passion aussi facilement ?

Elle saisit le curseur de la fermeture entre le pouce et l'index, et le fit glisser le long de la courbe unique de sa sacoche. Le néon au-dessus du lavabo soulignait le noir mat du tissu synthétique. Le souffle court, elle écartait le rembourrage qui protégeait l'appareil, quand trois petits coups frappés à la porte résonnèrent avec force dans la salle de bains. Elle sursauta et retira vivement la main, le cœur battant.

— Camille ?

La tension dans la voix de Finn avait disparu.

— Je veux juste vérifier que tout va bien.

Jetant un dernier regard en direction de la sacoche, elle s'efforça de ravaler la sensation de doute qui la gagnait. Elle remonta la fermeture. Elle avait fait le premier pas pour percer le brouillard qui étouffait sa passion. C'était peut-être un début. Quand elle ouvrit la porte, son angoisse acheva de se dissiper.

— Tout va bien, assura-t-elle.

Il baissa les yeux vers sa blessure.

— Si mon contact vous a mise mal à l'aise, je…

— Non, ce n'est pas ça.

Au contraire, le simple fait de laisser Finn approcher avait donné à Camille le courage de repousser les barrières invisibles qui l'empêchaient de reprendre son appareil photo. En douze heures, elle avait grâce à lui davantage fait reculer ses limites qu'au cours de l'année écoulée. Elle ne regrettait rien. Elle s'appuya contre le chambranle de la porte et porta une main à son torse.

— C'est moi qui vous ai demandé de le faire, afin que je n'aie pas à voir la blessure, et c'est exactement ce que vous avez fait. Je vous en remercie.

Finn entrouvrit la bouche, comme s'il s'apprêtait à protester. Visiblement, il s'attendait à ce qu'elle lui renvoie une fois encore ce malaise déprimant qui lui servait de masque depuis si longtemps. Toutefois, Camille ne pouvait continuer ainsi. Pas si elle espérait retrouver sa vie d'avant. Il lui faudrait du temps, mais cela en valait la peine. Comme la fois où elle s'était réfugiée dans une grotte pendant plusieurs heures pour échapper à un orage de montagne, alors qu'elle cherchait à apercevoir le couguar le plus rare du monde.

— À votre service, m'dame, répondit finalement Finn avec un sourire en coin.

Son charme innocent fit battre le cœur de Camille.

— Était-ce votre collègue au téléphone ? demanda-t-elle. Ils ont trouvé des preuves chez moi que c'est Jeff Burnes qui m'a agressée ?

— Non. La personne qui est entrée chez vous et a tenté de vous tuer a pris la précaution de porter des gants. Elle avait aussi certainement tout préparé avec soin. La pluie n'a pas beaucoup aidé mes collègues non plus. Toutes les traces que l'agresseur a pu laisser ont été effacées en quelques minutes. Soit c'est un coup de chance, soit c'était méticuleusement organisé.

Finn croisa les bras et Camille ne put s'empêcher de détailler les muscles puissants qui roulaient sous son T-shirt.

— En revanche, les équipes qui fouillaient les bois autour de votre maison ont trouvé autre chose. Quelqu'un d'autre.

— Quelqu'un ? Comment ça ? Vous venez de dire que les marshals n'avaient pas…

— Il s'agit d'une nouvelle victime, Camille, l'interrompit-il d'une voix à peine audible. Elle était vêtue d'une tenue de sport. La police de Florence suppose qu'elle était sortie faire un jogging sur le sentier qui passe à travers la forêt quand elle a été attaquée. C'était il y a environ vingt-quatre heures.

— Mais ça…

Camille secoua la tête. Cela n'avait aucun sens. Une femme avait été tuée près de sa maison, à peu près au même moment que sa propre agression ? Les probabilités étaient minces. Camille s'éclaircit la gorge, s'efforçant d'articuler ses pensées, mais elle était trop ébranlée. Non. Elle allait trop vite. Ce n'était pas parce que l'Écorcheur avait peut-être cherché à s'en prendre à elle de nouveau que les deux affaires étaient liées.

— Comment est-elle morte ? demanda-t-elle.

En voyant l'expression de Finn, Camille comprit avant même qu'il réponde :

— Ligotée, étranglée, et on a gravé le mot « mienne » sur son torse. Les équipes ont trouvé une traînée de pétales de roses rouges qui menait droit au corps.

Le chambranle de la porte ne suffisait plus à soutenir Camille. La pièce se mit à vaciller.

— Ça recommence, murmura-t-elle, le ventre noué.

Elle fit un pas en arrière, chancelante, chercha à se retenir, puis ses jambes se dérobèrent. Elle aurait beau s'efforcer de reprendre le cours de sa vie et de panser ses blessures, l'Écorcheur ne la laisserait pas en paix. Elle pourrait se cacher, changer de nom cent fois, il finirait toujours par la retrouver. Il tuerait d'autres gens. Il ne connaîtrait aucun repos tant qu'elle n'aurait pas perdu la bataille.

Avec douceur, Finn glissa une main sous son bras

pour la soutenir, mais ce contact qui la rassurait encore quelques minutes plus tôt lui fut insupportable.

— Je suis désolé, dit-il. J'hésitais à vous en parler, mais vous êtes la seule à avoir survécu à ce genre d'attaque. Nous avons besoin de votre aide pour faire tomber ce monstre.

Son aide ? Elle parvenait à peine à tenir debout. Que diable pouvait-elle contre un homme déterminé à détruire tant de vies ? Camille se laissa glisser au sol et s'adossa au meuble du lavabo.

— Qui était la victime ?

— La police locale a relevé ses empreintes et a déjà réussi à obtenir une identité.

Finn s'accroupit à côté d'elle, sortit son téléphone de la poche de son pantalon et lui présenta une photo : une femme d'une trentaine d'années, avec de longs cheveux roux, des taches de rousseur sur le nez et des yeux d'un vert profond souriait à l'objectif.

— Elle s'appelait Jodie Adler. Vous la reconnaissez ?

— Non.

Camille ne pouvait cependant ignorer la ressemblance entre la nouvelle victime et elle. Les cheveux, l'âge, les yeux.

— En revanche, je sais pourquoi il l'a choisie, ajouta-t-elle, prise de nausée.

— Moi aussi.

Finn balaya l'écran du doigt.

— Le légiste a également trouvé ceci, au cours de l'autopsie de Mme Adler. Le tueur a laissé un message dans la main de la victime.

Camille se prépara au pire. Lorsque Finn lui

présenta de nouveau son téléphone, elle ne put retenir un haut-le-cœur en découvrant la feuille de papier froissée, avec une inscription à l'encre noire :

Bon anniversaire, Camille

5

Finn raccrocha d'un geste rageur.

Sa supérieure, Remington « Remi » Barton, avait contacté le plus de gens possible, mais pour l'instant, personne ne parvenait à localiser Jeff Burnes. Ni les marshals, ni le FBI, ni la police d'État de l'Illinois. L'interrogatoire des codétenus à la prison fédérale de Chicago n'avait rien donné. Chaque seconde que l'Écorcheur passait en liberté était pour lui une occasion d'atteindre sa cible.

— Du neuf ? demanda Camille d'une voix calme.

En voyant son expression paisible, Finn ne put cacher son étonnement. Comment faisait-elle pour ne pas s'effondrer dans ces montagnes russes émotionnelles ? Elle aurait dû se rouler en boule dans la salle de bains. Une telle force de caractère forçait l'admiration.

— Toujours rien, répondit-il.

La victime retrouvée près de chez Camille avait été assassinée selon le même modus operandi qu'à Chicago, mais aucun des légistes n'avait pu vérifier que l'Écorcheur était bien leur suspect. En dehors du message « Bon anniversaire, Camille » écrit à l'encre noire, aucun élément tangible ne prouvait que Jeff Burnes eût repris sa sinistre besogne. Étant chargé de la protection de Camille, Finn ne pouvait rien faire de plus. Il aurait voulu aller sur le terrain, être tenu au courant de tous les détails, de la moindre information nouvelle. Plus il aurait de renseignements sur son ennemi, mieux il pourrait anticiper la menace et être prêt à l'affronter. Toutefois, l'idée de confier sa protégée à un autre marshal lui paraissait inconcevable.

Il jeta un coup d'œil au logo sur le T-shirt prêté à Camille pour la nuit. Pourchasser un tueur en série tout en assurant la protection d'une victime potentielle ? Aucun problème pour un de ces fichus super héros qu'il idolâtrait depuis son enfance. Malheureusement, malgré l'admiration que Camille lui vouait, il n'avait rien d'un surhomme. Bon sang, si seulement Beckett Foster n'avait pas été en lune de miel quelque part sur une île tropicale avec sa jeune épouse enceinte ! De tous ses collègues de l'Oregon, il était le plus doué pour rattraper des fugitifs. Pour l'instant, Finn devait se satisfaire de laisser ses coéquipiers suivre toutes les pistes possibles, tandis qu'il restait avec Camille.

— L'assassin de Jodie Adler savait de toute évidence que nous allions fouiller les bois autour de la maison. Il savait exactement où abandonner le corps pour être sûr que vous alliez recevoir son message. D'après la note qu'il a laissée, il faut partir du principe que tout ce petit jeu vous est personnellement destiné.

— Quelle chance…, soupira Camille en serrant sa tasse de café d'une main tremblante.

Finn sentit quelque chose de primal s'éveiller en lui, comme lorsqu'il avait dix ans. Quand il avait décidé de suivre la même voie que sa mère, il s'était imposé des règles auxquelles il n'avait jamais dérogé.

Tout engagement émotionnel, de quelque nature que ce soit, représentait un risque, car ceux qu'on aimait finissaient tôt ou tard par disparaître.

Le chagrin. Le sentiment d'abandon. Des expériences qu'il n'était pas pressé de revivre de sitôt.

Il y avait pourtant quelque chose chez Camille Goodman qui le poussait à enfreindre cette discipline. Il mourait d'envie de l'attirer contre lui, de la réconforter, de lui promettre qu'elle serait en sécurité sous sa protection. Malheureusement, il lui avait déjà prouvé que c'était faux. S'il était arrivé chez elle trente secondes plus tard, elle aurait été assassinée alors qu'elle était sous sa responsabilité.

Il y avait plus que de l'épuisement physique dans le regard de Camille. Elle avait traversé tant d'épreuves. Plus vite ils attraperaient le tueur, plus vite elle retournerait à sa vie. Elle avait donné sa déposition aux policiers de Florence pendant qu'elle était aux urgences, mais Finn était alors occupé à relater sa version des événements et n'avait pu l'entendre. Presque une journée entière s'était écoulée depuis. Peut-être se souvenait-elle d'un détail qui permettrait de retrouver ce monstre.

— Est-ce qu'il vous a parlé ? demanda-t-il. Quand il était chez vous ? Quand il…

— … m'a étranglée ?

Un muscle tressauta sur sa mâchoire, tandis qu'elle étudiait le fond de sa tasse.

— Mon thérapeute m'a un jour expliqué qu'à chaque fois qu'on raconte un souvenir le cerveau le modifie légèrement pour se protéger et ne pas revivre le traumatisme. Cependant, je ne pense pas que ce soit vrai dans tous les cas. Il y a des choses que l'on ne peut pas oublier.

Quand elle leva les yeux vers lui, Finn craignit un instant de se noyer dans ce regard bleu-vert.

— Je me souviens de chaque seconde qu'il a passée chez moi. Je me souviens de son odeur, de la couleur de ses yeux, de la sensation de son poignard qui pénétrait de nouveau dans mes chairs. Alors, non. S'il avait dit quelque chose, je n'aurais pas oublié.

— Vous étiez consciente quand il a gravé les dernières lettres ? demanda Finn, le dos raide. Vous faisiez semblant d'être évanouie, comme à Chicago ?

— Je…

Camille sentit sa vision s'obscurcir. Elle secoua la tête, soudain perdue, et porta automatiquement la main au pansement.

— Non. J'ai couru me réfugier dans la chambre après vous avoir envoyé le message, et… j'ai perçu comme une piqûre sur ma nuque. J'ai été prise de vertige et je suis tombée. J'ai dû perdre connaissance, parce que quand j'ai rouvert les yeux, il était assis à califourchon sur moi et me maintenait les bras plaqués au corps avec ses genoux. Il venait de commencer à…

— Que s'est-il passé quand vous vous êtes réveillée ? demanda Finn, la mâchoire crispée.

— J'ai tenté de le repousser sur le côté, mais l'espace entre mon lit et le mur était trop étroit. Il a mis ses mains autour de mon cou. Plus je me débattais, plus il serrait. Jusqu'à…

Elle se laissa glisser de son tabouret, oubliant sa tasse sur le comptoir.

— J'ai déjà tout raconté au policier qui a pris ma déposition. Vous étiez là. En quoi est-ce important ?

— Il a changé ses habitudes.

Finn se dirigea vers son lit de fortune pour récupérer son sac. Il fouilla un instant dedans, puis sortit un épais dossier. Les rapports d'investigation. Photos de scènes de crime, témoignages, enquêtes de voisinage, preuves, rapports d'autopsie.

Tout était là. Tout ce qu'il avait besoin de savoir sur l'agresseur et ses victimes.

— Selon la légiste de Chicago, chaque victime de l'Écorcheur avait le mot « mienne » gravé sur le torse. Mais la mutilation avait toujours été pratiquée post mortem.

— Vous avez emporté le dossier ? demanda Camille d'une toute petite voix.

Elle était soudain très pâle. D'instinct, Finn referma le dossier qu'elle ne quittait pas des yeux, comme hypnotisée. Bon sang ! Il n'avait pas réfléchi. Comment avait-il pu consulter ces photos presque sous son nez, après ce qu'elle lui avait raconté sur la carte mémoire cachée dans son appareil ?

— Quand je suis affecté à une mission de protection de témoin, je fais mes devoirs, expliqua-t-il. Je dois connaître le passé de chaque personne placée sous ma garde, afin de mieux prévoir les menaces potentielles. Mais je suis désolé. Vous n'auriez pas dû le voir.

Un nœud écœurant s'était formé dans son ventre. Il aurait dû être plus prudent. Il rangea à la hâte le dossier dans son sac, qu'il referma. Quel idiot ! Cet endroit était censé être un refuge pour Camille.

— Je n'ai pas réfléchi, s'excusa-t-il encore. Dès que

possible, je le rendrai à mon collègue Watson. Vous n'aurez plus à voir ça.

— Le cacher ne va pas faire disparaître les souvenirs pénibles.

La chevelure de Camille glissa doucement sur son épaule, tandis que ses yeux se remplissaient de larmes. Elle tira sans y penser sur un petit câble blanc qui dépassait de la poche de son jogging. Des écouteurs. Quand la chaudière se mit en route, elle sursauta, comme si elle redoutait que l'Écorcheur fasse irruption dans la pièce.

— Je sais, répondit-il. Et je crains que rien ne les fasse disparaître. Mais je peux vous promettre d'être plus attentif, dorénavant.

Des fêlures commençaient à apparaître dans l'armure de Camille. Avec la douleur et le manque de sommeil, il n'osait imaginer la détermination et la force qui lui étaient nécessaires pour ne pas s'effondrer totalement. Combien de temps espérait-elle tenir, avant que son corps cède sous la pression ? Sa mission était de la protéger physiquement jusqu'à la fin du procès de Jeff Burnes, mais son boulot allait devenir difficile si elle ne prenait pas soin d'elle mentalement et émotionnellement.

— Qu'est-ce que vous écoutez ? demanda-t-il soudain en désignant les écouteurs.

— Pardon ?

Elle se rendit compte qu'elle tenait un fil.

— Ah ça ! Je… J'écoute du bruit blanc. Le bruit de la pluie, en général, quand je n'arrive pas à me libérer d'une crise d'angoisse. Ça m'apaise.

La pluie ?

Totalement improbable et absolument parfait.

Finn fit un pas vers elle, lentement, et présenta sa main. Une lueur de confusion dansa un instant dans les yeux bleu-vert, puis Camille sortit les écouteurs de sa poche. Elle lui en tendit un et glissa le second dans son oreille, avant d'appuyer sur un bouton. Un roulement de tonnerre résonna doucement dans l'oreille gauche de Finn, suivi par le bruissement régulier de la pluie sur des feuilles. Une vague indéniable de bien-être sembla se répandre en lui, chassant la tension dans ses épaules.

Intéressant.

— Ça me plaît, dit-il.

— Votre supérieur n'encourage sans doute pas ce genre de pratiques entre un marshal et un témoin, dit-elle soudain. Et si c'est trop vous demander, je comprendrais, mais je… Je n'ai pas envie de dormir toute seule.

Elle baissa les yeux vers les griffures qui zébraient le dos de ses mains, puis releva la tête pour lui lancer un regard noyé de désespoir.

— Accepteriez-vous de rester près de moi, le temps que je m'assoupisse ?

Finn sentit sa gorge se serrer.

S'il était vivement déconseillé aux marshals d'entretenir des relations particulières avec des collègues du même secteur ou avec des citoyens placés sous leur protection, c'était pour une bonne raison. Répondre à des requêtes d'ordre personnel fracturait les barrières nécessaires entre un marshal et son témoin. Le sentiment d'amitié ou les émotions plus fortes qui pouvaient en découler étaient source d'erreurs.

— C'est envisageable.

Finn connaissait parfaitement le danger que représentait la demande de Camille, mais il se dirigeait déjà vers le lit. Sans briser le lien des écouteurs, il s'installa d'un côté, tandis qu'elle s'allongeait de l'autre. Dans l'oreille de Finn, le tonnerre grondait toujours au loin et il percevait la douce chaleur qui émanait du corps de Camille, à travers l'épaisseur de son jogging. À cet instant, malgré les battements désordonnés de son cœur, Finn ne pouvait s'imaginer ailleurs.

Il protégeait son témoin des monstres qui la guettaient dès qu'elle fermait les yeux.

— Je resterai aussi longtemps que nécessaire, assura-t-il d'une voix douce.

La pluie s'était tue.

Le corps lourd de sommeil, Camille retira le bras qu'elle avait replié sur son visage. Cela faisait des mois qu'elle n'avait pas dormi aussi bien. Quand l'écouteur glissa dans son cou, elle prit conscience du silence autour d'elle. Le cœur battant, elle roula sur le côté et se heurta à quelque chose de chaud et de solide.

Pas quelque chose. Quelqu'un.

Le voile du sommeil se leva comme un rideau quand elle se rendit compte qu'elle s'était rapprochée de Finn pendant la nuit. Comme si elle avait instinctivement cherché son contact et s'était blottie contre lui pour y trouver le repos et l'oubli.

Depuis un an, il lui rendait visite une fois par mois pour s'assurer que tout allait bien et revoir avec elle le protocole de protection. Était-elle entrée en contact avec des amis ou de la famille ? Avait-elle remarqué une présence suspecte et répétée aux abords de la propriété ? Ayant coupé tous les ponts avec son ancienne vie, elle avait commencé à attendre sa venue avec impatience, à espérer ces brèves rencontres, l'occasion de parler à un autre être humain, quelqu'un avec qui elle puisse être… elle-même.

Pas Camille Goodman, la nouvelle arrivée dans cette petite ville d'à peine neuf mille habitants. Pas l'inconnue qui sortait uniquement pour faire ses courses hebdomadaires, malgré les chuchotements qu'elle entendait dans son dos chaque fois qu'elle se rendait en ville.

Avec Finn, elle était Camille Jensen. Une fille originaire de Chicago qui avait financé elle-même ses quatre années d'études supérieures à la Northwestern University et avait travaillé d'arrache-pied pour décrocher le job de ses rêves à *Global Geographic*. Une voyageuse, une sœur, une fille, une collègue et une amie. Une femme qui n'avait pas peur de l'avenir, ne craignait pas en permanence d'être attaquée, profitait de l'instant et ne se méfiait pas dès qu'on l'approchait.

Pendant les visites de Finn, elle n'était pas obligée de mentir.

Camille n'osait bouger. Cela faisait tellement longtemps qu'elle ne s'était pas autorisé ce genre de contact. Lors des rencontres avec Finn, elle s'était rendu compte au fil des mois qu'elle n'avait aucun mal à lui parler, à lui faire confiance.

Avec lui, c'était facile.

Elle le regarda. Une mèche de cheveux lui tombait sur le front, adoucissant l'expression dure, souvent méfiante, qu'il arborait quand il était éveillé. Elle sentait la chaleur de son corps, la puissance des bras dans lesquels elle s'était réfugiée pendant la nuit. Le matelas, pourtant large, contenait à peine la stature massive de Finn. Alors que les autres hommes qu'elle avait connus – comme Jeff Burnes – se servaient de leur taille pour intimider, Finn utilisait la sienne pour protéger. Elle se retint de repousser la mèche, de crainte de le réveiller. Le geste était tentant, mais elle préférait faire durer cet instant, cette occasion de calme, de paix et de tranquillité.

— On ne vous a jamais dit que c'était malpoli de dévisager les gens comme ça ?

Les yeux de Finn étaient toujours fermés, mais sa voix était claire, indiquant qu'il était sans doute réveillé depuis un moment. Probablement depuis aussi longtemps qu'elle, pensa Camille en sentant son pouls s'accélérer. Avait-il perçu qu'elle le regardait ?

— Ça n'avait pas l'air de vous déranger, répondit-elle en s'écartant un peu.

Elle repoussa l'écouteur qui pendait sur son épaule.

— Impossible de savoir quelle heure il est dans cette pièce sans fenêtre, reprit-elle. On a l'impression d'être coupé de la réalité, comme si plus rien n'existait en dehors de ces murs. C'est déconcertant et rassurant à la fois.

Finn entrouvrit les yeux.

— J'ai acheté et rénové ce studio au retour de mon deuxième passage à l'armée. Avec l'isolation phonique et l'absence de fenêtre au premier, on a parfois l'impression d'être dans un caisson d'isolement sensoriel. J'aime bien venir ici entre deux missions, pour faire le point, me reposer, me ressourcer. Et ça reste quand même assez près du travail, si jamais on m'appelle en urgence.

— Ça n'a pas dû être facile tous les jours d'être infirmier militaire. Toute cette douleur, cette souffrance…

— Ça fait partie du lot quand on s'engage. Là-bas, au moins, je savais qui était l'ennemi.

Il baissa les yeux un instant, puis roula sur le côté et se mit debout, hors de portée. Le charme était rompu. À la lueur de la veilleuse verte, elle le vit sortir une tasse d'un placard dans la cuisine.

— Avec les marshals, c'est une autre histoire. La menace peut venir de n'importe où. De n'importe qui.

Il remplit sa tasse au robinet et but une longue gorgée. Camille posa ses pieds nus sur le sol. Elle avait l'impression que chaque cellule de son corps était connectée aux siennes. Quand elle s'avança vers lui, elle vit les muscles de son dos se crisper, comme s'il percevait sa proximité. Quand elle effleura la cicatrice à gauche de ses lombaires, il ne bougea pas, mais ses épaules se détendirent et il laissa échapper un soupir. Camille ne parvenait pas à retirer sa main. Était-ce une blessure par balle ?

— J'ignorais que vous aviez de telles cicatrices.

— Qui n'en a pas ?

La voix de Finn avait pris une qualité dangereuse. Gutturale. Douloureuse. Enfin, il se tourna vers elle. Il était si proche. Si réel. Les hommes comme Jeff Burnes – l'Écorcheur – manipulaient, trahissaient et blessaient ceux qu'ils étaient censés aimer, soutenir et protéger.

Finn n'était pas semblable, elle le savait. À la

façon dont il avait affronté son agresseur, ou dont il avait gardé ses distances sur le lit. Plus que tout, elle le sentait au plus profond d'elle-même, comme un instinct. Un instinct qu'elle avait appris à écouter depuis que son ex-fiancé avait tenté de la tuer, le jour de la Saint-Valentin. Elle était en sécurité avec Finn.

Personne n'avait jamais été aussi prévenant avec elle.

— La dernière mission de ma mère était de retrouver un fugitif, reprit Finn, après une hésitation. Un homme condamné à dix ans de prison pour avoir assassiné son enfant. Ce devait être une mission de routine. Rien qu'elle n'ait jamais fait auparavant. Effectuer des recherches, accentuer la protection policière autour de la femme du type qui devait témoigner à charge, prendre contact avec l'entourage. La marshal Karen Reed était douée et elle ramenait toujours son fugitif.

Cela ne l'avait pas empêchée d'être abattue.

— Que s'est-il passé ? demanda Camille.

— Elle demeurait la maman d'un petit garçon de dix ans.

Il enfonça le poing dans la poche de son jogging.

— Elle me confiait à mes grands-parents quand elle partait comme ça, mais elle rentrait dès qu'elle pouvait, même s'il lui fallait rouler des heures. Parfois, je me forçais à rester éveillé juste pour apercevoir la lumière des phares de son véhicule sur le mur de ma chambre. Elle venait toujours me voir, même si j'étais couché. Elle avait souvent l'air épuisé à cause des longues journées et de la route. Et elle était tellement fatiguée un soir qu'elle n'a pas remarqué que l'homme qu'elle pourchassait l'avait suivie jusque chez elle.

Camille prit soudain conscience de leur proximité et

de l'intensité hypnotique de leur conversation. Faisant appel à toute sa force pour refouler la panique qu'elle sentait monter en elle, elle posa la paume à plat sur son torse.

— Finn, je… Je suis désolée pour vous. Je ne… Je ne savais pas.

— Je faisais semblant de dormir quand elle s'est penchée pour m'embrasser. Je n'ai pas compris ce qui se passait lorsque le coup de feu a retenti. La balle l'a traversée et m'a atteint dans le dos. Le temps que je sorte de mon état de choc, il était déjà trop tard pour elle. Je n'ai rien pu faire. Elle est morte sous mes yeux.

Il baissa la tête, le menton contre sa poitrine, et posa une main sur la sienne. Camille sentit alors une chaleur incroyable exploser dans tout son corps.

— Vous avez raison, à propos de cette histoire de cerveau qui modifie de petits détails pour mieux supporter un traumatisme. C'est n'importe quoi. Parce que moi aussi, je me souviens de tout ce qui s'est passé cette nuit-là.

— Est-ce qu'il a été arrêté ? demanda Camille en contemplant sa main cachée sous la sienne.

Elle tentait de se concentrer sur les battements de son cœur, qu'elle sentait sous ses doigts. Quand elle leva de nouveau les yeux pour les poser sur les contours précis de sa bouche, elle eut soudain envie de le consoler. De l'aider à oublier son passé.

— Le fugitif qui l'a suivie ce soir-là… Il a été arrêté ?

— L'équipe de ma mère a retrouvé sa trace quelques heures plus tard, avant qu'il atteigne la frontière avec le Canada.

Finn s'écarta. Comment lui en vouloir ? Depuis

douze mois, elle ne supportait pas l'idée qu'on la touche et refusait de laisser paraître sa vulnérabilité en présence d'un inconnu. Finn avait bien le droit de décider lui-même où il plaçait la limite.

— Ce fumier a préféré se tirer une balle dans la tête plutôt que de retourner derrière les barreaux. Il a choisi la solution de facilité, laissant chagrin et mort dans son sillage. Pour rien au monde je n'accepterais de vivre de nouveau une situation pareille.

De nouveau ?

— Comment ça ? Vous aviez dix ans. Ce n'est pas vous qui avez tiré. Vous n'êtes pas responsable.

— C'est pour moi que ma mère est revenue, ce soir-là. Sans ça, elle n'aurait jamais mené un tueur jusque chez elle et ne serait pas morte en essayant de me protéger. Elle a été assassinée parce qu'elle avait laissé ses émotions interférer avec son travail.

Finn reprit sa tasse d'eau.

— C'est pour ça que je dois être clair avec vous, Camille. Avant que vous commenciez à croire que je suis une sorte de héros ou qu'il pourrait se passer quelque chose entre nous. Jusqu'à l'ouverture du procès de Jeff Burnes, vous êtes mon témoin. Rien de plus. Je refuse de commettre la même erreur que ma mère.

6

Cela faisait plus d'une heure que Camille n'avait pas prononcé une parole, mais Finn percevait sa présence avec une intensité presque électrique. Réfugiée derrière le rempart de ses longs cheveux, elle avait défait et refait au moins six fois son sac et s'était changée pour remplacer le T-shirt qu'il lui avait prêté.

Pour s'occuper, Finn avait bien tenté de lire le rapport de la police de Florence sur la dernière victime, mais les mots n'avaient aucun sens. À cause de Camille. À l'instant où il avait affirmé qu'elle n'était rien de plus à ses yeux qu'un témoin, l'impression de vide avec laquelle il vivait depuis ses dix ans avait recommencé à s'étendre. Il s'était comporté comme un imbécile, mais c'était la vérité : le métier qu'il exerçait était suffisamment risqué et exigeant. Inutile de se compliquer la vie en mettant en danger quelqu'un d'autre que lui.

Il avait eu plusieurs relations, par le passé. Quelques semaines par-ci, quelques mois par-là. Rien de sérieux et rien de durable. Son travail l'obligeait à se déplacer dans tout l'État, et cette implication intermittente lui convenait parfaitement.

Camille, en revanche… Il n'y avait rien d'intermittent chez elle. Avant son agression, elle était fiancée, prête à s'engager avec un seul homme pour le reste de sa vie, prête à faire le grand saut depuis la sainte falaise conjugale. Prête à se donner à quelqu'un d'autre, à lui faire une confiance absolue. Finn sentit son cœur battre avec force.

Quelqu'un lui avait-il jamais accordé une telle confiance ?

Il se leva brusquement et jeta son téléphone sur le matelas. Inutile de se leurrer : jamais il ne parviendrait à se concentrer sur ce rapport d'enquête. Camille ne pouvait pas continuer ce manège pendant toute la durée de leur séjour forcé. Il s'assit sur le lit à côté d'elle, se retenant d'écarter ses cheveux pour l'obliger à le regarder.

— Vous pensez qu'on peut battre notre record en tenant une heure de plus au jeu du silence ?

— Une seule façon de le savoir…, marmonna-t-elle en refusant toujours de lever les yeux vers lui.

Elle plia pour la énième fois le même chemisier.

— Et si vous espériez puiser en douce dans votre réserve de chocolats, j'ai une mauvaise nouvelle pour vous, ajouta-t-elle. J'ai tout mangé pendant que vous aviez le dos tourné.

— Je crois que je l'ai bien mérité, répondit Finn en ramassant un emballage argenté sous le lit.

Lorsque Camille lissa du plat de la main les draps où ils avaient dormi l'un près de l'autre, Finn eut la chair de poule. Elle s'était blottie contre lui dans son sommeil, comme si elle l'avait inconsciemment cherché, et il sentait qu'une partie irrationnelle de lui-même se demandait ce que ça ferait d'être plus qu'un garde du corps.

— Ce que je voulais dire tout à l'heure, reprit-il, c'est que… c'est mon boulot de vous garder en vie, Camille. Et c'est ma seule préoccupation. M'assurer que vous restiez entière jusqu'à la fin du procès. La moindre distraction pourrait vous coûter la vie. Ou me coûter la mienne. Vous comprenez ?

— Bien sûr, je comprends, répondit-elle en fourrant ses vêtements pliés un par un dans le sac.

Son ton et son attitude suggéraient cependant le contraire.

— Vous avez une mission, soupira-t-elle. Et tout ce que vous dites ou faites depuis un an, c'est pour la mener à bien. Pas parce qu'on est amis. Ni parce que mon bien-être mental et émotionnel vous intéresse. Tant que je reste en vie jusqu'à la fin du procès, vous aurez la conscience tranquille. Ensuite, affaire classée.

Elle se leva.

— Merci d'avoir rectifié ce malentendu. Merci aussi d'avoir immédiatement interprété ma démonstration de reconnaissance comme des avances.

Oh ! bon sang !

Ce n'était pas… Il n'avait pas voulu dire ça.

— Camille, je n'ai…

— Ne vous inquiétez pas, marshal. Je vais vous faciliter la tâche, dorénavant.

Ses yeux bleu-vert lançaient des éclairs.

— La prochaine fois que j'aurai du mal à comprendre que l'homme avec qui je couchais essaie de me tuer sans aucune raison apparente, je veillerai à rester bien sage et à me débrouiller toute seule. Comme le bon témoin que je suis censée être.

Elle se dirigea vers la cuisine. Par chance, il n'y avait pas beaucoup d'endroits où battre en retraite.

— C'est à cause de cette nuit-là que je me suis engagé comme infirmier militaire, murmura Finn.

Le ventre noué, il vit Camille ralentir, mais elle ne se retourna pas. Il observa un instant le mouvement saccadé de ses épaules à chaque inspiration.

— Je me suis juré de ne plus jamais me retrouver dans une situation où je serais incapable d'aider un proche. De ne plus jamais laisser quelqu'un mourir dans mes bras. Ça ne saute peut-être pas aux yeux, mais vous comptez pour moi. Sans doute plus que de raison. Et certainement plus que tous les autres témoins que j'ai pu voir défiler.

Il se leva à son tour. Il sentait encore la paume de Camille sur sa peau, près de son cœur. Il imaginait à peine combien cela avait dû être difficile pour elle de faire ce geste vers lui, de lui offrir ce contact pour le réconforter. Malgré tout ce qu'elle avait enduré, elle avait réussi à refréner le réflexe qui lui intimait de garder ses distances. À présent, c'était à lui de faire ce pas vers elle.

— Et pour être tout à fait honnête, Camille, il n'y a rien que vous puissiez faire pour me faciliter la tâche. Chaque minute que ce psychopathe passe à vous pourchasser est comme une épine qui s'enfonce plus profondément dans mon flanc. Je sais d'expérience que chacune de ces minutes est peut-être votre dernière et je refuse d'en porter la responsabilité.

Camille se retourna lentement, les poings serrés. Le sweat noir à manches longues par lequel elle avait remplacé son T-shirt faisait ressortir les hématomes violacés sur son cou. Son expression se radoucit un peu, mais son sourire hésitait encore.

— Finn, je…

Le téléphone de Finn émit une sonnerie unique. Puis une seconde. Il récupéra le maudit appareil sur le lit et le passa en mode silencieux. Puis il lut les SMS et se décomposa. La réalité venait brutalement de faire éclater la bulle qu'ils s'étaient créée dans cet espace réduit. Il aurait préféré vivre dans un monde où rien n'existait au-delà de ces quatre murs, mais c'était impossible. Tant que l'Écorcheur serait en chasse, Finn ne baisserait pas la garde.

Il n'avait pas le choix.

— Jonah m'envoie le rapport d'autopsie de la victime retrouvée près de chez vous. Jodie Adler.

— Allez-y. Je crois qu'on a suffisamment compensé cette heure de silence.

Elle contempla le sac de Finn posé près d'elle.

— Jeff… l'Écorcheur… était fier de ce qu'il avait fait à toutes ces femmes. Je l'ai vu dans son regard quand il…

Elle désigna son cou, puis tira sur les manches de son sweat d'un geste nerveux.

— Pourquoi a-t-il changé de procédé pour m'atteindre une seconde fois ?

— D'après ce que je sais, le mode opératoire d'un criminel comme Jeff Burnes est unique. C'est une sorte de signature. Pour les gens comme lui, tuer est un besoin compulsif. La seule façon d'obtenir satisfaction, c'est de suivre un rituel obsessionnel. Les tueurs en série peuvent évoluer, avec le temps, ils peuvent devenir plus malins, apprendre à mieux dissimuler leurs agissements. Ou bien ils peuvent perdre le contrôle. En revanche, il est rare qu'ils dévient de leur routine. Pour eux, c'est le seul moyen d'obtenir ce qu'ils attendent de leurs victimes. C'est pour ça que cela n'a aucun sens que l'Écorcheur change brutalement ses habitudes.

Finn se tut soudain, car il venait de comprendre pourquoi Camille ne quittait pas son sac des yeux. Le dossier était rangé à l'intérieur. Le dossier de l'Écorcheur. En deux enjambées, il la rejoignit au centre de la pièce et lui tendit son téléphone, avec le rapport d'autopsie affiché sur l'écran.

— Cela dit, je ne pense pas non plus que vos souvenirs soient erronés.

La vulnérabilité totale qu'il lut dans son regard lui coupa le souffle.

— Que faites-vous ? s'enquit-elle sans accepter l'appareil.

— Vous connaissez cette affaire mieux que quiconque. Vous connaissez l'Écorcheur. Vous avez survécu.

Il avait conscience de ce qu'il lui demandait. Il savait aussi exactement les ennuis qu'il risquait en partageant des informations avec une civile. Toutefois, s'il espérait la protéger, il devait savoir précisément d'où venait le danger.

— Vous êtes la seule à pouvoir nous dire si c'est bien l'Écorcheur qui a tué Jodie Adler.

Camille déglutit avec peine.

— Et si je me trompe ?

— Alors je passerai le restant de mes jours à assurer votre protection et vous me devrez un Caddie entier de barres chocolatées.

Sa tentative de plaisanterie fut plus efficace qu'il

l'avait espéré. En un clin d'œil, la tension qui flottait dans l'air s'évanouit, et Camille laissa échapper un petit rire. Encore une fois, ce son magnifique qu'il voulait ne jamais oublier.

Elle lui prit le téléphone des mains et retourna s'asseoir sur le bord du lit. Le visage éclairé par la lumière de l'écran, elle se mit à jouer avec l'ourlet de son sweat, frottant le tissu entre le pouce et l'index. Elle passa rapidement le rapport initial de la police de Florence pour s'intéresser aux photos de la scène de crime. Aussitôt, elle fronça les sourcils.

— Finn, il faut qu'on aille sur les lieux, annonça-t-elle soudain en se levant. Tout de suite.

Cela faisait un an que Camille était comme prisonnière de la petite ville de Florence. Coupée de tout et de tous ceux qu'elle aimait. Et pourquoi ? Cela n'avait pas suffi à empêcher le passé de revenir la hanter.

Elle sortit du SUV de Finn et contempla avec une certaine appréhension la maison qui lui avait servi de refuge. L'humidité du lac lui collait à la peau et elle entendait le clapotis sur le rivage. C'était un endroit vraiment magnifique que des touristes du monde entier venaient admirer. Malgré cela Camille s'y était toujours sentie isolée. Seule.

Le soleil illuminait encore le sommet des pins qui entouraient la propriété, mais la nuit ne tarderait pas à tomber. Ils devaient faire vite. Elle claqua sa portière et se tourna vers le sentier qui s'enfonçait dans les bois derrière la maison.

— On peut rejoindre les lieux du crime par ici,

dit-elle. Mais d'abord, j'ai besoin de récupérer quelque chose à l'intérieur.

— Vous êtes sûre ? demanda Finn, une lampe torche à la main.

La perspective de retourner dans la maison répugnait à Camille, mais la présence de Finn adoucissait cette angoisse.

— La police scientifique a passé la forêt au peigne fin, reprit Finn. Plusieurs fois.

— Ils ne savaient pas ce qu'ils cherchaient.

Elle se dirigea d'un pas décidé vers la porte, malgré son appréhension à l'idée de retrouver ce décor de désolation. Elle se força pourtant à entrer. Jodie Adler avait besoin qu'elle reste forte, qu'elle envisage la possibilité que l'Écorcheur ait recommencé son cycle obsessionnel malsain. Un simple changement de nom et d'adresse n'avait pas suffi. Derrière elle, les pas de Finn résonnaient dans la cuisine vide, lui mettant les nerfs à vif. Elle avança comme un automate vers le couloir et ralentit soudain.

— Camille ?

Une image traversa l'esprit de Camille comme un éclair. Un flash en noir et blanc de pétales de rose savamment disposés sur le sol. Elle chercha à s'appuyer contre le mur, tandis que des souvenirs menaçaient de la ramener à l'horreur de cette nuit-là, mais sa main rencontra une montagne de muscles.

Finn.

Serrant le tissu de son T-shirt dans son poing, elle secoua la tête pour chasser la panique qui l'avait prise à la gorge.

— Ça va, assura-t-elle. C'est juste… Tout me

revient. C'est comme une immense vague que je ne parviens pas à dompter.

Des doigts puissants lui saisirent le poignet et elle sentit son pouls s'accélérer quand Finn l'attira contre lui. La chaleur de son corps se répandit jusque dans ses os.

— Je suis là, murmura-t-il de sa voix grave. Vous n'êtes pas seule, cette fois.

Quoi qu'il arrive, Finn la protégerait. C'était son travail. Cependant, l'abysse insondable qui s'était creusé en elle depuis un an lui rappela que cette protection ne s'appliquait qu'à son corps physique. Rien de plus. Malgré sa promesse, il lui avait clairement indiqué que cette connexion émotionnelle qu'elle chérissait depuis l'agression resterait à sens unique.

— Merci, chuchota-t-elle en relâchant son T-shirt pour s'engager dans le couloir.

Un peu dc la chaleur de Finn l'accompagnait encore. Elle s'avança vers la première porte sur sa droite, celle juste avant sa chambre, tourna la poignée et actionna l'interrupteur. Des cadres en apparence vides étaient appuyés contre le mur, mais quand elle s'approcha, des motifs se précisèrent. Des photos, les toutes dernières qu'elle ait prises.

D'une main hésitante, elle balaya la poussière accumulée sur la tranche du premier, puis elle s'accroupit pour en saisir un autre, plus petit.

— Voilà, c'est ça, dit-elle dans un soupir, après l'avoir observé longuement.

Finn la regardait sans comprendre, les sourcils froncés. Il se pencha vers la photo et effleura la vitre des doigts.

— On dirait…

— Oui. L'emplacement exact où le corps de Jodie Adler a été retrouvé.

Camille croisa les bras – un geste de protection vain contre les fragments de sa vie éparpillés dans ces cadres. Chaque photographie dans cette pièce représentait la femme qu'elle était autrefois. Le cliché que tenait Finn, en revanche, avait un lien avec la dernière victime de l'Écorcheur.

— Quand j'ai emménagé à Florence, j'avais du mal à quitter la maison, au début. Je ne pouvais parler à personne sans me méfier. Je ne dormais pas et lorsque mon corps épuisé finissait par m'y obliger, tout ce que je voyais en fermant les yeux, c'était son visage.

Elle se força à étirer les bras devant elle.

— Au bout de quelques jours, je me reconnaissais à peine dans le miroir. J'ai compris qu'il me fallait de l'aide. J'ai donc commencé à consulter un thérapeute en ville, un spécialiste des traumatismes. Le Dr Gruner. Il ne me connaissait pas. Il ne savait rien de l'enquête. Mais dès la fin de la première séance, il m'a convaincue de ressortir mon appareil photo pour la première fois depuis l'agression. Il m'incitait à reprendre possession de cette partie de moi que Jeff Burnes avait volée. Il m'a conseillé de me rendre n'importe où, tant que je m'y sentais en sécurité. J'ai choisi cet endroit et j'ai réussi à prendre une seule photo avant que les souvenirs de toutes ces femmes m'envahissent de nouveau.

— Elle est magnifique, dit Finn.

— Ce n'est pas pour ça que j'ai voulu vous la montrer, répondit Camille en lui retirant le cadre des mains.

Elle étudia un instant l'effet de la lumière sur la

vitre qui protégeait le cliché, puis s'accroupit et heurta avec force le bois contre le plancher. La petite vitre vola en éclats.

— Que faites-vous ?

Elle balaya avec précaution les restes de verre, puis elle sortit la photo et la retourna.

— Voici pourquoi je voulais vous la montrer.

Elle désigna la date inscrite au dos, sur le coin supérieur droit du papier. Presque un an avant la mort de Jodie Adler.

— J'ai pris cette photo quelques semaines après avoir emménagé ici. Celui qui a tué Jodie Adler le savait. Il savait où j'avais déménagé. Il savait comment j'avais été agressée et où déposer le corps pour attirer mon attention.

— Comment est-ce possible ? demanda brusquement Finn en s'approchant.

Du verre craqua sous ses semelles.

— Je l'ignore, mais c'est trop gros pour être une coïncidence, non ? Presque un an après, une nouvelle victime est retrouvée à cet endroit précis, tuée selon le mode opératoire de l'Écorcheur.

Elle ne put retenir un frisson.

— Jeff Burnes était encore derrière les barreaux quand j'ai pris cette photo. Elle n'a jamais été publiée et c'est le seul tirage existant. Jeff ne peut pas savoir que je me trouvais dans cette clairière ce jour-là et il n'a pas pu mettre la main sur un autre exemplaire. Pas sans aide, en tout cas.

— Vous avez dit que votre thérapeute vous avait incitée à reprendre votre appareil, rappela Finn d'une voix grave, sans quitter Camille des yeux. Le Dr Gruner.

Lui avez-vous raconté où vous aviez fait cette photo ou bien lui avez-vous montré le fichier numérique, lors d'une séance suivante ?

— Je…

Elle pâlit soudain et la nausée s'empara d'elle, lui coupant les jambes. Non. Non, non, non, non. Secouant la tête, elle rassembla tous les détails de l'agression qu'elle avait révélés lors des séances de thérapie. Elle se souvint de l'intérêt de Gruner, lorsqu'il lui demandait de lui décrire de nouveau le déroulé des événements.

C'était sa faute.

Jodie Adler était morte à cause d'elle. Tout comme les autres femmes qu'elle aurait pu sauver, si elle avait compris qui était véritablement Jeff Burnes. Sa vision s'obscurcit et ce ne fut qu'en ressentant une douleur intense dans la poitrine qu'elle se rendit compte qu'elle était en apnée.

— Je ne voulais plus toucher mon appareil, après avoir pris la photo. Je n'arrivais pas à me sortir les images des victimes de Jeff de la tête. J'ai donc imprimé la photo pour prouver à Gruner les efforts que j'étais prête à faire pour retrouver ma vie d'avant.

Son thérapeute s'était peut-être servi d'elle comme d'un canal de communication vers le monstre qui hantait ses cauchemars. Pourquoi ? Elle effleura le pansement et se figea. Le changement de mode opératoire. L'homme qui l'avait agressée avait gravé les dernières lettres avant de l'étrangler, perturbant le rituel de l'Écorcheur.

Parce que ce n'était pas son ex-fiancé qui l'avait attaquée, la seconde fois. C'était le Dr Gruner.

— Il faut que j'avertisse mon équipe, annonça Finn en se dirigeant vers la porte, le téléphone à la main.

Il sortit de la maison et composa le numéro.

— C'est Reed. Passe-moi Remi. C'est urgent.

Camille sentit ses plaies se remettre à brûler. Son obsession pour l'enquête, son insistance pour qu'elle lui raconte les événements de la Saint-Valentin, encore et encore. Le Dr Henry Gruner n'espérait pas du tout l'aider à surmonter le traumatisme. Il cherchait à en connaître les détails exacts, afin de pouvoir faire ses propres victimes.

Elle eut un haut-le-cœur.

De l'air. Elle avait besoin d'air.

Elle se précipita vers la baie vitrée de la cuisine et sortit de la maison en direction du jardin. Ses jambes ne la soutenaient plus. Elle s'arrêta près des arbres. Une brise froide soufflait depuis le lac. Un frisson la parcourut quand elle appuya les deux paumes sur ses genoux. Elle ne parvenait plus à respirer ni à penser. Des larmes roulaient sur ses joues. Elle porta une main tremblante à sa bouche pour hurler aussi fort que possible derrière sa paume. Elle finit par tomber à genoux en sanglotant.

Devant elle, sous les arbres, une brindille se brisa avec un claquement sec et la silhouette d'un homme masqué apparut.

— Bonsoir, Camille. Je te cherchais.

7

Un cri retentit.

Finn releva brusquement la tête, aussitôt sur le qui-vive. Il éloigna le téléphone de son oreille et se tourna vers l'entrée.

— Il me faut toutes les unités disponibles à la maison de Camille Goodman ! hurla-t-il dans son portable, avant de tirer son arme. Vite !

Il rangea l'appareil à la hâte, sans même vérifier qu'il avait bien raccroché.

Camille.

C'était Camille qui avait poussé ce cri.

Dès qu'il eut franchi la porte, la pénombre l'enveloppa. Le silence semblait se réfléchir contre les murs blancs, créant une tension supplémentaire. Il avait laissé Camille dans la maison, mais le fin rideau de cuisine dansait doucement sous l'effet d'un courant d'air. La baie vitrée était grande ouverte.

Camille était-elle sortie ou… quelqu'un était-il entré ?

— Camille ?

Pas de réponse.

Le cœur battant, il traversa le salon et s'engagea dans le couloir. Vide. La première porte était entrebâillée, mais il n'y avait personne dans la pièce. Bon sang. Finn vérifia la chambre à coucher et la petite salle de bains.

Aucune trace de Camille.

— Bon sang, où est-elle ?

Il retourna sur ses pas pour s'approcher de la baie vitrée. Tout était trop calme. Elle n'aurait pas fui toute seule et ne se serait pas intentionnellement cachée. Pas avec un tueur à ses trousses.

Cela ne pouvait signifier qu'une chose : le fumier était revenu pour terminer le boulot.

Finn repoussa un des pans du voilage. Derrière, il n'y avait que le jardin et la forêt plongée dans l'obscurité. Au bout du terrain, le ponton se découpait sur la surface du lac. Il repensa à la photo, toujours dans la poche de sa veste. Impossible que Jeff Burnes ait eu connaissance de son existence ni de l'emplacement exact où elle avait été prise. Cela signifiait donc que l'assassin de Jodie Adler était parfaitement au courant des allées et venues de Camille, ainsi que des meurtres de l'Écorcheur. Même des détails jamais révélés au grand public.

Le thérapeute.

Le Dr Henry Gruner surveillait Camille, la suivait. Il s'était servi de leurs séances contre elle. Il avait attendu l'instant idéal pour frapper. Seulement… Cela n'expliquait pas pourquoi l'Écorcheur s'était échappé de prison. Quel rôle jouait-il dans tout ça et où se trouvait-il à présent ?

En examinant plus attentivement les arbres, Finn finit par découvrir un sentier presque invisible aux abords de la propriété. Il maugréa un juron. Des souvenirs de la nuit de l'attaque lui revinrent à l'esprit. L'impression d'être observé quand il avait sorti Camille de la maison, ce fourmillement sur sa nuque.

Il vérifia l'angle entre la piste et la baie vitrée de la cuisine. Oui. Il était à peu près certain que depuis cet endroit n'importe qui pouvait surgir du bois et s'approcher sans se faire remarquer.

C'était par ce chemin que le tueur s'était enfui, la première fois.

C'était dans cette direction qu'il avait abandonné sa dernière victime.

C'était aussi par là que cette ordure avait emmené Camille.

Tirant sa lampe torche de la poche arrière de son jean, il s'engagea à la hâte sur le sentier. Deux minutes – peut-être trois – s'étaient écoulées depuis ce cri qui lui avait glacé le sang. Ils ne pouvaient pas être loin. Un brusque coup de vent manqua de le faire dévier de sa course parmi les arbres. La pluie s'était mise à tomber et des gouttes dégoulinaient sur son visage. Cela ne le ralentissait pas. Il suivait la piste qui s'enfonçait dans les bois. La terre humide collait à ses chaussures. Un peu plus loin, le vent forcit et la pluie redoubla.

Peu importait. C'était son devoir de protéger son témoin, coûte que coûte.

— Finn !

La terreur dans la voix de Camille lui donna des ailes. Soudain, le sentier se scinda en deux devant lui. Finn ralentit. Hors d'haleine, il braqua sa lampe vers le sol. Où était-elle ? De quel côté ? La pluie ainsi que le passage récent de l'équipe médico-légale avaient déjà brouillé la piste que le tueur avait laissée derrière lui.

Finn ne distinguait plus rien et chaque seconde perdue risquait de coûter la vie à Camille.

— Camille !

L'eau lui coulait dans les yeux, plaquait ses vêtements contre sa peau. Il ne pouvait pas attendre. Pas s'arrêter. Il s'élança sur sa gauche, son arme à la main. Il n'y avait plus aucune trace. Camille n'appelait plus. Les branches basses lui fouettèrent le visage et le cou quand le sentier se réduisit encore, avant de simplement disparaître. Il venait de déboucher sur la berge du Siuslaw. Le reflet distordu de la lune flottait à la surface de l'eau martelée par la pluie.

— Non, marmonna Finn avec appréhension. Pas ça… Non, non !

Il avait choisi la mauvaise piste.

Il avait perdu Camille.

Raffermissant sa prise sur la crosse de son revolver, il se retourna. C'est alors qu'il reçut un coup de poing en plein visage. Des éclairs dansèrent devant ses yeux et il heurta l'arbre le plus proche. Son arme lui glissa des mains et tomba dans les fourrés. Avant qu'il puisse plonger pour la récupérer, un nouveau coup l'atteignit à la tête, le projetant en arrière. Étourdi, il parvint néanmoins à rester debout. Une silhouette se découpait devant lui, bloquant le passage par lequel il était venu.

Chaque cellule de son corps se concentra entièrement sur cet obstacle entre lui et sa protégée. Il refusait de perdre Camille. Pas de cette façon. Se redressant, il s'avança vers l'homme qu'il reconnut comme l'agresseur masqué de la nuit où Camille l'avait appelé à l'aide. Le salaud qui l'avait enlevée et avait tenté de la tuer, qui avait tué une autre innocente pour attirer Camille dans son manège malsain.

— Où est-elle, espèce de fumier ? cria-t-il.

Il vit l'homme glisser une main derrière son dos et tirer une longue lame scintillante. La pluie résonna sur l'acier quelques instants, avant que son adversaire lève le bras et lui lacère le torse. Finn ressentit une douleur cuisante, tandis que l'homme s'apprêtait à frapper de nouveau. Cette fois, Finn esquiva l'attaque et riposta d'un coup de poing dans la mâchoire. Puis il se jeta sur l'inconnu pour le déséquilibrer, mais cela ne suffit pas. L'agresseur de Camille se tourna pour parer l'assaut, puis il lui assena un nouveau coup sur la tempe.

Le dos et la tête de Finn heurtèrent le tronc rugueux d'un arbre. L'homme masqué se rua sur lui et un crochet l'atteignit en plein visage. Il était bloqué. Son adversaire était plus puissant, plus rapide, plus habile, mais Finn refusait d'abandonner Camille aux mains d'un tueur. Frappant à l'aveugle, il parvint à assener un coup de talon dans le genou de l'autre, qui s'effondra. Il rassembla alors ses dernières forces pour lui porter un coup fatal, mais le monde sembla soudain basculer et il sentit un formidable coup de pied le faucher. Il tomba sur le dos et sa nuque heurta une racine.

Camille.

Il devait retrouver Camille.

À ses côtés, l'individu n'avait pas prononcé une parole, mais Finn n'avait pas besoin d'entendre sa voix pour deviner qui se cachait derrière le masque.

— Je sais que vous la surveillez, docteur Gruner. Et je sais pourquoi.

Roulant sur le flanc, il frappa l'homme qui tentait de se relever afin de gagner quelques secondes, puis il se mit debout. Un coup de pied violent l'atteignit alors en pleine poitrine et lui coupa le souffle. Il sentit ses jambes se dérober et tomba en avant de toute sa hauteur. Son front heurta le sol avec force.

Tandis que Finn luttait pour reprendre son souffle, le Dr Gruner le saisit sans ménagement par les cheveux et commença à le tirer sur le sentier. Finn tenta bien de se débattre, mais en vain. L'homme le poussa et il dévala la pente jusqu'à l'eau glacée. Des branches, des feuilles et de la boue collaient aux vêtements de Finn quand il tomba à plat ventre dans le Siuslaw. Il entendit un bruissement dans la végétation, puis un poids lui écrasa le torse : la botte du tueur venait de se poser sur son dos. Finn eut juste le temps de pousser un cri avant que son visage disparaisse sous la surface de l'eau.

Impossible de prendre appui sur le lit vaseux du fleuve, surtout avec cette pression qui le maintenait sous l'eau et sans doute quelques côtes fêlées. Des bulles d'air s'échappaient de sa bouche, tandis qu'il tentait de se libérer de l'emprise du Dr Gruner. Les poumons le brûlaient et il sentait des algues froides effleurer ses lèvres et ses narines.

Non.

Il refusait que cela finisse ainsi. Il ne pouvait pas laisser Camille affronter ce monstre seule. Elle avait passé une année à se cacher, terrorisée, isolée. Elle méritait mieux ! Elle méritait qu'on se batte pour elle, qu'on l'aide à se sentir en sécurité et à reprendre le contrôle de sa vie.

Finn s'efforça alors de contenir le réflexe de panique de son corps pour se concentrer. Il devait trouver une arme. N'importe quoi. Ralentissant volontairement ses mouvements, il fouilla les débris sous ses mains. Plus il s'agiterait, plus vite il brûlerait ses réserves d'oxygène. Ses doigts rencontrèrent un caillou plat enfoncé dans la vase et s'en saisirent. Avec l'énergie du désespoir, il tenta de nouveau de repousser la botte du tueur dans son dos.

Une fois. Deux fois.

Puis il attendit.

La pression disparut de ses épaules et, avant que son adversaire puisse retrouver l'équilibre, Finn se redressa, se retourna et le frappa au cou avec son arme de fortune. La roche tendre s'effrita dans son poing à l'impact. Pas exactement ce qu'il avait prévu, pensa-t-il. La seconde suivante, une douleur fulgurante lui déchira l'abdomen. Il retomba lentement dans la vase, regardant d'un air ahuri la lame argentée plantée dans son ventre.

Il s'écroula à la renverse dans l'eau.

Camille sentait le sol tanguer. Prise de nausée, elle appuya le front contre le plancher froid. Elle avait la bouche sèche et la gorge en feu d'avoir trop crié. Ses vêtements étaient trempés. Où était-elle ?

Quand le sol bascula de nouveau, elle ouvrit les yeux. Elle se trouvait dans une petite pièce. D'épais rideaux cachaient presque entièrement les fenêtres. Deux chaises de camping, disposées contre le mur opposé autour d'une table ronde, glissaient doucement vers elle à chaque roulis. Dans un coin, un bureau avec une lampe qui éclairait faiblement des murs d'un vert vif. Derrière elle, un lit de camp occupait presque tout l'espace. Un décor minimaliste. Aucun effet personnel.

Aucun moyen de savoir où son ravisseur la retenait prisonnière.

Sa nausée empira. On l'avait assommée pour empêcher qu'elle alerte Finn par ses cris. Son agresseur ne pouvait l'avoir emmenée bien loin. Elle devait encore se trouver à Florence. Tournant la tête, elle tira sur les liens de plastique qui entravaient ses chevilles et ses mains derrière son dos et étudia les lieux. C'était trop grand pour être un bateau, mais le roulis qu'elle percevait lui fit aussitôt penser à une péniche. Un endroit isolé, facile d'accès, mais dont il était impossible de s'évader rapidement.

Un gémissement lui échappa. Elle avait été enlevée, assommée et enfermée dans un lieu inconnu. Les marshals savaient-ils seulement qu'elle avait disparu ? Et Finn ? Les conversations qu'elle avait eues avec lui au cours des derniers jours lui revinrent à l'esprit, réveillant une part d'elle-même qu'elle tentait de garder sous clé depuis un an. La part qui répétait que personne ne pouvait comprendre le drame qu'elle avait vécu, qu'elle ne valait pas la peine qu'on cherche à l'aider, qu'il valait mieux renoncer et que tout serait plus simple sans elle.

Elle l'avait déjà prouvé à Finn : la manipulation, la mort de Jodie Adler, le besoin obsessionnel de vengeance de l'Écorcheur, tout cela était sa faute. C'était à cause d'elle que Finn avait été désigné pour cette mission et qu'il était à présent pris pour cible.

Elle lui faisait revivre le même cauchemar impossible qu'à la mort de sa mère, parce qu'elle n'était pas assez forte pour affronter son ennemi seule. En faisant de Finn l'unique rempart contre son passé, Camille l'avait mis en danger. Comment pourrait-elle un jour se pardonner ?

— Finn ? appela-t-elle d'une voix faible.

Pas de réponse. Une vague violente de souvenirs et de solitude monta en elle. La douleur sourde à sa nuque s'intensifia lorsqu'elle se tourna sur le côté, profitant d'un roulis pour s'asseoir. Adossée au lit, elle retint son souffle et tira de nouveau sur ses poignets aussi fort qu'elle le put. Le plastique lui mordait la chair, juste à l'endroit que Finn avait effleuré quand il avait promis de l'accompagner dans cette épreuve.

Elle n'avait cependant pas du tout l'impression d'être accompagnée. Elle se sentait plutôt comme lors de son arrivée dans sa nouvelle maison. On lui avait ordonné de déménager dans une ville étrangère, où elle ne connaissait personne et ne pouvait parler à personne sans mentir. Plus d'interrogatoires avec le FBI. Plus de protection rapprochée. Une visite par mois.

Une fois encore, son agresseur avait réussi à la plonger dans le vide et la solitude.

Un spasme la parcourut. Le Dr Henry Gruner s'était servi de ses faiblesses, de l'accès qu'elle lui avait offert vers ses secrets les plus sombres et les plus douloureux. Contre elle et une autre victime innocente. Pourquoi ? Il était censé l'aider à guérir, à avancer. Pourtant, il n'avait fait que la ramener dans ce cauchemar dont elle semblait ne jamais pouvoir s'extirper.

La femme qu'elle rêvait d'être était courageuse. Elle

ne resterait pas assise à se torturer les méninges ou à se complaire dans le rôle de la victime. Elle relèverait le menton et trouverait un moyen de se débarrasser de ses liens. Puis elle évaluerait la difficulté et le danger pour regagner la terre ferme.

Elle ferma les yeux pour mieux se représenter chaque pensée, chaque action de cette femme idéale et imaginaire. Son ravisseur ne la laisserait pas longtemps seule et elle ne pouvait prendre le risque d'attendre pour vérifier qui se cachait derrière ce masque.

Elle ouvrit les yeux. Elle devait trouver un moyen pour trancher ses liens et retourner à la maison.

Elle devait rejoindre Finn.

Peu importait que ce dernier ait fermé la porte à toute relation dépassant le cadre de son travail. Peu importait que ce soit le Dr Gruner ou l'Écorcheur revenu parachever son œuvre. Ces hommes ne se contentaient pas de détruire leurs victimes. Ils détruisaient aussi la vie de leurs proches.

Finn ne méritait pas de souffrir à cause d'elle. Les lettres gravées sur sa poitrine brûlaient, tel un rappel permanent de tout ce qu'elle avait perdu. Pourtant, Finn avait réussi à apaiser la honte et la haine qu'elle portait en elle. Simplement en changeant un pansement. Il avait pris son temps et était parvenu à lui transmettre un sentiment de sécurité et d'importance.

Il avait établi entre eux une connexion qu'elle pensait ne plus jamais ressentir avec quiconque.

Ce qu'elle ne comprenait vraiment pas, en revanche, c'était ce besoin bizarre et irrationnel de humer une fois encore l'odeur de ses T-shirts de super héros.

Une vague de nausée s'empara d'elle quand elle prit

appui sur le sol avec ses mains liées pour se tourner vers le petit bureau. Elle y trouverait peut-être un objet assez tranchant pour libérer ses poignets et ses chevilles.

Un nouveau roulis la fit retomber sur le côté et elle sentit soudain quelque chose de doux effleurer sa joue. Des pétales de roses rouges. Le sol était couvert de pétales de roses rouges. Comme ceux éparpillés par terre dans son appartement de Chicago, après l'attaque de Jeff Burnes.

Cinq secondes s'écoulèrent. Dix. Camille respirait avec peine.

Des bruits de pas résonnèrent dehors.

La panique poussa Camille à passer à l'action. Elle s'arracha au sol, ignorant la douleur à ses poignets et ses chevilles, et rampa tant bien que mal en direction du bureau. Là, elle parvint à s'asseoir, le visage à hauteur du premier des trois tiroirs.

Elle s'immobilisa quand une ombre passa devant les fenêtres. Les rideaux étaient épais. Assez pour la cacher ? L'ombre disparut sur le côté, mais elle ne pouvait relâcher son attention.

Pas tant qu'elle ne serait pas saine et sauve, sur la terre ferme.

Elle se faufila dans l'étroit espace entre le bureau et le lit et, dos au mur, poussa sur ses talons. La boue qui maculait ses chaussures manqua à plusieurs reprises de la faire glisser et elle se mordit la lèvre pour ne pas faire de bruit. Centimètre par centimètre, elle parvint à se mettre debout. Ses mains étaient engourdies, mais elle avait encore assez de sensations pour atteindre la poignée du tiroir.

Lentement, elle tira dessus, consciente de l'urgence et de la proximité de son ravisseur. Il suffirait d'un faux mouvement pour que l'Écorcheur obtienne exactement ce qu'il souhaitait.

— Allez…, marmonna-t-elle.

Le tiroir coulissa avec un grincement de protestation. Elle se crispa, les nerfs à vif. Soudain, la porte de la pièce s'ouvrit en grand et claqua contre le mur. L'homme qui l'avait enlevée apparut dans l'encadrement, dégoulinant de pluie.

— Je me demandais si je ne t'avais pas frappée trop fort. Tant mieux. On va vraiment pouvoir commencer à s'amuser et même ton gentil marshal ne pourra pas te sauver, cette fois.

Il tira de sa ceinture un long poignard effilé.

— Que me voulez-vous ? s'écria Camille en plongeant la main dans le tiroir, cherchant à l'aveuglette quelque chose pour trancher ses liens.

Ses doigts ne rencontrèrent que du bois rugueux. Terrifiée, elle sentit son ventre se nouer. Elle serra les poings, afin de tendre le plastique au maximum. En vain encore. Il n'existait qu'une seule issue à ce cauchemar et son ravisseur lui barrait la route.

Son épaule heurta alors quelque chose accroché au mur, derrière elle. Un cadre tomba par terre et le verre se brisa dans la chute. C'était son unique chance. Mais comment se déplacer assez vite pour que son agresseur ne la rattrape pas ?

— Tu n'as pas encore compris, Camille ?

Les bottes de l'homme résonnèrent sur le plancher. Sa façon de marcher, de parler… Rien de cela ne lui évoquait quelque chose de familier.

Elle ne le connaissait pas.

Ce n'était pas Jeff Burnes.

Ce n'était pas non plus le Dr Henry Gruner.

— Je veux tout.

Camille tomba à genoux et ramassa dans son dos un long éclat de verre. Rapidement, elle trancha le bracelet de plastique qui retenait ses chevilles. La forme massive de l'homme se rua sur elle. Elle n'y arriverait pas, pensa-t-elle en sentant une terreur glaciale s'emparer d'elle. À la dernière seconde, le lien de ses poignets céda et elle mit les mains devant elle pour se protéger.

L'éclat de verre traversa du tissu puis s'enfonça dans de la chair. Son adversaire se figea. Camille lâcha son arme de fortune. Sa paume était ensanglantée.

Elle l'avait blessé.

L'homme recula d'un pas puis, plus rapidement qu'elle ne l'aurait cru possible, il arracha le morceau de verre qui sortait de son ventre et la poignarda à l'épaule. Une douleur atroce lui arracha un cri, puis sa vision s'obscurcit et elle retomba contre le mur.

— C'est parfait, marmonna-t-il avec jubilation. J'ai toujours aimé qu'on me résiste.

[illegible]

Demoiselle [illegible]

[illegible]

Avec [illegible]

8

Finn flottait dans l'espace infini, en apesanteur.

Lorsqu'il tenta de rouler sur le côté, le mouvement réveilla la douleur à son ventre et lui arracha un grondement sourd. Il était encore étourdi, mais avait réussi à se hisser sur la berge. Un mélange d'eau et de sang poissait son T-shirt. Avec peine, il se mit à quatre pattes. La pluie battante ouvrait des milliers de petits cratères sur la surface du Siuslaw et lui martelait le cou. Déjà, il sentait le froid le gagner.

Difficile d'enrayer l'hémorragie dans de telles conditions. Il avait soigné beaucoup de plaies à l'abdomen, lors de son passage au Moyen-Orient. La plupart du temps, il s'agissait d'éclats d'obus, plus rarement de blessures par arme blanche, mais les mêmes principes s'appliquaient. Il connaissait la manœuvre : comprimer, nettoyer, bander. Il lui faudrait sans doute sauter plusieurs étapes, car il n'avait pas le moindre matériel médical. Camille était toujours portée disparue et se trouvait certainement entre les mains d'un tueur. Il devait choisir entre risquer l'infection et la laisser se débrouiller seule.

Sa décision était prise depuis longtemps.

Avec peine, il se mit debout. La pente au bas de

laquelle il avait roulé pendant la lutte était glissante de pluie et de boue, mais il ne voyait aucun autre passage. En empruntant le mauvais chemin, il avait offert à son agresseur l'occasion de le prendre à revers. Cette erreur risquait de coûter la vie à sa protégée.

Comprimant sa plaie d'une main, il s'efforça de remonter. Les muscles de ses cuisses menaçaient de se tétaniser à tout instant, mais il progressait lentement. Il n'avait pas le droit de faillir. Même si cela faisait un mal de chien. Même si son pouls rapide accélérait l'hémorragie.

Il refusait d'abandonner Camille.

Les pointes des pieds plantées dans la boue, il s'agrippait à tout ce qu'il pouvait de sa main libre. Enfin, il atteignit le sentier et roula sur le dos. À bout de souffle, il cligna des yeux pour chasser la pluie. Un éclair zébra le ciel. Les arbres gémissaient sous les bourrasques. C'était comme si la forêt comprenait la lutte intérieure qui le déchirait.

Il ne pouvait pas la perdre.

Il avait passé sa vie entière à se préparer pour ce genre de situation et il avait déjà protégé une dizaine de témoins. Cette mission, cependant, avait suffi à faire basculer son monde en deux journées éprouvantes. En refusant le rôle qu'il lui avait assigné, Camille avait ébranlé sa détermination à maintenir leur relation dans le domaine strictement professionnel. C'était une survivante. Malgré les circonstances, elle se relevait encore et encore. Malgré la double trahison – Jeff Burnes, puis son thérapeute.

Comment faisait-elle pour ne pas se briser en deux ? Cela forçait l'admiration. Des pans entiers de sa vie avaient disparu brutalement, mais elle se tenait toujours debout. Prête à se battre.

Finn aussi était prêt à se battre.

— Allez, marmonna-t-il. C'est parti.

Il redressa la tête et souleva son T-shirt pour examiner sa blessure. Le sang coulait en longues traînées sur son ventre. Il attrapa le bord de son vêtement et déchira l'ourlet sur toute sa longueur pour obtenir une bande de tissu. Puis il retira une de ses bottes et se contorsionna pour enlever sa chaussette. C'était rudimentaire, mais ce garrot de fortune permettrait de maintenir la plaie au sec le temps de rejoindre l'hôpital le plus proche. Il fit passer la bandelette autour de lui et noua les deux extrémités. Après une profonde inspiration, il serra le nœud avec force sur le pansement.

Des points noirs dansèrent devant ses yeux et il retomba dans la boue, le souffle coupé. Il ne pouvait cependant perdre plus de temps. Il appuya son poing contre le sol et poussa avec toute l'énergie qui lui restait. Sur sa gauche, il reconnut un bosquet. Cette piste était sans issue.

Il se rapprocha alors de l'arbre contre lequel son adversaire l'avait projeté et se mit à fouiller dans les fourrés pour retrouver son arme. Serrant le lourd revolver dans la main, il retira le chargeur pour vérifier rapidement ses munitions, puis il se mit en route. D'un pas chancelant, il remonta le sentier, jusqu'à rejoindre la fourche.

— J'arrive, Camille. Il faut tenir encore peu. Fais-le pour moi.

Une seule chose comptait : la sortir de là vivante. Le reste importait peu. Les barrières qu'il avait dressées entre eux. Son propre passé et sa crainte de perdre les gens qu'il aimait. Il n'y avait plus que Camille et il ne connaîtrait pas de repos avant de l'avoir retrouvée. Une crampe figea sa jambe et il dut prendre appui contre le tronc le plus proche. Le vent avait forci et hurlait à présent entre les branches, secouant le feuillage avec rage.

Soudain, une douleur l'envahit, viscérale et déchirante. Un accès de chagrin infini qui l'assaillait parfois, quand il s'y attendait le moins, puis entraînait son esprit dans une folle descente vers le passé. Logée au creux de sa poitrine, l'obscurité l'envahissait. Bientôt, il fut incapable de bouger ou même de réfléchir. Des flashs s'imposaient à lui. Il n'avait pas été en mesure d'aider sa mère, mais il n'était alors qu'un enfant. Il avait beau le savoir, cela n'empêchait pas la culpabilité de le ronger.

Si quelque chose arrivait à Camille, il ne se le pardonnerait jamais.

Le seul moyen de revenir à la réalité, de rester présent dans l'instant, c'était de forcer son cerveau à penser de façon rationnelle et de repousser les émotions. Une technique apprise au cours de séances de thérapie post-traumatique, pendant son adolescence.

À l'époque, il s'était rendu aux consultations en traînant les pieds, mais ses grands-parents avaient insisté. Cela lui avait aussi permis de comprendre qu'il n'était pas le seul à avoir perdu quelqu'un, ce soir-là : ses grands-parents avaient perdu leur fille. Il leur devait bien cet effort. Il savait depuis que, sans ces rendez-vous, il n'aurait pas tenu deux heures à l'armée et n'aurait jamais pu devenir marshal.

Une inspiration. Deux. Trois.

Il ferma les yeux, concentrant ses sens sur les mouvements de sa poitrine, le bruit de la pluie sur les feuilles, les battements sourds de son cœur.

Il pouvait y arriver.

Il devait y arriver.

Pour Camille.

Une dernière inspiration profonde et la tension se dénoua dans son plexus solaire. Il ouvrit les yeux. La douleur avait disparu, remplacée par une clarté nouvelle et une grande détermination. Il fit un pas en avant, cherchant où poser l'autre pied, et se figea soudain.

Par terre, à ses pieds, il distinguait de fines branches, très blanches parmi la végétation. En observant de plus près leurs courbes et leur texture lisse, il se rendit compte qu'il ne s'agissait pas de bois.

C'étaient les restes d'un squelette.

Il recula pour éviter d'écraser l'os le plus proche de sa botte, puis repoussa les buissons voisins. Finn n'était plus infirmier militaire, mais il en savait assez pour comprendre la façon dont cette personne était morte : l'os hyoïde, une sorte de fer à cheval situé à la base du cou, entre le menton et le cartilage thyroïdien, semblait avoir été brisé.

Cela ne pouvait signifier qu'une seule chose : la victime avait été étranglée.

Finn sentit la peur monter en lui. Deux corps découverts en l'espace de deux jours. Deux victimes étranglées dans les bois derrière chez Camille. Il ne croyait pas aux coïncidences, mais n'avait pas le temps pour un examen plus poussé.

Sortant son smartphone, il balaya la boue qui le

maculait et s'écorcha le doigt sur le verre brisé de l'écran. Du sang se répandit sur la surface, qu'il essuya avec son T-shirt. Il composa le numéro de Jonah Watson et porta le téléphone à son oreille.

Quand son collègue décrocha, il annonça :

— J'ai trouvé des ossements humains à environ quatre cents mètres de la maison de Camille Goodman. Je dirais qu'ils datent d'il y a un an. Probable strangulation. Je t'envoie mes coordonnées GPS, mais je ne serai pas là quand tu arriveras sur les lieux. J'ai au moins un suspect hostile et armé, et mon témoin a disparu. Je ne peux pas m'attarder. Je dois la retrouver.

— On arrive devant chez elle à l'instant même, répondit Jonah ; la communication était mauvaise. Occupe-toi de ton témoin. On se charge du reste.

— Bien reçu.

Pendant qu'il transmettait ses coordonnées GPS à son équipe, Finn observa les alentours, réfléchissant à l'endroit où le tueur aurait pu séquestrer Camille. Il fallait que ce soit proche, et assez à l'écart pour terminer tranquillement ce qu'il avait commencé, une planque où il ne serait pas repéré ni dérangé par d'éventuels touristes.

— Encore une chose, Jonah, ajouta-t-il à l'adresse de son collègue. Je voudrais que tu me dises si le Dr Henry Gruner possède une propriété à Florence ou aux abords du fleuve Siuslaw.

— Henry Gruner est propriétaire d'une péniche amarrée pas très loin des coordonnées que tu viens de m'envoyer, répondit Jonah. La police de Florence nous a transmis l'information quand on a découvert un lien entre ton témoin et la victime retrouvée dans la forêt. Camille Goodman et Jodie Adler consultaient toutes les deux le Dr Gruner.

Sans attendre, Finn s'élança en boitillant sur le sentier par lequel il était venu.

— Transmets-moi les coordonnées. Vite.

— Un chef-d'œuvre. Tu es un véritable chef-d'œuvre.

Camille ne quittait pas son ravisseur des yeux. La cagoule noire qui recouvrait son visage bougeait à chaque parole. L'odeur piquante de sa sueur, mêlée à une eau de toilette bon marché, menaçait de l'étouffer plus efficacement que son bâillon.

L'homme appuya l'acier froid de son poignard contre la peau sensible de sa joue, puis glissa plus bas. Impossible de lui échapper, cette fois. Il s'en était assuré en lui plantant l'éclat de verre dans l'épaule, avant de la forcer à s'asseoir sur un dcs fauteuils de camping, près de la fenêtre. De nouveaux liens de plastique lui maintenaient les poignets aux accoudoirs.

La brûlure de la lame gagna sa mâchoire, son menton, les muscles de son cou, jusqu'à atteindre le col de son sweat. D'un geste ample et parfaitement maîtrisé, l'homme entailla le tissu, exposant la compresse détrempée avec laquelle Finn avait recouvert les mots gravés sur sa peau. Camille eut toutes les peines du monde à ne pas crier, à dissimuler cette peur que l'autre espérait avec impatience.

— Je comprends mieux pourquoi il voulait tellement te marquer comme une chasse gardée. Cependant… je préfère forger mon propre destin. Sans attendre de permission. Quand je lui montrerai de quoi je suis capable, il sera bien obligé d'admettre que je suis plus puissant qu'il ne le sera jamais.

— Qui… Qui ça ? bafouilla-t-elle à travers le tissu noué derrière sa nuque.

Elle déglutit pour chasser la peur dans sa voix, mais cela ne fit qu'attirer l'attention de son agresseur sur sa gorge. Elle ne comprenait pas. Tous les indices que Finn et elle avaient pu découvrir désignaient son thérapeute. Le corps de Jodie Adler, retrouvé à l'endroit exact de la photo qu'elle avait montrée à Gruner. Les informations que le tueur possédait sur Camille et sur la première attaque. Il n'y avait qu'un seul problème : son ravisseur n'était pas le Dr Gruner. Du moins, pas d'après sa voix.

Elle ne connaissait pas cet homme.

Agrippant les accoudoirs du fauteuil, elle inclina la tête en arrière pour ne pas perdre connaissance. Elle avait perdu pas mal de sang, mais elle n'était pas la seule : des taches sombres étaient apparues sur les vêtements de son agresseur, qu'il ne pourrait ignorer très longtemps. Elle devait juste gagner du temps, afin que Finn puisse la retrouver. Elle devait continuer à le faire parler.

— L'Écorcheur, voyons ! s'écria son agresseur avec un tel enjouement que Camille en eut la chair de poule.

Comment un homme qui assouvissait ses pulsions malsaines en torturant des femmes innocentes pouvait-il se montrer aussi… léger ? La lame scintilla sous la lune quand il se pencha vers son visage. Les deux trous découpés dans la cagoule laissaient apparaître des yeux bruns banals, ainsi qu'un bout de sourcil châtain.

Un bon mètre quatre-vingts pour quatre-vingt-quinze kilos environ. Une muraille de muscles.

Il se tenait juste devant elle. Il était plus fort, plus rapide, plus doué que Jeff Burnes. Cependant, si Camille avait hésité à poignarder son ex-fiancé, plus rien à présent ne l'empêchait de se défendre. L'homme se redressa.

— Sans ce marshal qui ne te lâche pas d'une semelle, j'aurais pu prouver ma supériorité plus tôt. Heureusement, il ne nous posera plus de problèmes.

Que voulait-il dire ?

Camille se sentit pâlir, puis elle tira de toutes ses forces sur ses liens. Son épaule la faisait atrocement souffrir, mais le plastique ne cédait pas. Elle marmonna quelque chose dans son bâillon.

— Le plus drôle, c'est que..., reprit l'homme en touchant la plaie à son ventre, je crois que c'est là que je l'ai poignardé, avant de le laisser pour mort.

C'était impossible.

Camille secoua la tête pour tenir à distance les images crues qui s'imposaient à son esprit. Son agresseur voulait qu'elle exprime sa peur, il espérait qu'elle crie, qu'elle sanglote, qu'elle nie la réalité. C'était ainsi que fonctionnaient les sociopathes. Incapables de ressentir la moindre émotion eux-mêmes, ils devaient étudier ce qui se passait chez les autres, chez leurs victimes.

Camille refusait de craquer devant lui. Elle avait déjà été manipulée. Elle avait partagé la couche d'un tueur et cela lui avait donné la force mentale de repérer le mensonge.

— Je... ne vous... crois pas, bafouilla-t-elle.

Si Finn était mort, alors elle n'avait plus personne.

Personne pour rire à ses plaisanteries médiocres, personne pour la protéger, personne avec qui se sentir connectée. Personne pour apprécier la femme qu'elle était à présent. Elle avait été abandonnée au milieu de nulle part après l'événement le plus traumatique de sa vie et Finn était le seul à lui avoir fait entrevoir qu'une issue était possible.

— C'est sans importance. Je n'ai pas besoin que tu me croies.

Son ravisseur fit tourner la pointe de sa lame sur le bout de son index. Encore et encore. Puis il s'approcha, effleurant de sa jambe l'intérieur de son genou. Il retira le bâillon.

— Ce que je veux, c'est que tu me dises tout ce que tu sais sur Jeff Burnes. J'ai été son disciple pendant longtemps, jusqu'à imiter son mode opératoire à Chicago. Maintenant, je vais lui montrer les progrès que j'ai faits. L'élève a dépassé le maître. Pour cela, je dois savoir où déposer ton corps. Tu es la seule à pouvoir m'aider, Camille.

Tout ça pour ça ?

— Vous ignorez à qui vous avez affaire, répondit-elle en soutenant le regard froid de l'homme afin de se concentrer sur autre chose que la douleur à son épaule. Je ne sais pas où est Jeff, depuis qu'il s'est évadé de prison. Je suis mal placée pour ça, mais je vais vous dire une chose : le monde entier célébrera le jour où vous vous entre-tuerez.

Un rire grave et terrifiant retentit aux oreilles de Camille, puis elle reçut à la tempe un coup violent qui fit résonner son crâne comme une cloche. L'homme leva de nouveau sa main gantée pour la frapper, et tout devint flou. La force du coup fit tomber Camille avec sa chaise et sa tête heurta le plancher, car elle ne pouvait amortir sa chute. Elle entendit des pas qui firent vibrer le plancher quand son agresseur s'éloigna en direction du bureau.

— Tu ne comprends vraiment rien, Camille.

Elle laissa échapper un sanglot. Oubliant qu'elle était ligotée, elle tenta de porter une main à son visage. L'accoudoir gauche bougea. Elle jeta un regard en direction de son kidnappeur, pour voir s'il avait remarqué quelque chose, puis retenta l'expérience. Retenant un cri de joie, elle sentit l'accoudoir se désolidariser du reste de la chaise. Elle répéta la manœuvre avec l'accoudoir droit. Un sentiment de victoire intense fit taire la peur infernale qui lui nouait le ventre, mais elle ne devait pas se réjouir trop vite. Elle devait encore s'échapper et retrouver Finn.

— C'est moi qui suis entré par effraction chez toi. C'est moi qui ai terminé l'œuvre que l'Écorcheur n'avait pas eu la force d'achever.

La voix de l'homme faisait se dresser les cheveux sur sa tête, alors que des souvenirs de douleur et de peur filtraient à travers la mince barrière qu'elle avait érigée pour oublier. Le changement de mode opératoire. Jeff Burnes n'avait pas essayé de mettre la police sur une fausse piste. C'était simplement un autre qui avait tenu le couteau.

— En revanche, je n'ai pas tué cette femme près de chez toi. Il te surveille, Camille. Il guette l'occasion parfaite pour terminer ce qu'il a commencé. Tôt ou tard, il aurait donné signe de vie.

L'homme masqué leva une seringue à hauteur de ses

yeux et tapota doucement le verre pour faire remonter les bulles d'air.

— Mais maintenant, c'est mon tour.

Aussi silencieusement que possible, Camille se libéra de ses liens, mais garda un des accoudoirs à la main. Elle fit un pas. Puis deux.

— Dans ce cas, il va falloir être encore un peu patient, grommela-t-elle.

Une bouffée d'adrénaline l'envahit quand son agresseur se retourna. Elle le frappa au visage de toutes ses forces. Il poussa un cri de douleur et tomba à genoux. Sans attendre de constater l'étendue des dégâts, Camille se rua sur la porte, manquant de l'arracher de ses gonds. Aussi vite que ses jambes le lui permettaient, elle s'élança dans la nuit, sous la pluie.

Arrivée près de la passerelle de débarquement, elle risqua un rapide coup d'œil par-dessus son épaule et trébucha. Elle tomba en avant sur le vieux ponton et le choc lui coupa le souffle. Étourdie, elle se remit debout tant bien que mal.

Un câble était tendu juste avant la passerelle.

Un piège, au cas où elle chercherait à s'évader.

Camille reprit sa progression, mais son agresseur surgit derrière elle et la saisit sans ménagement par les cheveux. Elle se débattit et tenta de le frapper au visage, mais il se recula hors de portée, sans la lâcher. Puis, d'un coup au menton, il la fit tomber sur le ponton.

— Je crois qu'on va bien s'amuser, tous les deux.

Camille avait mal partout. Au-dessus d'elle, la silhouette noire apparaissait et disparaissait de son champ de vision. L'homme la saisit par une cheville et se mit à la tirer en direction de la péniche.

Non.

Elle ne pouvait pas retourner là-bas.

Elle tenta de s'agripper à quelque chose. N'importe quoi.

Soudain, trois coups de feu claquèrent.

9

L'homme s'écroula sur le ponton.

Très pâle, Finn baissa son arme. Le bruit de la pluie battante sur la surface du fleuve lui semblait soudain lointain. Camille, prostrée au sol, ne bougeait plus. Pris de panique, il bondit dans l'herbe haute.

— Camille !

Les lattes de bois grincèrent sous son poids. Il repoussa du pied une seringue, puis vérifia le pouls de son adversaire. L'homme était mort. Se laissant tomber à genoux à côté de Camille, il passa une main dans ses cheveux trempés. Elle saignait abondamment à l'épaule, une blessure fraîche du même côté que les lettres gravées sur son torse.

Avait-elle été poignardée ? se demanda Finn, le ventre noué. Il rangea son arme dans son baudrier pour ne pas être tenté de s'acharner sur le corps de leur ennemi.

— Camille ? appela-t-il.

Les yeux bleu-vert s'entrouvrirent une fraction de seconde, puis Finn reçut un violent coup de poing sur le nez, qui lui fit voir trente-six chandelles. Se cambrant soudain, Camille se mit à se débattre en criant :

— Non ! Non !

— Camille ! Camille, c'est moi. C'est Finn. Je ne te veux aucun mal.

Elle le repoussait avec une telle fureur que Finn craignit de la blesser davantage en tentant de la calmer. Elle était vivante. C'était tout ce qui comptait. Il se contenta de lui tenir le bras pour l'empêcher d'aggraver la plaie qu'elle avait à l'épaule.

— Je suis là. C'est moi. Tu ne risques rien avec moi, Camille.

— Finn…

Son corps s'affaissa brusquement et elle fut saisie de tremblements. Elle se blottit contre lui en grelottant et éclata en sanglots.

— Tout va bien.

Il la prit dans ses bras, tenant sa tête contre son torse, et la berça tranquillement en lui murmurant des paroles rassurantes à l'oreille.

— Tout va bien. C'est terminé. Ça va aller.

Elle méritait mieux que ça.

Une meilleure protection, une meilleure compréhension de ce qu'elle avait vécu. Elle méritait mieux que lui. Il aurait dû rester avec elle, ne pas la quitter des yeux. Il avait commis une erreur et c'était elle qui en avait subi les conséquences. Il avait tenté de garder ses distances, d'ériger des barrières professionnelles entre eux, mais c'était surtout lui qu'il espérait protéger.

En se réfugiant derrière sa propre peur, il avait laissé sa protégée se battre seule. Émotionnellement. Physiquement.

Quel genre de marshal était-il donc ? Quel genre d'homme ?

— Je ne pars pas, d'accord ? Je reste avec toi ici. C'est promis. Personne ne t'enlèvera plus jamais à moi.

À présent, il savait que Camille cherchait simplement quelqu'un capable de comprendre ce qu'elle avait enduré. Et il l'avait repoussée. Il s'était détaché, refusant d'assumer des sentiments qu'il jugeait déplacés. Il avait fait passer ses propres besoins égoïstes en premier et un tueur avait failli atteindre Camille de nouveau. Il osait à peine imaginer la douleur et la solitude qui avaient dû être les siennes, cette dernière année, et il se fit la promesse de tout faire pour anéantir ce vide.

— Je vais te sortir de là, d'accord ? Accroche-toi à moi, je vais te porter.

Le visage ruisselant, il glissa une main sous ses genoux pour la soulever. La douleur qui lui tordait l'abdomen empira, mais cela ne l'empêcherait pas de quitter cette maudite forêt pour trouver de l'aide. Il descendit du ponton et s'engagea sur le sentier qui menait à la maison.

Chaque pas était une étape supplémentaire dans la douleur. Toutefois, il luttait, car les bras de Camille autour de son cou suffisaient à lui faire supporter cette épreuve. Vingt-quatre heures plus tôt, elle refusait encore de le laisser s'approcher pour qu'il la soigne. À présent, elle s'accrochait à lui comme à une bouée de sauvetage.

Camille était censée n'être qu'un témoin dont il devait assurer la protection. Pourtant, jamais Finn ne s'était senti à la fois aussi inutile et aussi puissant qu'avec elle. Une guerre intérieure faisait rage en lui depuis la veille. D'un côté, sa détermination à maintenir tout lien social au strict minimum.

De l'autre… Il y avait Camille.

Créative, réservée, sensible. Camille.

La femme entrée sans crier gare dans sa vie pour le faucher par surprise. Jamais Finn ne perdait pied en mission. Il était toujours resté professionnel en toutes circonstances. Alors, si cette mission faisait remonter de terribles souvenirs enfouis depuis vingt-cinq ans, c'était parce que cela débordait du cadre habituel.

Et que Camille était plus qu'un simple témoin.

Finn aurait facilement pu se vider de son sang dans le sous-bois, après avoir été poignardé. C'était la combativité de Camille qui lui avait donné la force de se relever. Lui avait reçu l'ordre de la protéger de son passé. Elle, en revanche, avait décidé de son plein gré de se placer entre lui et ses peurs. Pour cela, il la respectait infiniment. Il avait passé une bonne partie de sa vie à tenir les autres à distance, mais Camille lui avait montré à quel point ces connexions étaient primordiales.

Soudain des cris retentirent dans la forêt et Finn sentit son pouls s'accélérer. Bientôt, des faisceaux de lampes torches transpercèrent la nuit. Des ombres s'approchaient.

— Par ici ! hurla-t-il en pressant le pas.

Enfin, Jonah Watson surgit devant lui, suivi de leur supérieure, Remi Barton. Tous deux avaient leur arme à la main. Watson réagit le premier. Rangeant son revolver, il lança par-dessus son épaule :

— Faites venir les ambulanciers !

Puis il s'avança vers Finn, les bras tendus.

— Je vais la porter.

— Elle n'aime pas qu'on la touche, répondit Finn en se détournant.

Il avait mal partout, mais refusait de revenir sur ses paroles. Il passa sans s'arrêter devant ses collègues, qui s'écartèrent. Il ne lâcherait pas Camille, même si cela devait aggraver ses propres blessures. Il allait la sortir de là. Il avait déjà rompu une promesse avec elle. Hors de question qu'il recommence.

— Il y a un corps par là-bas, sur le ponton. Trois balles en pleine poitrine.

La boue collante le ralentissait, mais les frémissements qu'il percevait chez sa protégée le poussaient à continuer.

— Dites aux secours qu'elle perd beaucoup de sang. Plaie à l'épaule. Le type tenait une seringue pleine d'un liquide clair. Je ne sais pas s'il a eu le temps de le lui injecter, mais il faudra effectuer une analyse toxicologique dès qu'ils arriveront à l'hôpital.

— Reed, tu dois la poser. Tu perds plus de sang qu'elle et ton état risque d'empirer.

Remi s'était adressée à lui d'une voix calme où perçait l'inquiétude. Il sentit qu'elle le prenait par l'épaule.

— Laisse-nous t'aider…

— C'est ma faute s'il l'a enlevée. Je lui avais promis de la protéger et j'ai échoué.

Une de ses jambes se déroba et il tomba à genoux dans les cailloux et les branchages. Il avait perdu beaucoup de sang. Il savait que sa chef avait raison. Remi voulait l'aider, mais une partie de lui-même refusait de lâcher. Il se haïssait tellement de ne pas avoir été là pour Camille. Il raffermit sa prise, retenant un cri de douleur, puis tenta de se remettre debout.

C'était trop.

Il n'avait plus de force et la sensation de vide qu'il redoutait prit le contrôle. La pluie redoubla, comme pour souligner le désespoir noir qui croissait en lui. Il avait échoué à protéger sa mère autrefois.

À présent, il avait échoué à protéger Camille.

Des bras le soulevèrent. Watson d'un côté, Remi de l'autre. Avec leur aide, Finn se releva et parvint à avancer. Deux urgentistes se précipitèrent vers eux pour prendre en charge son témoin.

Le cœur de Camille battait si fort qu'elle craignait qu'il explose dans sa poitrine. Elle se sentait nauséeuse. Lorsqu'un spasme lui noua l'estomac, elle se tourna dans son lit. Une petite sonnerie régulière se faisait entendre sur le côté, en rythme avec son pouls. Elle avait l'impression de marcher sur une corde.

Ou sur le fil d'une lame.

Soudain, la mémoire lui revint et, avec elle, un sentiment de panique. Elle avait été enlevée, ligotée à une chaise, poignardée. Tout ça parce qu'un tueur espérait se servir d'elle dans une compétition malsaine. Elle fut prise de violents haut-le-cœur.

— Tout va bien, Camille, murmura une voix familière. Tu es à l'hôpital.

Une sensation de chaleur se répandit le long de sa colonne vertébrale quand elle entendit cette voix.

Calme. Réelle. Sûre.

— Tu as été anesthésiée, afin que le chirurgien puisse soigner la plaie à ton épaule.

Camille s'agrippa à la main calleuse posée près de

la sienne, puis regarda l'homme assis à côté du lit. Perdus dans la brume, deux yeux bleus auxquels elle avait appris à faire confiance… et soudain, quand sa vision s'éclaircit, le beau visage du marshal qui lui avait sauvé la vie.

Encore une fois.

Un pichet d'eau posé sur une table de nuit attira son attention. Elle désigna la timbale d'un geste faible, avant de rouler vers le centre du matelas. Une écharpe qui maintenait son épaule gauche en place entravait ses mouvements. Finn versa de l'eau dans le verre et le lui tendit, sans jamais la quitter du regard. Elle ne parvenait pas à lire l'expression réservée sur son visage, tandis qu'elle buvait. Le liquide frais fut comme une caresse pour sa gorge et chassa l'arrière-goût acide dans sa bouche.

— En fait… Tu adores les hôpitaux, c'est ça ? coassa-t-elle avec peine.

— Je n'allais pas te laisser te sauver aussi facilement, alors que tu me dois tout un stock de barres chocolatées.

Le sourire de Finn balaya la peur qu'elle sentait poindre en elle. Quand il se cala dans son siège, il eut à son tour une grimace de douleur et Camille remarqua le contour d'un pansement sous son T-shirt.

— Je suis soulagé que tu ailles bien, ajouta-t-il.

Des souvenirs violents traversèrent l'esprit de Camille. Elle avait réussi à se libérer grâce à un éclat de verre. Elle avait planté cette arme de fortune dans le ventre de son agresseur.

« Je crois que c'est là que je l'ai poignardé, avant de le laisser pour mort. »

Elle agrippa la barrière du lit, tandis que chaque détail de son enlèvement se mêlait aux démons du passé. Le monitorage sur sa gauche répercuta l'accélération de son pouls.

— Il ne mentait pas. Il t'a poignardé. Il…

— Hé ! Regarde-moi.

Finn posa une main sur la sienne. Au lieu de se dégager, comme son instinct le lui dictait autrefois, Camille savoura ce contact. Elle voulait plus. Elle voulait Finn et le réconfort qu'il pouvait lui apporter.

— C'est ma faute. Jamais je n'aurais dû te laisser seule dans la maison. Mais je suis là, d'accord ? On a survécu et tu ne te débarrasseras plus de moi aussi facilement.

Elle hocha la tête, puis inspira profondément pour apaiser ses nerfs électrisés par la proximité de Finn.

— Ce n'était pas ta faute. Je… Je fais partie de son plan pour prouver qu'il est plus fort que l'Écorcheur. Il veut terminer ce que Jeff Burnes n'a pas eu le cran d'achever. Quelque chose dans ce goût-là. Je suis importante à ses yeux, ajouta-t-elle avec angoisse. Il m'aurait retrouvée d'une façon ou d'une autre.

— Tu faisais.

— Pardon ?

— Tu faisais partie de son plan. L'homme qui t'a attaquée est mort. Miles Darien, d'après les empreintes digitales relevées par la police scientifique.

Il caressa du pouce le dos de sa main.

— Je lui ai tiré dessus avant qu'il puisse t'injecter une pleine seringue de suxaméthonium, une forme de curare médical. Avec ça, il aurait réussi à t'immobiliser en quelques secondes.

Il attrapa un dossier posé sur la table de chevet à côté du pichet. Camille s'en saisit avec précaution, comme si elle craignait que le carton aspire le peu de vie que le tueur avait daigné lui laisser. À l'intérieur, une photo attachée à un rapport. Des sourcils épais, des yeux bruns, des cheveux châtains encadrant un front large, un menton fuyant parsemé d'une barbe claire. Si elle n'avait pas reconnu les yeux – les mêmes que ceux aperçus derrière la cagoule noire –, jamais elle n'aurait pensé que Miles Darien puisse être un tueur. Un frisson violent la parcourut des pieds à la tête.

— Le nom ne me dit rien. Miles Darien. Pour autant que je sache, ce n'était pas un ami de Jeff… De l'Écorcheur.

Serait-elle un jour capable de se distancier suffisamment de son ex-fiancé ? Elle rendit le dossier à Finn et porta par réflexe la main à son torse. Elle se sentait exposée, vulnérable, assaillie par les souvenirs qui tourbillonnaient en elle sans qu'elle puisse les en empêcher.

— Quand j'étais sur la péniche, il s'est présenté comme un disciple de l'Écorcheur. Pourtant, il ne me semble pas que Jeff ait mentionné son nom. Il n'est jamais venu chez nous.

— Il ne peut plus te faire de mal, Camille. Miles Darien est mort.

Finn avait raison.

Il avait abattu son agresseur pour lui sauver la vie. Elle ne savait quoi dire, quoi penser. Personne n'avait jamais fait autant d'efforts pour la protéger, pour s'assurer qu'elle se relève. Un mélange d'émotions étranges se mêlait à la solitude qu'elle éprouvait depuis si longtemps. Le temps sembla s'étirer comme un fluide tiède et bienfaisant. La main de Finn tenait toujours la sienne. Son attention l'apaisait.

— Est-ce que Miles a dit autre chose ? N'importe quoi concernant Jodie Adler ? Sur la façon dont il a réussi à te retrouver, malgré la protection ? Sur la localisation de l'Écorcheur ?

— Il a dit que ce n'était pas lui qui avait tué Jodie Adler et que l'Écorcheur me surveillait.

Le bip incessant du monitorage s'accéléra. Camille sentait le sang battre à ses tempes. Elle peinait à respirer. Si Finn n'était pas arrivé, Miles Darien aurait atteint son but.

— J'ignore comment il m'a retrouvée et j'ignore quel est son lien avec l'Écorcheur. Je ne sais pas non plus comment il a pu savoir que j'avais pris cette photo de la clairière. Tout ce que je sais, c'est qu'il voulait se servir de moi comme appât pour prouver à Jeff Burnes de quoi il était capable. Il a failli réussir, d'ailleurs. Je lutte pour retrouver ma vie d'autrefois, mais c'est en vain. Ça ne peut pas continuer, Finn. Ces mots gravés sur ma peau sont destinés à me rappeler perpétuellement que je n'ai aucun contrôle réel sur ma vie, que je resterai une victime pour toujours. Ils ont gagné. Ils ont eu exactement ce qu'ils voulaient.

En un instant, Finn se leva et abaissa la barrière du lit. Les mains appuyées sur le bord du matelas, il se pencha vers elle.

— Camille, regarde-moi. Tu n'es pas morte, cette nuit. Tu as survécu et c'est ton agresseur qui va finir six pieds sous terre.

Cela ne suffisait pas. Un rire sans joie s'échappa des

lèvres desséchées de Camille. Finn ne comprenait pas. Comment le pourrait-il ? Autrefois, il avait perdu sa mère à cause d'un fugitif armé et avait lui-même reçu une balle. Cependant, ce n'était pas lui qui était visé. Il n'avait été qu'un spectateur innocent.

— Je sais ce que tu essaies de faire et je t'en remercie, mais c'est très différent de ce que tu as vécu.

— Tu as raison. Je ne serai jamais en droit de te dire comment affronter le traumatisme que tu as vécu, mais tu as quand même gagné un peu d'expérience. Même si c'est de haute lutte.

Sa voix se fit plus douce et son visage se détendit un peu.

— Tu vois peut-être ces marques comme ton plus cuisant échec et tu devras sans doute en subir les conséquences pendant des années. Mais moi, je les vois comme une preuve de ta résilience. L'Écorcheur et son protégé t'ont peut-être volé ta passion pour la photographie, ta confiance en toi et ton assurance, mais ils n'ont pas pu prendre ta vie, Camille. Personne ne peut le faire. Tu es une survivante.

Camille baissa les yeux vers les égratignures sur le dos de ses mains, puis hocha lentement la tête. Finn la connaissait mieux qu'elle le pensait. Il la comprenait et cela comblait un peu le vide en elle.

— Merci, chuchota-t-elle en le regardant.

— Avec plaisir, répondit-il en s'asseyant sur le bord du lit. À présent, parlons de cette montagne de chocolats que tu me dois.

Elle se détendit aussitôt.

— Je savais bien que tu ne lâcherais pas l'affaire.

10

En pénétrant dans la planque au-dessus du garage, Finn jeta un rapide coup d'œil sur le couloir et raffermit sa prise sur son arme. Le geste lui arracha une grimace de douleur. La plaie à son abdomen était nette et propre. Pas d'infection. Pas de blessures internes.

Le fumier qui l'avait poignardé avait connu un sort bien plus funeste.

Camille entra à son tour. Finn referma derrière eux, tira les verrous, puis activa l'alarme. Moins de vingt-quatre heures plus tôt, cet endroit était un refuge coupé du monde. À présent, ce n'était plus qu'un abri de fortune pour laisser passer l'orage. Finn avait l'intuition que l'Écorcheur se montrerait bientôt, à présent que son disciple se trouvait à la morgue.

Il était donc important de revenir aux ordres initiaux de sa mission, dont il n'aurait jamais dû dévier : assurer la sécurité de Camille, jusqu'à ce que son ex-fiancé retourne dans sa prison fédérale.

— Je vais trouver de quoi manger pendant que tu fais un brin de toilette.

Camille s'avança dans le couloir, mais se figea une fois dans le studio, les épaules tendues. Un raz-de-marée de souvenirs venait de la submerger. Le ponton, son ravisseur penché sur elle.

Si Finn était arrivé quelques secondes plus tard, serait-elle encore en vie ? L'aurait-il retrouvée ? Elle porta nerveusement son bras libre à sa gorge.

— Je… je n'ai pas très faim, bafouilla-t-elle.

— D'accord.

Il la rejoignit et posa son arme. Un profond sentiment d'impuissance l'assaillait, menaçant de raviver le vide qu'il avait en lui depuis le décès de sa mère. Camille avait été enlevée à cause de lui. Elle avait failli mourir parce qu'il n'avait pas été assez fort pour la protéger.

— Est-ce que tu veux autre chose ?

Elle se tourna vers lui. Elle avait l'air épuisée.

— Une machine à remonter le temps ?

— Malheureusement, je n'ai pas ça en stock. Sinon, je la mettrais à ta disposition sans hésiter.

— Dans ce cas… Explique-moi comment vous comptez retrouver Jeff Burnes. Je veux savoir ce que les marshals ont l'intention de faire pour l'arrêter avant qu'il ait une nouvelle occasion de me tuer. Directement ou indirectement. Je sais que je ne fais pas partie de la police et que je n'ai aucune raison d'avoir accès aux détails de l'enquête, mais je… Je dois savoir.

Indirectement.

Elle faisait référence à Miles Darien, le disciple de l'Écorcheur. Cependant, Miles semblait avoir opéré seul ; Camille était censée être une marque de sa supériorité sur son maître. Rien n'indiquait que l'Écorcheur ait communiqué avec lui durant son séjour en prison ou depuis son évasion. Aucun appel sur les relevés téléphoniques de Miles. Aucun virement bancaire ou retrait d'argent pour aider son mentor en cavale. D'après les preuves réunies par la police de Florence, Miles Darien n'avait eu aucun contact avec Jeff Burnes. Le seul lien de l'Écorcheur avec l'extérieur, c'était son exemplaire quotidien du *Chicago Tribune*.

Aucun visiteur. Aucun appel. Aucun courrier. Rien.

— D'accord, soupira-t-il en s'adossant au mur.

Il pouvait bien se montrer franc avec Camille. Elle méritait la vérité, toute la vérité.

— Les autorités n'ont pas la moindre idée de l'endroit où il se trouve. Pas même vaguement. À croire que le jour où Jeff Burnes s'est évadé de prison, il a tout simplement disparu de la surface de la Terre. Toutes les forces de police du pays ont reçu un signalement et tous les marshals du ministère de la Justice sont à sa recherche. On interroge les familles des victimes, tes anciens collègues, tous ceux qui ont été en contact avec Jeff Burnes ces cinq dernières années. Jusqu'ici, ça n'a rien donné. La seule chose qu'on ait, c'est un lien possible entre lui et Miles Darien, grâce à ton témoignage. Même si rien ne prouve que les deux hommes se connaissaient. Miles travaillait pour le bureau du gouverneur à Chicago, ce qui lui aurait permis d'avoir accès à des détails de ton dossier, notamment ceux que la police et le FBI avaient volontairement tenus secrets. Peut-être cherchait-il simplement à se donner le beau rôle en se présentant comme le disciple de l'Écorcheur. Pour attirer son attention. Ou alors, il existe véritablement un lien que nous n'avons pas encore défini.

— Et toi ? Qu'en penses-tu ? demanda-t-elle, comme si l'univers tout entier dépendait de sa réponse.

Il y avait trop de pièces manquantes dans ce puzzle pour que Finn puisse tirer la moindre conclusion.

— Je crois aux preuves, affirma-t-il. Et aux faits. On a deux victimes dans cette forêt, deux homicides par strangulation confirmés. Miles Darien t'a attaquée deux fois en copiant le mode opératoire de l'Écorcheur, mais sans respecter la chronologie. Ton thérapeute, le Dr Henry Gruner, a un alibi solide pour la nuit de ton agression.

Il soupira. L'enquête était dans une impasse.

— Le Dr Gruner connaissait peut-être l'existence de cette photo, mais il a également porté plainte au commissariat de Florence, quelques semaines après cette séance avec toi. Son cabinet a été mis à sac et quelqu'un a fouillé dans ses dossiers. Il conservait les notes sur ses patients dans un calepin scotché sous le plateau de son bureau, mais le cambrioleur a réussi à mettre la main dessus. Selon la déposition du Dr, le carnet en question contenait les notes de vos séances à toutes les deux, Jodie Adler et toi, ainsi que celle Gruner de plusieurs autres patients. On a relevé le nom des autres femmes et leur domicile a été placé sous surveillance, au cas où la mort de Miles Darien ne signerait pas la fin de ce jeu macabre.

Finn s'avança vers Camille.

— Je crois aussi que tu as encaissé pas mal de chocs, ces derniers jours, et qu'on ne peut plus faire grand-chose ce soir.

Camille baissa les yeux, visiblement déçue.

— Tu penses que Miles Darien a sans doute menti

à propos de Jodie Adler ? demanda-t-elle. Quand il a affirmé que ce n'était pas lui qui l'avait tuée ? Il voulait juste entrer dans ma tête, vérifier si la proximité potentielle de l'Écorcheur pouvait accroître ma peur.

— La manipulation est une des principales caractéristiques du comportement psychopathe. Je suis certain que ce n'était pas la première fois qu'il prenait plaisir à jouer avec sa proie.

Aucune autre victime ressemblant à Camille ou à Jodie Adler n'avait cependant été signalée dans le secteur. Finn observa avec attention l'expression soigneusement maîtrisée de Camille, sans parvenir à la déchiffrer.

— Le marshal Watson m'a envoyé le rapport d'autopsie de Miles Darien. Son ADN et ses empreintes ressortent dans une affaire qui date d'environ un an, à Chicago. Une femme marshal retrouvée ligotée, étranglée, avec le mot « mienne » gravé sur le torse. Les profileurs du FBI pensent qu'il s'agit de son premier crime. L'Écorcheur avait été arrêté une semaine plus tôt, tu venais de déménager à Florence, et Miles Darien a sauté sur l'occasion de se faire connaître. Je pense qu'il a décidé ensuite de terminer ce que Jeff Burnes avait commencé avec toi.

— C'est comme ça qu'il m'a retrouvée ? Par les marshals ? Tu dis qu'ils n'ont pas fait le lien avec lui, malgré les empreintes et l'ADN ? Ils attendaient quoi ? Qu'il se pointe au commissariat avec un panneau autour du cou annonçant qu'il était un meurtrier ?

Il comprenait son agacement.

— L'historique informatique indique que les marshals se sont connectés à la base de données fédérale deux heures après qu'on a découvert le corps à Chicago. Juste après ton arrivée à Florence. Quant à faire le lien avec lui… Les empreintes et l'ADN de Miles Darien n'avaient jamais été enregistrés. Jusqu'à aujourd'hui.

Camille déglutit avec peine.

— Et les ossements que tu as retrouvés dans les bois ? Est-ce qu'on sait à qui ils appartiennent ?

— Pas encore. Mais la légiste a indiqué que la mort remontait à environ un an. Il est impossible d'avoir une date précise mais d'après les insectes, les conditions météo, la décomposition des vêtements et des tissus, elle estime que la victime a été assassinée vers février de l'année dernière. On n'aurait pas fait le lien entre les deux enquêtes sans les traces évidentes de strangulation. Cela fait trop de coïncidences après la découverte de Jodie Adler et la proximité de ta nouvelle maison.

— Si c'est février, alors ça ne peut pas être Miles Darien, marmonna Camille en jouant avec l'ourlet de son sweat. Il était encore à Chicago, en train de préparer le meurtre de cette marshal.

Finn la regarda.

— Tu as raison. Avec Jeff Burnes en prison et Miles Darien occupé à Chicago, aucun des deux n'a pu tuer cette victime à cette période.

Soit la légiste s'était trompée, soit les deux homicides – celui de Jodie Adler et le dernier corps retrouvé dans les bois – n'étaient pas liés. Cependant, le lieu et le mode opératoire indiquaient le contraire.

Se pouvait-il que les marshals se soient fourvoyés depuis le début ? Finn sentit un mal de tête lui raidir la nuque. Il était d'une vigilance extrême dans son travail, afin d'anticiper toutes les menaces possibles, mais cette enquête repoussait ses limites mentales et physiques. Miles Darien était mort, mais l'Écorcheur courait toujours.

Se pouvait-il qu'il y ait un troisième participant encore inconnu dans ce jeu sombre et tordu ?

— Finn, appela Camille d'une voix douce. J'ignore qui est derrière tout ça, mais quelque chose me dit que ça ne s'arrêtera pas tant qu'ils n'auront pas obtenu ce qu'ils veulent. Et ça me terrifie.

Elle s'approcha, le visage levé vers lui, et Finn perçut cette soudaine proximité dans chaque cellule de son corps. Elle se passa rapidement la langue sur les lèvres.

— Les seuls moments où je me suis sentie en sécurité ces derniers jours, c'était avec toi. Tu es le seul à qui je peux faire confiance. Est-ce que… Est-ce que tu voudrais bien me prendre dans tes bras jusqu'à ce que je m'endorme, s'il te plaît ?

Il franchit les quelques centimètres qui les séparaient et la prit dans ses bras, appuyant sa joue contre son torse. Voilà. C'était là qu'elle était le mieux. Caressant ses cheveux, il posa le menton sur le sommet de son crâne.

— Aussi longtemps que tu voudras.

— D'accord.

Ce simple mot résonna en lui, comblant un vide très ancien, comme une pièce manquante d'un puzzle soudain retrouvée.

— Mais pour que ce soit bien clair, ajouta Camille dans un murmure, je ne parlais pas de rester ici, en plein milieu de la chambre.

Camille sentait le sang battre doucement au creux de sa main blessée. Les antalgiques qu'on lui avait donnés à l'hôpital la poussaient à garder les paupières closes quelques minutes encore, mais elle ne pouvait ignorer plus longtemps la barbe qui lui chatouillait le nez et l'envoûtant parfum de lessive et d'homme. Les lents mouvements du torse musclé contre elle l'incitèrent à ouvrir les yeux.

Finn.

Des bras puissants l'enserraient et elle n'osait pas bouger. Sous ses doigts, elle percevait chaque battement de son cœur. Fort, serein. Synonyme de sécurité. Tendant une main, elle suivit le contour de sa mâchoire à travers la barbe épaisse et plus douce qu'elle ne l'aurait imaginé. Les secondes s'égrainèrent, puis les minutes. Peu importait. Les trois derniers jours n'avaient été que peur, fuite et douleur. Cet instant lui donnait l'impression que plus rien ne pouvait l'atteindre.

« Tu vois peut-être ces marques comme ton plus cuisant échec et tu devras sans doute en subir les conséquences pendant des années. Mais moi, je les vois comme une preuve de ta résilience. »

Les paroles qu'il avait prononcées à l'hôpital résonnaient dans sa tête. Elle l'avait jugé trop vite. Finn ne comprendrait peut-être jamais vraiment ce qu'elle traversait, mais il comprenait la douleur, le chagrin d'une vie perdue pour toujours. En revanche, si lui ne pouvait rien faire pour ramener sa mère, Camille avait le choix : elle pouvait laisser l'Écorcheur et Miles Darien la hanter pour le restant de ses jours. Ou bien, elle pouvait reprendre le contrôle de son existence.

Elle effleura le torse de Finn, puis s'assit sur le lit. Il

bougea un peu, sans se réveiller, quand elle échappa à son étreinte, et la couverture qu'il avait remontée sur eux glissa. Elle posa les pieds sur le sol. Ses muscles endoloris lui intimaient de se recoucher, mais un fourmillement avait gagné ses doigts et refusait de la quitter. Elle se dirigea rapidement vers la salle de bains et ferma la porte derrière elle pour avoir accès au placard.

Aucune hésitation, cette fois.

Aucun doute. Aucune image des victimes de l'Écorcheur. Contrairement à ces femmes, Camille avait survécu aux obsessions malsaines de Jeff. Même si l'idée qu'elles aient été privées du reste de leur existence lui répugnait, elle ne pouvait perdre un instant de plus à déplorer une vie engloutie pour toujours.

Elle saisit la sacoche rangée sur une des étagères et ouvrit la fermeture à glissière. La faible lumière de la salle de bains se refléta sur l'écran LCD lorsqu'elle souleva le lourd appareil. Serrant le boîtier contre son torse, elle sentit aussitôt ses muscles réagir pour accueillir ce poids familier. Elle inspira doucement et positionna son doigt sur le bouton de mise en marche.

L'appareil sembla presque soupirer d'aise en s'allumant. Camille agrippa le boîtier de sa main blessée, retirant le cache de l'autre. Impatiente, elle regagna la pièce principale. L'éclairage de sécurité projetait des ombres sur le visage du marshal endormi. Il était prouvé que lorsqu'on observait un événement à travers la lentille d'un appareil photo le cerveau avait plus de chance d'oublier ces secondes pour toujours.

Elle s'arrêta un instant au pied du lit pour graver

dans sa mémoire cette vision de lui, comme elle l'avait fait tant de fois dans sa carrière de photographe.

Son combattant. Son protecteur.

Son héros.

Puis elle leva son objectif et appuya sur le déclencheur. L'appareil cliqueta doucement.

Elle étudia l'écran LCD, cherchant l'inspiration suivante. Une seconde s'étira, durant laquelle tout son organisme sembla se détendre. Un sentiment de justesse l'emplit.

Voilà. C'était ça qui lui avait manqué.

Un appareil photo à la main, l'impression que tout était parfaitement aligné dans son âme. Elle ne pouvait expliquer les sensations addictives qui couraient dans ses veines, mais c'était inutile. Il lui suffisait de ressentir, de laisser les cauchemars et la douleur se faire engloutir par le rugissement de cette excitation retrouvée. Elle contourna le lit pour poser un genou sur le matelas près des pieds de Finn, puis elle porta l'appareil à son visage.

De nouveau, un déclic.

Absolument parfait.

Son modèle entrouvrit un œil, un fin sourire aux lèvres, et Camille sentit son ventre se nouer d'un désir soudain et brutal.

Pour cet instant.

Pour cet homme.

— Je vois que tu as retrouvé ton appareil.

Il croisa nonchalamment les bras derrière la nuque. Ses larges épaules occupaient presque tout l'oreiller, sa carrure athlétique bien nette sous son T-shirt de super héros. En le voyant si détendu, si confiant,

Camille sentit les fourmillements se répandre dans tout son corps.

— Il va falloir pas mal de retouches pour que je ressemble à un de tes paysages antarctiques, fit-il remarquer en souriant.

— Tu es parfait comme ça, répondit Camille avec un rire franc et léger.

En équilibre sur le bord du matelas, elle sentit un frisson d'excitation la parcourir. Il s'était renseigné sur son travail. Évidemment. Chaque fois qu'il était chargé de la protection d'un témoin, il s'intéressait aux moindres détails de la personne, afin d'anticiper d'où pouvait venir le danger. Cependant, entre savoir qu'elle avait été photographe et faire l'effort d'étudier son travail, il y avait un monde. Camille leva de nouveau son appareil et reprit une photo.

Puis elle se figea : elle n'avait pas été photographe. Elle *était* photographe. Elle le serait toujours. Finn lui avait prouvé que, quoi qu'il arrive, la photographie faisait partie intégrante d'elle-même et que personne ne pourrait jamais lui voler ça.

Pas même l'Écorcheur.

Le poids de l'appareil tirait douloureusement sur son épaule blessée, mais elle repoussa la sensation au fond de son esprit.

Non. Son agresseur n'avait pas sa place dans cet instant.

Il n'existait plus rien en dehors de cette chambre. Il n'y avait que Finn, l'appareil photo et elle.

— Les retouches ne feraient que gâcher la force brutale de ce que je ressens.

Finn se redressa, sans jamais détourner d'elle l'intensité de son regard bleu.

— Tu es une femme étonnante, Camille. Je n'ai jamais connu une personne capable de survivre à ce que tu as traversé, mais aussi d'en sortir plus courageuse et plus déterminée que jamais. Pas même moi.

Camille se sentit rougir. Elle baissa les yeux vers la dernière photo sur l'écran LCD, sans vraiment la voir. Une simple distraction pour ne pas contempler l'objet réel de son désir. Elle ne put retenir une moue. Un compliment ne signifiait rien. Et certainement pas que Finn était en train de flirter. Leurs rôles respectifs étaient bien définis. Elle était son témoin. Il était son protecteur. Rien n'était possible entre eux, puisqu'il était bien décidé à ne plus jamais revivre le drame de la mort de sa mère. Il ne voulait plus aimer, parce que la simple idée de perdre un être cher le brisait.

Elle s'était imaginé à maintes reprises aller vers lui, car elle avait besoin de contact, de plénitude affective, pour contrer la solitude qu'elle avait été forcée d'endurer. Cependant, elle savait qu'elle n'en ferait rien : Finnick Reed s'était juré de ne plus jamais s'attacher à quiconque. Tout ce qui pourrait survenir entre eux resterait superficiel – un mensonge – et cela ne suffirait jamais à Camille.

— Attention, marshal Reed. Si vous continuez à me passer de la pommade comme ça, je vais finir par croire que vous m'aimez bien.

— C'est vrai.

Il se mit à genoux sur le lit et l'attira contre lui. Avec calme, il lui retira l'appareil photo des mains et le posa sur son oreiller. Camille ne pouvait plus se cacher.

Le cœur affolé, elle se sentait réagir à cette soudaine proximité avec une fébrilité mêlée de panique. Il lui prit doucement un bras, puis l'autre, bougeant avec une lenteur exagérée pour lui laisser la possibilité de fuir. Cependant, depuis quelques jours, Finn était devenu son roc, le repère qui l'ancrait dans l'instant.

Et pas dans le passé.

— De tous les témoins que j'ai été chargé de protéger et toutes les femmes qui sont entrées puis sorties de ma vie, je n'ai jamais désiré quelqu'un autant que toi. Tu es la personne la plus honnête, la plus déterminée et la plus forte que je connaisse. La première qui me pousse à envisager la possibilité de tourner la page, après ce qui est arrivé à ma mère. Tu es l'exemple que je veux suivre, Camille, et il n'y a rien qui me fasse plus envie à cet instant que de t'embrasser. Mais si tu n'es pas prête ou si tu ne ressens pas la même chose…

— Je suis prête.

Camille demeura une seconde stupéfaite de ses propres paroles.

Elle était prête ? Vraiment ?

Elle baissa les yeux vers les mains de Finn, dont elle sentait la chaleur se répandre dans ses bras et le reste de son corps. Un désir sourd se déployait au creux de son ventre. Oh oui, elle était prête. Pas pour n'importe qui. Elle était prête pour lui. Prête à faire l'expérience de cette fascination et de ce désir dément qu'elle éprouvait pour Finn Reed.

Rien qu'une fois.

Cela ne durerait pas plus longtemps que sa mission de protection, elle le savait, mais elle refusait de passer sa vie à se demander ce qui aurait pu se produire si elle s’était montrée plus ouverte et plus honnête sur ses désirs.

Quand elle pressa la bouche contre la sienne, une main sur sa joue, elle ressentit la même sensation de justesse que lorsqu’elle avait repris son appareil photo. Comme si l’univers était en ordre. Son âme s’enflamma lorsque la langue de Finn effleura ses lèvres.

Puis elle se sentit délicieusement tomber.

11

Camille mélangeait avec précaution l'épaisse pâte à gâteau dans un saladier. Sans la quitter des yeux, Finn savourait le contact velouté de son bras effleurant le sien. Il ne se rappelait plus combien de temps avait duré leur baiser – quelques minutes à peine ou toute l'éternité –, mais leurs estomacs avaient fini par les rappeler à l'ordre à grand bruit. Camille s'était écartée avec un rire divinement rauque qui le hantait encore et elle était à présent occupée à confectionner un dessert au chocolat qui ne manquerait pas de les rendre malades.

— Je ne savais pas que ça existait, le « brownie monstrueux », dit-il en cassant un nouvel œuf dans le saladier, avant de jeter la coquille dans l'évier de l'autre côté de la cuisine.

L'endroit n'était pas idéal pour faire de la pâtisserie, mais cela permettait au moins d'apaiser la tension sensuelle qui s'accumulait entre eux. Quand elle s'était penchée sur lui avec son appareil à la main, il avait aperçu la femme qu'elle était autrefois, avant l'agression de l'Écorcheur.

Libre, joyeuse même.

Il en était resté subjugué.

Chaque seconde d'intimité qu'elle lui accordait

valait bien la douleur qui martelait toujours son ventre. Il contempla les sachets de préparation pour gâteau vides, les taches de beurre et les morceaux de coquille. À cet instant, il se sentait plus ancré dans la réalité que jamais dans sa vie. Toute incertitude l'avait fui et il en oubliait presque l'aspect cauchemardesque de cette mission.

Grâce à Camille.

À la façon dont elle avait réussi à se libérer de son agresseur. À sa volonté de reprendre le cours de sa vie, de quitter ses habits de victime pour devenir une survivante, plus forte qu'il n'aurait pu l'imaginer. Quelle femme !

— Tu as une moustache de chocolat, dit-il en lui essuyant la lèvre supérieure du bout du doigt.

Elle lui adressa un sourire lumineux.

— N'importe quel dessert peut devenir monstrueux, si on est prêt à ignorer la quantité de sucre et de beurre dans chaque part. Personnellement, je suis très douée pour ça.

Le plat coincé entre son poignet et son ventre, elle continua à incorporer les ingrédients. Avec plaisir, il remarqua qu'elle ne pouvait s'empêcher de lever le nez pour le regarder.

Soudain, le saladier glissa et tomba sur le plan de travail, projetant de la pâte partout. Finn ferma les yeux par réflexe quand une grosse éclaboussure l'atteignit au sourcil. Il en avait sur le visage, le T-shirt, et cela lui coulait dans le cou.

Lorsqu'il rouvrit les yeux, il constata cependant qu'il avait été relativement épargné. Repoussant une mèche de ses cheveux, Camille lui demanda d'un air sérieux :

— Et maintenant ? J'ai encore du chocolat sur la figure ?

Elle était couverte de pâte. Il éclata de rire, puis essuya une goutte sur sa joue, avant de porter le doigt à sa bouche. La saveur sucrée du chocolat inonda ses papilles. Camille avait suivi son geste avec attention et la douceur de ce regard bleu-vert l'atteignit en plein cœur.

— Un peu, mais une bonne douche devrait suffire.

— C'est… une invitation ? demanda-t-elle avec une note incrédule.

L'atmosphère se fit aussitôt électrique et l'instinct de Finn lui conseilla de faire machine arrière. Il n'avait jamais rencontré quelqu'un comme Camille, exemple unique de franchise, de créativité et de lucidité. Elle n'avait rien à cacher. Elle avait survécu contre vents et marées à trois agressions. Elle était tout ce dont il avait besoin pour se détacher du passé. Avec Camille, il n'aurait plus aucune raison de regarder en arrière. Il n'y avait plus que l'avenir.

Et cela l'effrayait plus que tout.

Taraudé par l'envie de céder à son désir égoïste, il refusait cependant de la pousser à donner plus qu'elle n'était prête à le faire. Depuis un an, elle craignait pour sa vie, se méfiant de tout le monde autour d'elle. Il voulait qu'elle se sente à l'aise avec lui, qu'elle ait confiance en lui. Elle avait besoin de quelqu'un sur qui compter dans n'importe quelle situation… Une sécurité qu'il ne pourrait plus lui offrir, une fois l'enquête close.

Finn toussota et se détourna légèrement.

— Et si je terminais plutôt ce brownie pendant que tu vas te laver ? proposa-t-il, mal à l'aise. Comme ça, quand tu sortiras de la douche, il ne nous restera plus qu'à nous empiffrer devant un film.

— Ça me semble parfait.

Avec un sourire soulagé, elle leva une main vers son visage pour essuyer une goutte de pâte dans sa barbe. Puis elle disparut dans la salle de bains et il entendit bientôt l'eau couler. Quelques minutes plus tard, il avait versé ce qui restait de la pâte dans un moule qu'il glissa dans son four minuscule.

Puis, à l'aide d'une éponge humide, il nettoya sommairement les dégâts dans la cuisine. En contemplant les taches sur le dos de sa main, il lui sembla que le vide habituel qu'il ressentait n'était plus aussi douloureux. Il avait suffi de confectionner un brownie avec Camille.

C'était aussi simple que cela.

Il avait l'impression de fuir depuis l'âge de dix ans, d'éviter de réfléchir plus loin que l'instant présent. Au travail, il détestait les périodes d'inactivité. L'oisiveté et le silence avaient toujours été pour lui une porte ouverte à tout ce qu'il préférait tenir à distance.

À présent, il n'y avait que Camille.

Il n'avait pas prévu de mettre en pratique ses compétences culinaires, mais il s'était prêté au jeu de bonne grâce. C'était important pour elle. Une distraction de ce cauchemar qui la guettait dehors. Il devait bien admettre que cela lui avait aussi permis de se concentrer sur autre chose que la prochaine mission, le prochain témoin, la prochaine menace.

Depuis quand n'avait-il pas pris le temps de profiter de l'instant ?

L'avait-il seulement jamais fait ?

La douche s'arrêta quelques secondes à peine

avant que la sonnerie du four retentisse, le ramenant brutalement à la réalité. Il ramassa les coquilles d'œuf dans l'évier, les jeta à la poubelle, puis sortit le moule brûlant. L'arôme riche du chocolat se répandit dans la pièce, sans parvenir à totalement effacer le subtil parfum de lavande qui s'attardait sur son T-shirt. Il avait l'impression que rien ne pourrait jamais surpasser cette fragrance fleurie.

Finn s'essuya les paumes sur son jean et contourna le comptoir pour récupérer la tablette dans son sac. À cet instant, la porte de la salle de bains s'ouvrit.

— Mon estomac a gargouillé pendant tout le temps de ma douche, annonça Camille en riant. Ça sent tellement bon le chocolat !

La tête inclinée sur le côté, elle se séchait les cheveux avec une serviette, en prenant soin de ne pas forcer sur son épaule blessée. Finn était fasciné par la façon dont elle peignait les longues mèches avec ses doigts, par les gouttes d'eau qui parsemaient son T-shirt, par le short qu'elle avait enfilé pour dormir et qui dévoilait le galbe de ses jambes couvertes de bleus.

— Je meurs de faim !

Lui aussi.

Mais pas pour le gâteau qu'ils avaient confectionné ensemble.

— Je viens de sortir le brownie du four et j'étais sur le point de chercher un film.

Les poings serrés, il ne put s'empêcher de s'attarder sur les courbes qu'il devinait sous l'ample T-shirt. Au bout de quelques secondes, il s'ébroua et se força à prendre la tablette dans son sac – n'importe quoi pour chasser cette langueur douloureuse dans ses reins.

— Qu'est-ce qui te ferait envie ? demanda-t-il en s'efforçant de rester concentré.

— Peu importe. Je risque de ne pas être très attentive, avec la promesse du chocolat et mon garde du corps personnel assis à côté de moi.

Sa voix semblait soudain toute proche.

Finn se retourna. Camille se tenait juste derrière lui. Elle lâcha sa serviette pour lui prendre le visage à deux mains et approcher sa bouche de la sienne. Son baiser était brûlant, vorace, presque désespéré, et il y répondit avec la même ferveur, cherchant à apaiser le brasier qui le consumait.

En vain.

Camille aurait eu beau s'offrir tout entière, cela n'aurait pas suffi. Elle se recula légèrement et chuchota contre ses lèvres :

— Quel dommage que le lit soit le seul endroit où regarder ce film…

Quand il la prit dans ses bras, une main derrière ses genoux, le rire de Camille suffit à noyer la douleur qui se réveilla dans son flanc. Il se dirigea vers la cuisine.

Le gâteau avait eu le temps de refroidir un peu. Camille attrapa le moule, le posa sur son ventre, et Finn la porta jusqu'au lit. Leur premier baiser avait été délicieux, mais il avait hâte de découvrir la saveur enivrante de Camille mêlée à celle du chocolat.

— Je ne verrai plus jamais le brownie de la même manière…, soupira Finn.

Camille eut un petit rire cristallin et suivit du bout du doigt le contour de ses abdos. Elle adorait le toucher, sentir son cœur battre sous sa main. Cela lui prouvait qu'elle ne rêvait pas, qu'elle était vivante, malgré les circonstances qui cherchaient à l'écraser. Elle avait encore les mains poisseuses de chocolat, mais elle s'en moquait.

Seuls comptaient les instants de bien-être qu'ils venaient de vivre. Quelques heures au cours desquelles elle avait laissé Finn accéder aux recoins cachés de son être – dedans et dehors – qu'elle protégeait depuis qu'elle avait découvert l'identité véritable de son ex-fiancé.

Étrangement, elle ne se sentait pas vulnérable. Pas avec Finn. Les regrets, la culpabilité, la peur, son exigence vis-à-vis d'elle-même… Tout cela avait disparu au moment où elle avait décidé d'écouter ses propres désirs. Et elle désirait Finn.

— Il faudra se souvenir de la recette, pour une prochaine fois…

— Une prochaine fois ? répéta-t-il en baissant les yeux vers elle. Tu fais bien de me prévenir : il va falloir que j'investisse dans des draps de rechange.

L'écho de l'intense plaisir qu'il lui avait procuré s'estompait doucement en elle et la douleur refaisait surface dans son corps meurtri. Elle n'avait pas pris les antalgiques prescrits par le médecin de l'hôpital, tant elle craignait de retrouver cette stupeur passive dans laquelle elle s'était réfugiée si longtemps.

Elle ralentit le mouvement de ses doigts. Finn ne fuyait pas ce lien qu'ils avaient forgé ensemble. Il ne la considérait pas comme une erreur, une page à tourner dès que la mission serait terminée et que l'Écorcheur serait derrière les barreaux. C'était plus qu'un simple moyen agréable de passer le temps.

Pour Camille, du moins. Elle lui avait donné ce qu'elle n'avait jamais donné à quiconque, ce qu'elle n'avait même jamais pensé dévoiler un jour. Et l'attitude de Finn semblait indiquer que ce lien était tout aussi important pour lui.

— À moins que tu aies d'autres projets qui n'impliquent pas un lit.

— Peut-être bien…, répondit-il, avec un sourire qui apaisa Camille. Ce n'est pas très spacieux ici, mais j'ai beaucoup d'imagination. Je suis à peu près certain que la douche est assez grande pour deux. Même si tu es la première femme que j'amène ici.

Une pointe de malaise se répandit en Camille.

— Tu n'as donc séduit aucun autre témoin avant moi ?

Elle n'avait aucun droit de poser la question, mais elle devait savoir.

— Aucune autre femme qui attend que tu termines cette mission ?

— Une autre femme ? Non. Sauf si tu comptes ma chef.

Camille ferma les yeux.

Elle ignorait combien de temps ils étaient restés allongés ainsi, à profiter du contact l'un de l'autre, mais elle n'osait rompre le charme. Pas encore. L'enquête, le fugitif introuvable, le passé… Rien de tout cela n'avait d'importance à cet instant. Pour la première fois depuis que Finn lui avait sauvé la vie, elle respirait un peu plus librement.

Elle était en sécurité. Avec lui. Elle ne risquait rien tant qu'il demeurerait à ses côtés. Quand elle leva le visage vers lui, sa joue effleura la peau nue de son torse.

— Ta mère serait fière de toi et de l'exploit que tu as accompli dans les bois. Tu mérites bien les T-shirts de super héros que tu portes.

— Encore une fois, je n'ai rien d'un héros, Camille, répondit-il en se redressant brusquement.

Le froid envahit le lit. Il enfila rapidement son pantalon et s'empara de son T-shirt – encore un avec un logo de super héros.

— Un héros n'aurait pas laissé Miles Darien t'emmener sur cette péniche et n'aurait pas reçu un coup de couteau en tentant de retrouver son témoin.

— C'est ma faute si Miles Darien m'a enlevée ? demanda soudain Camille en posant un pied par terre, le drap enroulé autour d'elle. C'est ma faute si l'Écorcheur est toujours en vadrouille, sans doute en train de décider comment il va terminer ce qu'il a commencé il y a un an ?

— Quoi ? Bien sûr que non.

— Si j'avais compris plus tôt qui était vraiment Jeff Burnes, j'aurais peut-être pu sauver certaines de ses victimes. Si seulement j'avais été plus forte, il ne m'aurait pas pris ma passion pour la photographie. Si j'avais eu connaissance de l'existence de Miles Darien, la police de Florence n'aurait pas retrouvé le corps de Jodie Adler dans les bois.

Finn jeta son T-shirt sur le lit et se passa une main sur la figure. Il poussa un soupir las.

— Camille… Rien de tout cela n'est ta faute.

— Tu comprends donc à quel point c'est ridicule de t'accuser de choses sur lesquelles tu n'as aucun pouvoir ? Ce sont exactement les mêmes remords qui me ravagent depuis un an, Finn. La femme idéale que je me suis construite dans ma tête et à qui je rêve de ressembler ne se laisserait pas arrêter par ces pensées. Mais moi ? Cette culpabilité ? Elle me ronge chaque jour depuis l'attaque de l'Écorcheur. Je ne peux m'empêcher de me demander pourquoi je suis la seule à avoir survécu. Mais tu m'as montré que, même si je suis au centre du puzzle, je n'en suis pas l'unique pièce.

Elle s'approcha de lui.

— Les héros ne sont pas des héros parce qu'ils empêchent le mal de survenir, mais parce qu'ils font tout pour s'opposer à ceux qui le provoquent. Et c'est ce que tu as fait pour moi.

Elle posa une main sur son bras.

— Miles Darien voulait prouver qu'il était plus fort que l'Écorcheur. Je faisais partie de son plan. Tu n'aurais rien pu faire pour l'arrêter, et alimenter cette culpabilité ne fera que te plonger dans une stupeur qui contaminera tous les aspects de ta vie et détruira ton amour-propre. Donc… Tu es mon héros, Finn. Que cela te plaise ou non. Et quand la culpabilité a gagné, il est important d'entendre quelqu'un te dire qu'il croit en toi et que tu comptes pour lui.

Une lueur de stupéfaction s'alluma dans le regard de Finn.

— Tu viens de dire que je comptais pour toi.

— Ne te fais pas d'idées, mon grand, répondit-elle en posant une main sur son torse. Je dis ça à tous les membres des forces de l'ordre responsables de ma sécurité depuis un an. Tu serais étonné de voir avec quelle facilité j'ai détourné la méfiance du FBI en me blottissant contre l'agent spécial chargé de l'enquête.

— Je m'en souviendrai, assura Finn en souriant, avant d'effleurer ses lèvres des siennes.

Ce simple geste de tendresse réveilla le fourmillement que Camille percevait d'habitude au bout de son index, quand elle tenait son appareil photo. La sensation se répandit bientôt dans tout son corps. Elle avait oublié depuis combien de temps elle ne s'était pas sentie aussi… importante aux yeux de quelqu'un. Finn la prit par la taille et serra le drap qui la recouvrait.

— J'ai du brownie dans des endroits inavouables. Je te propose de changer les draps, d'enfiler des habits propres et de trouver quelque chose de beaucoup moins sexy à manger pour faire redescendre notre glycémie.

— Qui a dit qu'on avait besoin de vêtements pour ça ? demanda-t-elle d'un air innocent.

Une vague d'électricité et d'audace parcourait Camille et elle savoura cette sensation de confiance retrouvée. La sonnerie stridente du téléphone de Finn sur la table de nuit vint briser la bulle dans laquelle ils s'étaient réfugiés. Elle sursauta devant cet assaut brutal de la réalité. Les dernières heures n'avaient peut-être appartenu qu'à eux, mais ils ne pouvaient ignorer le monde pour toujours. Pas tant que l'Écorcheur serait en fuite.

— On en reparle dans une minute, répondit Finn en s'éloignant pour décrocher. Reed, j'écoute.

Pendant que Finn se dirigeait vers la porte d'entrée, Camille prit son appareil photo posé sur la table de nuit. Sa voix grave lui parvenait depuis le couloir, mais elle ne prêtait attention qu'aux courbes élégantes de l'instrument qui donnait vie à sa passion. Peu de chose avait changé depuis qu'elle avait pris ces photos, quelques heures plus tôt.

Pourtant, sa vie tout entière semblait avoir basculé.

Elle alluma l'appareil et afficha les dernières images sur l'écran. Finn, dans toute sa gloire, allongé sur le lit, ignorant superbement l'objectif et la femme derrière. Camille avait lutté chaque seconde de chaque jour pour simplement actionner le déclencheur, avant que le corps de Jodie Adler soit retrouvé. La terreur qui l'empêchait de reprendre possession de son art semblait ne jamais devoir la quitter.

Finn lui avait offert un refuge, un espace sûr où elle pouvait affronter ses démons intérieurs – physiquement, mais aussi émotionnellement. S'il ne lui avait pas rappelé comment faire confiance à quelqu'un, elle serait restée ensevelie dans l'épaisse brume noire qui avait pris le contrôle de sa vie.

Elle caressa l'écran LCD du pouce, suivant le contour de son visage, de sa bouche, de sa gorge. Elle était sincère quand elle l'avait qualifié de héros. Il était un héros. Pour elle, mais aussi pour tous les témoins qu'il avait protégés. C'était pour cela qu'elle était tombée amoureuse de lui. Amoureuse du marshal déterminé à ne plus jamais s'attacher à qui que ce soit, de crainte de le voir disparaître comme sa mère.

Cependant… Il était attaché à elle, non ? Il avait bravé la douleur, l'hémorragie, le danger pour la retrouver avant que Miles Darien la tue. Avec une patience et un respect infinis, il lui avait laissé tout l'espace dont elle avait besoin. Il avait fait passer ses besoins avant les siens. Il l'avait réconfortée, s'était placé entre elle et la menace du monde extérieur. Cela devait bien signifier quelque chose. Il devait y avoir plus que sa relation habituelle avec les précédents témoins.

Entendant des pas derrière elle, elle éteignit l'appareil et le reposa sur la table de nuit. Elle ne s'était pas sentie vulnérable en dormant à ses côtés, sans rien pour séparer leurs deux corps. Autrefois, elle gardait ses sentiments et ses pensées pour elle, mais elle ne voulait plus être cette femme. Elle voulait être comme il l'avait décrite à l'hôpital, celle qu'elle rêvait d'être depuis toujours. Pas une victime ; une survivante.

Pour cela, il lui fallait tomber le masque qu'elle arborait depuis un an, après avoir tout perdu.

— Finn, commença-t-elle en se tournant. Il faut qu'on parle de quelque…

— Le médecin légiste a identifié les ossements que j'ai trouvés dans les bois, la coupa Finn.

Il serrait son téléphone un peu trop fort dans sa main, mais son souffle était calme, soulevant avec régularité les muscles puissants de son torse.

— La dentition et les tests ont confirmé l'identité. Le squelette est celui du Dr Henry Gruner.

12

Camille pâlit brusquement.

— Quoi ?

Elle recula d'un pas, comme si on venait de la frapper au ventre. Les quelques heures de félicité s'évanouirent en un clin d'œil.

— Ce n'est… Ce n'est pas possible, bafouilla-t-elle en secouant la tête avec vigueur. Ça ne peut pas être le Dr Gruner. Il ne peut pas être mort depuis un an, parce que je l'ai vu en consultation toutes les semaines. Il m'a aidée à voir clair dans tout ce qui s'était passé.

Finn se redressa, mais garda ses distances, lui laissant l'espace nécessaire pour encaisser la vérité.

— Le légiste l'a confirmé, dit-il simplement. J'ai demandé que les analyses soient refaites, mais la dentition et l'ADN ne peuvent pas mentir, Camille. Quelqu'un a tué le vrai Dr Gruner il y a un an, suivant le mode opératoire de l'Écorcheur, puis a abandonné le corps dans les bois avant d'usurper son identité. L'homme que tu voyais en consultation était un imposteur.

— Cela n'a pas de sens…

Le regard de Camille se perdit quelque part derrière lui. Elle serra les poings et sembla soudain beaucoup plus petite. Se tournant vers le lit, elle repoussa le drap qui la couvrait et attrapa ses vêtements. En quelques secondes, elle avait glissé ses jambes magnifiques dans un jean propre et avait enfilé tant bien que mal un grand sweat tiré de son sac.

— Le seul homme assez intelligent, assez déterminé et assez dérangé pour tuer un psychiatre et prendre sa place s'est évadé de prison il y a moins d'une semaine, décréta-t-elle en revenant vers Finn, pieds nus.

C'était comme si elle avait lu dans ses pensées.

— Peut-être que Miles Darien n'était pas l'unique disciple de l'Écorcheur. Il a pu recruter quelqu'un pour terminer le travail à sa place, pendant qu'il attendait son procès. Ou alors il a plus d'admirateurs que ce que les Fédéraux imaginaient. Il existe plein de tueurs qui espèrent se faire un nom en copiant des crimes. Ou même qui sont prêts à reprendre le mode opératoire d'un autre sans se révéler. Cela augmente la panique générale, sème le doute dans une affaire en cours et surtout, ça attire l'attention du vrai tueur.

Finn hésita.

— Est-ce que Jeff Burnes a fait allusion à quelqu'un au détour d'une conversation ? Quelqu'un est-il passé chez vous, juste avant l'agression de Chicago ? Quelqu'un qui se serait particulièrement intéressé à toi avant que tu bénéficies du programme de protection des témoins ?

— Non. J'ai dit au FBI tout ce dont je me souvenais des semaines précédant l'agression. Jeff et moi travaillions souvent avec les mêmes personnes. Des producteurs, des rédacteurs en chef, d'autres photographes, des écrivains. Ils ont tous été interrogés et leurs alibis ont été vérifiés.

Elle se mordit la lèvre. Lorsqu'elle leva les yeux vers lui, la confiance et la fougue qu'il y avait lues quand ils faisaient l'amour avaient disparu.

— Je ne comprends pas ce qui se passe, Finn. Comment quelqu'un peut-il entrer dans ma vie, prétendre s'attacher à moi et m'aimer au point de vouloir passer le restant de ses jours avec moi, tout ça dans l'intention de me tuer au bout du compte ? Quel genre de personne fait ça ? Quel genre de malade inflige cette même douleur à d'innombrables autres victimes ?

Finn sentit une pointe de culpabilité se mêler à la colère qu'il ressentait contre ce monstre assassin. Il n'avait pas de réponse à offrir à Camille. Il imaginait avec peine la confusion et la peur qui devaient régner dans son esprit. En revanche, une chose était certaine : il ne pouvait plus garder ses distances. Il lui prit la main, laissa ses doigts remonter sur son poignet, puis plus haut vers son épaule blessée. Il s'approcha encore pour la serrer enfin dans ses bras. Le parfum délicat de lavande apaisa les battements furieux de son cœur.

— Je ne sais pas, murmura-t-il. Mais on va trouver. Je te le promets.

Quelqu'un l'avait suivie jusqu'en Oregon, avait déduit qu'elle aurait besoin de soutien psychologique, avait tué le seul thérapeute de Florence spécialisé dans le choc post-traumatique en imitant un meurtrier connu et avait endossé l'identité de sa victime. Le problème, c'était qu'il ne pouvait s'agir de l'Écorcheur. Le directeur et les gardiens de la prison fédérale de Chicago, ainsi que le compagnon de cellule de Jeff Burnes, pouvaient en témoigner.

La chronologie ne collait pas.

— Tu vas t'en sortir, Camille. Ce ne sera pas facile. Certains jours seront plus durs que d'autres et tu auras parfois envie de renoncer. Il y aura des cauchemars et des éléments déclencheurs, mais tu es plus forte que tout ça. Je le sais. Tu as survécu à trois reprises à l'insupportable. Cela n'a rien à voir avec la chance. C'est ta détermination à empêcher que cela arrive à d'autres.

Il sentit Camille pousser un soupir contre son cou.

— Guérir ne signifie pas que le mal n'a pas existé. Cela veut juste dire que le passé ne contrôle plus ta vie, et tu te dois à toi-même de continuer à avancer. Ici, dans l'Oregon, ou bien à Chicago. À toi de voir. Parce que tu as beau répéter que je suis ton héros personnel, tu n'as jamais eu besoin de moi pour te protéger. Tu es ta propre héroïne.

Les épaules de Camille se détendirent.

— Tu sais toujours ce qu'il faut dire pour me réconforter, murmura-t-elle en appuyant le front contre son torse, sans quitter le refuge de ses bras. C'est pour ça que… que je suis tombée amoureuse de toi.

Finn tressaillit.

Le temps sembla s'étirer comme un fluide distordu et ravageur. Il laissa ses mains retomber et recula d'un pas. La partie rationnelle de son cerveau céda devant la vague de terreur qui se frayait un chemin en lui et une panique froide lui serra la gorge comme une corde.

— Ce n'est pas vrai, ce que tu dis.

Un rire sans joie s'échappa de la bouche de Camille, à mille lieues du bruissement cristallin qu'il avait trouvé si beau.

— Tu l'as affirmé toi-même : j'ai survécu à l'insupportable, Finn. Je crois que cela me donne une certaine clairvoyance quant au lien qui nous unit. D'ailleurs, je pense que toi aussi tu le perçois.

Non. Il s'agissait d'une mission de routine, sur les ordres de sa chef, Remington Barton. Il était un marshal chargé de protéger un témoin jusqu'au procès d'un tueur en série. Rien de plus. Il ne nourrissait aucun sentiment à l'égard de Camille. Il ne l'aimait pas. L'admiration qu'il éprouvait pour elle depuis quelques jours était une simple réaction au stress, à l'adrénaline et au danger.

C'est ce dont il s'était efforcé de se convaincre quand ils étaient tous les deux tombés sur le lit. Ils avaient survécu à l'attaque d'un tueur et avaient eu besoin de se libérer, de chasser la tension.

C'était tout. Rien de plus qu'une forte attirance mutuelle. Il n'existait aucun lien réel entre eux, en dehors de cette enquête. Dès que l'Écorcheur retournerait derrière les barreaux, Camille reprendrait le cours de sa vie et Finn aussi. Comme à chaque fois.

— Je pense qu'il vaut mieux que ma chef affecte un autre marshal à ta protection.

Il n'aimait pas Camille. C'était impossible. Il avait perdu la personne qui comptait le plus au monde à l'âge de dix ans et s'était fait la promesse de ne plus jamais connaître ce sentiment de vide. Le trou béant de l'absence ne valait pas le risque.

Même pour Camille.

Elle avait sa vie et sa carrière à retrouver. Lui n'avait pas l'intention de s'arrêter. Cela ne lui laissait qu'une seule issue.

— Quoi ?

Camille porta la main à son épaule blessée et ce simple geste suffit à raviver la lueur d'épuisement dans son regard.

— Je te dis que je suis en train de tomber amoureuse et toi, tu veux qu'on te retire ta mission ? s'écria-t-elle en relevant le menton. Pourquoi ?

— Je ne peux plus te protéger. J'ai rendez-vous avec Jonah Watson dans quinze minutes pour étudier le rapport d'autopsie des restes du Dr Gruner. Je vais lui demander de prendre la relève.

Finn frotta le dos de sa main sur son nez pour se distraire de l'éclat humide qui était apparu dans les yeux de Camille. Il attrapa le sac contenant ses affaires.

— Watson est un bon marshal. C'est un ancien démineur du FBI et il sera plus apte que moi à mener à bien cette mission.

Il hissa son sac sur son épaule, serrant les dents contre la douleur de sa blessure, puis se dirigea vers la sortie.

— Tu seras en sécurité avec lui. Je te le promets.

La sensation de vide se déploya de nouveau en lui, avec une telle rapidité qu'il en eut le souffle coupé. Il se sentait oppressé, comme si son cœur n'avait plus assez de place pour battre. Il devait continuer à avancer. Il devait sortir. Il refusait de perdre Camille, et s'il laissait ses émotions se mettre en travers de sa mission, c'était exactement ce qui allait se passer. Tous ceux qu'il aimait avaient disparu de façon brutale. Sa mère, ses grands-parents, les hommes et les femmes auprès desquels il travaillait en Afghanistan. Il refusait que Camille figure sur la longue liste des êtres arrachés à sa vie. La quitter ainsi faisait peut-être de lui un lâche, mais il savait qu'il ne supporterait pas la douleur et la solitude d'un nouveau deuil.

Plus jamais.

— J'ai entendu pas mal de promesses au fil des années, marshal Reed, lança Camille.

Marshal Reed. Pas Finn. Il ralentit, sentant la brûlure de ce changement infime lui mordre le cœur.

— Dans la bouche de Jeff Burnes, avant qu'il s'en prenne à moi. Dans celle des policiers qui m'ont découverte baignant dans mon propre sang à l'appartement. Dans celle des agents du FBI qui m'ont assuré que l'Écorcheur ne pourrait jamais me retrouver avec le programme de protection des témoins. Est-ce que je suis censée te croire sur parole, quand tu affirmes que je serai en sécurité avec ce nouveau marshal ?

Sa voix résonnait dans le couloir.

— Tu m'avais promis qu'on traverserait cette épreuve ensemble, mais c'est toi qui pars. Est-ce que je ne mérite même pas une explication ?

Plus vite il romprait les liens, plus ce serait facile pour tous les deux. Il n'y avait qu'une seule façon de mettre un terme à cette situation et de lui faire accepter la réalité.

— Tu cherches ce lien entre nous depuis le début, Camille. Mais comme je te l'ai dit, je suis le marshal chargé de ta protection. C'est tout. Nous ne sommes pas amis. Ce n'est pas mon boulot de savoir quoi dire pour te réconforter, et je n'ai aucune explication à te donner. On m'a demandé de te garder en vie et je pense qu'il est préférable pour nous deux que je renonce à cette mission. Avant que tu interprètes autre chose de travers.

L'aisance avec laquelle il proféra ce mensonge lui noua aussitôt les épaules. Il contempla la porte, serrant dans sa main la poignée de son sac.

— Et coucher avec moi ? lança-t-elle. Cela faisait aussi partie du programme ? Coucher avec moi, avant de me refourguer à un autre marshal pour être sûr de ne plus jamais me revoir ? Ou bien voulais-tu simplement vérifier combien de temps je te laisserais profiter de la situation ?

Finn sentit l'écœurement l'envahir. Il tourna la tête, sans parvenir à lui faire vraiment face.

— Réactive l'alarme quand je serai parti. N'ouvre à personne, sauf si on frappe deux fois.

— Tu m'as fait croire que j'étais importante pour toi, poursuivit-elle. À présent, je sais que c'était un mensonge.

Finn s'efforça de mettre un pied devant l'autre, puis tira la porte avec plus de force que nécessaire et sortit sans un regard en arrière. Si Camille nourrissait encore le moindre fantasme de héros, il avait enfin réussi à la convaincre du contraire.

Non.

Elle refusait de le laisser s'enfuir de la sorte. Comment pouvait-il passer la main à un collègue, après tout ce qu'ils avaient traversé ensemble ?

Elle ne parvenait plus à réfléchir ni à respirer. Elle saisit le col de son sweat, effleurant le sparadrap qui maintenait la compresse. Sans lâcher la porte des yeux, elle attendait. Il ne pouvait pas l'abandonner comme ça. Elle ne pouvait pas perdre la seule personne en qui elle avait confiance. Les murs semblaient se refermer sur elle. Il n'y avait aucune issue. Impossible de quitter le refuge, avec ce tueur qui manipulait chaque détail de l'enquête. Même si elle mourait d'envie de suivre Finn, d'exiger des explications, elle ne pouvait mettre sa vie en danger.

Elle se dirigea vers la porte d'un pas décidé et activa l'alarme comme il le lui avait demandé. Des larmes de défaite lui brûlaient les yeux.

Finn avait promis qu'il ne partirait pas. Qu'est-ce qui avait changé ?

La réponse de Finn avait pourtant été limpide. Il lui avait expliqué exactement pourquoi rien ne pourrait jamais se passer entre eux, une fois l'enquête terminée. Mais Camille n'avait pas écouté.

« Tu cherches ce lien entre nous depuis le début, Camille. » Unc pesanteur étouffante lui clouait les épaules. Il avait raison. C'était sa faute. Elle l'avait mis dans une position impossible. Personne ne pouvait assumer le statut de héros. Cela ne signifiait pas pour autant qu'elle ne méritait pas d'être appréciée, aimée. Elle avait repoussé les limites de Finn, dans l'espoir de trouver quelque chose – quelqu'un – de solide, de chaud, de rassurant. Pour rattraper le passé.

Malheureusement, elle avait poussé trop fort et Finn n'avait plus eu d'autre choix que de partir pour de bon. Elle était si… assoiffée d'interaction humaine sincère. Elle voulait tellement trouver quelqu'un avec qui rire, quelqu'un qui la soutienne plutôt que la briser. Et Finn comblait parfaitement le trou invisible que l'Écorcheur avait laissé quand il lui avait arraché sa vie passée.

La nausée la gagna. Elle ne savait plus depuis combien de temps elle se tenait là, à regarder la porte, dans le mince espoir que le marshal revienne. Elle avait l'impression de marcher sur un fil. D'un côté, la femme vulnérable et complexée qu'elle était devenue après l'agression de Chicago. De l'autre, la survivante que Finn voyait en elle.

Tout n'avait-il été que mensonge ?

Elle retourna dans la pièce pour se saisir de son appareil photo. Aussitôt, un grand calme se fit en elle. Malgré la douleur de son épaule, elle trouvait son poids rassurant. Elle ferma les yeux pour explorer les formes du boîtier. Elle ne pouvait pas continuer à être cette femme privée de sa passion, brisée par un homme qui n'avait pas été à la hauteur de ses promesses, obsédée par les regards des autres et les chuchotements dans son dos.

Pourtant, la confiance que Finn lui avait accordée et son admiration à son égard l'avaient aidée à se sentir plus forte. Elle avait commencé à croire en cette version fantasmée qu'elle avait d'elle-même. Ce pouvait être plus qu'un rêve. Elle pouvait devenir cette femme qu'elle s'était construite dans sa tête.

Elle savait, avant de faire l'amour avec Finn, que ses sentiments ne seraient pas forcément partagés. Il était possible qu'il n'ait jamais ressenti ce lien entre eux, sans pour autant la décourager. Elle vivait dans un état d'engourdissement forcé depuis si longtemps que même la perspective d'avoir le cœur brisé ne l'avait pas arrêtée. Malheureusement, elle s'était trompée sur son compte, tout comme elle s'était trompée sur Jeff Burnes.

La seule différence, c'est que Finn avait tenté de l'avertir. Il n'avait jamais été le héros qu'elle s'évertuait à voir en lui.

Elle se passa les mains dans les cheveux. La Camille de ses rêves ne pleurerait pas, ne supplierait pas. Elle alluma son appareil photo, plus que jamais rassurée par le petit son aigu, et afficha la dernière photo prise, celle de Finn faisant semblant de dormir sur le lit. Son pouce actionna le bouton du menu pour l'effacer. Il était parti retrouver son collègue qui devait le remplacer au plus vite et elle ne pouvait rien y faire. Tant que l'Écorcheur serait en liberté, elle resterait enfermée dans cette pièce avec le marshal Watson. En revanche, cela ne signifiait pas…

Soudain, quelque chose attira son regard dans la photo, un éclat sur la table de nuit auquel elle n'avait pas prêté attention jusqu'alors. De quoi s'agissait-il ? Elle rapprocha l'écran et se positionna pour retrouver exactement l'angle d'où elle avait pris le cliché. Puis elle leva les yeux pour observer la pièce. Rien.

— Ça n'a pas de sens…

Se glissant entre le lit et le mur, elle posa l'appareil sur le matelas et s'empara du réveil. Ce dernier était plus lourd qu'elle ne l'avait pensé et un second cordon d'alimentation semblait avoir été rajouté à l'arrière. Pourquoi un objet aussi banal avait-il besoin de deux alimentations ? Une seule suffisait largement. À moins que…

Un frisson glacial la parcourut. Quand elle retourna l'appareil, les chiffres rouges clignotèrent furieusement pendant quelques secondes, avant de se stabiliser. Elle arracha alors le second fil… et se retrouva nez à nez avec l'objectif d'une caméra miniature.

Surprise, elle lâcha le réveil qui heurta le coin de la table de nuit, et se recula vivement pour s'éloigner de cet œil espion. Un terrible pressentiment la parcourut. Finn n'aurait jamais installé un système de vidéosurveillance dans cette pièce. Cet endroit était conçu comme un cocon, sans aucun lien avec l'extérieur, afin de renforcer la sécurité des témoins. Cela n'aurait eu aucun sens d'enregistrer des images pour les stocker ailleurs.

Cela signifiait que quelqu'un d'autre était entré. Quelqu'un d'autre avait installé la caméra. Quelqu'un les observait.

Non.

C'était elle qu'on surveillait.

Chaque seconde, chaque heure, chaque jour depuis leur arrivée, ils avaient été surveillés à leur insu. Son ventre se serra. Même lorsqu'ils avaient fait l'amour. Elle fut prise de nausées. Elle plaqua une main sur sa bouche, incapable de chasser ce sentiment de violation émotionnelle qu'elle sentait croître en elle.

Elle devait se concentrer. Dos à la table de nuit, la caméra toujours à la main, elle passa en revue le reste de la pièce. Un seul appareil ne suffisait pas pour surveiller une cible ; il devait y en avoir d'autres.

La sensation d'être observée lui donnait le vertige, mais elle ne devait pas perdre la tête. Pas encore. En bonne professionnelle, elle était capable de déterminer le meilleur angle pour espionner un sujet. La caméra qu'elle tenait n'était pas mobile : elle avait été fixée dans le réveil et pointée en direction de la cuisine. Si Camille avait voulu surveiller le reste du studio, elle aurait installé une seconde caméra…

Le petit voyant vert du détecteur de fumée avait disparu. La gorge serrée, Camille traversa la pièce, tira un tabouret jusque sous le détecteur et grimpa dessus pour dévisser le capot d'une main tremblante. La LED avait été remplacée par une autre caméra.

Qui avait pu entrer pour brancher ces appareils ? Les hypothèses étaient presque infinies. Elle arracha la seconde caméra, mais cela ne suffit pas à apaiser son malaise.

Finn.

Elle devait l'avertir.

Les marshals se faisaient souvent des ennemis, au cours de leur carrière. Il était encore possible que Camille nc soit pas la cible de cette surveillance. Elle descendit du tabouret et jeta les caméras sur le lit, à côté de son appareil photo. Puis elle glissa son bras blessé dans la manche de son manteau, enfila ses chaussures et se dirigea vers la sortie.

Avant qu'elle ait eu le temps d'atteindre la porte, deux coups résonnèrent dans le couloir. Camille ralentit. Les paroles prononcées par Finn juste avant son départ lui revinrent à l'esprit. Le marshal qui assurait la relève devait frapper deux fois.

Jonah Watson.

Lui serait en mesure de contacter Finn pour l'alerter. Les marshals analyseraient les caméras et parviendraient peut-être à remonter jusqu'à la source. Elle demanderait à changer de secteur et elle oublierait le rejet de Finn.

Elle composa les six chiffres du code pour désactiver le système de sécurité. Quand elle tira la lourde porte, elle se retrouva face à un visage familier qu'elle ne pensait plus jamais revoir.

— Docteur Gruner.

Mais ce n'était pas le Dr Gruner. Parce que, selon le rapport d'autopsie, le véritable Dr Gruner avait été tué un an plus tôt, et son cadavre abandonné dans les bois derrière sa maison.

— Bonjour, Camille.

De longs cheveux grisonnants tombaient sur le front ridé et les lunettes carrées de l'imposteur. Un nez protubérant, légèrement rouge. Une barbe poivre et sel qui cachait le contour de la bouche et la forme du menton. Quand l'homme fit un pas dans le couloir, Camille sentit son cœur s'arrêter.

Lors de sa première séance avec le Dr Gruner, elle avait estimé que celui-ci devait avoir une soixantaine d'années. Légèrement voûté, il boitait de la jambe droite – une ancienne blessure qui lui avait valu d'être réformé.

Or, l'inconnu qui s'avançait à présent vers elle semblait beaucoup plus jeune, ne boitait plus et se tenait bien droit. Tandis que Camille reculait dans la pièce, il ôta ses lunettes et les laissa tomber par terre. Puis il tira sur le bord de sa moustache. Une sorte de prothèse se détacha de son nez, un postiche glissa de son crâne, révélant le tueur qu'elle cherchait à fuir depuis plus d'un an.

Jeff Burnes.

L'Écorcheur.

Il la fixait de ses yeux gris acier. Camille faillit heurter le tabouret qu'elle avait laissé au milieu de la pièce.

— Tu as aimé mon cadeau d'anniversaire, Camille ?

13

— Les marshals de l'Illinois ont capturé le fugitif il y a environ une heure, annonça Jonah Watson en arrivant au point de rendez-vous.

Il tendit à Finn un dossier et croisa ses bras puissants sur son torse massif. Ses yeux bleus brillaient d'un éclat intense sous le ciel voilé. Cet ancien technicien du FBI mesurait quelques centimètres de plus que Finn. Jonah avait d'abord travaillé comme formateur pour l'agence fédérale, dans l'unité des démineurs, puis avait passé deux ans en Afghanistan, avant d'intégrer les US Marshals. Avec ce solide bagage, rien ne lui échappait, et Finn avait plus que jamais besoin des compétences de son collègue.

— Ce fumier était presque parvenu à la frontière. Il est doué, le bougre. Il se planquait depuis une semaine dans une église abandonnée, se faisant passer pour un des sans-abri qui y dorment parfois la nuit. Mais quelqu'un l'a repéré et a signalé sa présence.

— C'est étrange..., fit remarquer Finn en jetant un regard des deux côtés de la rue.

L'Écorcheur se serait évadé pour rester dans la région de Chicago ? Finn prit le dossier, trop heureux de pouvoir se concentrer sur autre chose que sur la femme qu'il venait de quitter. Il ne parvenait pas à chasser cette appréhension, alors même qu'il savait Camille en sécurité. C'était tout ce qui comptait. Il avait fait son travail et elle était toujours en vie. À présent, un autre marshal serait chargé de cette mission. Un collègue qui ne risquait pas de commettre une erreur à cause de son attachement.

Pendant toute la durée de l'enquête, Camille s'était dressée comme un modèle de force et de courage. Finn, lui, se sentait vidé, physiquement et émotionnellement. Cette mission avait été plus éprouvante que toute autre, en grande partie à cause de Camille, la créature la plus incroyable, la plus honnête et la plus passionnée qu'il ait jamais croisée. La connexion qu'elle avait forgée entre eux, quelle que soit sa nature exacte, n'avait rien de simple. Elle ne demandait pas un effort minimal, comme il en avait l'habitude dans ses relations. Camille portait sur ses épaules une lourde histoire, chargée de traumatismes, de drames, mais aussi de guérison. Ses attentes émotionnelles étaient immenses et il ne savait pas comment l'aider et la soutenir.

Elle méritait quelqu'un qui soit capable de s'ouvrir, quelqu'un à qui faire confiance, avec qui rire et pleurer, quelqu'un qui soit présent les nuits de cauchemars. Pas lui.

Finn parcourut rapidement le rapport des collègues de l'Illinois, avant de passer aux photos. Chaque détail, aussi infime ou incongru soit-il, pouvait les rapprocher de celui qui avait traqué Camille jusque dans l'Oregon. Il se figea devant la première photo : c'était le cliché d'identité judiciaire d'un homme qu'il n'avait jamais vu auparavant.

— Ce n'est pas Jeff Burnes, dit-il aussitôt en levant les yeux vers Watson.

— C'est une situation un peu étrange, approuva son collègue. Le type qu'ils ont ramassé était vêtu de l'uniforme de prisonnier de Burnes, mais quand ils l'ont incarcéré, ils se sont rendu compte que son visage avait été transformé pour ressembler à celui de Burnes, à grand renfort de maquillage et de silicone. Le fugitif portait aussi des lentilles colorées et une perruque, afin de convaincre les marshals qu'ils tenaient le bon individu. Quant à ce type ? C'est la cerise sur le gâteau : il s'agit de l'agent spécial David Ronaldson, du FBI.

Finn reconnut aussitôt le nom et sentit le sol se dérober sous ses pieds. Il avait poussé le professionnalisme jusqu'à mémoriser l'identité des policiers et des agents qui s'étaient occupés de l'enquête à Chicago. David Ronaldson jouait le rôle de Jeff Burnes en prison depuis tout ce temps ? Que se passait-il ?

— Si j'ai bien compris… un des Fédéraux chargés de retrouver l'Écorcheur est resté derrière les barreaux pendant un an, sous l'apparence du tueur qu'il traquait ? Et personne, ni le FBI, ni les gardiens de prison, ni la police, ne s'est rendu compte de rien avant l'évasion ?

— Voici à quoi il ressemblait à son entrée en prison, répondit Watson en soulevant la première photo pour dévoiler la suivante.

Finn serra plus fort le document. En effet, l'individu du premier portrait avait été habilement grimé. Finn aurait pu jurer qu'il contemplait un portrait de l'Écorcheur, s'il n'avait pas passé des centaines d'heures à étudier le dossier dans ses moindres détails.

— Quelqu'un s'est donné beaucoup de mal pour que le véritable Jeff Burnes évite la case prison. Assez de mal, en tout cas, pour qu'un des hommes chargés de l'enquête accepte de jouer les sosies. L'agent Ronaldson refuse de parler sans la présence de son avocat, ce qui va demander encore quelques heures au moins. Je pense que c'est l'Écorcheur… le vrai Jeff Burnes… qui est derrière tout ça et qui tire les ficelles.

Bon sang, si Finn n'avait pas vu la photo « après », il n'aurait jamais cru à celle « d'avant ». Son sang se glaça soudain. Jeff Burnes était toujours en liberté. Et il cherchait certainement la seule victime qui avait réussi à lui échapper.

— Camille.

Il laissa tomber le dossier et se rua aussi vite qu'il put vers son SUV. Son collègue le héla avant de lui emboîter le pas, mais Finn n'avait pas le temps de lui fournir des explications. Déjà, il fonçait vers la planque et appelait des renforts, espérant simplement arriver à temps. Enfin, il s'engagea dans la ruelle.

Manquant d'arracher la rambarde de l'escalier, il se précipita vers l'entrée. La porte était entrouverte. Jamais Camille n'aurait quitté ce refuge de son plein gré et elle n'aurait certainement pas oublié de fermer.

Il arrivait trop tard.

— Non, non, non, non ! Camille !

L'escalier de métal frémit de nouveau quand Watson le rejoignit. Sortant son arme, Finn donna un coup de pied dans la porte et sécurisa le couloir. Puis il s'avança vers le studio, couvert par Watson. L'un des tabourets de la cuisine avait été tiré au milieu de la pièce. Finn indiqua la salle de bains à son collègue.

Tout semblait exactement comme lorsqu'il était parti. Quelques taches de pâte de brownie maculaient encore le plan de travail et les draps qu'il n'avait pas eu le temps de changer. La vaisselle sale, vestige de leurs expériences culinaires, s'entassait toujours dans l'évier.

Pour un œil non averti, il semblait que Finn et Camille avaient décidé de faire de la pâtisserie pour tromper l'ennui. Mais Watson, ancien démineur, avait appris à repérer les moindres détails. C'était souvent une question de vie ou de mort. Il comprit donc aussitôt que Finn avait noué une relation intime avec son témoin et qu'il allait devoir rendre des comptes.

— On est bons, annonça Watson en ressortant de la salle de bains.

Finn baissa son arme et examina de nouveau la pièce. Comment l'Écorcheur avait-il découvert où elle se trouvait ? Comment avait-il déjoué le système de sécurité ou su que Finn venait de partir ? Il ne remarquait aucun signe de lutte, même s'il avait la certitude que Camille n'avait pas quitté le refuge volontairement. Elle n'aurait jamais pris un tel risque. Il se concentra sur la table de nuit vide, puis aperçut le sac de voyage posé par terre.

— Il manque son appareil photo mais le reste de ses affaires est encore là. Si elle était sortie seule d'ici, elle aurait tout emporté.

— Le détecteur de fumée a été démonté, tout comme le réveil, fit remarquer Watson. Il y a des morceaux partout.

Il rangea son arme et tira de sa poche une paire de gants en latex, qu'il enfila avec un claquement sec. Puis il s'accroupit pour ramasser les fragments épars et les posa sur la table de nuit. Il connaissait son affaire : quand il était au FBI, il avait analysé des débris éparpillés sur des zones beaucoup plus étendues, afin de reconstituer des engins explosifs.

— Il y a deux alimentations, marmonna-t-il. La première pour le radio-réveil, la seconde pour autre chose. Une caméra, peut-être ?

Finn poussa un juron. Il se tourna vers le tabouret au milieu de la pièce, puis leva les yeux vers le détecteur de fumée.

— Ce n'est pas celui que j'ai installé quand j'ai retapé l'étage. Il a été remplacé.

— Sans doute par une seconde caméra, dit Watson en s'approchant. Quelqu'un vous surveillait. Quelqu'un la surveillait. Il connaissait l'emplacement de ta planque et l'a infiltrée sans que tu te doutes de rien.

— Et il est venu pour enlever Camille et son appareil photo.

Un sentiment d'impuissance et d'inutilité envahit Finn, étouffant tout espoir de retrouver la trace de Camille.

— Comment a-t-il su ? Il n'y a que toi et Remi qui connaissiez l'existence de cet endroit.

Soudain, il comprit et son ventre se noua.

— Remi a dû l'inscrire dans le dossier de Camille dans la base de données, murmura-t-il.

— La marshal de Chicago. L'historique a montré que Miles Darien s'est servi de son identifiant et de son mot de passe pour découvrir où Camille avait déménagé. Les marshals de l'Illinois auraient dû désactiver ses codes, mais cela n'a pas été fait, visiblement. Il est possible que quelqu'un ait toujours accès au système.

C'est-à-dire à tous les protocoles de sécurité que tu as mis en place pour ton témoin.

— J'ai dit à Camille de ne pas ouvrir la porte, sauf si on frappait deux fois. Elle a laissé entrer son ravisseur sans se douter de rien, parce que ce monstre a suivi le protocole indiqué dans son dossier.

C'était sa faute. Il avait abandonné Camille sans protection, lui avait tourné le dos et avait ignoré ses besoins parce qu'il avait été trop lâche pour affronter ses propres faiblesses.

— C'est l'Écorcheur, affirma-t-il. Toute cette enquête évolue autour de lui. L'attaque de l'an dernier, le déménagement de Camille à Florence, Miles Darien qui a accès à son dossier, l'agent Ronaldson qui s'évade d'une prison fédérale. Tout est planifié depuis le début. Il nous manipule pour brouiller les pistes. C'est une affaire personnelle, pour lui. Camille est la seule victime qui lui ait échappé et il veut s'assurer que cela ne se reproduise pas. En revanche, il ne peut pas être loin.

— Vingt minutes, ça lui laisse quand même une bonne avance, rappela Watson en retirant ses gants.

Dans la ruelle, des crissements de pneus retentirent, puis on entendit des éclats de voix. Les renforts venaient d'arriver. Finn sortit son smartphone de sa poche et retrouva le site Internet du magazine *Global Geographic* dans son historique de recherche. Il parcourut la liste des pages qu'il avait consultées les jours précédents.

— Jeff Burnes était journaliste à *Global Geographic*. Camille et lui ont travaillé ensemble sur plusieurs reportages. Un seul d'entre eux s'est déroulé près d'ici.

Il retrouva l'article en question et mit son téléphone

entre les mains de Watson avant de se diriger vers la porte.

— C'est là-bas qu'il l'emmène.

Sentant quelque chose de mou sous sa botte, il s'arrêta. Une forme étrange et couleur chair traînait par terre. Il ne l'avait pas remarquée en entrant, car il était trop occupé à sécuriser les lieux. À présent, il comprenait. Il s'agissait d'un morceau de silicone façonné pour ressembler à un nez. Soit le ravisseur de Camille avait retiré son postiche, soit elle le lui avait arraché en luttant.

Une chose était certaine : l'homme qui l'avait emmenée était venu terminer le travail.

Camille reprit brusquement connaissance en sentant de l'eau glacée sur son visage. Sous elle, le sol était meuble et elle s'y enfonça quand elle tenta de se redresser. Du sable collait à sa nuque, ses mains, ses cheveux. Dans le ciel, des nuages menaçants s'amoncelaient au-dessus d'une plage vide. Au loin, elle distinguait vaguement des arbres et des rochers noirs, mais elle était encore groggy. Ses membres pesaient des tonnes et ses vêtements détrempés l'alourdissaient davantage.

Que… ?

— Je me souviens de la première fois où je t'ai vue avec cet appareil photo. C'était lors de notre tout premier reportage ensemble pour *Global Geographic*. Tu avais été désignée comme ma photographe pour un article que je devais rédiger et je me souviens avoir pensé que j'avais enfin trouvé mon égale.

Cette voix.

Toutes ses terminaisons nerveuses se mirent en alerte, malgré le sédatif qui lui avait été administré et qui embrumait ses sens. Le cliquetis familier de l'appareil photo parvint à ses oreilles, par-dessus le ronflement des vagues. Il était tout près.

La peur lui noua le ventre.

Un pas lourd près d'elle.

— Tu étais la plus belle femme que j'aie jamais vue. Intelligente, créative, passionnée.

Enfin, Camille reconnut l'endroit où elle se trouvait.

Le sable humide, le grand phare rouge et blanc dressé sur la falaise et l'infinité de l'océan sur sa gauche. Elle était déjà venue. Un contrat pour *Global Geographic*, quelques années plus tôt, mais elle n'avait pas oublié. La plage s'étendait sur presque un kilomètre, bordée par une épaisse rangée d'arbres qui montaient la garde au sommet de la dune.

Les vagues furieuses se ruaient vers elle, menaçantes. Elle ne pouvait pas fuir. Quelle que soit la direction, l'Écorcheur la rattraperait.

Un rire sinistre retentit à ses oreilles.

Elle tourna la tête. Il était là. Cette mâchoire carrée qui contrastait avec la rondeur de caractère affichée pendant des années. Ces cheveux châtains coiffés vers la droite qui lui conféraient un aspect presque juvénile, à mille lieues du tueur en série manipulateur. Il était beau, distingué, avec un sourire facile et des yeux gris qui lui avaient autrefois promis la lune. Il se dressait devant elle, de toute sa hauteur, l'appareil photo à la main.

— Je n'avais jamais rencontré quelqu'un d'aussi passionné par son travail. C'est là que j'ai compris qu'il fallait que tu sois mienne. Ensemble, on devait former l'équipe parfaite. Jusqu'à ce que tu laisses ce marshal te toucher.

L'équipe parfaite pour quoi ? Camille enfonça ses doigts dans le sable, luttant contre la peur qui la paralysait.

— Comment… ? Les marshals ont dit que tu t'étais évadé il y a une semaine, mais cela fait un an que tu te fais passer pour mon thérapeute.

— Je dois admettre que je n'étais pas certain que ce coup de génie fonctionne.

Jeff porta l'appareil à ses yeux et prit une photo d'elle. L'éclat du flash aveugla Camille pendant une seconde. Il s'accroupit près d'elle. Le bas de son pantalon et ses chaussures étaient maculés de sable.

— J'ai toujours été très doué pour cerner les gens, Camille. Pour comprendre ce qu'ils veulent. En quelques secondes, je peux deviner leurs désirs les plus chers, leurs peurs les plus enfouies. Chaque fois que je me concentre sur ma prochaine victime, j'ai le pouvoir de lui accorder tout ce dont elle rêve ou bien de la détruire de façon irrémédiable.

Il contempla l'océan. Camille sentit un frisson violent la parcourir. Ce n'était pas son ancien fiancé. C'était un tueur dans son élément. L'Écorcheur.

— J'ai découvert que ce talent pouvait me servir à dénicher des gens avec… des intérêts similaires aux miens. Comme cet agent du FBI chargé d'enquêter sur ces six femmes étranglées, avec le mot « mienne » gravé sur le torse, à Chicago.

— Quoi ?

— Incroyable, je sais. Tu imagines que je ne pouvais

pas laisser filer une occasion pareille. Vérifier jusqu'où je pouvais pousser un homme ayant juré de protéger les citoyens innocents. Quand j'ai compris que son obsession pour me retrouver était mue par le besoin de découvrir comment et pourquoi je tuais mes victimes, et non par le sens du devoir bidon que le Bureau inculque à ses agents, il ne m'a pas été difficile de le convaincre. J'avais le pouvoir de briser sa carrière, sa famille, toute sa vie. À moins qu'il fasse exactement ce que je lui demandais. Pendant plusieurs mois, j'ai pu utiliser sa propre peur contre lui, jusqu'à le transformer en un sosie parfait.

Jeff se redressa et posa ses yeux gris sur Camille, qui sentit son corps se raidir avec méfiance.

— Comme tu as pu le constater, je suis plutôt doué pour passer inaperçu. Je me suis rendu compte que je pouvais amener l'agent Ronaldson à me ressembler physiquement. Assez du moins pour que les agents fédéraux ne remarquent pas qu'ils arrêtaient un de leurs hommes à la place de l'Écorcheur. J'ai bel et bien été interpellé à Chicago cette nuit-là, après que des chirurgiens m'ont rafistolé. Cependant, c'est Ronaldson qui s'est assuré que je ne mette jamais un pied en prison.

— Il a accepté parce que tu l'avais menacé de révéler sa véritable nature.

Il manquait encore une pièce au puzzle, une pièce recrutée par Jeff Burnes dans le seul but de convaincre le FBI que l'Écorcheur était bien derrière les barreaux.

— Miles Darien avait raison. C'est toi qui as tué Jodie Adler. Quand tu as laissé son corps dans les bois derrière chez moi, tu savais que les marshals le trouveraient et que je ferais le lien avec la photo que tu m'avais encouragée à prendre. Miles Darien était-il une autre âme en peine que tu faisais chanter ? Ou bien juste un admirateur ?

Jeff observait l'écran de l'appareil photo.

— Miles a bien joué son rôle, jusqu'à ce qu'il me trahisse en s'attaquant à toi. Je suis évidemment déçu d'avoir perdu un tel talent, mais si ton marshal n'avait pas tué Miles, j'aurais fini par le faire moi-même. Je lui avais spécifiquement interdit de porter la main sur toi, mais il a enfreint les règles.

— Pourquoi ?

La façon dont il parlait de ses meurtres la glaçait. Il affichait une telle insouciance, comme si une vie humaine n'avait pas plus d'importance à ses yeux que celle d'une fourmi qu'on écrase sous sa chaussure.

Comment avait-elle pu ne pas comprendre qui il était vraiment ? Comment avait-elle pu le laisser entrer chez elle, dans son lit, dans sa vie, sans se douter de rien ?

Elle griffait le sable, évaluant mentalement si elle pouvait courir assez vite pour rejoindre la falaise, malgré le sédatif qui lui engourdissait encore les jambes. La saison touristique était finie depuis des mois. Sa seule chance de survie était de se réfugier entre les arbres. Au moins jusqu'à la tombée de la nuit. Ensuite, elle pourrait s'enfuir sans être vue.

Un frisson la parcourut de nouveau. Elle avait froid. Une nouvelle vague vint l'éclabousser, aggravant son hypothermie.

— Pourquoi tout ça ? demanda-t-elle avec amertume. Pourquoi te faire passer pour mon thérapeute et prétendre m'aider ? Pourquoi mettre en scène le cambriolage du cabinet chez le Dr Gruner et me faire choisir le lieu où tu as abandonné le corps de Jodie Adler ? Pourquoi installer des caméras de surveillance dans l'appartement ? Est-ce que tu as fait tout ça uniquement pour pouvoir m'achever toi-même ?

— Je t'ai déjà expliqué cela, Camille. Quand je choisis ma cible, j'ai le pouvoir de lui donner tout ce qu'elle désire ou de la détruire. Je ne voulais pas te tuer. J'ai commis une erreur l'an dernier, à la Saint-Valentin, lorsque j'ai décidé de t'ajouter à mon palmarès. Je l'ai compris à l'instant même où tu m'as poignardé avec ce couteau à viande. Pour la première fois, j'étais mû par un besoin désespéré de te cacher qui j'étais. Cela ne m'était jamais arrivé avec mes autres victimes. Tu étais assise en face de moi, si parfaite et si séduisante, et je ne pouvais m'empêcher de penser que, si tu apprenais la vérité, tu partirais. Cette idée m'avait obsédé toute la journée et à l'heure du dîner, je t'ai attaquée. Seulement…

Il poussa un soupir peiné.

— … Tu as tout changé. J'avais les mains autour de ton cou, cette lumière que j'admirais chez toi était en train de s'éteindre dans tes yeux, et là… Je me suis senti vide. Comme si je tuais une partie de moi-même.

Il jeta l'appareil photo dans le sable. Sur l'écran, Camille aperçut la photo qu'il observait quelques secondes plus tôt : c'était la dernière qu'elle avait prise de Finn.

Jeff se pencha vers elle, lui tenant le menton entre le pouce et l'index pour la forcer à le regarder. Puis, déchirant le col de son sweat, il exposa le pansement qui protégeait ses blessures. Une douleur piquante la traversa quand il arracha le sparadrap retenant la compresse.

— J'étais sincère en gravant ces lettres sur ta peau, Camille. Tu es mienne. Tu m'appartiens. Pas à Miles. Pas à ce marshal. Tu es à moi. On se ressemblait tellement, toi et moi. On était si passionnés par ce qu'on faisait. J'étais prêt à tout te donner, mais tu as permis à un homme de prendre ce qui m'appartenait, alors qu'il t'a laissée seule et sans protection. À présent, tu n'es plus qu'un vestige insignifiant de mon passé et de celui de ton marshal. Personne ne viendra te sauver, cette fois.

La vérité résonna en elle, mais Finn avait eu raison sur un point précis : elle avait survécu parce qu'elle était devenue sa propre héroïne.

— Tu es malade, Jeff. Je ne sais pas comment je ne m'en suis pas rendu compte plus tôt. En revanche, je vais passer le reste de ma vie à m'assurer que tu paies pour tes crimes.

Camille se dégagea de son emprise et lui jeta une poignée de sable dans les yeux. Puis, elle bondit, luttant contre le sédatif, et se mit à courir sur la plage, sans quitter du regard la ligne des arbres.

Tenir.

Encore un peu.

Elle avançait aussi vite que ses jambes le lui permettaient, malgré la douleur de l'effort. Ses vêtements trempés la brûlaient, mais elle ne pouvait ralentir. Elle ne devait pas se retourner.

Plus que dix mètres avant les arbres.

Cinq.

Une muraille de muscles la heurta de plein fouet par-derrière, la plaquant au sol.

La plage sembla se tordre et elle tomba tête la première. Du sable et des débris lui mordirent le visage, tandis qu'une main de fer la forçait à se retourner. Elle donna un coup de pied mais ne rencontra que du vide. Elle se releva, aveuglée par le sable dans ses yeux. Accablée par le sentiment de sa défaite imminente, elle ne put cependant s'empêcher de se débattre, dans une dernière tentative pour s'échapper.

— Pourquoi fais-tu tout ça ?

— C'est assez excitant, tu sais, d'avoir le pouvoir de porter quelqu'un vers ses rêves les plus fous ou bien de le réduire à néant. Je vais t'anéantir, Camille.

Il la saisit par les cheveux et l'attira contre son torse d'un geste brusque. Elle le sentit lever un pied, puis un craquement se fit entendre.

Son appareil photo.

Il venait de le détruire.

Cette perte lui transperça le cœur. Quand il lui fit faire volte-face, elle perçut le parfum familier de son eau de toilette.

— Tu m'as rendu service, autrefois. Ta passion pour la photographie m'a fait comprendre que j'avais besoin d'un centre d'intérêt unique pour être véritablement heureux. À présent, je vais te rendre service à mon tour.

14

L'Écorcheur était devenu le Dr Henry Gruner.

Finn ne savait trop comment le tueur avait réussi ce prodige, en dehors du fait qu'il avait utilisé une prothèse en silicone et sans doute une bonne dose de maquillage. Camille avait passé des heures en face de lui au cours de leurs séances, sans jamais se douter de quoi que ce soit.

Elle avait raison depuis le début : Jeff Burnes était capable de devenir tout ce que ses interlocuteurs – victimes ou forces de l'ordre – avaient besoin qu'il soit. Il leur faisait croire ce qu'il voulait. L'Écorcheur avait usurpé l'identité du thérapeute de Camille, afin d'étudier ses proies, de les tourmenter, de les manipuler à sa guise.

Finn enfonça la pédale de l'accélérateur, poussant le moteur de son SUV. Le sang battait un rythme effréné à ses tempes. Camille était entre les mains de ce tueur. Bon sang ! Il aurait dû être avec elle. Il aurait dû se douter que quelqu'un les surveillait.

Et pas n'importe qui : l'Écorcheur.

Le cauchemar qu'elle fuyait depuis un an.

Finn avait promis de protéger Camille, mais au premier signe de danger, il avait préféré abandonner plutôt que d'admettre ses sentiments pour elle. Il l'avait laissée braver ses peurs seule, afin de se préserver lui-même, de maintenir la muraille qu'il avait dressée autour de lui.

À présent, il risquait de tout perdre.

Cela faisait vingt-cinq ans qu'il se démenait pour ne plus ressentir la douleur et l'angoisse causées par la mort de sa mère, pour ne pas affronter le fait qu'il n'était pas assez fort pour protéger ceux qu'il aimait. La force qui le poussait à cet instant à rejoindre Camille aussi vite que possible n'avait plus rien à voir avec son devoir de marshal. C'était quelque chose de plus profond, quelque chose qu'il avait essayé de nier pendant longtemps, mais qu'il ne pouvait plus faire taire.

La simple idée que Camille puisse être en danger supplantait son propre instinct de survie et de préservation. Car malgré toutes les barrières qu'il avait dressées entre eux, il était tombé amoureux de Camille.

Rien ne l'empêcherait de la retrouver.

C'était elle qui lui avait donné la force de sortir de l'eau, après que Miles Darien l'avait poignardé. Elle était le modèle de résilience et d'honnêteté émotionnelle qu'il attendait depuis des années. Elle avait chamboulé toutes ses certitudes sur la vulnérabilité, la faiblesse et le traumatisme, allant même jusqu'à faire voler en éclats le concept de victime.

Camille Goodman était… Elle était tout pour lui et il passerait le reste de sa vie à le prouver.

Une longue file de véhicules de police, sirènes hurlantes et gyrophares allumés, le suivait. Toutes les forces de l'ordre de Florence et tous les marshals de l'Oregon avaient répondu à la demande de renfort de Watson, et accompagnaient à présent Finn dans sa course folle.

— J'arrive, Camille. Il faut juste que tu tiennes bon encore un peu.

Jeff Burnes ne vivait que pour tuer. Même si on n'avait retrouvé aucun autre cadavre dans le secteur, il était peu probable que cette ordure se soit contentée d'assassiner Jodie Adler lors de son séjour à Florence. L'Écorcheur était peut-être devenu expert dans l'art de se débarrasser des corps, mais il espérait que Jodie Adler serait découverte. Afin de faire connaître sa présence aux autorités.

À Camille.

Finn engagea son SUV sur le chemin d'accès à Heceta Beach, la plage qui s'étirait de chaque côté devant lui à perte de vue. Les falaises qui s'avançaient en pointe essuyaient les assauts violents du vent et de la mer, mais ne suffiraient pas à les protéger de la tempête qui se préparait. De lourds nuages noirs obscurcissaient le ciel et l'air se chargeait d'électricité. Finn descendit de son véhicule et ouvrit le coffre.

De son sac contenant son équipement réglementaire, il sortit son gilet pare-balles, un chargeur supplémentaire et son arme de secours. Autour de lui, ses collègues arrivaient dans des crissements de pneus et des hurlements de sirènes, emplissant petit à petit le parking.

Remington Barton, la chef des marshals, commença à lancer des ordres aux policiers de Florence. Grande, nerveuse et musclée, elle prit la direction des opérations avec son autorité naturelle.

— Écoutez tous ! Je veux des barrages routiers à tous les points d'accès de cette plage et un périmètre de sécurité d'un kilomètre. Personne n'entre ou ne sort de cette zone sans mon accord exprès. C'est bien compris ?

Elle tira une photo de sa veste.

— Jeff Burnes, alias l'Écorcheur, est très dangereux. Il est sans doute armé et très doué pour se déguiser. Il vous tuera si cela lui permet de s'échapper. Donc, restez vigilants. La police de Florence se charge de bloquer le secteur, pendant que les marshals passeront cette plage, le phare et la falaise au peigne fin. On ne partira pas avant d'avoir retrouvé Jeff Burnes et son otage, Camille Goodman. Peu importe le temps que ça prendra.

Remi parcourut l'assemblée du regard, hocha une fois la tête et ajouta avec sévérité :

— Ne restez jamais seul. Soyez sur vos gardes.

Les policiers s'éloignèrent en se répétant les ordres entre eux. Le marshal Dylan Cove, récemment transféré dans leur secteur pour remplacer Beckett Foster pendant son absence, tira son arme de sa parka pour vérifier le chargeur. Avec sa barbe hirsute et ses cheveux longs, il avait constamment l'air de sortir du lit. Finn savait cependant que cette apparence était trompeuse. D'après ce qu'il avait pu apprendre, ce nouveau collègue et Remi se connaissaient déjà. Si sa chef faisait confiance à Dylan Cove, cela lui suffisait. L'ancien détective privé était peut-être un ours bourru au passé un peu trouble, mais ils ne seraient jamais trop pour chercher Camille.

— Qu'est-ce qui te fait penser que ton fugitif a choisi ce lieu pour terminer son œuvre ? demanda Cove de sa voix grave.

— Camille et lui connaissent tous les deux cette plage, expliqua Finn. C'est ici qu'ils ont travaillé ensemble pour la première fois et ce n'est pas très loin de l'endroit où il l'a enlevée. J'ai étudié de près tous les homicides attribués à ce type. Il ne sélectionne pas ses victimes au hasard, simplement pour assouvir un besoin compulsif de tuer. Il les observe, cerne leurs habitudes, gagne leur confiance afin de détruire leur identité. C'est le pire des meurtriers. C'est un serpent. Il sait se contrôler et attendre le bon moment. Aussi longtemps que nécessaire.

Et l'heure de Camille avait sonné.

Cette fois, cependant, Finn n'avait pas l'intention de se précipiter, comme il l'avait fait dans la forêt. Cette fois, il ne laisserait pas le ravisseur avoir le dessus. Jeff Burnes avait peut-être rassemblé le maximum d'informations sur sa victime, mais Finn avait tous les marshals de l'Oregon avec lui et une année entière de recherches sur cette affaire.

— Il la connaît par cœur et il s'est fait passer pour son thérapeute afin d'avoir accès aux détails les plus intimes de son agression. Ce qu'il veut, c'est provoquer le plus de dégâts possible. Elle n'est pas simplement celle qui a réussi à s'échapper. Il l'a amenée ici pour prouver que cette histoire est tout aussi personnelle pour lui que pour elle, et il va tout faire pour qu'elle se sente isolée, seule et terrorisée. Quant à nous… on va tout faire pour l'en empêcher.

Jonah Watson s'approcha d'eux et leur tendit des appareils radio.

— On forme deux équipes. Remi et Cove partent

vers le sud. Finn et moi, vers le nord. On reste en contact. Personne ne joue les héros solitaires.

« Les héros ne sont pas des héros parce qu'ils empêchent le mal de survenir, mais parce qu'ils font tout pour s'opposer à ceux qui le provoquent. Et c'est ce que tu as fait pour moi. »

Un héros.

Ce mot résonna dans l'esprit de Finn. Camille le voyait comme un héros. Il détestait cette étiquette et pourtant, rien ne l'arrêterait. Il la sauverait, la ramènerait chez elle et ferait tomber le tueur qui l'avait prise pour cible. Il n'avait rien d'un héros, mais il était prêt à endosser ce rôle pour Camille. Il affronterait l'Écorcheur pour elle. Il ferait en sorte que son agresseur ne puisse plus jamais s'en prendre à elle. Ou à qui que ce soit.

Il accrocha l'émetteur radio à sa veste et se dirigea vers la plage. Jonah Watson et lui se mirent à trottiner près du rivage, dans le fracas assourdissant des vagues furieuses. Le vent avait forci, comme en réponse au tumulte qui faisait rage en lui. Le sable humide semblait vouloir l'aspirer à chaque pas, mais il oublia la douleur et le froid qui le gagnait déjà. De nombreuses empreintes serpentaient sur la plage, mais une trace particulière attirait son attention. Quelques dizaines de mètres plus loin, une tache noire se dessina. Finn s'approcha.

Ce n'était pas du sable. Un appareil photo.

Où était Camille ?

— Elle était ici ! cria-t-il en direction de Watson.

— Ils n'ont pas pu aller bien loin, répondit son collègue par-dessus le hurlement du vent.

Finn se tourna vers la pointe où se dressait le phare de Heceta Head. Dans chacun des meurtres de l'Écorcheur qu'il avait étudiés, celui-ci avait emmené ses victimes dans un endroit protégé et à l'abri des regards. Les hauteurs de la falaise étaient trop exposées. Jeff Burnes ne prendrait pas le risque d'être repéré par des touristes, le gardien du phare ou des clients de l'auberge voisine. Il voudrait garder Camille pour lui tout seul, tout en veillant à ce qu'on ne puisse pas lui attribuer ce crime.

Finn se tourna vers son collègue, le visage battu par la pluie.

— C'est ici que s'est déroulé le reportage de Camille et Jeff Burnes, mais aucune des photos ne représentait le phare. Ils ont exploré la grotte située en dessous.

Avec un hochement de tête, Watson contempla le pied de la falaise.

La marée montait rapidement.

L'humidité ambiante saturait les poumons de Camille.

Jeff la tirait avec une poigne impitoyable sur un sol rocheux et inégal, et elle entendait son souffle résonner dans l'obscurité. Ses chaussures et ses chaussettes trempées d'eau de mer émettaient des chuintements mouillés à chaque pas et elle sentit une vague glacée lui mordre les jambes. Elle risquait de tomber en hypothermie avant que l'Écorcheur ait le temps de terminer sa sinistre besogne.

Soudain, elle trébucha contre un rocher et bascula en avant. Cette fois, il n'y eut personne pour la rattraper. L'eau salée s'engouffra dans ses vêtements, éclaboussant son visage et son torse. Elle n'eut pas besoin de chasser le sable de ses yeux pour savoir où il l'avait emmenée.

La grotte que Jeff et elle avaient explorée pour *Global Geographic* répercuta le gémissement de douleur qui lui échappa lorsqu'elle essaya de se relever. Elle avait dû s'y reprendre à plusieurs fois et lutter contre l'océan pour obtenir les clichés qu'elle voulait pour l'article. Elle avait même failli se noyer. C'est là que l'Écorcheur l'avait amenée pour l'achever.

Quand la vague se retira vers l'entrée, cherchant à l'entraîner avec elle, Camille sentit un froid glacial gagner ses pieds.

— Que tu sois prête à l'admettre ou non, Camille, toi et moi ne sommes pas si différents l'un de l'autre. C'est le chemin que nous avons choisi qui nous sépare. Ta passion pour la photographie. Ma passion pour la souffrance d'autrui. Tu étais ma muse, l'exemple qui m'inspirait. Quand la routine s'installait, je savais qu'il me suffisait de faire preuve d'un peu plus de créativité pour que l'étincelle se ravive. Comme toi, lorsque tu cherchais les reportages les plus complexes.

La voix de Jeff résonnait sur les parois rocheuses.

— Toi et moi sommes les deux revers d'une même médaille. Quand tu m'as quitté, quand tu t'es enfuie, j'ai retrouvé qui j'étais. Cela m'a rendu plus fort. Tu étais la première de mes victimes à te défendre et l'excitation déclenchée par ta lutte était plus puissante que tout ce que j'avais pu connaître avant. Cela m'a redonné le goût de la chasse.

La grotte s'obscurcit brusquement au passage d'un nuage, mais la silhouette svelte de Jeff se découpait toujours nettement devant l'entrée. Une lame était apparue dans sa main.

— C'est pour ça que je t'ai incitée à prendre cette photo, après ton arrivée à Florence. Tu étais perdue, pendant un moment, mais je savais que, si je te poussais, je pouvais t'aider à retrouver ta voie. Tout comme tu l'as fait pour moi.

Il fit un pas vers elle, sans qu'elle puisse réagir. Si elle reculait, elle s'enfonçait davantage dans la grotte, s'éloignant ainsi de sa seule issue.

— Toutes ces femmes, celles qui ne se sont pas échappées… Des femmes comme Jodie Adler et tant d'autres que j'ai eu le plaisir de croiser depuis mon arrivée dans l'Oregon… Elles ont été parmi mes plus belles œuvres. Tu crois avoir connu l'enfer, lors de ce dîner ? Je peux t'assurer sans l'ombre d'une hésitation qu'elles ont souffert bien plus que toi. À cause de toi. Tu vois… Je n'ai plus besoin de toi, Camille. Quand j'en aurai fini, tu ne seras plus qu'un trophée de plus sur la longue liste des victimes de l'Écorcheur.

— Tu parles trop, Jeff.

L'engourdissement qui gagnait ses membres n'avait rien à voir avec le froid. La peur s'était emparée d'elle. L'océan s'était retiré, mais bientôt, une nouvelle vague se ruerait dans l'espace étroit où l'Écorcheur la retenait prisonnière. Si elle ne trouvait pas rapidement un moyen de s'échapper, elle mourrait avec la marée montante.

Camille serra les poings. Des flashs du dîner de Saint-Valentin dans leur appartement lui revenaient à l'esprit. Jeff bondissant par-dessus la table, ses mains puissantes autour de son cou, quand il l'avait plaquée au sol. Puis ce fut le visage masqué de Miles Darien qui s'approchait d'elle sur la péniche, tandis qu'elle agrippait son éclat de verre. Les deux fois, son agresseur avait été plus fort, plus rapide, plus violent et bien décidé à atteindre sa proie. Mais elle s'en était sortie.

Elle ne pouvait pas laisser Jeff gagner.

Elle se redressa et, raffermissant le bras, frappa aussi fort qu'elle put avec son poing. Il ne la tuerait pas. Elle n'était pas une combattante, mais elle ne le laisserait pas faire du mal à d'autres gens. L'homme de ses cauchemars esquiva.

Puis, en un clin d'œil, il la saisit par le poignet, la tira brutalement vers lui et lui tordit le bras derrière le dos. Camille sentit une douleur atroce lui vriller l'épaule, tandis que Jeff la forçait à se mettre à genoux. Elle tentait de contrôler sa respiration pour maîtriser la souffrance, mais la pression sur son articulation ne faiblissait pas.

Sa vue se troubla.

— Je pensais que tu étais différente, Camille, murmura l'Écorcheur tout près de son oreille.

Il la redressa avec une telle brutalité qu'il manqua de lui déboîter l'épaule. Avec un frisson d'horreur, Camille sentit la lame d'un couteau contre son cou.

— En fait, tu es exactement comme toutes les autres. Terrifiée, faible, seule. Et tu m'appartiens.

— Elle n'est pas seule, cria une voix derrière eux. Et elle ne t'appartient certainement pas, Burnes. Maintenant, lâche-la.

Jeff fit volte-face sans libérer sa proie. Deux silhouettes imposantes se tenaient à l'entrée de la grotte. Camille sentit la lame mordre sa chair, mais elle agrippa le poignet de son agresseur pour empêcher la pointe de s'enfoncer plus. Lorsque le soleil refit une apparition entre deux nuées, elle reconnut l'un des deux hommes. Un mélange de jubilation et de terreur l'envahit.

— Finn…

Non. Que faisait-il là ? Comment l'avait-il retrouvée ? Il devait se sauver. Vite. Jeff accrut la pression sur sa gorge, lui coupant la respiration. L'avertissement qu'elle voulait transmettre aux deux marshals mourut sur ses lèvres.

— Jeff Burnes, c'est fini. Tu ne sortiras pas d'ici sans nous. À toi de voir si tu préfères partir avec des menottes aux poignets ou bien une balle dans la tête.

Les deux marshals s'approchèrent. Un mouvement de la lame et ce serait la fin, se dit Camille.

Des paillettes d'or dansaient sur les vagues, soulignant l'angle de la mâchoire de Finn et le bleu hypnotisant de ces yeux auxquels elle avait été assez stupide pour faire confiance. Quoi qu'il advienne au cours des minutes qui suivraient, rien ne changerait entre eux. Finn avait été clair sur ses sentiments pour elle.

Il était venu la chercher uniquement parce que c'était son travail.

— Si tu lui fais le moindre mal, tu peux dire adieu à la tranquillité. Parce que je te traquerai où que tu ailles. Alors, pourquoi ne pas te faciliter la tâche et lâcher ce couteau, avant que je te tire dessus ?

— C'est ça, l'homme à qui tu as offert ton corps après moi ? murmura Jeff Burnes à l'oreille de Camille. Tu sens bien qu'il se fiche de toi. Tu n'es qu'un témoin comme les autres, une femme qu'il ne reverra plus jamais de sa vie une fois la mission terminée. Qui sait combien il y en a eu avant toi, ma pauvre ?

De sa main libre, Jeff caressa une mèche de ses cheveux avec une douceur écœurante.

— Tu as toujours été spéciale, à mes yeux. Les lettres que j'ai gravées sur ta peau en sont la preuve physique. Tu m'appartiens. Tu seras toujours mienne. Toujours.

Lui appartenir. Camille sentit ses doigts se mettre à fourmiller, comme avec son appareil photo.

« Parce que tu as beau répéter que je suis ton héros personnel, tu n'as jamais eu besoin de moi pour te protéger. Tu es ta propre héroïne. »

Les paroles de Finn se frayèrent un chemin vers la surface de la conscience de Camille, perçant la barrière de peur et d'incertitude pour se loger en plein dans cette zone laissée vide par ses agressions. Finn avait raison. Même si elle ne devait jamais être plus qu'un témoin, il avait raison. Chaque fois qu'elle avait été agressée – par Jeff, par Miles Darien, par la perte d'identité qui l'empêchait de reprendre son appareil photo –, elle avait survécu. Elle s'était remise debout pour affronter l'adversité et la menace suivante.

Bon sang, elle avait bel et bien été sa propre héroïne.

— Je pensais moi aussi que j'étais simplement une victime de plus, Jeff, mais aujourd'hui je sais que c'est faux. Je n'ai jamais appartenu à personne. Ni à toi ni à Miles. Je t'ai laissé me voler ma confiance en moi, mon identité, mais tu n'as jamais pris possession de moi. Je suis une survivante. Et ça, tu ne pourras jamais me l'enlever.

Camille donna un violent coup de coude dans le ventre de Jeff. La lame glissa de sa gorge et elle fit volte-face pour pousser son agresseur de toutes ses forces. Avec un grognement furieux, celui-ci abaissa son arme. Camille se prépara à l'assaut, les mains tendues devant elle pour protéger son visage.

— Non !

Une frappe brutale dans son dos la projeta en avant, puis deux coups de feu claquèrent derrière elle. Elle atterrit à quatre pattes sur des rochers plats qui descendaient vers l'eau. La douleur perça son engourdissement. Lorsqu'elle tourna la tête, elle vit Jeff debout, parfaitement immobile.

Dans un rugissement, une vague puissante se rua dans la grotte, emprisonnant ses chevilles, puis ses cuisses, jusqu'à sa taille. Il était trop tard. Pour eux tous. Camille tendit une main vers Finn au moment même où celui-ci tentait de l'atteindre, mais leurs doigts humides glissèrent sans parvenir à trouver leur prise. Finn disparut sous la surface.

— Finn !

L'Écorcheur baissa les yeux vers son torse, observant avec stupeur la tache rouge qui assombrissait sa chemise. L'eau montait toujours. Quand il se tourna vers Camille, il sembla soudain comprendre qu'il ne quitterait pas cette grotte vivant, comme Finn le lui avait prédit.

— Tu m'appartiendras… toujours.

Une vague s'abattit sur Camille avec fureur.

15

Le courant souleva brusquement Finn, dont la tête heurta le plafond de la grotte. Sonné, il se sentit ballotté dans tous les sens, au point de ne plus savoir où se trouvait le sol. Il cherchait une prise pour tenter de se repérer, mais il n'y avait autour de lui qu'un océan de ténèbres. Le sel mordait la plaie qu'il venait de se faire à l'arrière du crâne et s'infiltrait dans le bandage sur son abdomen. La douleur indiquait qu'il était toujours en vie, mais il ne parvenait plus à respirer.

Camille.

Où était Camille ?

Il battit des pieds et des bras, espérant la retrouver. Elle devait être là, quelque part. Il ne pouvait pas l'avoir perdue alors qu'il venait juste de la libérer de l'emprise manipulatrice de l'Écorcheur. La situation lui échappait complètement et il dut lutter pour ne pas céder à la panique. L'idée de perdre Camille après tout ce qu'ils avaient enduré ensemble lui était insupportable.

Le manque d'oxygène commençait à se faire sentir. Il devait rester calme. Plus il se débattrait contre la marée, plus vite il brûlerait ses réserves. Jeff Burnes avait amené Camille dans cette grotte en espérant que son corps serait englouti par l'océan. Finn refusait de laisser une chose pareille se produire. Jamais. Il n'avait pas tiré deux fois sur ce malade pour perdre Camille maintenant.

Soudain, un rayon de soleil transperça les flots sur sa droite. L'eau se retirait. Le courant balaya ses derniers efforts et l'emporta vers la sortie. Il se heurta et s'écorcha contre les rochers, mais alors qu'il tentait de s'agripper à un roc saillant, il vit passer une masse de cheveux roux.

Camille.

Il tendit la main et enroula un bras autour de sa taille. Il sentit une main saisir son épaule, tandis que les flots les bousculaient dans tous les sens. Enfin, le soleil réapparut dans les ténèbres. Il serra Camille contre lui, mais une nouvelle vague s'abattit sur eux avec une telle force qu'ils s'enfoncèrent de nouveau dans un tourbillon d'écume.

Puis ce fut le calme

Pendant quelques secondes, les eaux s'apaisèrent suffisamment pour qu'il parvienne à se repérer. D'un coup de talon, il remonta à la surface avec Camille, les poumons en feu. Le courant était fort, mais le rivage était proche, dix ou quinze mètres maximum. Ils n'avaient pas été recrachés trop loin dans le vaste océan. Ses muscles se mirent soudain à trembler, sous l'effet combiné de la fatigue et de l'afflux d'oxygène.

Mêlant ses doigts à ceux de Camille, il commença à nager avec elle en direction de la plage. Des véhicules quittaient le parking et s'élançaient sur le sable à leur rencontre, leurs gyrophares allumés.

L'Écorcheur était mort. L'enquête serait clôturée

et Camille était libérée de la menace qui pesait sur elle depuis un an. Cependant, Finn n'était pas prêt à la laisser partir.

— On va y arriver. On y est presque.

Une vague les poussa en avant et, enfin, ses bottes touchèrent le sol. Il se mit debout. Le froid et l'épuisement l'écrasaient, mais il devait continuer. Il devait conduire Camille en sécurité. Ils sortirent de l'eau. Sans cesser de la soutenir, il lui frictionna rapidement les bras dans l'espoir de la réchauffer un peu, tandis que ses collègues et les secours convergeaient vers eux.

— Tiens bon, répétait-il. C'est presque fini.

Deux urgentistes se précipitèrent vers eux. Le premier s'approcha de Camille et l'aida à parcourir les derniers mètres avant le sable. Finn avait si froid que ses tremblements l'empêchaient presque de bouger. Derrière eux, une quinte de toux se fit entendre et Jonah Watson s'extirpa à son tour des flots.

— Un peu d'assistance aurait été la bienvenue, grommela-t-il à l'adresse de ses collègues.

Remington Barton et Dylan Cove s'avancèrent avec des couvertures de survie, et les aidèrent à remonter la dune vers le parking. Finn refusait toujours de lâcher la main de son témoin.

— Camille, chuchota-t-il très vite, tu as toutes les raisons du monde de ne plus m'adresser la parole, après ce que j'ai fait. Mais je veux que tu saches que je n'ai pas fui à cause de toi et de ce lien que tu essayais d'établir entre nous. J'ai fui justement parce que je le désirais tout autant que toi. Peut-être même plus.

Camille le regarda en claquant des dents, les vêtements dégoulinant d'eau salée.

— Tu m'as blessée, Finn. Plus que Jeff Burnes ou Miles Darien.

Elle arracha sa main à la sienne.

— Je peux guérir d'un coup de couteau ou de lettres gravées sur mon torse, mais toi… Ce que tu as fait est pire. Je t'ai confié mes secrets. Je t'ai donné quelque chose que je n'avais jamais été capable de partager avec quiconque. Tu m'as fait croire que j'étais importante, avant de me tourner le dos comme si j'étais une moins-que-rien.

— Je sais. Et je devrai vivre avec cette erreur le reste de ma vie. L'idée que quelqu'un puisse t'arracher à moi, comme ma mère l'a été autrefois… J'essayais de me protéger, mais quand j'ai compris que tu avais été enlevée, ça a été plus douloureux que tous les drames de mon passé. Je t'aime, Camille. Tu me rends plus fort lorsque le monde entier s'écroule et que je ne vois aucune issue. Tu es la raison pour laquelle je suis encore debout, après l'attaque de Miles Darien, et je ferai tout pour te prouver que, sans toi, je ne suis qu'un pauvre gamin de dix ans qui vient de perdre sa maman.

L'expression de Camille s'adoucit.

— J'ai besoin de quelqu'un qui n'a pas peur d'affronter les difficultés avec moi, Finn. Quelqu'un qui sera là quand les cauchemars remontent et qui est prêt à essayer de comprendre ce que je vis. Je dois savoir que tu ne vas pas me laisser affronter la suite seule.

— Je t'appartiens, Camille.

Ses yeux le piquaient, mais Finn n'osait pas les cligner, craignant qu'elle disparaisse devant lui.

— Je t'appartiens, si tu veux bien de moi.

— Et puis… Tu as une dette en chocolat, ajouta-t-elle malgré ses dents qui claquaient de nouveau.

Finn ne put s'empêcher de rire.

— Je t'achèterai tout le chocolat que tu veux jusqu'à la fin de tes jours.

Quand il s'approcha d'elle pour poser les lèvres sur les siennes, une explosion de chaleur fit voler en éclats le vide qui le rongeait depuis des années.

— Marché conclu. Maintenant, sors-moi d'ici avant qu'on se transforme en glaçons.

Ils débouchèrent sur le parking en même temps, Finn bien décidé à partir dans le même véhicule qu'elle. Un urgentiste aida Camille à grimper à l'arrière d'une ambulance, tandis que deux policiers se précipitaient vers la plage avec une civière recouverte d'un grand sac noir. Le corps de Jeff Burnes venait d'être rejeté par l'océan et gisait sur le sable.

Finn sentait encore la force des coups de feu qu'il avait tirés. Il avait fait son devoir pour protéger celle qui comptait plus que tout pour lui. À cet instant précis, il avait compris que sa mère avait accompli la même chose pour lui. Karen Reed n'avait pas réfléchi aux conséquences en se plaçant sur le chemin de cette balle qui lui avait coûté la vie. Tout comme Finn n'avait pas réfléchi à ce qui se passerait en levant son arme. Il n'avait fait que suivre son instinct et son cœur, afin de protéger celle qui lui était la plus chère. Camille.

— Marshal Reed ? appela l'urgentiste à ses côtés.

Finn grimpa à son tour dans l'ambulance, s'appuya contre la paroi et remonta sa manche pour qu'on lui prenne sa tension.

— Dis-moi que c'est fini, chuchota Camille en posant la tête contre son épaule pour contempler l'océan qui avait failli les avaler tous les deux.

Les derniers rayons du soleil se reflétaient sur sa couverture de survie.

— C'est fini, assura-t-il. Il ne peut plus te faire de mal.

— Il y a tant d'autres victimes qui n'ont pas encore été retrouvées..., reprit-elle en contenant un sanglot. Il me l'a dit. Il a dit que Jodie Adler et les autres avaient souffert bien plus que moi. Parce que j'avais réussi à m'échapper, il voyait mon visage quand il les tuait.

Elle secoua la tête en soupirant.

— Aucune de ces familles ne pourra tourner la page. Les proches vont continuer à se demander ce qui est arrivé à leur mère, leur fille ou leur sœur. Ils ne connaîtront jamais la vérité.

— Le FBI va poursuivre les recherches.

— Moi aussi, annonça-t-elle en reniflant.

— Comment ça ?

La couverture de survie crissa avec force, étouffant presque le bruit des vagues.

Le vent avait faibli, mais le froid refusait de quitter ses os. Camille leva lentement vers lui des yeux brillants.

— J'ai passé une année à essayer de retrouver ma vie d'avant, de faire renaître mon amour pour la photographie, mais... Savoir que toutes ces familles cherchent encore... Et si mon expérience pouvait être utile à quelque chose ? À les aider ?

Soudain, la lumière se fit dans l'esprit de Finn.

— Tu veux aider le FBI à chercher les victimes de Jeff Burnes qui n'ont pas encore été retrouvées ?

— J'ai compris trop tard qui il était vraiment et cette culpabilité me poursuit depuis que j'ai vu ces photos sur mon appareil.

Elle regarda la plage, où la police de Florence et les marshals délimitaient la scène.

— C'est peut-être ma seule chance de me racheter, Finn. En permettant à ces gens de clore un chapitre douloureux.

Elle se blottit contre lui, son corps menu épousant le sien à la perfection.

— Jodie Adler et toutes les autres femmes que l'Écorcheur a tuées méritent qu'on leur rende justice. Leurs familles doivent savoir ce qui est arrivé. Nous deux, c'est tout neuf, et je suis curieuse de ce qui nous attend. Je peux te dire sans l'ombre d'un doute que je suis amoureuse de toi depuis que tu m'as ramenée à la vie. En revanche, j'ai besoin de ça. Que ce soit en assistant le FBI ou bien seule de mon côté, je dois le faire. Et j'ai besoin de ton aide pour y parvenir.

— Dans ce cas, heureusement que je connais un ancien du FBI…, répondit-il avec un sourire, en désignant Jonah Watson du menton. Et puis… je t'aime aussi, au cas où je n'aurais pas été clair. Et je ne vais nulle part. Quoi qu'il advienne après, tu seras toujours plus que mon témoin.

— Et toi, tu seras toujours mon héros, ajouta-t-elle avec un sourire radieux.

Elle leva le visage vers le sien pour l'embrasser.

— Dis-moi… Combien de boîtes de préparation pour brownie as-tu cachées dans ton petit appartement ?

— En voici une autre ! lança le technicien de la section scientifique du FBI.

Camille ne se souvenait plus du nom de l'homme, mais il n'était pas le premier à déterrer un corps ce jour-là. Elle était entourée par les dunes, sur la côte de l'Oregon qui s'étirait devant elle. Elle avait réussi à convaincre le directeur du FBI de créer une équipe spéciale pour retrouver les victimes de l'Écorcheur. Grâce à son nouveau statut de consultante et de photographe officielle, et grâce à tous les moyens du FBI, trois tombes avaient déjà été mises au jour.

Jeff Burnes avait manipulé un agent du FBI de Chicago, au point de le convaincre de prendre sa place en prison. À l'aide de maquillage et de prothèses en silicone, l'agent avait dupé tout le monde. Pendant ce temps, l'Écorcheur avait dissimulé les victimes de son obsession avec un soin particulier, afin de poursuivre la mascarade sous les traits du Dr Gruner.

Toutefois, Jeff Burnes n'avait pas été assez prudent. Il avait commis deux erreurs. La première, c'était qu'il n'avait pas prévu que Camille survivrait. La seconde, c'était qu'il n'avait pas creusé assez profond.

Une main en visière pour se protéger du soleil, Camille étudia la dune, avant de se tourner vers la sépulture de fortune, ouverte à quelques mètres de là. Le responsable de l'unité observait les deux techniciens en train de balayer avec soin le sable du visage et du cou d'une femme. Une autre équipe avait déjà dégagé une première victime. Camille s'approcha avec son appareil photo.

Après de minutieuses recherches parmi les dossiers

de disparitions signalées dans la région et des visites auprès des familles et amis, Camille avait dressé une liste de victimes potentielles, avec une photo ou un portrait-robot.

Aujourd'hui, ils avaient retrouvé deux corps en trois heures. Deux vies brisées mais qui ne seraient pas oubliées. Combien attendaient encore sous quelques pieds de sable ?

— On sait qui c'est ? demanda-t-elle.

Le technicien scientifique continuait de creuser avec précaution autour d'orteils vernis de rouge et de chevilles fines.

— Il est trop tôt pour le dire, mais celle-ci sera dégagée d'ici trente minutes. Avec un peu de chance, vous pourrez l'identifier.

— Je vais commencer par les pieds, annonça Camille en levant son appareil.

Quand elle se retourna, elle se heurta contre la muraille de muscles qui avait décidé de la suivre partout où elle allait.

— Tiens, bois ça, dit Finn en lui tendant une bouteille d'eau, avec ce sourire dévastateur dont elle ne se lassait pas.

Le printemps se faisait toujours attendre dans l'Oregon, mais cet homme avait la capacité d'augmenter sa température corporelle de façon dangereuse, rien qu'en regardant dans sa direction.

Cela faisait quatre semaines qu'il lui avait sauvé la vie dans la grotte. Quatre semaines qu'il avait dissipé le cauchemar qui obscurcissait l'existence de Camille. À présent, il la soutenait dans sa quête.

— Tu as les joues un peu rouges, non ?

Sans Finn – et sans Jonah Watson – Camille n'aurait pas survécu. Sans Finn, elle n'aurait pas trouvé cette nouvelle voie. Sans lui, elle serait restée la femme isolée et émotionnellement brisée qu'elle était lorsqu'elle avait été confiée aux US Marshals. Une femme pleine de doutes, de peurs, terrifiée à l'idée de ne jamais retrouver sa vie d'autrefois.

— Tu aimerais sans doute que ce soit à cause de toi, hein ? le taquina-t-elle.

Le plus important, c'était que, sans Finn, elle aurait dû se fournir elle-même en chocolat.

Camille dévissa le bouchon de la bouteille et but une longue gorgée. L'eau fraîche apaisa sa bouche desséchée par le vent marin, sans parvenir à apaiser la fièvre que déclenchait la présence du marshal.

— Bon sang, comme je t'aime, murmura-t-il en l'attirant contre lui avec tant de fougue que Camille renversa de l'eau sur son T-shirt de super héros. Si on n'était pas en plein milieu d'une scène de crime, je te montrerais même à quel point je t'aime.

— Un peu de patience, marshal Reed, le gronda-t-elle avec une mine faussement sévère. Vous en aurez l'occasion dès qu'on aura balayé le dernier grain de sable de ces femmes, afin de les restituer à leurs proches.

Elle sourit, heureuse de savoir qu'elle avait trouvé l'homme qui se tiendrait à ses côtés quoi qu'il arrive, qui respecterait son engagement dans un travail ardu et qui la ferait rire avec ses blagues minables.

— En attendant, ajouta-t-elle avec une petite tape condescendante sur son épaule, vous n'êtes que le marshal chargé d'assurer ma protection.

Tournant les talons, elle prit la direction de la tente qui servait de poste de commandement, tandis que le rire grave de Finn résonnait derrière elle. Elle se sentait plus légère et plus forte que jamais dans sa vie.

Retrouvez prochainement, dans votre collection

BLACK ROSE

Le piège du secret, de Carol Ericson - N°687

ENQUÊTES À LOS ANGELES – 2/4

Traquer le criminel qui terrorise Los Angeles, soutenir moralement les victimes et leurs familles..., c'est la mission de la psychologue Kyra Chase. Pourtant elle aimerait bien, elle aussi, se délester du terrible secret qui la hante. Car, même si elle devine chez Jake, son partenaire, une empathie grandissante, elle sait qu'à aucun prix elle ne doit se laisser aller. Sous peine de devenir à son tour une cible pour le tueur...

Troublante affaire, de B.J. Daniels

Au bout du fil, une femme gémit et supplie... Bouleversé, Ford reconnaît la voix de Rachel, son amour de jeunesse, puis un coup de feu retentit et la communication est coupée... Sur la scène de crime où il a été appelé, il découvre que Rachel est vivante. En revanche son mari a été tué. Meurtre ? Légitime défense ? Henrietta Roberts, médecin légiste, lui révèle alors que l'appel qu'il a reçu était peut-être une mise en scène...

Un bébé en péril, de Danica Winters - N°688

Ému aux larmes, Mike prend le bébé dans ses bras et croise le regard de Summer. Certes, elle est venue lui présenter son fils, mais est-elle prête à lui donner une seconde chance ? Une question à laquelle il n'aura guère le temps de réfléchir. Car un drame terrible va bientôt assombrir leurs retrouvailles : agents secrets tous les deux, ils ont de nombreux ennemis, et ces ennemis font peser une menace sur leur enfant...

Le doute dans tes yeux, de Delores Fossen

En arrivant sur la scène de crime où elle vient d'être appelée, Della Howell retient une exclamation de surprise. Se peut-il vraiment que le shérif chargé de l'enquête soit Barrett Logan ? Et, tandis que leurs regards se croisent, elle s'interroge : réussira-t-elle à travailler avec l'homme qui l'a quittée et qu'elle aime encore ? Et surtout saura-t-elle lui cacher qu'elle attend un enfant de lui ?

Retrouvez prochainement, dans votre collection BLACK ROSE

Pour mieux te protéger, de Cindi Myers - N°689

Troublé, Grant écoute Eve, la séduisante jeune femme qui vient d'entrer dans son bureau. Avec fougue, elle prend la défense de Dane Trask, son ex-compagnon, accusé de détournement de fonds, et qui se cache dans la montagne. Peu à peu, Grant comprend que Dane a contacté Eve et qu'en raison de son lien avec lui elle fait l'objet de menaces. À contrecœur, mais pour mieux la protéger, il accepte qu'elle participe à l'enquête...

En mémoire d'une nuit, de Julie Anne Lindsey

L'invitation a été posée sur son pare-brise, et pour Gwen le message est clair : l'inconnu qui l'a laissée pour morte, cinq ans auparavant à la fête de l'automne, est à sa recherche. Paniquée, elle se résout à demander son aide à Lucas. Lucas qu'elle a quitté au lendemain de son agression. Lucas qui est devenu inspecteur et qui, sans qu'elle le sache, enquête dans l'ombre depuis le drame...

Plongée dans le doute, de Marie Ferrarella - N°690

Adam, Léna l'aimait follement. Mais c'était avant qu'elle ne découvre que sous ses airs de libraire respectable, il se livrait à un odieux trafic de drogue. Voilà pourquoi elle lui a caché qu'elle attendait un enfant de lui... Mais aujourd'hui, il lui jure qu'elle s'est trompée, et elle doute : peut-elle laisser à Adam une chance de s'expliquer ?

Menaces dans l'ombre, de Julie Miller

L'inspecteur A.J. Rodriguez en est persuadé : Claire Winthrop ne ment pas quand elle affirme avoir été témoin d'un meurtre. Pourtant aucun corps n'a été retrouvé, et aucun indice n'a été relevé sur le lieu supposé du crime. Mais, sans qu'il puisse l'expliquer, la lueur de détresse qu'il a vue passer dans ses yeux bleus a éveillé en lui un puissant besoin de protéger la jolie Claire du danger qui la guette...

Retrouvez prochainement,
dans votre collection

BLACK ROSE

Une mystérieuse identité, de Carla Cassidy - N°691

Amnésique... Terrifiant, le mot tourne dans l'esprit de Jane. Qui est-elle ? D'où vient-elle ? Et qui est responsable des traces de coups qu'elle porte ? Tout ce qu'elle sait, c'est que sans l'aide de Lucas elle serait en grand danger. Lucas qui l'a recueillie chez lui. Lucas qui disparaîtra de sa vie sitôt qu'elle aura retrouvé ses souvenirs... et le père de l'enfant qu'elle porte...

J'ai tant besoin de toi, de Rita Herron

En voyant Julie Whitehead, son amour d'adolescence, s'avancer vers lui, Brody retient son souffle. Julie est encore plus belle que dans son souvenir... Mais pourquoi est-elle venue le trouver, lui ? Bientôt elle lui explique qu'elle est agent du FBI et a besoin de sa coopération. Car elle a découvert que Will – le jeune frère de Brody qui a été enlevé, sept ans plus tôt – est peut-être toujours vivant...